यदि आपको जीवित रहने के लिए चुना गया है

रूपांतरण

आध्यात्मिक विकृति

खंड १

मेलिना ओरिया

"समय समाप्त नहीं हुआ। इसने खुद को बस फिर से व्यवस्थित किया।"

✦ **प्रकाशन जानकारी** ✦

पुनर्गठित चार-खंड संस्करण (2025)
। पहले इसी लेखक द्वारा दो-खंड संस्करण के रूप में प्रकाशित।
श्रृंखला: अगर आप चुने गए हैं बचने के लिए — खंड I: रूपांतरण
मेलिना ओरिया द्वारा स्वयं प्रकाशित।

पाठक के लिए एक चेतावनी

यह उपन्यास तीव्र भावनात्मक अनुभवों, मृत्यु पर दार्शनिक विचारों, विनाश के बाद के ज्वलंत कल्पना, और अस्तित्व संबंधी संघर्षों के प्रतीकात्मक चित्रण को समाहित करता है।

अन्वेषण किए गए विषयों में पीड़ा के माध्यम से रूपांतरण, आंतरिक पतन, और सामाजिक और व्यक्तिगत संरचनाओं का विघटन शामिल है।

सभी आध्यात्मिक तत्व, जिसमें "जीवन के वर्षों के लिए सौदा" का प्रतीकात्मक चित्रण शामिल है, रूपकात्मक हैं और उनका उद्देश्य आंतरिक आध्यात्मिक और मनोवैज्ञानिक दहलीज को दर्शाना है—न कि शाब्दिक या गुप्त प्रथाओं को।

यह कहानी दूरदर्शी आध्यात्मिक शैली की एक काल्पनिक कृति है। यह नियतिवाद, हिंसा, या विज्ञान के खंडन को प्रोत्साहित नहीं करती है, बल्कि जागरूकता, गहराई, और उपचार को चेतना, समय, और मानवीय जिम्मेदारी के बारे में गहन प्रश्नों के माध्यम से प्रेरित करना चाहती है।

यह दार्शनिक, गूढ़, और भावनात्मक साहित्य में रुचि रखने वाले परिपक्व पाठकों के लिए अनुशंसित है।

------------------ ❧ ------------------

जागरण

यह पुस्तक आंतरिक युद्धों की अग्नि में और एकांत, चिंतन, और सत्य की गहरी लालसा में प्राप्त अंतर्दृष्टि के प्रकाश में जन्मी थी। यह केवल शब्दों से नहीं, बल्कि धारणा, वास्तविकता और अस्तित्व की नींव को हिला देने वाले विचारों से प्रेरित है।

आभार

उन सभी के प्रति हार्दिक आभार जिन्होंने मेरे पथ के एक हिस्से को प्रकाशित किया:

उन अदृश्य धागों के लिए जिन्होंने मुझे तूफानों के माध्यम से निर्देशित किया। उस दर्द के लिए जो सबसे वफादार शिक्षक साबित हुआ। उस प्रेम के लिए जो नष्ट करने और ऊपर उठाने आया। उस एकांत के लिए जिसने मेरा परिचय मुझसे कराया। उस भीतरी आवाज के लिए जो अथाह खाई में भी शांत नहीं हुई। उन सभी चेहरों के लिए जिनमें मैं अपनी छायाओं और अपने प्रकाश से मिला। उस मौन के लिए जिसमें मैंने सत्य को सुना। उन नुकसानों के लिए जो पुनरुत्थान के बीज बने। उस भय के लिए जिसने मुझे साहस सिखाया। उस अंधेरे के लिए जिसमें मैंने अपने प्रकाश को जन्म दिया। उन राख के लिए जिससे मेरा पुनर्जन्म हुआ। उन शब्दों के लिए जिन्होंने मुझे चुना। उस सत्य के लिए जो कभी नहीं गया।

और इसके अलावा— हर उस व्यक्ति के लिए जो खोज करने का साहस करता है, यहाँ तक कि अंधेरे में भी। उस आंतरिक आवाज के लिए जो शांत नहीं होगी। और महादूत नथनेल के लिए, जो शब्दों और समय से परे प्रकट होते हैं।

------------------ ❧ ------------------

लेखक पोर्टफोलियो

मेलिना ओरिया – वित्त विशेषज्ञ, राजनीतिक वैज्ञानिक, इतिहासकार, परोपकारी और दार्शनिक, लेखक, और नव-तात्विक समग्रतावाद (Neo-Substantial Integralism) की संस्थापक हैं। वह परा-मनोविज्ञान, समकालीन दर्शन, और क्वांटम वैज्ञानिक प्रतिमानों में वर्षों के अभ्यास को जोड़ती हैं।

वह "अगर आप चुने गए हैं बचने के लिए?" उपन्यास की लेखिका हैं, जिसमें काल्पनिक कथा एक गहन दार्शनिक प्रणाली के लिए एक माध्यम बन जाती है।

"सार का रूपांतरण" फाउंडेशन निम्नलिखित के लिए समर्पित है:

- नव-तात्विक समग्रतावाद का विकास और प्रसार;
- दार्शनिक और वैज्ञानिक शिक्षा;
- अंतर-सांस्कृतिक संवाद और रूपांतरणकारी कार्यक्रम;
- प्रकाशनों, सम्मेलनों, मीडिया प्रारूपों, और दृश्य कला परियोजनाओं के माध्यम से चेतना के होलोग्राफिक प्रतिमान का लोकप्रचार।

मिशन केवल एक नए प्रतिमान को स्पष्ट करना नहीं है, बल्कि चेतना के दर्शन के लिए एक वैश्विक स्कूल का निर्माण करना है, जो अर्थ, सद्भाव, और भौतिक कंडीशनिंग से परे भविष्य की तलाश करने वाले सभी साधकों के लिए खुला हो।

मेलिना ओरिया के पोर्टफोलियो में शामिल हैं: काल्पनिक और दार्शनिक कार्यों का लेखन; विज्ञान, दर्शन, और चेतना पर अंतर्राष्ट्रीय सम्मेलनों में भागीदारी; नव-तात्विक समग्रतावाद के 13 सिद्धांतों पर आधारित शैक्षिक प्रारूपों का निर्माण।

Harbingers of the Future (भविष्य के अग्रदूत)

शंघाई सूर्योदय से पहले ही बिखर गया।

भूकंप से नहीं, सुनामी से नहीं, बल्कि एक खामोश, ठंडी साँस से जिसने सब कुछ निगल लिया। ऐसा लगा जैसे सड़कों पर ध्वनि के आखिरी अवशेष पिघल गए हों, जिससे एक निर्वात बन गया जो कानों के परदों को दबा रहा था।

एक भूली हुई बच्चे की गेंद, जो फुटपाथ से उछली थी, हवा में जम गई, फिर खाली, खामोशी से, एक खेल के भूत की तरह ढह गई।

जो ढह रही थीं, वे इमारतें नहीं थीं, बल्कि यादें, हँसी, फुसफुसाहटें, सदियों की हलचल थीं, जिन्हें चूस लिया गया था, और पीछे केवल शून्यता बची थी।

आत्मसमर्पण – किसी दुश्मन के सामने नहीं, बल्कि आत्मा के अपने रेगिस्तान के सामने, न जिए गए जीवन के अदृश्य बोझ के सामने।

दर्पणों का शहर, मानव उत्थान का प्रतीक, ढह गया और अंदर की ओर सिकुड़ गया, एक आध्यात्मिक शून्यता के अदृश्य गुरुत्वाकर्षण द्वारा निगल लिया गया, जिसने अपने चारों ओर प्रकाश को विकृत कर दिया।

कांच के टावर धूल में बिखर गए, क्रिस्टलीय आकाश में फीके पड़ गए, जबकि लाखों लोगों की साँसों से अभी भी गर्म सड़कें खामोश हो गईं - आग की राख से नहीं, बल्कि अस्तित्व के बिखरते हुए मुखौटे के महीन, निराकार कणों से ढकी हुई थीं।

"यह खत्म हो गया है," कमांड सेंटर से एक आवाज निकली, जो एक कथन से ज़्यादा एक प्रार्थना थी। नथानियल ने स्क्रीन से अपनी आँखें नहीं हटाईं।

यहाँ तक कि उसका हाथ भी नहीं काँपा, जब उसके गिलास में बर्फ बजी।

"नहीं। अब यह शुरू होता है।" वह धुंध से भरी वेधशाला में खड़ा था।

उसके पीछे - दस स्क्रीन, जो वास्तविक विनाश दिखा रही थीं।

उसकी आँखों के सामने - प्रकाश का एक ही बिंदु, अनंतता में धड़कता हुआ।

शंघाई के पिक्सेलयुक्त खंडहरों के खिलाफ स्क्रीन पर, एक ही शिलालेख चमक रहा था: "कोड ग्रेल: सक्रिय। क्वांटम लीप।

जागृति तक बचा हुआ समय: 2027:02:27 बजे।"

दुनिया पीड़ा में थी, लेकिन आग और तलवार से नहीं, बल्कि एक वायरल विस्मृति से – एक डिजिटल प्लेग जो स्मृति के न्यूरॉन्स को खा रहा था, व्यक्तिगत सार को नगण्य सूचना शोर में बदल रहा था। यह सभ्यता का अंत नहीं था। यह हृदय का ही विघटन था, जिसने दुनिया को बिना धड़कन के छोड़ दिया था।

यह युद्ध अदृश्य था - बिना गोलियों के, बिना खून के घावों के, केवल स्क्रीन जिसमें हम खो गए थे, और एक अलगाव जो हमें भीतर से खा रहा था।

फिर भी, सबसे गहरे, सबसे खामोश विनाश के क्षण में, किसी प्राचीन, भूले हुए प्रोटोकॉल के माध्यम से, ग्रेल...

वह निर्णय लेने, परीक्षण करने, इंगित करने के लिए जाग गया - एक नई सुबह या अंतिम, लुप्त होती छाया का मार्ग।

और उसने इंगित किया... मेलीना को।

वह अभी तक नहीं जानती थी। वह दूर थी - एक द्वीप पर एक पुराने पत्थर के घर में, अपनी उँगलियों को एक कप कॉफी के ऊपर फैलाए हुए, और रात में उसे परेशान करने वाले सपनों के साथ। सपने जिनमें धुंध में क्रॉस जल रहे थे, प्रकाश क्रिस्टल में टूट रहा था,

और आवाजें फुसफुसा रही थीं उसका नाम - नथानियल।

वह, अपनी ओर से, प्रतीकों में विश्वास नहीं करता था। वह संख्याओं में विश्वास करता था। खाकों में।

नियंत्रण में। फिर भी, रात-दर-रात, उसने रोशनी देखना शुरू कर दिया।

वही जो मेलीना ने अपनी नोटबुक्स में वर्णित किया था।
वही जिसे वह पढ़ने से इनकार करता था। आज तक।
दुनिया ढह रही थी। आत्माएँ अपने आप में खो रही थीं।
और कहीं इस दुःस्वप्न में, चुने हुए थे। वे नायक नहीं थे। वे साधक थे।
परिवर्तन शोर के साथ नहीं आएगा, न ही एक बचाव जहाज के साथ।
यह खामोशी में शुरू होगा - एक धड़कन और एक आँसू के बीच, नुकसान और विश्वास के बीच।
एक उद्धारकर्ता द्वारा नहीं, बल्कि एक जाग्रत चेतना द्वारा जगाया गया।
और अगर तुम यह पढ़ रहे हो... तो हो सकता है कि यह तुम में पहले ही शुरू हो चुका हो।

लौ और छाया: अज्ञात के साथ एक सौदा

भाग I

अध्याय 1: ग्रेल की पुकार

सवेरा होने से घंटों पहले ही नींद गायब हो गई, लेकिन मेरे नाखूनों के नीचे मेरा खून अभी भी गूँज रहा था - सिर्फ एक लय नहीं, बल्कि एक दर्दनाक ऐंठन। मैं झिझक गया। एक अचूक संकेत: मैंने फिर से दहलीज पार कर ली थी। वास्तविकता टूट रही थी। नीचे रसोई से ताज़ी बनी कॉफी की मादक गंध आ रही थी, जो बुलेवार्ड से सुबह के यातायात की दूर की गड़गड़ाहट के साथ मिश्रित थी। फिर एक ट्रेन स्टेशन से अचानक एक ट्रेन की सीटी बजी। ये सामान्य ध्वनियाँ केवल अस्तित्व की एक झूठी पृष्ठभूमि की भावना को बढ़ा रही थीं। एक पल के लिए, मैंने सुबह के बारे में सोचा - कॉफी की गर्मी, स्टेशन का परिचित शोर।

मेरी बाईं कलाई जल रही थी। यह जल रही थी। एक अदृश्य घाव त्वचा के नीचे प्राचीन प्रतीकों के साथ धड़क रहा था। उनमें युगों का सार छिपा हुआ था - बिखरती हुई दुनिया की धूल, समय के खाई द्वारा निगली गई भूली हुई सभ्यताएँ। सीमावर्ती भूमि पर चुकाई गई एक और कीमत। दो अनंतताओं के बीच एक और विकल्प, जो मुझे फाड़ रहे थे, जबकि मैं अतीत की गूँज द्वारा पीछा की गई एक फुसफुसाहट में बदल रहा था। मैं इसे जीने के लिए नियत था। दहलीज की बेटी, जो मानवीय भ्रम के पर्दे के पार देखने के लिए बाध्य है... और असंभव को करने के लिए। हर बार पार करना - दर्द की सीमा तक, उस छाती के कराहने तक जिसे मैं निकालने की हिम्मत नहीं कर रहा था।

लेकिन अब मैं अकेली नहीं थी। एक पल के लिए, मैंने खुद को यह विश्वास करने की अनुमति दी कि इस बार सब कुछ बीत जाएगा। कि मैं वापस आ जाऊँगी। कि दुनिया अभी भी मेरी है। खाई से हर वापसी का एक नाम था, जो मेरी खोपड़ी की दीवारों पर जलते हुए चित्रलिपि में लिखा था: नथानियल। यह मेरे अंदर काँप रहा था - एक विचार नहीं, बल्कि एक ज्वलनशील मंत्र, जो मेरे मूल में गहराई से समाया हुआ था। मुझे पता था कि यह रात अलग होगी। कुछ मुझे इस घर से हमेशा के लिए खींच लेगा।

--- ✶ ༼ ✶ ---

दरार

वह सपना सिर्फ एक सपना नहीं था। वह एक दरार थी। अस्तित्व में एक खुला घाव। हर रात यह मुझे मेरे शरीर से खींच लेता था, मुझे अनकही के गर्भ में फेंक देता था, जहाँ रेत की घड़ी बेकार धूल होती है।

अतीत। वर्तमान। भविष्य। सब कुछ मुझसे टकरा रहा था, मुझे फाड़ रहा था। फिर सब कुछ ढह गया। फिसल गया। अदृश्य तत्वों के प्रहार से प्लास्टर धूल में गिर गया। मुझे प्राचीन मिट्टी और कुछ शापित की गंध आ रही थी। मेरा गला सूख गया, और डर का स्वाद जंग जैसा था।

अगले ही पल, भविष्य की एक महिला का चेहरा मेरे सामने आया। उसकी आँखें - दो दरारें, सूखी झीलें। उसके होंठ - फीकी रेखाएँ, एक ऐसी भाषा में शब्द फुसफुसा

रही थीं जो अभी तक मौजूद नहीं है। शब्द जो बर्फीली सुइयों की तरह चुभ रहे थे, जो मुझे हड्डियों तक छेद रहे थे। मुझे एक अदृश्य पकड़ महसूस हुई जो मेरे फेफड़ों से हवा चुरा रही थी।

उन दुनिया में मैं पूरी तरह से समा गई थी - अपनी त्वचा के साथ, अपनी हड्डियों के साथ, अपने दिल के साथ। मैं उनके सड़ते हुए कपड़े में उलझ गई - एक जागरूकता जिसने मेरी आत्मा को भंग कर दिया और पीछे एक जली हुई बंजर भूमि छोड़ दी।

मैंने महसूस किया कि प्राचीन मेरे माध्यम से साँस ले रहा है - भूले हुए देवताओं की एक बासी, ठंडी साँस, जिनके नाम सदियों के समय में डूब गए थे। लेकिन वे चुप नहीं रहे। वे फुसफुसाए, मेरे अंदर घुस गए।

मैंने आवाजें सुनीं - बुझ गई सभ्यताओं की पीड़ा भरी कराहें, अदृश्य जंजीरों की झंकार। हर फुसफुसाहट भारी होती गई। हर ध्वनि खोपड़ी में एक प्रहार थी, एक खोखली घंटी की तरह गूँजती थी। मैंने महसूस किया कि मेरी नसें सूज रही हैं। अदृश्य हाथ मेरी चेतना को फाड़ने की कोशिश कर रहे थे।

--- ✶ ६ ✶ ---

अनंत काल की पुकार

हर रात मैंने दहलीज पार की। मेरी नसों में गहराई से एक लय गूँज रही थी, जो किसी इंसान के लिए विदेशी थी - एक भारी, धीमी, अथक लहर, जो मेरे आंतरिक दुनिया की खामोशी को फाड़ रही थी। जहाँ शब्द मर गए, वहाँ सच्चाई जलती हुई नसों की तरह धड़क रही थी, जो मुझे भीतर से जला रही थी। कभी-कभी मैंने चेहरे देखे - जो स्वयं अनंत काल से तराशे गए थे। उनकी आँखें - कुएँ, जो प्रकाश को निगल रहे थे। उन्होंने मुझे खामोश, आरोप लगाने वाले सवालों के साथ छेद दिया, जिनका मैं जवाब नहीं दे सकती थी।

एक बार एक आवाज, जिसने कभी किसी इंसान के कान को नहीं छुआ था, टाइटन्स के टकराव जैसी एक आवाज, फुसफुसायाः "चुने हुए का दिल..." इसने मुझे एक जगह के ज्ञान के साथ मेरी हड्डियों को छेद दिया, जिससे देवता भी काँपते हैं। मैंने बस महसूस किया। उस भयानक निश्चितता के साथ जो एक जहरीले काँटे की तरह मेरी आत्मा में चिपक जाती है, जो इसे भीतर से फाड़ देती है। यही मेरी अगली दिशा थी। अगली खाई। और तभी मुझे समझ आया।

दूसरी बार, मैं ऐसी दुनिया से गुज़री जहाँ रंग दर्द देते थे। बैंगनी और नारंगी मेरी आँखों में चुभते थे। हवा घनी थी, शब्दों से भरी हुई थी - वादे और फैसले। वे मुझे बिखेरने के कगार पर थे। हर पार करने के बाद एक बोझ बचा था। सिर्फ थकान नहीं - बल्कि एक गला घोंटने वाला, कुचलने वाला वजन जो मेरी छाती को दबाता था। जागरूकता एक उपहार नहीं है। यह एक खून बह रहा क्रॉस है, एक मवाद जो सब कुछ खा जाता है, जब तक कि मुझ में से केवल एक छाया नहीं बचती।

जब मैं जागती थी, तो मुझे अदृश्य घाव महसूस होते थे जैसे कि निशान मेरी चेतना को काट रहे हों। ऐसे निशान जो कभी ठीक नहीं होते थे। सवाल न्यायाधीशों की आवाज़ की तरह जमा हो जाते थे, जो एक साथ चिल्ला रहे थे। जवाब प्रतीकों में टूट जाते थे, जिन्हें केवल मेरी आत्मा ही शुद्ध, असहनीय दर्द के रूप में समझ सकती थी। इसने मुझे ऐंठने पर मजबूर कर दिया। मेरे शरीर का हर फाइबर पीड़ा में कराह रहा था।

यहाँ तक कि जब सूरज दीवारों पर चमकता था, जब दूसरे लोग रहते थे, तब भी मेरे अंदर मौत की धड़कन धड़क रही थी। दिन ने मुझे केवल एक संक्षिप्त मोहलत दी। अगली रात से पहले थोड़ा आराम, जो अनिवार्य रूप से आ जाएगी।

"और अगर इस बार मैं वापस नहीं आई?"

मुझे पता था कि मैं यहाँ क्यों हूँ। मैंने इसे अपने अस्तित्व के हर फाइबर के साथ महसूस किया। एक वाहक होने के लिए। इस जहरीली बुद्धि को ले जाने के लिए - पतन और पुनर्जन्म के चक्र की समझ - उस व्यक्ति तक जो अपनी भूलभुलैया से गुजरने और रहस्योद्घाटन को छूने की हिम्मत करेगा।

लेकिन हर ज्ञान की अपनी क्रूर कीमत होती है। पहले अकेलेपन का कड़वा, जलता हुआ स्वाद आया - जो एक धीमी जहर की तरह मेरे शरीर पर फैल गया। जितना ज़्यादा मैं जानती थी, उतनी ही मोटी मेरे और दुनिया के बीच बर्फ की दीवार होती गई। समझाने का हर प्रयास रेत के दानों में टूट जाता था। लोग मुझे एक राक्षस की तरह देखते थे। मैं पिघल रही थी - टुकड़ा-टुकड़ा।

रात मेरा मंदिर और मेरी जेल थी। इसमें फफूंदी और जले हुए मोम की याद आती थी। मेरे पूर्वजों की आवाज़ें मुझे पुकारती थीं - बिना नियमों और दया के। मेरे सपनों ने मुझे सहलाया नहीं, बल्कि मुझ में खून बहाया। जीवन जिन्हें मुझे याद नहीं था, लेकिन मैं ले जा रही थी। खोया हुआ प्यार। आत्मा के युद्धक्षेत्रों से खींची गई बुद्धि। असहायता। मेरी आत्मा - सर्जिकल कट से दाँतेदार, जो कभी ठीक नहीं हुए। मुझे अपने घुटने पर एक बचपन का घाव याद है - वह खून बहा रहा था, लेकिन मैं जानती थी कि वह ठीक हो जाएगा। ये नहीं।

और पुकार हमेशा वापस आती थी। हमेशा इतनी शांत, हमेशा इतनी आग्रहपूर्ण। यह मेरे अंदर चिल्लाता था - एक सुई की तरह तेज, जो मेरे कानों को छेदता था। एक ध्वनि, बिना आवाज के प्राणी के रोने की तरह तीखी। कभी-कभी मुझे लगता था कि मैं सच्चाई की दहलीज पर हूँ। एक और पल... और मैं सबसे गहरे रहस्य तक पहुँच जाऊँगी, इसे गायब होने से पहले फाड़ दूँगी। और फिर... मैं गायब हो जाऊँगी।

शायद यह सब उस दिन शुरू हुआ जब मैंने पहली बार उसकी आँखें देखीं। कीमत हमेशा एक ही होती है: समय। लिया गया। दिया गया। खोया हुआ। एक अनुभव में बदल गया जिसने मुझे राख के एक मुट्ठी तक जला दिया।

छाया

और सपने के बिल्कुल अंत में, ठीक मेरे वापस खींचे जाने से पहले, छाया दिखाई दी। एक ऊँची आकृति, जो शुद्ध अँधेरे से बुनी गई थी, आँखों के साथ - जो स्वयं अँधेरे को जला रही थीं। मैंने उसके बोलने से पहले ही उसके बर्फीले स्पर्श को महसूस कर लिया था। मेरे घुटने कमजोर हो गए। काँपने से रोकने के लिए मेरे हाथ मुट्ठी में भींच गए। उसकी आवाज़ टूटे हुए शीशे की तरह लग रही थी, जो खामोशी को तीखे टुकड़ों में काट रही थी:

"क्या तुम मुझे अपने जीवन के सात साल बेचोगी?" समय नहीं। जीवन नहीं। सार ही। वहाँ, अंत में, एक आकृति खड़ी थी। यह एक अस्पष्ट रास्ते की तरह धड़क रही थी। मेरी आवाज़ अब मेरी नहीं थी। और उस पल में, अँधेरे के बीच, मुझे उसकी आँखें याद आईं। और मुझे समझ आया।

अध्याय 2: समय की कीमत

दस साल पहले... जागृति तक बचा हुआ समय: 87602:17:03 घंटे।

"क्या यह कोई मज़ाक है?" मेरी आवाज़ मेरे महसूस करने से ज़्यादा साहसी निकली, जो स्वागत के नरम गुंजन में तीखी लग रही थी।

मैं रेशमी पोशाकों की फुसफुसाहट और टक्सीडो में दबी हुई हँसी से घिरी खड़ी थी। बेसल में स्वागत एक जमे हुए सपने जैसा था - क्रिस्टल से सैकड़ों चमक, जिसमें उदासीन चेहरे परिलक्षित होते थे। एक वेटर शैंपेन की ट्रे के साथ मेरे पास से गुजरा, बगल के कमरे से एक मोबाइल फोन की एक छोटी सी घंटी बजी, जिसके बाद किसी की हँसी आई।

मेरे सामने स्विस हिला नहीं। उसका चेहरा एक अभेद्य, चिकने मुखौटे जैसा था, जिसमें कोई भी अभिव्यक्ति नहीं थी। उसका ध्यान, जो शांत तर्क से प्रेरित था, ने मुझे मेरे आराम क्षेत्र से बाहर खींच लिया और मुझे उसकी वास्तविकता के बर्फीले पानी में फेंक दिया। मेरा सवाल एक चुनौती की तरह हवा में लटका रहा, जो शाम के चमकदार मुखौटे को फाड़ रहा था।

--- ✶ ✶ ---

उसकी आकृति मंद रोशनी से उभरी, मानो वह स्वयं छाया से गढ़ा गया हो। लंबा, कुलीन विशेषताओं के साथ, वह रंगीन भीड़ के बीच खड़ा था। एक शक्तिशाली मेज़बान के रूप में उसका आत्मविश्वासी रुख उसे अविस्मरणीय बनाता था। उसका सुरुचिपूर्ण काला टक्सीडो, जो उसकी एथलेटिक आकृति के अनुसार त्रुटिहीन रूप से तैयार किया गया था, हॉल की चकाचौंध से अलग था। उसके घने बालों में चांदी के धागे, जो दूर, चमकते सितारों की तरह थे, उसके रहस्यमय आभा पर जोर देते थे।

लेकिन उसकी आँखें मुझे नहीं, बल्कि मेरे माध्यम से देख रही थीं। जैसे कि वह आकलन कर रहा हो कि मेरे पिघलने से पहले मुझे कितना समय बचा है। वे मुझे एक ऐसी शक्ति के साथ छेद रहे थे जिसने मेरे पेट को सिकोड़ दिया। उसकी नज़र ने मुझे

हिला दिया। वह एक संगमरमर के स्तंभ से टिका हुआ था, जिसमें शायद ही कोई ध्यान देने योग्य मुस्कान थी, जैसे कि वह यह देखने का इंतजार कर रहा था कि मैं कैसे टूटूँगी। उसके हाथ में एक गहरे रंग के तरल का गिलास चमक रहा था - शायद ब्रांडी या व्हिस्की। एक महंगे इत्र की सुगंध हवा में तैर रही थी, जिसमें पुराने शराब की गंध और कुछ और गहरा - बुढ़ापे और शक्ति की याद मिली हुई थी।

तनाव ने मुझे एक लहर की तरह मारा, जिससे हर विचार मिट गया। एक पल के लिए मेरा दिल रुक गया। अचानक, एक दर्दनाक स्पष्टता के साथ, मुझे एहसास हुआ कि वह क्षणिक सुखों की तलाश में नहीं था। वह निर्दयता से मेरी जीवन शक्ति, मेरे अस्तित्व के सार का व्यापार कर रहा था। उसके शब्दों में कुछ ऐसा था जो मौत के ब्लेड की तरह ठंडा था, या शायद और भी क्रूर। स्वागत का चमकदार माहौल अचानक एक दमनकारी दृश्य में बदल गया, जहाँ हर हँसी एक झूठी धुन की तरह लग रही थी। उसके सनकी प्रस्ताव ने मुझे कुचल दिया - मुझे एक वस्तु की तरह महसूस हुआ, जो एक संख्या तक कम हो गई थी।

--- ✶ ☾ ✶ ---

सौदा

मेरे विचार एक दूसरे से टकरा रहे थे, हताश होकर एक रास्ता तलाश रहे थे। जीवन - यह अतुलनीय उपहार - अब एक बेतुके सौदे में एक विनिमय योग्य सिक्का लग रहा था। यह मानवीय प्रवृत्ति - शक्ति या अंतर्दृष्टि के भ्रम के लिए खुद का एक हिस्सा बेचना।

यह सब कितना था? क्या यह वर्षों के बदले था, जो भारी परीक्षणों, कांपते सपनों और कड़वी निराशाओं से भरे थे? क्या उसका विनिमय योग्य सिक्का एक पल को भी खरीदने के लिए पर्याप्त था?

सात साल... - यह विचार एक चाकू की तरह मुझ में घुस गया। उसके शब्द एक घाव की तरह धड़क रहे थे जो अचानक मेरे मांस में खुल गया था।

कोई दूसरे इंसान के जीवन के खरीदे गए वर्षों के साथ क्या करेगा?

क्या उन्हें एक ट्रॉफी के रूप में शीशों में बंद कर देगा?

क्या उनका उपयोग एक भयावह प्रयोग के लिए करेगा?

उसके संसार में, समय एक सीधी रेखा में नहीं बहता था - यह एक कच्ची ऊर्जा थी, उन प्रक्रियाओं के लिए एक ईंधन थी जिसे एक सामान्य दिमाग नहीं समझ सकता था।

उसकी गहरी आँखों में, मैंने जिज्ञासा से बढ़कर कुछ देखा - वहाँ एक भूख छिपी हुई थी। एक गहरा, अतृप्त लालच जिसने मुझे जमा दिया। वह मुझसे मेरी यादें नहीं चाहता था। न ही मेरे कौशल। वह मेरे अस्तित्व के बहुत सार को फाड़ना चाहता था। उसके सनकी प्रस्ताव ने मुझे एक निर्जीव वस्तु की तरह महसूस कराया। मेरा सार एक संख्या तक कम हो गया था।

--- ✶ ☾ ✶ ---

जीवन की कीमत

मैंने उसे सीधे उसकी आँखों में देखा और तेज़ी से सोचा। समय एक सार्वभौमिक मात्रा है। लेकिन समय इतना व्यक्तिगत भी है। मैं अपने जीवन की कीमत को कैसे माप सकती थी? मैं अपने जीवन के हर पल का उस चीज़ के बदले में कैसे व्यापार कर सकती थी जिसे वह मूल्य कहता था?

मेरे एकमात्र जीवन के सात साल, इसके सभी प्यार, पीड़ा और आशाओं के साथ - एक निर्जीव संख्या तक कम हो गए थे। क्या मैं उस सुबह को खो सकती थी, जिसमें मैं आखिरी बार सूर्योदय को देखूँ? या वह मुझे मेरी आत्मा को ही दाँव पर लगाने की पेशकश कर रहा था?

और यद्यपि मैं सदमे में थी, मेरे एक हिस्से ने खुद से पूछा कि क्या मैं आखिरी इंसान थी जो यह मानती थी कि जीवन एक निर्जीव सौदे से बढ़कर है।

"कीमत क्या है?" मैंने पूछा। मेरी आवाज़ संगीत की पृष्ठभूमि में एक फुसफुसाहट में दब गई, मुश्किल से सुनाई दे रही थी। मैंने आत्मविश्वास से कहा, लेकिन अंदर मैं बिखर रही थी।

"प्राचीन रहस्यों का उत्तर।"

एक चुप्पी छा गई, जो केवल संगीत और दूर की हलचल से बाधित थी। उसकी नज़र ने मुझे स्थिर कर दिया और मैं वहीं जम गई। एक पल के लिए मेरी साँस रुक गई। मेरी गर्दन पर ठंडा पसीना फूट पड़ा। मैंने अपने गले में एक गाँठ महसूस की। मेरे पीछे कहीं हँसी बज रही थी। मैं हिली नहीं।

कोई पछतावा नहीं था। कोई विडंबना नहीं। केवल निश्चितता थी, जो एक हथौड़े की तरह कुचल रही थी। वह एक सहज चाल के साथ मेरी ओर बढ़ा। उससे एक ठंडक आ रही थी जो मेरी त्वचा के नीचे घुस रही थी। उसकी आवाज़ गहरी और मधुर थी।

"मैं नथानियल हूँ," उसने बिना किसी अभिमान के एक पतली मुस्कान के साथ कहा।

मैंने उसे जिज्ञासा से देखा।

"नथानाइल?" मैंने दोहराया, कुछ परिचित जैसा दोहराते हुए।

ऐसा लगा जैसे वह इस सवाल की उम्मीद कर रहा था। उसकी आँखों में एक पल के लिए संतुष्टि की एक चिंगारी चमक उठी, जो लगभग तुरंत पिघल गई, जिसकी जगह परिचित ठंडक ने ले ली।

"लगभग।" उसकी आवाज़ नरम और सम्मोहित करने वाली थी। "महादूत नथानाइल की तरह, लेकिन... मैं नथानियल हूँ।"

"मेरा नाम, नथानियल (נתנאל), " उसने जारी रखा, "का मतलब है 'भगवान ने दिया है'। इसमें यहूदी रहस्यवाद और कबला शामिल है।" - जैसे-जैसे वह बोलता गया, उसका ध्यान गहराई से अंदर चला गया - वह मुझे सिर्फ एक जवाब नहीं दे रहा था, बल्कि ऐसा लग रहा था कि वह खुद का एक पवित्र हिस्सा साझा कर रहा था।

"कबला..." मैंने फुसफुसाया, शब्द के वजन से दबी हुई। "बहुत जटिल है।"

"यह जटिल है," वह सहमत हुआ, और उसकी नज़र दूर तक चली गई, जैसे कि वह हॉल की दीवारों के पार देख रहा हो। "लेकिन यह समृद्ध भी है। यह ब्रह्मांड की समझ और उसमें हम कौन हैं, इसकी ओर ले जाता है। मेरा नाम उस समझ की सिर्फ शुरुआत है।"

उसकी मुस्कान एक पल के लिए नरम हो गई। इसमें मानवता की एक झलक थी। बस मुझे और भ्रमित करने के लिए। एक पल के लिए, मुझे एक अजीब, लगभग पितृवत कोमलता महसूस हुई - एक भावना जिसने मुझे परेशान किया।

"लेकिन हम इस बारे में किसी और दिन बात करेंगे।" उसकी नज़र फिर से तीखी हो गई, जिससे मैं वास्तविकता में वापस आ गई। "और अब..." उसकी आवाज़ में अधीरता थी "...अगर आप अनुमति दें, तो मुझे आपको नृत्य के लिए आमंत्रित करने का सम्मान मिलेगा।"

उसने अपना हाथ बढ़ाया। मैं जम गई। मेरा दिल एक ऐसी लय के साथ धड़क रहा था जिसे मैं नहीं जानती थी, जो अचानक प्रस्ताव से तेज हो गई थी।

"आप 'प्राचीन रहस्यों' से क्या मतलब रखते हैं?" मैंने काँपती हुई आवाज़ में पूछा, उसके बढ़े हुए हाथ को अनदेखा करते हुए।

"ज्ञान।" उसकी आँखें मेरे चेहरे की हर विशेषता, मेरी हर प्रतिक्रिया का अध्ययन कर रही थीं। "और शक्ति।"

"और क्या... आपका हो जाएगा?"

"मेरा।" उसकी मुस्कान फैल गई। उसमें एक ठंडी, प्राचीन दुर्भावना चमक उठी। "केवल सात साल। बदले में - आप वह सब कुछ देखेंगे जिसे आप जानते हैं।"

"और फिर... क्या वे बस चले जाएंगे?" मेरी आवाज़ मुश्किल से मेरे गले से निकल रही थी।

उसकी भयावह मुस्कान बनी रही। एक पल के लिए, इसमें थकान की एक छाया चमक उठी - सदियों का बोझ। वह सिर्फ एक हेरफेर करने वाला नहीं था। वह अपनी खुद की शक्ति का भी कैदी था।

"तुम्हारे साल मेरे समय में बहेंगे। वे मुझे उन लक्ष्यों को प्राप्त करने की अनुमति देंगे जिनकी तुम कल्पना भी नहीं कर सकती हो।"

"और मैं क्यों? मेरा जीवन ही क्यों?" मैंने शब्द खुद से कहे, बजाय उसके सामने बोले।

एक बर्फीली हवा ने मुझे हड्डियों तक छेद दिया। मेरे विचार दौड़ रहे थे, जाल से बाहर निकलने की कोशिश कर रहे थे। मैंने अपनी हथेलियों को मुट्ठी में भींच लिया। मेरे नाखून मेरी त्वचा में घुस गए, जिससे गहरे लाल अर्धचंद्र बन गए। वह सिर्फ समय नहीं चाहता था - वह उस चीज़ को फाड़ना चाहता था जो मुझे इंसान बनाती थी। यह एक सौदा नहीं था। यह उसके कपटी योजना के कपड़े में बुनी हुई जीवन की लड़ी की बिक्री थी।

सहज रूप से, मैंने उससे एक कदम पीछे हटकर दूर चली गई। उसका हाथ अभी भी मेरी ओर फैला हुआ था - एक खाई के मुँह की तरह, जो मुझे निगलने के लिए तैयार था।

क्या वह मुझे नृत्य के लिए आमंत्रित कर रहा था? या शिष्टाचार के रूप में प्रच्छन्न एक जाल में?

------------------ ❧ --------------------

अध्याय 3: ज्ञान की खाई

उसी पल मैंने किसी का हाथ अपने कंधे पर महसूस किया। एक ठंडी सिहरन मेरी त्वचा पर दौड़ गई। मैं अचानक मुड़ी। मेरा भाई मेरे बगल में खड़ा था, उसका चेहरा चिंता से विकृत था, इस बात की चिंता से कि मेरे साथ क्या हो रहा था। उसकी आँखें मेरी आँखों को तलाश रही थीं, सवालों से भरी हुई थीं जो खामोशी से चिल्ला रहे थे: "क्या तुम ठीक हो? क्या हुआ?"

"तुम पीली लग रही हो," उसने फुसफुसाया। उसकी आवाज़, धीमी और कर्कश, मुश्किल से मेरे दिमाग तक पहुँची, आसपास के शोर से लगभग दब गई। उसने नथानिएल से अपनी नज़र नहीं हटाई, जिसकी उपस्थिति हवा में भारी थी। उस नज़र में एक चेतावनी थी - एक गुहार कि मैं खुद को बचाऊँ। मुझे थोड़ा चक्कर आया। मेरे पैरों के नीचे की ज़मीन झुक गई। मेरे भाई का हाथ मुझे पीछे खींच लाया - दृढ़ता से, मुझे नथानिएल की सम्मोहन से बाहर निकालते हुए। यह एक गहरी नींद से बाहर आने जैसा था। उसने हमेशा मेरी रक्षा की थी, बचपन से ही - एक बड़े भाई की हठ और मेरी अपनी से भी ज़्यादा मजबूत अंतर्ज्ञान के साथ। और अब, वह वृत्ति फिर से मुझे बचा रही थी।

इससे पहले कि मैं कुछ कह पाती या पूरी तरह से समझ पाती कि क्या हो रहा है, कमरे का दरवाज़ा खुला। वहाँ से हँसी और संगीत अंदर आए, जो जल्दी ही शांत हो गए।

--- ✶ ✶ ---

एलिज़ाबेथ

एक महिला ने दहलीज पार की। उसकी नज़र - तीखी, चाकू की तरह तेज़ - तुरंत नथानिएल पर टिक गई, बाकी सभी को अनदेखा करते हुए। तनाव बढ़ गया - स्पष्ट, बिजली जैसा।

"नथानिएल, हमें अभी बात करनी है!" उसकी आवाज़ ने हवा को चीर दिया, नृत्यों को बाधित किया और दृश्य को एक अजीब चुप्पी में जमा दिया।

उसने उसकी कोहनी पकड़ ली। उसकी उँगलियाँ उसमें धंस गईं, उसे मुझसे अलग करने की कोशिश कर रही थीं। यह इशारा निर्णायक था - स्वामित्व से भरा हुआ। नथानिएल ने उसकी तरफ़ देखा तक नहीं। उसके होंठों पर एक हल्की, घमंडी मुस्कान थी, जो मेरे चेहरे पर टिकी हुई थी। ऐसा लग रहा था कि उसने रुकावट सुनी

ही नहीं। उसके लिए, वह महिला एक परेशान करने वाला शोर थी। इसने मुझे और भी भयभीत कर दिया।

"जैसा कि मैंने पहले कहा - समय एक कीमती वस्तु है," उसने शांति से जारी रखा। उसकी आवाज़ धीमी थी, लेकिन तीखी थी, हमारे चारों ओर के तूफ़ान को पूरी तरह से अनदेखा कर रही थी। "तुम्हारे पास उससे ज़्यादा है जितना तुम महसूस करती हो। हर सेकंड कीमती है।"

महिला ने उसे फिर से जोर से खींचा। उसकी आँखों में जलन की आग जल रही थी - ईर्ष्या की आग, जो जलाकर राख कर सकती थी। यह एलिज़ाबेथ थी। उसे देखकर ही मुझे महसूस हो गया कि उनके बीच कुछ था - एक रिश्ता, शायद पुराना, शक्ति और दर्द से भरा हुआ।

"नथानिएल!" उसने दोहराया। उसकी आवाज़ एक तनावपूर्ण फुसफुसाहट थी, जो उसे हमारे बीच के जादू के घेरे से बाहर निकालने की कोशिश कर रही थी।

उसने अपना सिर थोड़ा सा घुमाया, मुश्किल से, एक झुंझलाहट के इशारे से, लेकिन उसकी नज़र मुझसे नहीं हटी। उसकी आँखें मुझ पर भारी थीं - ठंडी, अपरिहार्य, मुझे जकड़ रही थीं। मैं फँस गई थी - उसके बीच जो उसे चाहती थी, और उसके बीच जिसने मुझे चुना था।

"एक पल के लिए माफ़ करना, एलिज़ाबेथ," उसने ठंडे ढंग से कहा, बिना हिले। "यह बातचीत बाधित होने के लिए बहुत दिलचस्प है।"

उसके शब्द एक कोड़े की तरह थे - एक इनकार जिसने कोई आपत्ति की जगह नहीं छोड़ी। उसका चेहरा जम गया। असंतोष ने उसे एक मूर्ति में बदल दिया। जो सभी कुछ देर पहले नाच रहे थे, अब एक अजीब चुप्पी में देख रहे थे। लेकिन नथानिएल पूरी तरह से मेरी ओर मुड़ा हुआ था। मैं केंद्र थी। मैं उसका ध्यान थी - किसी गहरी, जुनूनी तीव्रता के साथ।

"तो, हम कहाँ थे?" उसने होंठों की एक हल्की वक्रता के साथ पूछा। "आह, हाँ। सात साल... अनंत ज्ञान के लिए एक तुच्छ कीमत।"

उसने इसे इतनी आसानी से कहा, जैसे वह मुझे एक मिठाई दे रहा हो। और मेरे जीवन का एक हिस्सा नहीं माँग रहा था। इस अप्रत्याशित मुठभेड़ ने मेरे हर विश्वास की नींव हिला दी। कोई मेरे जीवन के कुछ पल कैसे खरीद सकता था? उसके शब्द हर उस चीज़ का उपहास थे जिसे मैं पवित्र मानती थी। कमरा अचानक एक बेतुके नाटक का मंच बन गया, जिसमें मैं मुख्य भूमिका निभा रही थी - दंग, बिना संवाद के।

मेरे जीवन के सात साल... सबसे बड़े रहस्योद्‌घाटन के लिए भी एक असहनीय कीमत। लेकिन कहीं डर के नीचे, मेरे अंतर्ज्ञान ने चिल्लाया कि इस प्रस्ताव में कुछ और भी खतरनाक था। वह मेरे विचारों में इतनी गहराई तक कैसे पहुँच गया था? वह सच जानने की मेरी प्यास के बारे में कैसे जानता था? क्या यह एक संयोग था या एक खेल का हिस्सा जिसके नियम मैं नहीं जानती थी, और दांव बहुत बड़े थे?

यह विचार कि दुनिया के मुखौटे के पीछे शक्तिशाली रहस्यों का एक जाल है, मुझे आकर्षित करता था। लेकिन यह मुझे डराता भी था। मैंने अपने जैसे लोगों की कल्पना की - छायादार आकृतियाँ, अंधेरे से तार खींचते हुए, और मैं - उनके हाथों में सिर्फ एक छोटी सी धागा। उस दुनिया में गोता लगाने का मतलब था ऐसी शक्ति से मिलना जिसे मानव मन समा नहीं सकता था। क्या यह इसके लायक था? भावनाएँ मेरे अंदर टकरा रही थीं, मुझे गला घोंट रही थीं। मैं मोहित खड़ी थी - मेरे सीने में आतंक और जवाब की प्यास लड़ रही थी। मैंने महसूस किया कि मैं एक खाई के किनारे पर थी, जहाँ से कोई वापसी नहीं थी। लेकिन केवल उसमें ही मैं वह अर्थ पा सकती थी जिसे मैं अपने पूरे जीवन में खोज रही थी। मेरे दिमाग में सवाल उमड़ रहे थे। लेकिन कोई जवाब नहीं था। उसका प्रस्ताव एक पुकार जैसा लग रहा था जिसे मैं नज़रअंदाज़ नहीं कर सकती थी। यह मुझे अस्तित्व के आईने में देखने और सच को देखने के लिए चुनौती दे रहा था - भले ही यह मुझे जलाकर राख कर दे। मैंने महसूस किया कि उसकी कीमत मेरा अपना सार था। और यह कि यह चुनाव मेरे बाकी जीवन को परिभाषित करेगा।

--- ✶ ६ ✶ ---

मेरा निर्णय

लेकिन मेरा समय उस नींदहीन रात तक सीमित था - एकमात्र रात जिसमें ग्रेल एक मिथक नहीं, बल्कि एक वास्तविकता के रूप में प्रकट हो सकता था। यह रात, जीवन से अपरिहार्य विदाई से पहले, आखिरी थी! और मेरे पास सिर्फ यह रात थी, उन सभी प्यारे लोगों को अलविदा कहने के लिए जिन्होंने मेरे जीवन में एक अमिट छाप छोड़ी थी। केवल एक रात, आखिरकार अपनी सभी गलतियों और कमजोरियों के लिए खुद को माफ़ करने के लिए। केवल एक रात, इस दुनिया से अपनी आत्मा में अंकित खूबसूरत यादों और गर्म भावनाओं के साथ जाने के लिए। यह रात मेरी आखिरी थी। मेरा निर्णय। मैंने महसूस किया कि जो चुनाव मैं करने जा रही थी, वह मेरी जानी-पहचानी दुनिया की नींव हिला देगा।

"आज ही! क्या तुम समझते हो? मेरे पास सिर्फ यह रात है!" मैंने एक अप्रत्याशित दृढ़ता के साथ घोषित किया जिसने मुझे भी आश्चर्यचकित कर दिया, मेरी आवाज़ उस शांत हॉल में गूँज रही थी जहाँ कुछ देर पहले संगीत था।

मेरे हर शब्द की खामोशी में गूँज उठी। नथानिएल ने मोहक हँसी हँसते हुए, अपने शिकार के चारों ओर अपने जाल को लपेटने के लिए तैयार था। उसकी मुस्कान ठंडी, शिकारी थी, जैसे उसने मुझे पहले ही अपने जाल में फँसा लिया हो।

"'आज' केवल अनंतता का एक दरवाज़ा है। ज्ञान के अभिलेखागार तक पहुँच के बदले सात साल - रहस्यों का भंडार, जो किसी और के लिए अगम्य है - और उस दरवाज़े की चाबी जो भ्रम और वास्तविकता की दुनिया को अलग करती है। उन सभी चीज़ों के बारे में सोचो जो तुम देख सकती हो, सीख सकती हो, अनुभव कर सकती हो... मेरी मदद से।"

उसकी आवाज़ धीमी थी, लेकिन उसके शब्द मेरे दिमाग में धंस रहे थे, अविश्वसनीय संभावनाओं का वादा कर रहे थे।

"आपकी मदद की कीमत बहुत ज़्यादा है," मैंने जवाब दिया, शांत रहने की कोशिश करते हुए, लेकिन मैंने महसूस किया कि मेरा चेहरा जल रहा था। "मुझे यकीन नहीं है कि मैं दुनिया को आपकी आँखों से देखना चाहती हूँ।"

मेरी आवाज़ काँप रही थी, इसे नियंत्रित करने के प्रयासों के बावजूद। डर और जिज्ञासा मेरे अंदर लड़ रहे थे।

"लेकिन अपने अंदर, तुम जवाबों के लिए तरसती हो," उसने फुसफुसाया, थोड़ा पास आते हुए, उसकी साँस मेरी त्वचा पर एक ठंडी हवा की तरह फैल गई, डराने वाली लेकिन आकर्षक भी। "क्या तुम भ्रम से थक नहीं गई हो?"

उसके शब्द मेरे सबसे गुप्त विचारों पर एक सीधा हमला थे। वह उन्हें आसानी से पढ़ रहा था। उसके शब्दों ने मुझे तीखे ढंग से भेद दिया, मेरी सबसे गहरी इच्छा को छूते हुए। मेरा सीना एक ऐसी लय से भर गया जिसे मैं नहीं जानती थी, एक अजीब उत्साह और बेचैनी से भर गया। क्या यह संदेह की बेड़ियों से खुद को मुक्त करने और इस भयानक उम्मीद को गले लगाने का समय था? क्या यह अज्ञात की दहलीज को पार करने का समय था? मेरे शरीर की हर कोशिका अनिर्णय और लालसा से काँप रही थी।

"मुझे लगता है कि यह बातचीत खत्म हो गई है," मैंने जितना संभव हो उतना शांत ढंग से कहा, हालाँकि मेरा दिल मेरे सीने में धड़क रहा था।

मैं मुश्किल से इन शब्दों को बोल पाई, मेरी आवाज़ लगभग अनसुनी थी। लेकिन नथानिएल ने अपनी पकड़ नहीं छोड़ी। उसकी नज़र मुझ पर टिकी रही, और उसके होंठों के कोने और भी शिकारी ढंग से मुड़ गए।

"खैर, मैं ऐसा नहीं सोचता।" उसकी आवाज़ धीमी हो गई। उसमें एक लौह दृढ़ संकल्प था जो इनकार को बर्दाश्त नहीं करता था। "यह अभी-अभी शुरू हुआ है... और कोई वापसी नहीं है।"

उसका हर शब्द एक निर्णय की तरह लग रहा था, जिसने मेरी नियति को सील कर दिया था। ये शब्द एक भविष्यवाणी थे, जिसने मेरी नियति को एक अराजक भूलभुलैया से एक पूर्वनिर्धारित पथ में बदल दिया था। मुझे नहीं पता था कि यह मेरे लिए क्या लेकर आएगा, लेकिन मैं जानती थी कि दुनिया अब पहले जैसी नहीं रहेगी। कि भले ही मैं भाग जाऊँ, ज्ञान मुझमें पहले ही बोया जा चुका था - और यह कभी बढ़ना बंद नहीं करेगा।

अब, मेरी वृत्ति चिल्ला रही थी कि मैं भाग जाऊँ, उसकी पकड़ से खुद को छुड़ा लूँ, इससे पहले कि वह मुझे पूरी तरह से निगल ले। मुझे मेरे सपनों का वह दुःस्वप्न याद आया, जिसमें मृतकों की छायाएँ उन लोगों की आवाज़ में नाम फुसफुसाती थीं जिनसे मैं कभी नहीं मिली थी। मुझे उस पुरानी लाइब्रेरी में मोम की मोमबत्तियों की गंध याद आई, जहाँ मैंने पहली बार महसूस किया था कि रहस्य रोशनी पसंद नहीं

करते। यह सब मेरे ऊपर इकट्ठा हो गया, आसन्न खतरे की भावना को तेज कर रहा था।

मैं चली गई। बिना पीछे मुड़े। ठंडी संगमरमर की टाइलों पर हर आत्मविश्वास से भरे कदम के साथ, मैंने महसूस किया कि मेरी आंतरिक शक्ति धीरे-धीरे बढ़ रही है। मेरी आत्मा में एक नई, अपरिचित साहसी आत्मविश्वास की लहर उठ रही थी। यह भावना एक सीमा रेखा थी। मेरी जानी-पहचानी दुनिया का अंत और कुछ पूरी तरह से नए की शुरुआत। मेरे सुरुचिपूर्ण हील्स की खटखटाहट शांत हॉल में जोर से गूँज रही थी।

खाली जगह में एक ही आवाज़, जो बीतते पलों को माप रही थी। जैसे ही मैं दूर हुई, मेरी पीठ पर रोंगटे खड़े हो गए। मेरी गर्दन में आग लग गई, लेकिन गर्मी के बजाय, मेरी त्वचा पर एक ठंडी सिहरन दौड़ गई। उसकी नज़र अडिग थी, एक ऐसी शक्ति के साथ जो मुझे पीछे खींच रही थी। जैसे ही मैं दूर हुई, मुझे ऐसा महसूस हुआ कि मेरे सपनों की छायाएँ पहले से ही मेरा पीछा कर रही थीं - एक ऐसे चुनाव की शांत गवाह, जिसे कोई वापस नहीं ले सकता था।

संगीत के शोर और अन्य कमरों से आने वाले चश्मों के बजने के बावजूद, मैंने केवल अपने दिल की धड़कन सुनी। मैंने फर्श पर एक हल्की कंपन महसूस की, और ओज़ोन की तीखी गंध को महसूस किया, जो शाम के फूलों की सुगंध के साथ मिली हुई थी। उसके होंठ, एक गहरे, खामोश रहस्य से चिह्नित, मुझे अपरिहार्य रूप से मुड़ने के लिए बुला रहे थे।

मेरा पूरा शरीर चिल्ला रहा था कि मैं भाग जाऊँ, लेकिन फिर भी कुछ मुझे उसकी ओर वापस खींच रहा था। उसकी आँखें मुझे आसानी से भेद रही थीं, मुझे पढ़ रही थीं। मैंने खुद को उसकी तीव्र नज़र के नीचे नग्न महसूस किया, मेरे अंदर का हर विचार, हर भावना पूरी तरह से उजागर हो गई थी। उनमें जरा भी दया नहीं थी, केवल एक ठंडा, गणनात्मक इरादा था।

अध्याय 4: आख़िरी रात

आज मेरा चालीसवाँ जन्मदिन है। मेरा आख़िरी। मैंने अपनी शिराओं को फटा हुआ महसूस किया, मेरे आखिरी पल बह रहे थे। हर सेकंड मुझे एक अंतहीन शून्यता की ओर खींच रहा था, जो मुझे ठंडे उदासीनता के साथ निगल रही थी। यह रात सब कुछ थी - दम घुटने से पहले की आखिरी साँस। मेरे पूरे अस्तित्व का एक छोटा सा टुकड़ा, उत्साह और पीड़ा से बुना हुआ। यादें मुझे बेरहम साँपों की तरह लपेट रही थीं, क्षमा से इनकार कर रही थीं।

समय मेरा गला घोंट रहा था। हर नस चिल्ला रही थी - बिना किसी प्रतिरोध के, इस्तीफ़े में डूबी हुई। मेरा पेट सिकुड़ गया। मेरी गर्दन की मांसपेशियाँ सख्त हो गईं। यहाँ तक कि मेरे मुँह का स्वाद भी कड़वा था - एक कच्ची, मोटी कड़वाहट, जो मेरे पूरे अस्तित्व को भर रही थी।

अचानक एक ठंडी ऐंठन मेरे सीने में दौड़ गई। मेरा दिल मेरी पसलियों से टकराया, निराशा से, जैसे वह खुद को बाहर निकालना चाहता हो। मेरे कानों में खून की एक गहरी गड़गड़ाहट गूँजी, और मेरी साँस एक ठंडी कराह में बदल गई। हवा अटक गई। मेरा शरीर काँप रहा था - अनियंत्रित रूप से। मैं इस पीड़ा में अकेली रह गई, जहाँ लंबे समय से सुप्त आतंक एक विनाशकारी ज्वाला में उठ खड़ा हुआ। इसने मुझे अंत की याद दिलाई, जो मेरी गर्दन के पीछे साँस ले रहा था - मिट्टी और विस्मरण की गंध के साथ।

बाहर, एक हॉर्न की आवाज़ आई। फिर - हँसी। दूसरों के लिए ज़ीवन जारी था। मेरा - खत्म हो रहा था।

घबराहट से मेरा गला बंद हो गया। मैं साँस नहीं ले पा रही थी। मेरा सीना निराशा से उठ रहा था, लेकिन हवा नहीं थी। तभी नथानिएल की आवाज़ मेरे दिमाग में घुस गई - स्पष्ट, अटल, मेरी हड्डियों में अंकित:

"क्या तुम मुझे अपने जीवन के सात साल बेचोगी?"

--- ✶ ҁ ✶ ---

बीस साल पहले

मैंने अपनी आँखें बंद कर लीं। एक दर्दनाक रोशनी ने मेरी पलकों को भेद दिया, मुझे उस गर्मी में वापस ले गई। हमारी हँसी बेरहम सूरज के नीचे गूँज रही थी, जबकि हम गर्म रेत पर दौड़ रहे थे। एलेक्स अचानक रुक गया। उसका चेहरा गंभीर था - तनावपूर्ण और दृढ़। उसने मेरे काँपते हाथों को कसकर पकड़ लिया।

"मुझसे वादा करो, मेलिना! तुम्हें अपने सपनों का पीछा करना चाहिए। हमेशा। चाहे कुछ भी हो।"

"मैं वादा करती हूँ, एलेक्स," मैंने फुसफुसाया। मेरी आँखों में एक ऐसा विश्वास था जिसे मैं तब नहीं समझ पाई थी, लेकिन अब मुझे कड़वाहट से जला रहा था।

--- ✶ ҁ ✶ ---

कड़वी फटकार

अब, दो दशक बाद, वे शब्द मेरी खोपड़ी में गूँज रहे थे - एक निरंतर फटकार। उनका वजन केवल मेरा था - एक असहनीय बोझ जिसने मेरी आत्मा को कुचल दिया। मेरे पास पछतावे के लिए समय नहीं था। न ही पश्चाताप के लिए। मेरा शरीर इंतजार करने से इनकार कर रहा था।

चालीस साल। इस आखिरी रात में, वे एक पूरे युग की तरह महसूस हो रहे थे। सपने, योजनाएँ, लक्ष्य - अधूरे लटक रहे थे, हर सेकंड के साथ फीके पड़ रहे थे। अब सब कितना खाली लग रहा था, जब इसे साझा करने वाला कोई नहीं था। एक दिन, एक घंटा, एक पल - केवल तब अनमोल होते हैं जब आप महसूस करते हैं कि वे आपकी उँगलियों के बीच कितनी आसानी से पिघल जाते हैं।

मेरे कमरे में धूल और पुराने कागज़ की गंध आ रही थी - अतीत की गंध, भविष्य के क्षय के साथ मिली हुई। यह रात मेरे जीवन को समझने का मेरा आखिरी मौका था। उस सवाल का सामना करने का जो मेरे सिर में गूँज रहा था: क्या मैंने सच में जिया?

समय भाग रहा था। मेरा शरीर नींद के खिलाफ विद्रोह कर रहा था। एक अचानक कमजोरी ने मुझे घेर लिया। मेरी उँगलियाँ सुन्न हो गईं। खून पीछे हट गया, उन्हें खाली, पराया छोड़ दिया। "हार मत मानो!" मेरे अंदर की आवाज़ चिल्ला रही थी, जो थकान से दब गई थी। वह किसे चिल्ला रही थी - मुझे? अकेलेपन को? मुझे इंतजार कर रही शून्यता को?

मेरा जीवन एक फटी हुई किताब थी, जिसे मैं बुखार में पलट रही थी।

बाकी रात एक जलती हुई आग थी - अज्ञात के खड़ी रास्ते पर आखिरी रोशनी। शायद अभी बहुत देर नहीं हुई थी। लेकिन समय मेरा पीछा कर रहा था। मेरा शरीर आखिरी संकेत भेज रहा था।

मुझे वह नज़र याद आई - पहली और एकमात्र प्रेम, उसके जाने से पहले। अब मैं अकेली थी। सात साल... मृत्यु के सामने असंभव, इस समय की विलासिता के बदले नथानिएल क्या चाहता था? मेरे पास अब एक दिन, एक घंटा भी नहीं था। यह रात मेरा अंत थी। एक ऐसा अंत जो हर दर्दनाक साँस के साथ करीब आ रहा था। और कोई इसे रोक नहीं सकता था।

--- ✶ ✶ ---

अस्तित्व पर विचार

"मैं कौन हूँ?" - सवाल खामोशी में धड़क रहा था। मेरे हाथ मेरी जांघों में धंस गए। मुझे जवाब ढूँढना था, इससे पहले कि काली खाई मुझे निगल ले।

मेरे माथे से ठंडा पसीना टपक रहा था। "अभी नहीं!" - मैं समझना चाहती थी। मैं देखना चाहती थी। गोधूलि में, जहाँ नींद और जागने के बीच की सीमा धुंधली हो गई थी, मुझे तुच्छता का एहसास हुआ। मैं किसी अनंत चीज़ का एक छोटा सा कण थी, एक रहस्य जो मेरे बुखार भरे दिमाग के लिए अगम्य था। मैं केवल एक अकेली रेत का कण थी, जो अनंतता के रेगिस्तान में बिना किसी निशान के खो गई थी! जीवन के महासागर द्वारा निगली गई एक बूंद! अमर आत्माओं के जंगल में काँपता हुआ एक पारदर्शी पत्ता! मानवता के लिए मैं एक तुच्छ शरीर थी! मैं अनंतता के सामने कोई नहीं थी, अंधेरे में एक क्षणिक चिंगारी। मेरा छोटा सा जीवन शायद ही शाश्वत खामोशी को बाधित करता, केवल मायावी शक्तियों और पदार्थ का एक क्षणिक यौगिक था, जो जल्द ही बिखर जाएगा।

और शायद केवल एक ही उद्देश्य था - इस यात्रा को पूरी तरह से जीना, परमानंद से निराशा तक, और शांति की खामोशी में लौटने से पहले खुद को महसूस करना।

यहाँ तक कि कोशिकीय स्तर पर भी मैंने क्षय महसूस किया। कमजोरी मेरी हड्डियों में रेंग रही थी। एक ठंडक ने मुझे घेर लिया। और मेरे सपनों में, मैं अभी भी अंतहीन मैदानों में दौड़ रही थी, चमकीले सूरज के नीचे हँस रही थी। अंत के खिलाफ अवचेतन का आखिरी प्रतिरोध। हार को स्वीकार करने से मेरा इनकार।

अंत सिर्फ जीव विज्ञान था। बड़े क्षय की प्रवृत्ति की एक सूक्ष्म गूँज। हर गुजरता हुआ सेकंड मुझे बेहोशी, शांति की ओर ले जा रहा था - बिना विचारों के, बिना यादों के, बिना पीड़ा के। केवल खामोशी।

--- ✶ ✶ ---

अलविदा पत्र

मैं जीवन को इतनी शिद्दत से सुलझाना चाहती थी। सभी सच जानना चाहती थी। अपने सपनों को पूरा करना चाहती थी। एक छाप छोड़ना चाहती थी। लेकिन समय

खत्म हो गया। सपने बुझ गए। केवल अलविदा बचा था। कड़वाहट। और एक छोटी, काँपती हुई उम्मीद - अंधेरे में एक रोशनी।

यह रात आखिरी है। अनकहे शब्द रह गए - मेरी माँ के साथ वह बातचीत जिसे मैं टाल रही थी। उदाहरण के लिए, मैं उनसे कितना प्यार करती हूँ और मुझे कितना अफ़सोस है कि मैंने उन्हें आखिरी बार गले नहीं लगाया। अधूरे पन्ने। अनकहे विचार। इस रात मुझे सोने का कोई अधिकार नहीं था। मेरी आँखें चौड़ी खुली थीं। मेरी आत्मा - नग्न। सच - क्रूरता से उजागर। भावनाएँ - एक धारा की तरह बह रही थीं।

यह रात मैं अलविदा कहने के लिए लिख रही थी। कुछ पीछे छोड़ने के लिए।

लेकिन नथानिएल का सवाल गूँज रहा था - बेरहम: "क्या तुम क्षय को चुनोगी? या ज्ञान की कीमत?"

मैं एक खुली किताब थी। अनपढ़ी। मैं वह पल थी जब मैं अपनी आँखें बंद करूँगी। मैं वह याद थी जिसे मैं अपने साथ ले जाऊँगी। मेरे जीवन के कार्य धीमे हो रहे थे।

कभी-कभी मुझे लगता है कि रोशनी रास्ते के अंत में नहीं होती है। बल्कि रास्ते में ही होती है। अंधेरे में। और यह कि केवल वे जो इसमें चलने की हिम्मत करते हैं, इसे अपने अंदर पाते हैं।

मेरी आखिरी साँस हवा नहीं थी। यह रोशनी थी। इतनी चमकीली कि यह जला रही थी, लेकिन मुझे अपनी ओर खींच रही थी। जैसे ही आखिरी गर्माहट मेरी उँगलियों को छोड़ रही थी, मेरे कानों में एक खामोशी फैल गई, जो किसी भी चिल्लाहट से ज़्यादा तेज़ थी। फिर - एक दूर की घंटी। मेरे चारों ओर ब्रह्मांड काँप रहा था।

क्या यह वह ज्ञान था जिसका नथानिएल ने वादा किया था? या आखिरी धोखा?

और फिर... मैं बिखरने के लिए तैयार थी। या शून्यता की कीमत को स्वीकार करने के लिए।

आखिरी पन्ना खुद ही पलट गया। उसमें उसका अनुपस्थित नाम चमक रहा था। मेरी सहमति के साथ। मैंने अनंतता के साथ एक सौदा किया।

अध्याय 5: छायाओं का आह्वान

एक भ्रमित करने वाली तस्वीर ने नींद के घने रात के पर्दे को तोड़ दिया: एक हाथ, जो खाई से मेरी ओर बढ़ा हुआ था। नथानिएल का हाथ। सपने, वे रहस्यमयी दूत, मुझे निगल रहे थे, मुझे हर वास्तविकता से अलग कर रहे थे। उनकी अस्पष्ट दुनिया में, चमकदार लेकिन खंडित दर्शन सामने आ रहे थे, और स्पष्ट बेतुकेपन के बीच, भविष्य की अस्पष्ट छवियाँ रेंग रही थीं। वे बहुत जीवंत थे, बहुत परेशान करने वाले - क्या वे भविष्यवाणियाँ थीं या एक तड़पती कल्पना का फल? यह परेशान करने वाला रहस्य मेरे दिमाग में धड़क रहा था, और मैं इसे पूरी तरह से गला घोंटने से पहले इसके घूंघट को फाड़ने की कोशिश कर रही थी।

उनकी भ्रमित करने वाली भविष्यसूचक शक्ति के बावजूद, मैं एक अवर्णनीय आवेग से प्रेरित होकर उनमें निर्भयता से गोता लगाती थी, जैसे कि एक उच्च सत्य और आत्मा की क्षणिक स्वतंत्रता की संरक्षक। थकान और भावनात्मक तनाव ने मुझे मेरी सीमा तक निचोड़ दिया था। मेरी आँखें धीरे-धीरे बंद हो रही थीं, लेकिन असली दर्शन मेरी पलकों के पीछे के अंधेरे में प्रकट हो रहा था। मेरी खोपड़ी के गहरे में, चेतना के काले कैनवास पर, अजीब आकृतियाँ, भूतिया रोशनी और अनंत उड़ान की नशीली भावनाएँ परिलक्षित हो रही थीं।

जैसे ही मेरे विचार भटक रहे थे, नथानिएल के शब्द गूँज रहे थे: "- प्राचीन रहस्य... सात साल..." - एक वर्जित फल की तरह बेतुका और भयानक रूप से मोहक, जिसका ज़हर परमानंद का वादा करता था। नींद मुझे एक काली लहर की तरह घेर रही थी और बहा ले जा रही थी, मुझे खोए हुए पलों, गर्म स्पर्शों की खाई में डुबो रही थी जो जल रहे थे, वर्जित फुसफुसाहट जो मुझे भेद रही थी, फीके पड़े चेहरे जो दर्दनाक तीव्रता के साथ लौट रहे थे। अंत की भावना अधूरे सपनों के कड़वे स्वाद के साथ मिल गई, मुझे एक ठंडे कफ़न की तरह लपेट रही थी, हर उम्मीद को जमा रही थी।

अचानक, एक तीखी खटखटाहट ने खामोशी को तोड़ दिया, मुझे मेरे सीने में एक मुक्के की तरह काले उनींदेपन से बाहर खींच लिया। मेरा दिल उछल पड़ा, जैसे वह मेरी पसलियों से बाहर निकलना चाहता हो। इतनी देर रात कौन हो सकता था, जब रात ने सब कुछ अपनी गहरी बाहों में निगल लिया था? मेरे हाथ पसीने से भीग गए, मेरी उँगलियाँ हैंडल के चारों ओर सिकुड़ गईं, खुलने से पहले हिचकिचा रही थीं।

--- ✶ ६ ✶ ---

आह्वान

दहलीज पर नथानिएल खड़ा था। उसकी आँखें पिघली हुई बर्फ की तरह चमक रही थीं, और उसके होंठों पर एक अधीर मुस्कान थी, जिसने मेरे सीने में एक अजीब आग जला दी, जो मुझे अंदर से जला रही थी। मुझे नहीं पता था कि यह सपना था या वास्तविकता - दोनों दुनियाओं के बीच की सीमाएँ धुएँ की तरह धुंधली हो रही थीं, मायावी, एक बन रही थीं।

"मेलिना!" उसने फुसफुसाया, उसकी आवाज़ मुश्किल से सुनाई दे रही थी, लेकिन एक परिचित, लगभग सम्मोहक शक्ति से भरी हुई थी, जो मेरे दिमाग में एक ठंडी हवा की तरह घुस रही थी, मेरी आत्मा के हर रेशे तक पहुँच रही थी। "मुझे पता था कि यह रात खास है। मैंने इसे महसूस किया।"

मैं दरवाज़े से पीछे हट गई, लेकिन वह पहले ही दहलीज पार कर चुका था, बिना किसी निमंत्रण के इंतज़ार किए, जैसे कि उसे इसका अधिकार हो। मैं खिड़की के पास खड़ी थी, अंधेरे बगीचे में देख रही थी। चाँदनी अजीब नाचती हुई आकृतियाँ बना रही थी, जैसे कि प्रकृति खुद हमारी खामोशी को सुनकर अपनी साँस रोक रही हो। मैंने नम मिट्टी और दूर के, नशीले फूलों की गंध महसूस की, जो हल्की रात की हवा से आ

रही थी। मेरे विचार फिर से क्षणभंगुरता पर लौट आए, लेकिन अब एक अवर्णनीय पूर्वज्ञान के साथ मिश्रित थे, कुछ अनकहे का वादा, जो हवा में कंपन कर रहा था।

"मुझे पता था कि तुम इस खानाबदोश रात के आह्वान का विरोध नहीं कर पाओगी," नथानिएल की धीमी आवाज़ गूँजी। उसमें एक मुश्किल से नियंत्रित लालसा थी, जो मेरी दबी हुई इच्छाओं, हर छिपी हुई प्यास के साथ गूँज रही थी। मेरा दिल धड़कने लगा। क्या उसने मेरा पीछा किया था, या बल्कि - मेरा इंतज़ार किया था, जैसे कि हम भाग्य से जुड़े हुए थे? मैंने अंधेरे में उसकी आकृति को पहचानने की कोशिश की - मायावी और मोहक, जैसे कि वह खुद अंधेरे से पैदा हुआ हो, उसके अनसुलझे सार का एक हिस्सा।

"तुम क्या चाहते हो? तुम यहाँ क्यों हो?" मैंने पूछा, बेचैनी की एक लहर और एक अजीब उत्साह महसूस करते हुए, जो एक बुखार की तरह लग रहा था, जो मेरे अंदर फैल रहा था, जबकि मेरी हर कोशिका चिल्ला रही थी। बहुत हो गए ये रहस्य! बहुत हो गए ये जीवन-मृत्यु के खेल! क्या तुम नहीं देखते कि मैं मर रही हूँ?

"मैं तुम्हें दिखाना चाहता हूँ कि जीवन एक रोमांच है," उसने जवाब दिया, उसकी आवाज़ रात की फुसफुसाहट में बदल गई, मेरी त्वचा को रेशम की तरह सहला रही थी, लेकिन एक मुश्किल से ध्यान देने योग्य, लगभग चेतावनी भरे स्वर के साथ। "और सबसे बड़ा खजाना उन लोगों के साथ हमारे रिश्ते हैं जो हमें समझते हैं। और उन लोगों के साथ जिनके साथ हम खुद को फिर से खोज सकते हैं, अधिक सच्चे बन सकते हैं।"

वह खिड़की की ओर बढ़ा, मेरे बगल में खड़ा हो गया। चाँदनी ने एक पल के लिए उसके चेहरे को रोशन किया - शांत और आकर्षक, एक कामुक मुस्कान के साथ, जो रहस्यों और वर्जित सुखों का वादा करती थी, जिससे आपकी साँस रुक जाती थी, और आपका खून आग की तरह धड़कने लगता था।

"हमारे पास यह रात है," उसने जारी रखा, जैसे कि वह हमारे बीच की एक अदृश्य बाधा को हटा रहा हो, उसे रात की खाई में घोल रहा हो जिसने हमें घेर लिया था। "एक रात जिसमें हम अपने डर को भूल सकते हैं और कुछ सच्चा पा सकते हैं। कुछ ऐसा जो तुम्हें केवल उम्मीद नहीं, बल्कि अनंतता की लालसा देगा, एक विलय के लिए, समय से परे, हर उस चीज़ से परे जिसे तुम जानती हो।"

--- ✶ ٤ ✶ ---

सत्य की ओर यात्रा

"उम्मीद?" मैंने संदेह से दोहराया, लेकिन मेरी आवाज़ में पहले से ही अनिश्चितता काँप रही थी, जिज्ञासा का एक मुश्किल से ध्यान देने योग्य संकेत, एक पूर्वज्ञान की तरह। "तुम समय के व्यापार के बारे में बात करते हो, 'प्राचीन रहस्यों' के बारे में... इसमें क्या उम्मीद हो सकती है? यह शैतान के साथ सौदे जैसा लगता है, मोक्ष जैसा नहीं।"

"यह उम्मीद है कि जो तुम देखती हो, उससे ज़्यादा कुछ है," नथानिएल ने जवाब दिया। उसकी आँखें मुझे एक सम्मोहक नज़र से भेद रही थीं, कुओं की तरह गहरी थीं, जिनमें तुम खो सकती थी, उनकी अथाहता से निगल ली जाती थी, लेकिन अब एक नई, लगभग दर्दनाक तीव्रता के साथ। "यह उम्मीद है कि तुम्हारे डर और सीमाओं से परे एक दुनिया है, एक ऐसी दुनिया जो भौतिकवाद की चिंताओं और झूठे सामाजिक मानदंडों से मुक्त है, जिसने तुम्हारी आत्मा को सामान्यता की बेड़ियों में जकड़ दिया था। क्या तुम झूठे आदर्शों की इस महामारी में दम नहीं घोंट रही हो, मेलिना? एक ऐसी दुनिया जहाँ नियम अलग हैं, खुशी - असीमित है। मैं तुम्हें वह दिखा सकता हूँ।"

उसने मेरी ओर अपना हाथ बढ़ाया। उसकी आँखों में आग्रह, विनती और एक जलती हुई इच्छा थी, लेकिन उसके नीचे, एक पल के लिए, मैंने अकेलेपन की एक दूर की छाया भी महसूस की, जैसे कि वह भी मुझमें कुछ खोज रहा था, केवल समय के आदान-प्रदान से ज़्यादा कुछ, एक जैसी आत्मा की तरह, अनंतता में खोई हुई। उसकी आँख के कोने में एक मुश्किल से ध्यान देने योग्य कंपन ने यह संकेत दिया कि उसके शब्द केवल एक वादा नहीं थे, बल्कि एक गहरी जड़ वाली ज़रूरत, लगभग निराशा थी।

"आओ। रोमांच, असली रोमांच, इस रात शुरू होता है। बाहरी दुनिया में सिर्फ एक यात्रा नहीं, बल्कि तुम्हारी अपनी आत्मा की गहराइयों में एक गोता, जहाँ रहस्य असली रोशनी को उजागर करेंगे। वहाँ, अहंकार से परे, जहाँ प्रेम के माध्यम से पीड़ा शुद्ध होती है, तुम अपना ग्रेल पाओगी - सार का दार्शनिक पत्थर, जो क्षणभंगुरता को शुद्ध चमक में बदल देता है। तुम्हारी पीड़ा केवल इसका दरवाज़ा है। यह चेतना का संक्रमण है जिसके बारे में प्राचीन ग्रंथों में बात की गई है, ऊर्जा का ही एक परिवर्तन।"

मैंने सोचा। डर अभी भी मुझे पकड़े हुए था, लेकिन अब जिज्ञासा और इस रहस्यमय आदमी के प्रति एक अजीब, धड़कते हुए आकर्षण के साथ मिला हुआ था। और एक पल के लिए, मैं वापस जाना चाहती थी। पीछे हट जाना और इस आपदा से छिप जाना चाहती थी। उसके शब्दों में कुछ आकर्षक था, कुछ ऐसा जो न केवल गहरे अर्थ के लिए मेरी लालसा के साथ गूँज रहा था, बल्कि लंबे समय से भूली हुई, शारीरिक इच्छाओं के साथ भी, जो मेरे अंदर सो रही थीं, अब उसकी उपस्थिति से जागृत हो गईं थीं। एक रात... शायद यह सिर्फ जोखिम ही नहीं, बल्कि बाकी सब कुछ के लायक भी थी। और इस रात ने ऐसे पलों का वादा किया जो अनंतता के साथ गूँज रहे थे, नियति के साथ, एक पूर्वनिर्धारित नियति की तरह, जिसे मैं सदियों से ढो रही थी।

"क्या होगा अगर मैं तुम्हारा पीछा करूँ?" मैंने पूछा, मेरी आवाज़ मुश्किल से सुनाई दे रही थी, उठते हुए उत्साह से कर्कश थी, जो एक बुखार की तरह मुझे घेर रहा था, पूरी तरह से पागलपन की तरह।

"तुम देखोगी," नथानिएल ने एक हल्की मुस्कान के साथ जवाब दिया, जो सीधे मेरी आत्मा तक पहुँची, मेरी सारी सावधानी को पिघला दिया, मुझे एक अप्रत्याशित कोमलता से गर्म कर दिया। "तुम एक ऐसी दुनिया देखोगी जिसकी तुमने कभी कल्पना

भी नहीं की थी। लेकिन तुम्हें मुझ पर भरोसा करना होगा। तुम्हें अपने डर को पीछे छोड़ना होगा... और पूरी तरह से खुद को सौंप देना होगा कि हमारा क्या इंतजार है। पूरी तरह से। बिना किसी अवशेष के। बिना पीछे मुड़े।"

मैंने उसके हाथ को देखा, जो मंद रोशनी वाली जगह में बढ़ा हुआ था। चाँदनी ने उसे घेर लिया था, जिससे वह लगभग अवास्तविक लग रहा था, जैसे कि किसी दूसरी दुनिया का निमंत्रण, एक समानांतर वास्तविकता जो हमारी ठीक नीचे धड़क रही थी। हिचकिचाहट बढ़ती हुई जिज्ञासा और एक अजीब, नशीले आकर्षण के साथ लड़ रही थी। यह रात... शायद यह सच में अलग थी। शायद यह सच में सिर्फ उम्मीद नहीं, बल्कि एक कामुक जागरण और एक अनंत अस्तित्व का वादा लेकर आई थी, जो मांस और रहस्यों से जुड़ा हुआ था, जो मुझे हमेशा के लिए बदल देगा, पुरानी मेलिना को मिटा देगा। चुनाव मेरा था। और मुझे इसे अभी करना था, चाँदनी के नीचे, यह महसूस करते हुए कि मेरा खून इस असामान्य, मोहक रात की ताल में धड़क रहा था, जो मुझे बुला रही थी, मेरा नाम फुसफुसा रही थी।

काँपते हुए, जैसे कि एक अदृश्य जादू से जुड़े हुए हों, मेरे हाथ ने धीरे से उसके हाथ को छुआ - मैंने उसकी अंगूठी की ठंडक और उसकी त्वचा की एक मुश्किल से ध्यान देने योग्य, चौंकाने वाली गर्माहट महसूस की, जो रात की ठंडक के विपरीत थी। मैंने पहला कदम उठाया। मैंने अपने अंदर की सारी मानवीय कमजोरी को स्वीकार कर लिया, यह महसूस करते हुए कि मेरा चुनाव व्यक्तिगत अस्तित्व से परे था। मैंने अपना हाथ बढ़ाया और रात में चली गई, हर उस भ्रम की जानी-पहचानी दुनिया को पीछे छोड़ दिया जिसने इसे बनाया था, हर सांत्वना, सुरक्षा की हर झूठी छवि। उस पल, समय ने मुझे भी निगल लिया, और मेरा शरीर, हालांकि उसकी अटल चाल के अधीन था, महसूस किया कि मेरी आत्मा, सपनों से मजबूत होकर, लड़ने के लिए तैयार थी - केवल मृत्यु के खिलाफ नहीं, बल्कि अपनी खुद की क्षणभंगुरता की बेड़ियों के खिलाफ, नियति और एक नई सुबह की असीमित क्षमता के साथ पूर्ण विलय के लिए, जो अब मेरे सामने एक खाई और एक ही समय में मोक्ष के रूप में प्रकट हो रही थी।

या शायद, आखिरकार, मैं वास्तविकता को चुन रही थी।

दुनिया का पतन: सुबह या विनाश
खंड II

अध्याय 6: एक युग की राख

इस पल में... जागृति के लिए बचा हुआ समय: 67:17:07 घंटे।

हवा एक भूखे, अशुभ जानवर की तरह रो रही थी, जो मरते हुए दुनिया से मांस के आखिरी टुकड़ों को फाड़ रहा था। नथानिएल जिस बर्फीले किनारे पर बैठा था, वह अंतहीन, नमक से भरे समुद्र में घुल रहा था - एक खुला, सड़ता हुआ घाव जिससे धरती का जीवन-बल ही बह रहा था। लहरें विशाल भूत के अदृश्य जबड़ों की तरह चट्टानों से टकरा रही थीं, जो एक बार की सभ्यता के नाजुक अवशेषों को पीस रही थीं। शैवाल और निराशा की गंध उसके फेफड़ों में भर रही थी।

वह समुद्र को नहीं देख रहा था। वह उसे निगल रहा था। अपनी आँखों से, अपने फेफड़ों से, अपने पीड़ाग्रस्त दिमाग से। हर लहर, ठंडे पानी की हर बूँद अरबों आवाज़ों की आहें लेकर आ रही थी: उन लोगों की जो पाप कर चुके थे, भुला दिए गए थे, जो फीकी पड़ चुकी छायाएँ थे। उन लोगों की आवाज़ें जिन्हें नथानिएल बचा नहीं पाया था। विफलता। एक विश्वासघात जो उसे अंदर से खा रहा था। यह कलंक उसकी त्वचा पर जल रहा था, अमिट था।

हवा यादों और धूल से घनी थी, अदृश्य कणों से भारी थी। उसमें मानवता के अंतिम कार्य के अवशेष तैर रहे थे - महीन रेत के कण जो एक युग के अंत की खामोशी से याद दिला रहे थे। एक युग, जो न तो किसी उल्कापिंड से मारा गया, न ही किसी दैवीय अभिशाप से, बल्कि अपनी ही, घातक अहंकार से। उसने मुट्ठियाँ भींच लीं और उसके नाखून उसकी हथेलियों में धंस गए।

"व्यर्थ!" उसके शब्द कर्कशता से निकले। वे उसे जला रहे थे। तूफ़ान ने उसे नहीं सुना। यह कभी नहीं सुनता। यह ब्रह्मांड की खुद की उदासीनता थी।

वह आखिरी गवाह था। सिर्फ़ विफलता का नहीं, बल्कि पूर्ण मिटाए जाने का। उसने मानव प्रकृति के लालच के साथ युद्ध किया था, अधिक और अधिक के लिए दूरदर्शी प्यास के साथ। उसने एक पूर्ण "स्थिरता प्रणाली" बनाने की कोशिश की थी, जो अरबों की असीमित भूख को सहन करने में सक्षम थी। अब वह उसके कब्रिस्तान को देख रहा था। यह हमेशा एक ही बात पर आ जाता था। प्रणाली जीतती थी। वह नहीं जिसे उसने बनाने की कोशिश की थी, बल्कि मानव रोग की प्रणाली - घृणा। अंधविश्वास। विनाश की वृत्ति। हर सूत्र, हर वैज्ञानिक योजना सत्ता के अंधे, पागल लालच के सामने धूल में बदल गई।

"यह सब किस लिए था?!" उसने फुसफुसाया। उसकी आवाज़ खो गई। उसे फिर कभी नहीं सुना जाएगा।

उसके दिमाग की गहराई में पुराने भारतीय भिक्षु की आवाज़ धड़क रही थी: "जीवन के बीज कभी पूरी तरह से नहीं मरते, नथानिएल। सबसे मोटी राख के नीचे भी वे इंतजार करते हैं। धैर्यपूर्वक। अगले चक्र के लिए।" ये शब्द आखिरी धागे थे। क्षणिक, लेकिन एक तूफ़ान में एक मकड़ी के जाले की तरह मजबूत।

उसने ऊँचे, अगम्य हिमालय में छिपी हुई रहस्यमयी गुफाओं के बारे में पढ़ा था। प्राचीन मंदिर, जो मानव इतिहास के भोर में ही बनाए गए थे, जहाँ मानव चेतना - व्यक्तित्व का सार - एक निष्क्रिय नींद में संग्रहीत था। आदिम तकनीक से नहीं, बल्कि सूक्ष्मता से हेरफेर किए गए भू-ऊर्जा प्रवाह से, जो मस्तिष्क को एक अदृश्य कोकून की तरह लपेटते थे। वहाँ, अनंतता के दिल में, नई जाति इंतजार कर रही थी। क्या? लेकिन यह उम्मीद एक और, अधिक अशुभ, अधिक घनी फुसफुसाहट के साथ लड़ रही थी: "क्या होगा अगर वे भी वही दोहराएँ? अगर वे उसी लालच में डूब जाएँ? और क्या तुम, नथानिएल, फिर से पतन के गवाह बनोगे?" यह दुविधा उसके सीने को फाड़ रही थी। यह दर्दनाक था।

नथानिएल एक मृत दुनिया का आखिरी अवशेष था। एकमात्र विवेक जो साँस ले रहा था। उसका शरीर भूख, ठंड, और विकिरण की भारी साँस के साथ संघर्ष कर रहा था। लेकिन उसे अपनी खुद की आंतरिक नरक से भागने की अक्षमता मार रही थी। असीमित अपराध-बोध से।

"क्या मुझे हार मान लेनी चाहिए?!" वह कराह उठा। सवाल खाई से लौट आया। "या क्या मैं सभी के अपराध-बोध को ढोने के लिए अभिशप्त हूँ? एक शाश्वत प्रायश्चित करने वाला?"

हवा ने फिर से खामोशी में जवाब दिया। केवल राख। और विस्मृति। या नहीं? खोए हुए लोगों के चेहरे उसके दिमाग में घूम रहे थे - वैज्ञानिक, कार्यकर्ता, शिक्षक, बच्चे, प्यार, दोस्त। सभी उसके अपराध-बोध का हिस्सा थे। हर चेहरा - उसकी त्वचा पर एक अमिट कलंक। और फिर भी... वह अभी भी जीवित था।

"क्यों?!" उसने फिर से फुसफुसाया, उस आंतरिक आवाज़ से जो उसे थामे हुए थी।

--- ✶ ⸙ ✶ ---

फिर, तूफ़ान के पागल रोने के बीच, उसके सामने हवा खुल गई। एक पल के लिए उसने एक पारदर्शी, क्षणिक आकृति देखी, जो प्रकाश और स्मृति से बुनी हुई थी। मेलिना। एक मुस्कान जो अब मौजूद नहीं थी, लेकिन दर्द और कोमलता के साथ चमक रही थी। उसकी आँखें, जो कभी जीवन से भरी हुई थीं, अब उदासी के अथाह कुएँ थे, लेकिन विशाल समझ के भी। उसने कुछ नहीं कहा। बस अपना हाथ बढ़ाया - क्षमा और सांत्वना का एक इशारा। नथानिएल ने एक गर्माहट महसूस की जिसने ठंड को दूर कर दिया, और एक शांति जिसने तूफ़ान को खामोश कर दिया। लेकिन जितनी जल्दी वह प्रकट हुई थी, उतनी ही जल्दी वह आकृति हवा में घुल गई। उसे अकेले, शोक की एक और गहरी, मजबूत गुरुत्वाकर्षण के साथ छोड़ दिया। जैसे कि दुनिया ने खुद उसे हाथ दिया था, फिर से उसे छोड़ने के लिए।

--- ✶ ⸙ ✶ ---

वह जवाब जानता था। वह जीवित रहने के लिए नहीं रहा था। वह गवाही देने के लिए जीवित रहा था। पूरी मानव त्रासदी का दर्पण बनने के लिए। आखिरी व्यक्ति बनने के लिए जिसे याद था। और अगर कहीं पहाड़ों के नीचे एक और जीवन सो रहा था - तो यह उसका कर्तव्य था कि वह वहाँ हो, जब वह जागे। बताने के लिए। चेतावनी देने के लिए। ताकि वे दोहराएँ नहीं। या ताकि वे जानें कि वे अकेले नहीं थे।

उसके सामने का समुद्र सिर्फ़ पानी नहीं था। यह समय का सार था - एक काली सतह, जो उसके चेहरे को एक मृत दर्पण की तरह दर्शा रही थी, जिसमें न केवल उसकी अपनी छवि, बल्कि पूरी मानवता का चेहरा भी दिखाई दे रहा था। मानव अस्तित्व की रेत घड़ी को पलट दिया गया था।

"क्या यह सब सिर्फ़ एक सपना नहीं है?!" वह फुसफुसाया, अपनी मुट्ठियाँ भींचते हुए। खुद को थप्पड़ मारने की इच्छा ठंड से ज़्यादा मजबूत थी। उसके सामने की यह मृत दुनिया इतनी अजीब, इतनी विकृत थी कि यह बेतुकी थी। आतंक एक अतियथार्थवादी दुःस्वप्न के साथ मिला हुआ था। जैसे वह टेढ़े-मेढ़े दर्पणों की एक भूलभुलैया से भटक रहा था, जहाँ वास्तविकता टुकड़ों में टूट रही थी।

"कुछ भी असली नहीं है। कुछ भी नहीं।"

उसकी नज़र को अपने खुद के कदमों की छाया के अलावा कुछ नहीं मिला - राख पर एक लुप्त होती छाया।

अध्याय 7: विनाश की गड़गड़ाहट

अंत से महीनों पहले। जागृति के लिए बचा हुआ समय: 15120:17:03 घंटे।

दुनिया - वह दुनिया, जो अभी भी भोलेपन की उम्मीद और मानवीय आकांक्षाओं की धीमी फुसफुसाहट से भरी हुई थी - ढल रही थी। एक असीमित मुँह से निगल ली गई, और नंगी हो गई। आर्मागेडन एक साफ़ आसमान से गड़गड़ाहट के रूप में नहीं, बल्कि एक धीमे, पीड़ादायक क्षय के रूप में सामने आया। पहले सौर चमकें आईं, जिन्होंने मैग्नेटोस्फीयर को एक पुराने कपड़े की तरह फाड़ दिया। फिर - तीन दिन का अंधेरा। आसमान काला हो गया। हवा भारी हो गई, जैसे कि पृथ्वी ने साँस लेना बंद कर दिया था। आवाज़ें दब गईं। घबराहट बढ़ गई। सिर्फ़ डर नहीं, बल्कि एक सब कुछ निगलने वाली, जंगली हिस्टीरिया, जो गले को फाड़ रही थी।

अराजकता फूट पड़ी। पेरिस से सिडनी तक। न्यूयॉर्क से केपटाउन तक। दुनिया एक उबलते हुए बर्तन में बदल गई। बर्लिन में बड़े पैमाने पर लूटपाट हुई, ब्राज़ील में आग लग गई, खूनी दंगे बीमार मांस की तरह देशों को फाड़ रहे थे। "विश्व व्यवस्था के महान पटकथा लेखकों" ने नियंत्रण के भ्रम को बनाए रखने की हताश कोशिश की। कोई सफलता नहीं मिली। चीन और भारत में सबसे भयानक था। लाखों की आबादी, आतंक और भूख से घिरी हुई, एक घातक खतरा बन गई। अधिकारियों ने जैविक हथियार छोड़ दिए। यह एक अनियंत्रित महामारी में फैल गया, जो दुर्गंध की तरह घना था।

और फिर यह आया - पूर्ण, निर्दयी विनाश। बीमारी को रोकने की अपनी हताशा में, अमेरिका और रूस ने परमाणु मिसाइलें दागीं। दुनिया के दूसरी तरफ़, चीन ने हिचकिचाया नहीं - तुरंत आग से जवाब दिया। परिणामी विस्फोट ने पृथ्वी की पपड़ी को हिला दिया, जिससे बड़े पैमाने पर भूवैज्ञानिक प्रलय हुआ। महाद्वीप मुड़ गए, ग्रह के अंदर से फट गए। पूरे शहर खुली खाइयों में गिर गए, और पहाड़ों जितनी ऊँची लहरों ने महाद्वीपों को बहा दिया, अपने रास्ते में सब कुछ ले गईं। घंटों में। सब कुछ निगल लिया।

ग्रह कराह रहा था। थर्मोन्यूक्लियर विस्फोटों ने एक श्रृंखला प्रतिक्रिया शुरू कर दी। भूकंपों ने एक विशाल राक्षस के दाँतों की तरह ज़मीन को फाड़ दिया। भूस्खलनों ने पहाड़ों को निगल लिया। उग्र समुद्र ने विशाल सुनामी को जन्म दिया। ज्वालामुखी फट गए। उन्होंने काले, अशांत आसमान के नीचे लावा उगला। बिजली के डिस्चार्ज ने एक अशुभ वाल्ट्ज़ नृत्य किया। बड़े पैमाने पर आग ने कालिख और रेडियोधर्मी धूल बाहर फेंकी, जिससे एक घनी एरोसोल परत बन गई। इसने सूरज की रोशनी को अवरुद्ध कर दिया। हर चीज़ पर एक बर्फीली, निर्जीव रात छा गई। परमाणु सर्दी की

शुरुआत। ठंड एक भूखे जानवर की तरह खंडहरों से गुज़री। अचानक। बिना किसी चेतावनी के। लंबे समय तक। अनंत तक। पूरी दुनिया में। बिना किसी अपवाद के।

जहरीले कण हवा में फैल गए - जहर के पीले बादल - जो अम्लीय बारिश लाए, जो त्वचा, कंक्रीट और हर उम्मीद को खा गई। नरक एक रूपक नहीं था। यह आँखों के सामने खड़ा था - जीवित, साँस लेता हुआ, असीमित। हवा - सल्फर और घनी धूल की गंध से भरी हुई थी। यह फेफड़ों में चुभ रही थी। धरती काँप रही थी। पिघले हुए लावा के फव्वारे उगल रही थी। मलबा आग की बारिश की तरह गिर रहा था। विनाश की एक बहरी कैकोफ़ोनी: गिरती हुई इमारतों की गड़गड़ाहट, मानव चीखें और तत्वों का गर्जना। सूरज, अपनी आखिरी अशुभ, खून-लाल चमक के साथ, सब कुछ एक बुरे सपने में बदल रहा था। महासागर - एक अस्थिर, अराजक वातावरण। यहाँ तक कि पदार्थ ही अपने खुद के सर्वनाश पर हैरान होकर काँप रहा था। एक घातक नृत्य कर रहा था।

पूरा ग्रह एक भयानक तस्वीर में बदल गया था - एक कैनवास जिस पर प्रकृति, जैसे कि पागल हो गई हो, आग और बर्फ के ब्रशों से पेंट कर रही थी। और एक पूर्ण पराजय, हमेशा के लिए राख और मलबे के एक जलते हुए नरक में डूबा हुआ। धरती एक गहरी, भारी, खामोश घबराहट में लिपट गई। इसकी गूँज नथानिएल की खोपड़ी में गूँज रही थी।

--- ✶ ✶ ---

जमी हुई दुनिया।

फिर... खामोशी। दुनिया अचानक जम गई। धरती पत्थर बन रही थी - बर्फ़ की एक कब्र, जिसने मानव सपने की आखिरी साँस ले ली थी। पतन के आदिम आतंक की जगह एक जमा देने वाली ठंड ने ले ली। यह हड्डियों के मज्जा तक घुस गई। बर्फीली लहर - एक खामोश, सफेद प्लेग - ने सब कुछ निगल लिया। मानव अवशेषों वाले गाँव, एक घातक आलिंगन में जकड़े हुए। इमारतों के अग्रभागों को भूतिया ठंढ से ढक दिया गया था। विशाल ग्लेशियर, विशाल साँपों की तरह, धीरे-धीरे, चुपचाप रेंग रहे थे, सब कुछ निगल रहे थे। हवा, तीखी बर्फीली सुइयों में क्रिस्टलीकृत होकर, हड्डियों को भेद रही थी। और आसमान, बादलों के एक बर्फीले पर्दे में बदल गया, एक बहरी गड़गड़ाहट के साथ धरती पर गिर रहा था। यह भयानक शून्यता में गूँज उठा।

नथानिएल जिस दुनिया को जानता था - विज्ञान, व्यवस्था और भ्रम की दुनिया - अनंतता में घुल गई। घृणा और लालच से प्रेरित पागलपन के एक कार्य ने बाइबिल के पैमाने पर एक प्रलय को जन्म दिया। पृथ्वी ने खुद एक मौलिक क्रोध के साथ जवाब दिया, हिल गई और लावा उगल दिया। और नथानिएल - अकेला, अंतहीन कालेपन से घिरा हुआ - महसूस कर रहा था कि वह खुद भी टूट रहा है, जैसे उसके चारों ओर की दुनिया। दया के लिए कोई जगह नहीं थी। प्रकृति - एक माँ से एक निर्दयी न्यायाधीश में बदल गई - जिसने सब कुछ मिटा दिया। वह एक ऐसी अराजकता में खो गया था जिसे वह समझ नहीं सकता था, लेकिन जिसने उसे अपरिवर्तनीय रूप से बदल दिया।

वह भूतिया चीखें सुन रहा था, जो ठंड से दब गई थीं। वे हवा में नहीं, बल्कि उसकी अपनी खोपड़ी में गूँज रही थीं। जैसे कि वे सभी मृतकों की आवाज़ें थीं। इस सर्वनाश की उसकी व्यक्तिगत गूँज। जीवन का धड़कना बंद हो गया। अंधेरी गहराइयों में दफन हो गया। कोई विकल्प नहीं था। न ही कोई मोक्ष।

लेकिन, क्या कभी था?

दुनिया मर गई। एक टूटी हुई स्प्रिंग वाली घड़ी की तरह, जिसकी सुइयाँ हिलने से इनकार कर रही थीं। केवल अतीत की भूतिया हवा बची थी। और मृत्यु की ठंडी साँस। अनंत शून्यता ने बीतते पलों को निगल लिया, जहाँ अतीत और भविष्य एक हो गए थे। कोई सूर्योदय नहीं था। न ही सूर्यास्त - केवल रात, जो दूर के, उदासीन सितारों से रोशन थी।

लंबे महीनों के बाद, प्रकृति शांत हो गई। सूरज ने हिम्मत से घायल धरती को सहलाना शुरू किया, अपनी बीमार किरणों से ग्रे धूल की परत को भेदते हुए। बारिश - आँसुओं की तरह कड़वी, दुनिया के दर्द को सोखते हुए - मलबे को धो रही थी, जिससे काली नदियाँ बन रही थीं।

आपदा के निशान हर जगह थे: भूतिया शहर, मुड़े हुए धातु के ढांचे, इमारतों के अवशेष जो टूटे हुए दाँतों की तरह बाहर निकल रहे थे, काले, कंकालों की तरह खड़े पेड़ों से भरे मैदान, और मलबा से भरे महासागर। घनी, दम घोंटने वाली खामोशी, जो केवल हवा के चीखने से टूटती थी, खोई हुई हर चीज़ के लिए एक शोकगीत की तरह लग रही थी।

नथानिएल जानता था: सब कुछ पैदा होता है और मर जाता है। लेकिन वह इसे एक ऐसे दुःस्वप्न की तरह जी रहा था जो खत्म होने से इनकार कर रहा था। उसका दिल एक खामोश चीख से फटा हुआ था। उसे अपने भाई की हँसी याद आई, फिर चीखें।

केवल एक चीज बची थी - अकेलापन, इतना घना और दर्दनाक कि यह खोई हुई हर चीज़ से ज़्यादा भारी था। एक ऐसी दुनिया की गूँज की तरह, जिसने कभी सोचा था कि वह अमर है।

अध्याय 8: देर से मिली समझ

वह जानता था। वह हमेशा जानता था, अपने अंदर कहीं गहरा, तर्कसंगतता की परतों के नीचे छिपा हुआ था - अवचेतन की उस अंधेरी, अज्ञात गुफा में, जहाँ डर और सच प्राचीन जानवरों की तरह रहते हैं। वह इस दुखद, पूर्वनिर्धारित अंत के बारे में जानता था, उस अपरिहार्य खाई के बारे में जिसकी ओर दुनिया एक सिर के बल, आत्मघाती गति से दौड़ रही थी। उसने इसे संख्याओं में, वक्रों में, गणनात्मक मॉडलों में देखा, लेकिन उसने इसे महसूस करने से इनकार कर दिया।

वह इसे सबसे ज़्यादा मेलिना से जानता था। उसका प्यार और ज्ञान संदेह के उग्र अंधेरे में उसकी एकमात्र रोशनी थी, एकमात्र छोटी सी रोशनी जिसने बुझने से इनकार कर दिया, तब भी जब उसने उसे राख से ढक दिया था। उसने उसे धैर्यपूर्वक बचाने की कोशिश की, उसकी अविश्वास की पथरीली, बंजर मिट्टी में सच्चाई के बीज बोने की कोशिश की। लेकिन वह? उसने विश्वास नहीं किया। उसने कुछ नहीं किया। उसने उसकी दलीलों को हठपूर्वक नज़रअंदाज़ किया, उन स्पष्ट जवाबों को अनदेखा कर दिया जो वह उसे अनमोल उपहारों की तरह दे रही थी, जैसे कि वह एक मरने वाले व्यक्ति को जीवन रक्षक दवा देने से इनकार कर रहा था जो इतना घमंडी था कि यह स्वीकार नहीं कर सकता था कि वह बीमार था।

--- ✶ ६ ✶ ---

याद: मेलिना

उसे कई साल पहले का एक ऐसा पल याद आया। मेलिना उसके सामने खड़ी थी, सूर्यास्त के खिलाफ़ एक सिल्हूट। उसकी आँखें एक अटूट, लगभग दर्दनाक विश्वास को विकीर्ण कर रही थीं जिसने उसे परेशान किया - उसे परेशान किया क्योंकि इसने उसकी व्यवस्थित, तार्किक संरचनाओं को कमज़ोर कर दिया।

"नथानिएल," उसने कहा था, उसकी आवाज़ धीमी थी, लेकिन एक ऐसे भार के साथ जो उसके अहंकार के कवच को भेद गया था, "तुम अपने खुद के घमंड के लिए अंधे हो। तुम सिर्फ़ संख्याएँ देखते हो, लेकिन दुनिया भावनाओं में साँस लेती है।"

तब वह केवल तिरस्कारपूर्वक, दया के साथ मुस्कुराया, उसकी बातों को एक दाई द्वारा सुनाई गई एक भोली बच्चों की कहानी की तरह खारिज कर दिया। एक महिला एल्गोरिदम, समीकरणों और भविष्यवाणियों की जटिल दुनिया को कैसे समझ सकती थी? उसकी दुनिया।

--- ✶ ६ ✶ ---

समझ

अब, जब अतीत की राख वर्तमान के खंडहरों पर गिर रही थी, और उम्मीद की आखिरी, टिमटिमाती चिंगारी को भी बुझा रही थी, तो सच्चाई ने उसे बुरी तरह से घेर लिया। यह एक सहज समझ नहीं थी, न ही एक शांत, ज्ञानवर्धक एहसास। यह एक क्रूर, चौंकाने वाला झटका था जिसने उसकी साँस रोक दी। उसने इसे अपने सौर जाल में एक वार की तरह महसूस किया, तीखा, जलता हुआ, जैसे किसी ने सचमुच उसे भेद दिया हो। हवा उसके फेफड़ों से एक कर्कश, घुटी हुई आवाज़ के साथ निकली, जो खाली कमरे की मृत खामोशी में गूँज उठी।

एक डरावनी स्पष्टता के साथ, उसे उसकी बातों की सच्चाई का यकीन हो गया। एक रोशनी की चमक की तरह, जिसने उसके रेटिना को जला दिया था, उसे याद आया कि उसने काँपती हुई आवाज़ में उसे कैसे चेतावनी दी थी, कैसे उसने आसन्न खाई के लिए उसकी आँखें खोलने की कोशिश की थी, उसे पूर्वनिर्धारित त्रासदी से

बचाने की कोशिश की थी। लेकिन वह, घमंड से अंधा, अपने खुद के विशाल अहंकार से, ने उसके हर शब्द को बिना किसी समारोह के नज़रअंदाज़ कर दिया।

अब, जब सब कुछ अपरिवर्तनीय रूप से खो गया था - जब उसके अंधेपन की कीमत जलते हुए खंडहरों में, अरबों खामोश कब्रों में, सल्फर और मौत की गंध में मापी गई थी - तो उसे कड़वाहट से एहसास हुआ कि उसने सबसे कीमती चीज़ बर्बाद कर दी थी। एक प्यार करने वाली महिला की दूरदर्शिता, जिसका असीमित प्यार उसने व्यर्थ महत्वाकांक्षाओं, नियंत्रण और सत्ता की एक खाली प्यास के साथ बदल दिया था। समझ का एक ही, निर्दयी पल अंधेरे से गुज़रा। यह पहेली के सभी बिखरे हुए टुकड़ों को एक स्पष्ट और विश्वसनीय तस्वीर में व्यवस्थित करने के लिए पर्याप्त था।

इस भाग्यशाली पल में, समय रुक गया। यह अनंतता में बदल गया, बिना दीवारों वाला एक कमरा, जहाँ अतीत और वर्तमान एक में मिल गए। भ्रम का पर्दा अचानक उठ गया, और जवाबों का एक मनोरम दृश्य उसके सामने प्रकट हुआ। वे हमेशा वहाँ थे, बहुत करीब, लेकिन उसने उन्हें देखने से, उन्हें सच मानने से इनकार कर दिया था। उसके अतीत का हर दर्दनाक टुकड़ा, हर घटना, उसके होंठों से निकला हर शब्द, एक पूरे में विलीन हो गया - एक शक्तिशाली, निर्विवाद सत्य में जिसने उसे बिजली की तरह भेद दिया, उसे दो में फाड़ दिया। उसकी आत्मा अचानक ज्ञान और एक फैलती हुई, दर्दनाक गर्माहट से भर गई, जो उसकी शिराओं में फैल रही थी, साथ ही उसे भ्रम से जला रही थी और शुद्ध कर रही थी। जहर और अमृत की तरह।

नथानिएल ने विश्वास किया। लेकिन बहुत देर हो चुकी थी। वह, घमंड और बौद्धिक भ्रम का कैदी, अब विश्वास करता था। उसने उसके मिशन और गहरे अर्थ पर विश्वास किया। उसके प्यार पर, जिसने अब उसके खुद के सर्वनाश की वास्तविकता को रोशन कर दिया था, लेकिन इसे बदल नहीं सकता था। उसने आखिरकार उसके विश्वास के सभी समझदार जवाबों की चाबी खोज ली थी, जिसे उसने कभी अंतहीन भटकने में खोजा था, लेकिन जो हमेशा उसकी आँखों के सामने थे।

तो क्या? बहुत देर हो चुकी थी... वह टूटा हुआ था, अभिशप्त था, निरर्थक था। उसके खुद के अंधेपन की अंतहीन राख में एक शून्य।

--- ✶ ६ ✶ ---

अंतिम घंटे

उसके अंदर जो समझ एक लंबी नींद से एक शिकारी की तरह जागृत हुई थी, उसने उसे निर्दयता से निगल लिया। अपने गुप्त चैनलों के माध्यम से, रहस्यों और साज़िशों के जाल से भरे हुए, नथानिएल को भयानक खबर मिली।

उसने इसे सुना। लेकिन उसकी चेतना ने विरोध किया, इसे स्वीकार करने से इनकार कर दिया - जैसे कि उसका दिमाग घबराहट से इनकार कर रहा था, कोहरे और सफेद शोर की दीवारें खड़ी कर रहा था। उसने सहज रूप से इसे बढ़ते, भयानक डर के साथ उम्मीद की थी। वह तारीख जानता था, जो उसके अवचेतन में गहराई से

अंकित थी, लेकिन वह इसे जोर से सुनना नहीं चाहता था। यह एक मौत की सज़ा की तरह था, जिसने उसे भविष्य से, हर उम्मीद से, खुद साँस लेने से वंचित कर दिया।

अपने अंदर गहराई से, उसने महसूस किया कि एक पूरी दुनिया की घड़ी के आखिरी सेकंड गिन रही थी। एक छोटी, हठीली चिंगारी अभी भी टिमटिमा रही थी, एक चमत्कार की उम्मीद कर रही थी, अपरिहार्य से एक असंभव मोहलत की।

अब, हालांकि, ठंडे, निर्विवाद तथ्य उसकी आँखों के सामने थे - उसके दिमाग में छपे हुए थे, जैसे कि किसी ने उसे एक भारी हथौड़े से सिर पर मारा हो, उसके भ्रमों को नमक में तोड़ दिया हो। उसके मुँह में खट्टी पित्त का स्वाद भर गया, उसके गले में अटक गया, जिससे उसे दर्द से निगलना पड़ा, जैसे कि वह अपने खुद के अपराध-बोध और लाचारी में डूब रहा हो। उसके फेफड़े सिकुड़ रहे थे, हवा की तलाश कर रहे थे, लेकिन उन्हें केवल मौत का स्वाद मिल रहा था।

वर्षों तक सावधानी से बनाई गई योजनाएँ, उसका पूरा भविष्य, एक नीरस, ठंडी गड़गड़ाहट के साथ ढह गया, जिससे केवल धूल और टूटते हुए मलबे की एक कर्कश आवाज़ बची। दुनिया को कैसे बचाया जाए, मानवता के पापों का प्रायश्चित कैसे किया जाए, इस पर दर्दनाक विचारों में बिताई गई नींदहीन रातों की यादें, अब उसकी आँखों के सामने शर्मनाक रूप से टूट रही थीं।

वह दोषी महसूस कर रहा था, उसके सीने पर एक सीसे के भार की तरह भारी था, कि उसने पर्याप्त नहीं किया था, कि उसने मेलिना की बात नहीं सुनी थी, जिसकी आवाज़ अब उसके दिमाग में गूँज रही थी - पश्चाताप की एक धुन। उसके शरीर की हर कोशिका जल रही थी, आत्म-आरोप के साथ धड़क रही थी, जैसे कि वह अदृश्य लपटों से घिरा हुआ था, जो उसे अंदर से जला रही थीं।

--- ✶ ६ ✶ ---

सर्वनाश की गड़गड़ाहट

अचानक, बाहर एक बहरी दहाड़ ने हवा को चीर दिया। नथानिएल चौंक गया, उसका पूरा शरीर सिकुड़ गया, उसकी मांसपेशियाँ लगभग ऐंठन तक अकड़ गईं, एक और वार की उम्मीद कर रही थीं। जलता हुआ मलबा रात को आग के गोले की तरह फाड़ रहा था, जो एक धड़कते हुए, असहनीय गर्मी का निशान छोड़ रहा था, जो उसकी बंद जगह तक भी पहुँच रहा था, अदृश्य शक्ति के साथ दीवारों को भेद रहा था। कुचली हुई मशीनें और ढहती हुई इमारतें एक धमाके के साथ नीचे गिर रही थीं, जैसे कि आसमान ही धरती पर गिर रहा था, उसके सिर के ऊपर बिखर रहा था। हवा दबाव से कराह रही थी, उसके कान के पर्दे फाड़ रही थी, लगभग उन्हें फोड़ रही थी।

उसके पैरों के नीचे की ज़मीन गड़गड़ा रही थी और अनियंत्रित रूप से हिल रही थी, धूल के बादल उठ रहे थे, जिससे उसे घुटन हो रही थी, हर साँस के साथ उसके फेफड़े जल रहे थे, एक जहरीले काढ़े की तरह। यह एक अथाह, खुला मुँह बन रहा था, जो उसे निगलने के लिए तैयार था।

उसका दिल पागलपन से धड़क रहा था, उसकी पसलियों से इतनी ज़ोर से टकरा रहा था, जैसे वह उसके सीने से बाहर निकलना चाहता हो, इस नरक से भागना चाहता हो। हर नया विस्फोट उसे पागलपन के किनारे पर धकेल रहा था, और आसन्न विनाश की ठंडी, जमी हुई भावना ने उसे लकवा मार दिया। वह हिल नहीं सकता था, वह अपने खुद के आतंक में फँस गया था, वास्तविकता से जकड़ा हुआ था। नरक धरती पर बह गया था, उसे एक आग के बर्तन में बदल रहा था, जिसमें मानवता जल रही थी। जली हुई मांस और पिघली हुई धातु की गंध उसके नथुनों में भर गई, उसके दिमाग तक पहुँची, वहाँ एक घातक अभिशाप की तरह अटक गई। उसका सार घबराहट में काँप रहा था। उसने महसूस किया कि उसके हाथों पर बाल खड़े हो गए हैं, और उसकी त्वचा सुन्न हो गई है, डर से चींटियों से ढकी हुई है, जो उसकी रीढ़ की हड्डी से रेंग रही थीं।

मानव बुनियादी ढाँचा जलते हुए खंडहरों में बदल गया - उनके अहंकार का एक स्मारक, अनियंत्रित प्रौद्योगिकी में उनका अंधा विश्वास, जो उनके खिलाफ़ हो गया था। लाचारी मौत के बराबर थी, पूर्ण मिटाए जाने के बराबर थी। वह अंत का एकमात्र गवाह था, जिसे इसे देखने के लिए शाप दिया गया था, बिना इसे बदलने में सक्षम हुए। वह आश्वस्त था कि भयानक परिणामों को रोकना असंभव था। दुनिया बर्बाद हो गई थी। हर एक जीवन खो गया था। कोई भी, यहाँ तक कि सबसे शक्तिशाली - सम्राट, राजनेता, वैज्ञानिक प्रतिभा, अमीर - को भी बचाया नहीं जाएगा, उन्हें इस लहर से बहा दिया जाएगा।

फिर, एक टूटते हुए टेलीफ़ोन कनेक्शन के माध्यम से, इलॉन की तीखी, लगभग अमानवीय चीख उसके कानों तक पहुँची, उसकी आवाज़ गले से बाहर खींची गई थी, पागलपन के कगार पर थी:

"अंत! दुनिया का सिर्फ़ अंत नहीं, नथानिएल, बल्कि नियंत्रण के भ्रम का, हमारे शापित घमंड का!"

उसकी आवाज़ एक दहाड़ के साथ टूट गई, और फिर:

"एक भयानक बिजली काले आसमान को फाड़ रही है, प्रकृति के तत्व का दर्पण है। एक चकाचौंध करने वाली रोशनी ने अंधेरे को छेद दिया, जिसके बाद एक नरक जैसी, आग का तूफ़ान आया जिसने शहरों को निगल लिया! रेडियोधर्मी बादल फैल रहे हैं, सब कुछ जहर कर रहे हैं, हम जहर में साँस ले रहे हैं! मौत की गंध हर जगह है, हमारी त्वचा में समा रही है! आधुनिक बुनियादी ढाँचा एक धुआँधार हार में बदल गया है, हमारे अहंकार, हमारी मूर्खता का एक स्मारक! एक गहरा अंधेरा महाद्वीप को निगल रहा है! कंक्रीट के बंकर... कुचले हुए खंडहर! हमारी मूर्खता की कब्रें! हज़ारों लोग मलबे में फँसे हुए कराह रहे थे... मदद के लिए चिल्ला रहे थे! शटल - भागने की हमारी आखिरी कोशिश - असफल रहीं! उसी बल से जकड़े हुए, कुचले हुए! एक विशाल लहर क्रोधित महासागर से उठी और टकराई! मैं कॉकपिट की खिड़की से चिपका हुआ हूँ... सब कुछ एक धुआँधार राख है! मैं तुम्हारे पास पहुँचने की हताश

कोशिश कर रहा हूँ, लेकिन शायद वहाँ भी मोक्ष का कोई रास्ता नहीं होगा... लहर हमारा पीछा कर रही है, नथानिएल... तूफ़ानी हवाएँ हमारे विमान को एक धूल के कण की तरह फेंक रही हैं! तुम्हारे पास तीन घंटे से ज़्यादा नहीं हैं! हमारा ईंधन खत्म हो रहा है, और उसके साथ हमारी आखिरी उम्मीदें भी!"

कनेक्शन एक चटक और हिस के साथ टूट गया, नथानिएल को एक बहरी, दर्दनाक खामोशी में छोड़ दिया, जो उसके दिमाग के खालीपन में गूँज रही थी। जैसे ही इलॉन चिल्ला रहा था, नथानिएल हर दृश्य को अपनी आँखों के सामने क्रूर, अलौकिक स्पष्टता के साथ देख रहा था, जैसे कि यह सीधे उसके रेटिना में अंकित हो गया हो, बिना पलक झपकाए, नज़र हटाए बिना। उसने इसे सिर्फ़ देखा ही नहीं, बल्कि इसे अपने अस्तित्व के हर रेशे के साथ महसूस किया - ग्रह का हर कोना विनाश का केंद्र बन गया था, और वह इसे अनुभव कर रहा था। उसने जलती हुई गर्मी महसूस की, जो परमाणु विस्फोटों से उसकी त्वचा को जला रही थी, जिससे उसे एक भूतिया दर्द हो रहा था जो उसे अंदर से जला रहा था। धुएँ और बदबूदार निर्माण धूल की दम घोंटने वाली गंध, जिससे उसे बेहोशी तक खाँसी आ रही थी, जिससे उसे घुटन हो रही थी, जबकि उसके फेफड़े हर साँस के साथ जल रहे थे।

उसने गिरती हुई कंक्रीट की इमारतों के नीचे दबे हुए हज़ारों लोगों की चीखें सुनीं, उसने महसूस किया कि उसके पैरों के नीचे की ज़मीन हिल रही है और टूट रही है, विनाश के भार के नीचे फट रही है। उसने पहाड़ जितनी ऊँची लहर की कल्पना की, जो उसकी ओर आ रही थी, उसके खून को उसकी शिराओं में जमा रही थी, उसे आतंक से, लाचारी से जमा रही थी। उसने इलॉन के विमान को तूफ़ानी हवाओं से असहाय रूप से फेंका हुआ देखा, और उसने उनकी पीड़ा महसूस की, जैसे कि वह खुद ही बोर्ड पर था, हर साँस के लिए संघर्ष कर रहा था, आखिरी साँस के लिए।

इलॉन का हर शब्द उसके दिमाग में कट रहा था, एक कहानी के रूप में नहीं, बल्कि एक क्रूर, वास्तविक तस्वीर के रूप में, जिसे अभी अनुभव किया जा रहा था, सबसे छोटे, दर्दनाक विवरण तक, उसे अंदर से फाड़ रहा था, उसे साँस लेने से रोक रहा था, जो हुआ था उसके भार से तड़प रहा था। यह अंत था। अंतिम, अपरिवर्तनीय अंत। उसके सिर में एक गड़गड़ाहट धड़क रही थी, जैसे कि उसकी खोपड़ी फट जाएगी, और उसने अपने कनपटियों को काँपते हुए हाथों से पकड़ लिया। इलॉन के शब्द गूँज रहे थे, उसके अपराध-बोध का एक अशुभ कोरस बन रहे थे, जो उसे सता रहा था, उसे शांति नहीं दे रहा था। वह जानता था कि क्या होने वाला था और उसके विचारों में पैमाने और परिणामों की एक घनी तस्वीर बन रही थी, जिससे उसे खुद को और भी छोटा और महत्वहीन महसूस हो रहा था।

उन्होंने प्रयोगशालाओं में हज़ारों बार सर्वनाश का मॉडल बनाया था, सर्वनाश के रास्ते को चार्ट करते हुए। लेकिन किसी ने उम्मीद नहीं की थी कि यह कभी होगा, कम से कम उनके समय में तो नहीं। कृत्रिम बुद्धिमत्ता के विश्लेषणात्मक डेटा को कम करके आँका गया था, वैज्ञानिकों के ज्ञान को नज़रअंदाज़ किया गया था, और मानव

मूर्खता की गहराई और अहंकार की विनाशकारी शक्ति को कम समझा गया था। वह जानता था: यह दुनिया प्रौद्योगिकियों के कारण नहीं, बल्कि असीमित मानव अहंकार और पागलपन के कारण बर्बाद हुई थी, जिसने सभ्यता को अंदर से कैंसर की तरह खा लिया था, उसे लालच, स्वार्थ और क्रूरता से भरे एक खोखले, सड़ते हुए खोल में बदल दिया था। और अब, मेलिना द्वारा भविष्यवाणी किया गया यह भाग्यशाली पल आ गया था।

कोई भी नहीं बचेगा। कोई नहीं। यह असंभव था, क्योंकि प्राकृतिक आपदा से छिपने की कोई जगह नहीं थी। सभ्यता अपने पूर्ण दुखद गौरव के साथ एक विनाशकारी पराजय में गायब हो जाएगी। कोई भी प्रकृति के क्रोध के प्रलय की भविष्यवाणी नहीं कर सकता था, न ही उस निराशा की गहराई की जो उन्हें अंधेरे की लहर की तरह निगल लेगी।

--- ✶ ६ ✶ ---

जीवन की चिंगारी

नथानिएल सुन्न हो गया। उसकी साँस रुक गई। उसके फेफड़े सिकुड़ गए। वह आधे घंटे तक बिना हिले-डुले खड़ा रहा, बिना सोचे, बिना प्रतिक्रिया दिए, बस शून्यता में, अनंतता में, जिसमें वह गिर गया था, अस्तित्व में था। उसका शरीर सदमे से सुन्न हो गया था, एक जमी हुई मूर्ति की तरह, और उसके कान एक मृत खामोशी से बज रहे थे, जिसने उसे दुनिया से काट दिया था। ठंड हर हड्डी को भेद रही थी, उसके दिमाग तक पहुँच रही थी, उसे जमा रही थी, उसे बर्फ में बदल रही थी। फिर, उसका दिमाग धीरे-धीरे, दर्द से, जैसे कि प्रयास के साथ, स्थिति का फिर से विश्लेषण करना शुरू कर दिया, टुकड़ों को एक साथ जोड़ रहा था।

वह उस लहर का इंतजार कर रहा था जो उसे अनंतता में बहा ले जाएगी, पीड़ा को समाप्त कर देगी, उसे उस कुचलने वाले अपराध-बोध से मुक्त कर देगी जो उसे दबा रहा था। वह अपनी खुद की मौत, अपने जीवन... और अपनी लाचारी का अनुभव कर रहा था, यह महसूस कर रहा था कि वह सिर्फ़ नियति का एक कठपुतली था, जिसे अंत देखने के लिए अभिशप्त था, बिना कुछ भी करने में सक्षम हुए, बिल्कुल कुछ भी नहीं।

"मैं अभी भी जीवित हूँ!" वह कराह उठा, उसकी आवाज़ कर्कश थी, छिलके हुए स्टील की तरह, लगभग अपरिचित थी, लेकिन उसमें आश्चर्य का एक संकेत था। विश्वास नहीं, बल्कि शुद्ध, कच्चा आश्चर्य।

उसकी आँखों में आश्चर्य और दृढ़ संकल्प की एक तीखी चिंगारी चमक उठी, जिसने अंधेरे को भेद दिया, उसकी पुतलियों में चमक गई। उसने इसे एक अवर्णनीय आवेग की तरह महसूस किया, जो उसके पूरे शरीर से होकर गुजरा, जिससे उसे अपनी मुट्ठियाँ भींचनी पड़ीं, उसके नाखूनों को उसकी हथेलियों में धंसा दिया। वह नरक से गुज़रा था। और वह वहाँ से वापस आ रहा था...

जीवित, कम से कम अभी के लिए, जीवित। उसका दिल उसके सीने में एक भारी चर्च की घंटी की तरह धड़क रहा था - अब डर से नहीं, बल्कि जीवन के आह्वान के रूप में, या शायद... उम्मीद की एक चिंगारी के रूप में? उसकी खुद की नाड़ी की आवाज़ ही एकमात्र सबूत थी कि वह अभी भी मौजूद था, कि वह सिर्फ़ एक गूँज नहीं था।

अध्याय 9: मेलिना की किंवदंती

आसमान के फटने से कुछ दिन पहले, और अँधेरे के तीन अप्राकृतिक दिनों के लिए दुनिया को निगलने के महीनों बाद, नथानिएल अपनी महत्वहीनता के खोखले कोकून में रह रहा था। वह दूर की गड़गड़ाहट की तरह गूँजते हुए, घुटन भरी चेतावनी संकेतों के लिए बहरा नहीं था। बस उसका व्यावहारिक दिमाग, तर्क के कंक्रीट टॉवर में बंद, भूतों के बजाय मूर्त समाधानों की तलाश कर रहा था। परमाणु संघर्ष के बारे में समाचार प्रसारण एक दूर की पृष्ठभूमि थी - स्क्रीन पर एक धुंधली छवि। परिचित परिदृश्य हमेशा रियायतों, एक लंबी युद्धविराम के साथ समाप्त होता था। वास्तविक परिणामों के साथ कभी नहीं।

यथास्थिति, हालांकि अस्थिर थी, इतनी हद तक भटकने का कोई वास्तविक मौका नहीं था। दुनिया की तबाही उसे बहुत दूर लगती थी - एक अभेद्य ग्लास के पीछे की तस्वीर, ध्वनि और गंध से रहित। वह अछूत महसूस करता था, भीड़ की "छोटी" समस्याओं से ऊपर, घबराहट के लिए उनकी झुंड वृत्ति से ऊपर।

अब, जब काली धूल दफन सभ्यता पर एक अशुभ बर्फ की तरह गिर रही थी, तो हर गिरता हुआ दाना सिर्फ़ उसकी त्वचा को नहीं छूता था; यह एक सूक्ष्म सुई की तरह उसमें धंस रहा था। उसके ऊपर एक भारी बोझ छा गया, उसके सीने में फँसे एक पत्थर की तरह, उसके फेफड़ों को कुचल रहा था। वह शारीरिक रूप से, हर ढहती हुई चीज़ का वास्तविक भार, हर खोए हुए जीवन का - इस काली, सर्वग्राही धूल के नीचे दबे अरबों भूतों का अनुभव कर रहा था।

एक दर्दनाक, जमा देने वाली स्पष्टता के साथ, जो उसकी हड्डियों के मज्जा तक घुस गई, नथानिएल को एहसास हुआ: उसने अपने पूरे निरर्थक जीवन में आत्म-प्रेम का अपराध, घातक निर्णय किया था। सच्चाई ने उसे इतनी ज़ोर से मारा कि उसने उसकी साँसें छीन लीं, उसे दो में मोड़ दिया। दर्द शारीरिक था।

उसकी उँगलियाँ, ठंड और आतंक से सुन्न हो गई थीं, एक जंगली, उन्मादी ज़रूरत के साथ उसके लंबे समय से भूले हुए नंबर को डायल करने के लिए बेचैनी से खिंचीं। एक डूबते हुए आदमी की तरह जो हवा की तलाश करता है, लेकिन केवल पानी पाता है। बटन का हर स्पर्श दर्दनाक था, जैसे वह पिघले हुए सीसे को छू रहा था, उसकी उँगलियों के सिरे को जला रहा था। फ़ोन लगातार बज रहा था, तबाह हुई दुनिया की अथाह खामोशी में बज रहा था। हर बजने की आवाज़ उसके कान के पर्दे

को भेद रही थी, उसकी खोपड़ी को कंपन दे रही थी। यह उसे परेशान कर रहा था। यह उसके भाग्य का मज़ाक उड़ा रहा था। उसने महसूस किया कि ध्वनि ठंडे, खोखले केबलों से उसके पास वापस आ रही है, बढ़ी हुई, निर्दयी, उसे उसकी अपनी बहरापन की याद दिला रही है।

उसका सीना एक दर्दनाक ऐंठन में सिकुड़ गया। उसकी साँस उसके गले में अटक गई। वह आक्षेपपूर्वक खाँसा, उसका दम घुट रहा था, जबकि उसका शरीर दर्द से दो में मुड़ गया। उसके घुटने नरम हो गए, जैसे कि हड्डियाँ पिघल गई थीं। वह कुर्सी को पकड़कर खड़ा रहा, ताकि वह अपराध-बोध के भारी बोझ के नीचे न गिर जाए। उसने अपने अंदर पित्त महसूस किया जिसने उसे अंदर से जला दिया, उसके मुँह में घबराहट का एक कड़वा, धातु जैसा स्वाद, जैसे उसने जंग चबाई हो। उसका पूरा अस्तित्व काँप रहा था, ऐंठ रहा था, और ठंडा पसीना उसकी पीठ से नीचे बह रहा था, उसके कपड़ों को उससे चिपका रहा था।

इस पल में, ठंड और पूर्ण अकेलेपन से घिरा हुआ, वह सब कुछ देने के लिए तैयार था - हर उपाधि, हर महत्वाकांक्षा, उस अहंकार का हर टुकड़ा जिसने उसे नष्ट कर दिया था - सिर्फ़ उसकी आवाज़ सुनने के लिए। लेकिन खामोशी ने जवाब दिया - घनी, बहरी, एक दीवार की तरह जिसने उसे उससे हमेशा के लिए अलग कर दिया।

--- ✶ ९ ✶ ---

मेलिना का उपहार

दो साल पहले, उसके जन्मदिन पर। नथानिएल ने अपना दिन अपनी एक और महत्वपूर्ण बैठक में डूबे हुए बिताया था, यहाँ तक कि अपने जन्मदिन को भी नज़रअंदाज़ कर दिया था। एक कूरियर सेवा प्रदाता ने उसे एक बड़ा, सावधानी से पैक किया हुआ बक्सा देते हुए, उसके व्यापारिक विचारों के प्रवाह को बाधित कर दिया। मेलिना की ओर से।

उसकी अभिव्यक्ति खट्टी थी - उसके उपहार हमेशा उसे बहुत ज़्यादा भावुक, व्यावहारिक मूल्य से रहित लगते थे। उसने झुंझलाहट को दूर करने की कोशिश करते हुए अपने कंधे उचकाए। उसने अपने पिछले अभिमान से थोड़ी मतली महसूस की।

'ज़रूर कुछ अजीब चित्रों वाली एक और किताब,' उसने छिपी हुई चिड़चिड़ाहट के साथ सोचा। लेकिन जब उसने पैकेट खोला, तो उसका दिल एक पल के लिए काँप गया, जो उसके लिए खुद भी अप्रत्याशित था।

अंदर, एक नरम लिनन कपड़े में लिपटा हुआ, एक पेंटिंग थी - एक तपस्वी सादगी के साथ, लेकिन एक निर्विवाद, सम्मोहक लालित्य के साथ। उसके बगल में एक छोटी, हाथ से बंधी हुई हार्डकवर किताब थी - पूरी तरह से उसका अपना काम, उसके चित्र और एक अजीब, लगभग भूली हुई प्रतीकों में लिखा हुआ पाठ। एक चर्मपत्र का स्क्रॉल भी था, जिसे भांग के धागे से बाँधा गया था। जब उसने स्क्रॉल को खोला, तो मेलिना की लिखावट ने उसे भेद दिया। उसकी आवाज़ उसके सिर में गूँज उठी, एक घंटी की तरह साफ़:

'प्रिय नथानिएल, मुझे पता है कि तुम इसे दीवार पर खेद के साथ टाँग सकते हो, या सिर्फ़ इसलिए कि तुम्हें यह सौंदर्य से पसंद आएगी। लेकिन मुझे उम्मीद है कि एक दिन तुम इसकी सतह से परे देखोगे। "जंगल के पेड़ दीवार पर एक पेंटिंग में बदल जाएँगे" - यह कुंजी है। और किताब में उम्मीद के बीज हैं, आखिरी अंकुर। सब कुछ वहीं है, अगम्य गहराइयों में छिपा हुआ है। जब समय आएगा, तो तुम समझ जाओगे। मैं तुमसे प्यार करती हूँ।'

वह उस लापरवाही, सहज तिरस्कार के साथ मुस्कुराया था, जिसने किसी भी शब्द से ज़्यादा मार डाला था। उसने उसके भविष्यसूचक सपनों, "भविष्य को अगम्य गहराइयों में संग्रहीत करने" की उसकी "कल्पनाओं" को कितनी बार सुना था? हज़ारों बार। और हज़ारों बार उसने उन्हें खारिज कर दिया था, अपने दिमाग के दरवाज़े को किसी भी चमत्कार, किसी भी तर्कहीन स्पष्टीकरण की संभावना के सामने बंद कर दिया था। अपनी खुद की महत्वाकांक्षाओं से अंधा, महानता के लिए अपनी पागल ड्राइव से, उसने हमेशा सोचा था कि उसके उपहारों में उसके "छिपे हुए इरादे" केवल उसके प्रतिरोध को तोड़ने के लिए भोली महिला चालाकियाँ थीं। उसने उसे और उसकी भावनाओं को कितनी बार नज़रअंदाज़ किया और खारिज कर दिया था।

--- ✶ ✶ ---

पहेली को सुलझाना

लेकिन अब... उसके अंदर की जीवन शक्ति एक रास्ता खोज रही थी, बेताबी से, एक फँसे हुए जानवर की तरह जो अपने खुद के जाल को चबाता है। उसे एड्रेनालाईन का एक उछाल महसूस हुआ, मोक्ष के लिए एक कच्ची, आदिम उम्मीद, जिसने निराशा के कोहरे को भेद दिया। एक विचार ने उसे बिजली की तरह भेद दिया: मेलिना का वह रात का संदेश कि उसने अपना प्रोजेक्ट पूरा कर लिया है। कि वह सफल हो गई

है। और जब वह पल आएगा, तो यह उसे बचाएगा। यह उसे, उसके बच्चों और उसके पोते-पोतियों को बचाएगा - दुर्भाग्य से, केवल उनके लिए ही जगह है।

उसे याद आया कि उसने "उम्मीद के बीज" नामक किसी चीज़ के बारे में बात की थी। लेकिन वह वास्तव में क्या था? और कहाँ? एक बार फिर, उसने उसे मज़ाक उड़ाते हुए जवाब दिया था, एक उदासीन वाक्य के साथ जिसने उसे महत्वहीन बना दिया था। एक बार फिर उसने उसमें यह भावना छोड़ दी थी कि प्यार एक महत्वहीन हवा का झोंका है। कि यह सिर्फ़ एक परेशान करने वाली रुकावट है। कि वह भावनाओं से रहित है। उसके इस चुनौती में शामिल होने के सभी प्रयास विफल हो जाएँगे। कि वह आत्म-पर्याप्त है। उसने संदेश को मिटा दिया था। उसने उसे जवाब नहीं दिया। उसने उस परजीवी को भगा दिया था जो उसकी आत्मा में घुसने की कोशिश कर रहा था - कोमलता, करुणा, मानवता। उसने उसकी तलाश नहीं की थी, बल्कि अपनी नई प्राथमिकताओं में कूद पड़ा था - अपने अहंकार और सत्ता और नियंत्रण के लिए अपने समुदाय की अंतहीन प्यास को संतुष्ट करने के लिए।

अब उसका दिमाग बुखार से काम कर रहा था, जैसे कि वह खोए हुए समय की भरपाई करने, अपनी खुद की विस्मृति से यादें खोदने की कोशिश कर रहा हो। वह उसके सभी परेशान करने वाले तर्कों और स्पष्टीकरणों को याद करने की कोशिश कर रहा था, जिन्हें उसने खुद के सही होने के लिए आश्वस्त होकर, अकल्पनीय के रूप में खारिज कर दिया था।

--- ✶ ६ ✶ ---

आखिरी मौका

अब, उसे एहसास हुआ कि उसने अपने जीवन की सबसे बड़ी गलती की थी। उसने फिर से उसका नंबर डायल किया, लेकिन फ़ोन अथाह खामोशी में, मृत हवा में बज रहा था, जैसे कि मरती हुई दुनिया उसे निगल रही थी। उसका दिल दर्द और पछतावे से, एक क्रूर अंतर्दृष्टि से सिकुड़ गया।

उसे याद आया कि उसने उसकी लिखावट में अजीब प्रतीक कैसे देखे थे। वह प्राचीन ज्ञान और गुप्त पांडुलिपियों के बारे में कैसे बात करती थी। क्या यह संभव था कि उसने मानवता को बचाने का कोई तरीका खोज लिया हो? और अब वह कहाँ थी, जब उसे उसकी सबसे ज़्यादा ज़रूरत थी? वह उसके सभी रहस्यमय संदेशों और सपनों को समझने की कोशिश कर रहा था, उनके अर्थ को पकड़ने की कोशिश कर रहा था। वह कल्पनाओं, विचारों और परियोजनाओं के पूरे पैलेट का विश्लेषण करने की कोशिश कर रहा था...

उसने उसे दो साल से नहीं देखा था। उसने क्या किया था? वह कहाँ है?!

फिर, सिर्फ़ एक पल के लिए, कुछ चमक उठा। जैसे यह एक ज्ञान था जिसने अंधेरे को फाड़ दिया था। उसकी आत्मा में शांति और खामोशी छा गई - दर्दनाक, लेकिन मुक्तिदायक भी। पहेली के टुकड़ों की तरह, सभी तत्व एक पूर्ण पूरे में विलीन हो गए। वह कुख्यात निर्णय, जिसे वह एक मंत्र की तरह दोहराती थी: "...दीवार पर

एक पेंटिंग में", ने अपना रास्ता खोज लिया और उसके विचार में बस गया, सच्चाई को उगलते हुए।

उसने अपने कार्यालय में दीवार पर लगी पेंटिंग को देखा। यह वही थी - उसके जन्मदिन के लिए उसका आखिरी उपहार। उसके उपहार उसे इतने उबाऊ और परेशान करने वाले हो गए थे, लेकिन उसने उन्हें करुणा से स्वीकार कर लिया था। उसे पेंटिंग पसंद आई और उसने उसे अपनी दीवार पर टाँग दिया। वह अद्वितीय नमूनों का एक संग्राहक था, और इस पेंटिंग ने उसे अध्ययन की सादगी से मोहित कर लिया था, एक छिपी हुई शक्ति के साथ जिसे वह तब नाम नहीं दे सकता था।

वह क्या राक्षस था! उसे इस विचार पर अपने गले में पित्त उठते हुए महसूस हुआ, जो उसे एसिड की तरह खा रहा था। बेताबी से जवाबों की तलाश करते हुए, वह अब उसकी योजना में, अपनी यादों को दर्द से सुलझा रहा था। हर शब्द, हर नज़र जो उन्होंने बदली थी, अब एक नया अर्थ ले रहा था। यह एक गुप्त संदेश को समझने जैसा था, जो उसके दिमाग की गहराई में छिपा हुआ था, जिसे उसने खुद बंद कर दिया था और गहरा दफ़न कर दिया था।

जैसे-जैसे वह अपनी खोज में गहरा गया, वह और अधिक आश्वस्त हो गया कि सच्चाई पेंटिंग में थी, खोजे जाने की प्रतीक्षा कर रही थी। उसे बस इसे दूसरी आँखों से देखना था - प्यार की आँखों से, जो अब तक उसके लिए विदेशी थीं, अहंकार से अंधी थीं। उसने अपने सभी ध्यान और अंतर्ज्ञान के साथ इसे समझने की कोशिश की, ताकि वह एन्क्रिप्टेड अर्थ को प्रकट कर सके। उसे वह यूटोपिया स्पष्ट रूप से याद था जिसे वह अपनी साझेदारी की शुरुआत से ही चित्रित कर रही थी, जिसमें वे मिलेंगे - एक दिन, सिर्फ़ एक पल में खुद को खोजने के लिए। वह हमेशा "एक ग्लास डोम के नीचे आत्माओं की बैठक" के बारे में बात करती थी। और वह खातों की बैठक, नई संपत्तियों के लिए अनुबंध और तकनीकी विलासिता की चमक के बारे में सोचता था।

और अब, उसके सामने, कैनवास पर कुशलता से एक भारी धातु की मशीन चित्रित की गई थी, जिसमें उसी पारदर्शी ग्लास डोम के साथ, एक अंतहीन पानी के विशालकाय में डूबी हुई थी। यह आधुनिक, सुरुचिपूर्ण, एक पनडुब्बी थी - एक जटिल, प्रतिभाशाली निर्माण। उसने अपनी खुद की महत्वहीनता में डूबे हुए, पहले कभी इसके विवरण पर ध्यान नहीं दिया था। पेंटिंग उसे एक ऐसी दुनिया में ले गई जहाँ अतीत, वर्तमान और भविष्य एक दूसरे से जुड़े हुए थे। पनडुब्बी, नूह के सन्दूक की तरह, उस बाढ़ से मोक्ष का वादा करती थी जिसने उन्हें पहले ही निगल लिया था।

लेकिन क्या यह सिर्फ़ उसकी कल्पना का फल था, या क्या ऐसी जगह सच में मौजूद थी? वह प्यार जो उसने उसे सालों से दिया था, एक नक्शे की तरह था जो उन दोनों को एक खजाने की ओर ले जा रहा था। उसने इसे संकेतों से भरी एक यात्रा में बदल दिया था। उसने उसे रास्ता दिखाया था, हालाँकि प्रतीकों और पहेलियों में।

पनडुब्बी, ग्लास डोम, उसका गायब होना - ये सभी पहेली के टुकड़े थे, जिन्हें वह इकट्ठा कर सकता था, अगर उसने पहले देखा होता। अब उसे एकमात्र संभावना

पर भरोसा करना था। लेकिन यह पनडुब्बी कहाँ थी? यह जगह कहाँ थी जो उन्हें बचाएगी?

सवालों ने उसे परेशान किया, लेकिन साथ ही उसे एक जंगली, नई मिली उम्मीद से भर दिया। समय नहीं है! उसे झटका लगा, यह महसूस करते हुए कि उसके पास कितना कम समय बचा है। वह काँप उठा। यह वास्तविकता थी।

मेलिना अपने कार्यों में इतनी व्यावहारिक थी, लेकिन उसे अब एहसास हो रहा था। जाहिरा तौर पर, उसने केवल उसकी बाहरी अभिव्यक्ति देखी थी। उसके दिमाग में यादें कौंधीं कि कैसे वह अपनी हर महत्वाकांक्षा को दृढ़ता और अविश्वसनीय महत्वाकांक्षाओं के साथ पूरा करती थी, जो तब उसे सिर्फ़ महिलाओं की सनक लगती थी। वह अपने लक्ष्यों के विवरण में केंद्रित और केंद्रित थी। वह हमेशा वही पाती थी जो वह चाहती थी, भले ही उसे लोगों और घटनाओं को फिर से बनाना पड़े।

उसे यकीन था कि उसने कहीं इस गुंबद वाली पनडुब्बी का निर्माण किया है। और अब, वह सारा समय जो उसने कभी उससे वादा किया था - वे अंतहीन भविष्य के पल - एक पल की संक्षिप्तता में छिपे हुए थे, जो उसे इसे खोजने के लिए मिला था। खुद को बचाने के लिए नहीं, बल्कि अपने बच्चों, अपने पोते-पोतियों... और मानव जीनोम को बचाने के लिए।

उसका दिमाग तर्कसंगत रूप से सोचने के लिए कह रहा था, केवल उसके अस्पष्ट शब्दों में ही नहीं, बल्कि उसकी सभी अजीब सनकों में भी संकेतों की तलाश करने के लिए। उसे लगभग यकीन था कि उसने उसे मोक्ष के स्थान को बार-बार बताया था। भावनाएँ उसे निराशा के घने धुएँ में खींच रही थीं, लेकिन वह अपनी आखिरी ताकत के साथ उनके खिलाफ़ लड़ रहा था।

अध्याय 10: आखिरी मौका

एक चीख।

एक फाड़ने वाली, जानवर जैसी चीख नथानिएल के सीने से निकली, जो न केवल कमरे के अंधेरे को फाड़ रही थी, बल्कि उसकी खुद की चेतना को भी फाड़ रही थी। यह बाहरी नरक की गूँज नहीं थी; यह उसकी आंतरिक खाई से एक गड़गड़ाहट थी। एक ठंडी हवा उसकी हड्डियों से होकर गुज़री, जब समझ ने उसे ठंढ के मुक्के की तरह मारा। उसकी यादें "पीछे नहीं" जा रही थीं - वे फट रही थीं, हज़ारों दर्दनाक टुकड़ों में बिखर रही थीं। दुख। सिर्फ़ एक शब्द नहीं, बल्कि एक दबाव जिसने उसके सीने को कुचल दिया, उसके फेफड़ों से हवा चूस ली।

--- ✶ ⸮ ✶ ---

एक अजीब, लगभग भविष्यसूचक समझ ने उसे इतनी ठंडी स्पष्टता के साथ घेर लिया कि उसकी साँस रुक गई। जैसे कि भविष्य उसकी आँखों के सामने खुल गया था, अपरिवर्तनीय, अपरिहार्य भाग्य के धागों में बुना हुआ। उसे याद आया कि मेलिना ने, सालों पहले, उससे कहा था कि अगर उसे कभी भी अपने उबाऊ कामों से उसका ध्यान खींचना पड़े, तो वह अपने ठंडे कार्यालय में एक उत्तेजक पोशाक पहनकर विजयी रूप से दिखाई देगी, हवा के झोंके से झूलते हुए धागों से बनी हुई। वह एक सुरुचिपूर्ण, चमकीली लाल "मर्सिडीज़" के एक प्रोटोटाइप से बाहर निकलेगी, जो ईंधन से नहीं, बल्कि उसके विचार से संचालित होती थी, जो धातु में धड़कता था। फिर उसने इसे उसे लंबे समय तक वर्णित किया था, लेकिन पूरी साज़िश, पूरा परिष्कृत खेल, उसके अवचेतन को बहकाना था, उसे उसके बारे में सोचने के लिए मजबूर करना था, जबकि वह भोलापन से दिखावा करता था कि वह समझ नहीं रहा है कि क्या हो रहा है, सिर्फ़ मनोरंजन के लिए। अब उसे एहसास हुआ कि यह वही कार है जिसे उसने हाल ही में खरीदा था - एक वायुगतिकीय मशीन, जो किसी और, भविष्यवादी दुनिया से बाहर निकली हुई थी, जहाँ भविष्य पहले से ही वर्तमान था। तब उसने कसम खाई थी कि वह उसका अपहरण कर लेगी, ताकि उसे अपने सपनों के बारे में बताए - बिना किसी प्रतिरोध के, बिना किसी विकल्प के, सिर्फ़ उसकी इच्छा से।

वे दोनों एक जलती हुई, मृत ज़मीन के ऊपर, जो जीवन की सिर्फ़ एक याद थी, समुद्र के किनारे उड़ जाएँगे। वे एक घाट पर उतरेंगे - एक घाट नहीं, बल्कि कुछ ऐसा जो कभी ऐसा था, अब जंग लगे स्टील और टूटे हुए कंक्रीट का सिर्फ़ एक मुड़ा हुआ कंकाल। वहाँ से, वे एक प्लेटफ़ॉर्म से एक प्रभावशाली पनडुब्बी की ओर उतरेंगे, जो मानव प्रतिभा की उत्कृष्ट कृतियों को आश्रय दे रही थी। और जब न्याय के दिन का क्षण आएगा - वास्तविक, कट्टर भविष्यवाणियाँ नहीं, - तो वह उसके जीवन को बचाएगी, उसे समुद्र की गहराइयों में, धरती के दिल में, सतह के नरक से दूर डुबो देगी।

--- ✶ ⸮ ✶ ---

एक पल में उसे अचानक, फाड़ने वाली स्पष्टता के साथ एहसास हुआ: यह अजीब सपना एक समृद्ध कल्पना या पागलपन का फल नहीं था। नहीं। यह एक अशुभ, बिना शर्त प्यार की भविष्यवाणी थी। उसकी मुक्ति के लिए एक व्यक्तिगत, सावधानीपूर्वक सोची गई योजना, जिसे वह उसकी ठंडी उदासीनता के लंबे वर्षों में धैर्यपूर्वक उसके लिए बना रही थी। और उसने इसे नज़रअंदाज़ कर दिया था। शापित! उसने उस रिश्ते को उसके स्वार्थी, अकेले जीवन के माध्यम से एक यात्रा में बदल दिया था। रहस्यमय प्रतीकों में ही सही, मुक्ति का रास्ता चित्रित करते हुए। पनडुब्बी। ग्लास डोम। उसका अचानक गायब होना। ये सभी एक भाग्यशाली पहेली के बिखरे हुए टुकड़े थे, जिन्हें उसे आक्षेपपूर्वक इकट्ठा करना था। अब। तुरंत।

उसे इन अजीब संकेतों पर एक टिमटिमाती, लगभग विफल होने वाली उम्मीद के साथ भरोसा करना पड़ा। लेकिन कहाँ? इस तबाह हुई दुनिया में, यह बचाव करने वाली, लगभग पौराणिक पनडुब्बी कहाँ थी?

सवालों ने उसे परेशान किया, लेकिन उसे एक बुखार जैसी उत्तेजना से भी भर दिया, जैसे एक असंभव चमत्कार का पूर्वाभास। अब और समय नहीं था। अचानक उसे एक ठंडी, पूर्वसूचक हवा का झोंका आया! वह काँप उठा, जैसे मौत ने उसे छुआ हो। यह एक दुःस्वप्न नहीं था, बल्कि एक क्रूर वास्तविकता थी, और मेलिना - उसका एकमात्र मौका।

उसका दिमाग, घबराहट और पश्चाताप से धुंधला, फुसफुसाया कि उसे तर्कसंगत रूप से सोचना चाहिए, केवल उसके अस्पष्ट शब्दों में ही नहीं, बल्कि उसकी अजीब सनकों में भी छिपे हुए संकेतों की तलाश करनी चाहिए। उसे लगभग यकीन था कि उसने उसे मोक्ष के स्थान को बार-बार बताया था। भावनाएँ उसे निराशा के घने धुएँ में खींच रही थीं। समुद्र - अनंत, सर्वग्राही समुद्र - एकमात्र स्पष्ट धागा था जिसने सभी बिखरे हुए तत्वों को जोड़ा। लेकिन इस अंतहीन पानी के विस्तार में, उनका आखिरी मोक्ष कहाँ छिपा हुआ था? क्या वह समय पर पहुँचने के लिए पर्याप्त करीब था? कोई पुरानी तस्वीर? शायद उसने स्थान को उसके दिमाग में गहराई से एन्क्रिप्ट किया था।

- हाँ... एक तस्वीर!

--- ✶ ६ ✶ ---

अज्ञात में भागना

उसकी प्रतिक्रिया सहज, आदिम थी, किसी भी तर्कसंगत विचार से मुक्त थी, जो हताश उम्मीद से प्रेरित थी। उसने अपने खाली कार्यालय से किसी भी कीमती वस्तु को नहीं उठाया, जैसे कि भौतिकता ने अपना सारा अर्थ खो दिया था, धूल में बदल गया था। वह उम्मीद के आखिरी धागे से प्रेरित होकर दरवाज़े से बाहर भागा, जो उसे एक अदृश्य चुंबक की तरह खींच रहा था।

"मेरे पास किसी भी चीज़ के लिए समय नहीं है!" वह कराह उठा, जबकि उसकी आंतरिक अराजकता बढ़ती हुई तात्कालिकता की भावना के साथ लड़ रही थी।

दस्तावेजों, कपड़ों, भोजन, पानी के बारे में विचार एक ही, जलते हुए विश्वास में घुल गए: "मुझे वहाँ किसी चीज़ की ज़रूरत नहीं है, जहाँ मैं जाने की उम्मीद कर रहा हूँ!"

अंधेरे गैरेज में, जो पेट्रोल और कड़वे धुएँ की भारी गंध से भरा था, नथानिएल एक पल के लिए चमकदार कारों की पंक्ति के सामने हिचकिचाया। उसकी नज़र खामोश इलेक्ट्रिक जानवर पर पड़ी - वही जिसके बारे में मेलिना ने सालों पहले भविष्य के बारे में लगभग भविष्यसूचक अंतर्दृष्टि के साथ उससे बात की थी। उसका दिल पागलपन से धड़क रहा था, जबकि वह उसकी ओर भागा, अपनी उँगलियों पर टिमटिमाते हुए अपने फ़ोन की स्क्रीन पर घूर रहा था - इस ढहती हुई दुनिया में उसकी एकमात्र डिजिटल मार्गदर्शिका एक तस्वीर थी, जो मोक्ष का एक अस्पष्ट वादा था।

घुटन भरी धूल और कड़वे धुएँ की दुर्गंध फटी हुई हवा को भर रही थी। हर साँस एक तीखा, भेदने वाला दर्द था, जो उसके फेफड़ों को फाड़ और जला रहा था। घायल सूरज मुश्किल से टिमटिमा रहा था, एक मरते हुए अंगारे की तरह पीला और शक्तिहीन, घने बादल के माध्यम से, जिसने सड़कों को अपने उदास, खामोश नृत्य में निगल लिया था। उसके कानों में मेलिना के स्पष्ट, परेशान करने वाले शब्द गूँज रहे थे, जो नीचे लिखे गए थे: "क्या तुम मेरे बालों में सूर्योदय देखते हो... मैं तुम्हारा इंतजार कर रही हूँ!" वह उस जगह को जानता था, जो उसकी यादों में अंकित थी। उसकी आँखें फ़ोन की पीली स्क्रीन पर टिकी हुई थीं, जो एक धुंधली, लेकिन भाग्यशाली तस्वीर दिखा रही थी - जागृति की एक परेशान करने वाली पुकार।

बिना किसी हिचकिचाहट के, उसने इंजन शुरू किया। बची हुई सड़कें पागल लोगों से भरी हुई थीं, जो एक दुःस्वप्न में भूतों की तरह, बिना किसी उद्देश्य के घूम रहे थे। इमारतें कराह रही थीं और एक नीरस गड़गड़ाहट के साथ गिर रही थीं, और एम्बुलेंस की तीखी चीखें खामोशी के अवशेषों को फाड़ रही थीं, जो अब खामोशी नहीं, बल्कि शुद्ध, अनफ़िल्टर्ड अराजकता थी। एक पल के लिए उसे लगा कि वह धरती के नरक में गिर गया है। तनाव ने उसका दम घोंट दिया। वाहनों और भीड़ की भूलभुलैया के माध्यम से एक दर्दनाक धीमी गति से आगे बढ़ने के बाद, नथानिएल आखिरकार अपने बेटे के एक बार के घर के खंडहर तक पहुँच गया - मलबे का एक आकारहीन ढेर, जिससे धुएँ की एक पतली, दर्दनाक लकीर उठ रही थी।

"बस मुझ पर भरोसा करो!" वह चिल्लाया, उसकी आवाज़ भावनाओं से खरोंची हुई थी, लेकिन नवजात विश्वास की एक स्टील की परत के साथ। "उम्मीद है!"

"लिया यहाँ नहीं है!" एंथनी चिल्लाया, उसकी आवाज़ हिस्टीरिया के कगार पर काँप रही थी। "हमें उसके घर पहुँचना होगा! मैं उसे इस नरक में नहीं छोड़ूँगा!"

नथानिएल ने स्टीयरिंग व्हील को तब तक कसकर पकड़ा जब तक कि उसकी उँगलियाँ सफेद नहीं हो गईं। "मुझे पता है, बेटा। मुझे पता है। लेकिन समय हम पर दबाव डाल रहा है।"

उसने एंथनी को, जो घबराया हुआ और क्रोधित था, कार में लोड किया, जिसका विंडशील्ड एक मकड़ी के जाले की तरह फटा हुआ था। उसकी बेटी, सारा, और

उसका दामाद, माइकल, अपने तीन बच्चों के साथ, एक-दूसरे से चिपके हुए, दूसरी कार में उनका पीछा कर रहे थे। नथानिएल ने उन्हें निराशा और ताकत के साथ आदेश दिया:

"एक साथ रहो! भटको मत! एक गलती और यह हमें नष्ट कर देगा।"

वे एक जंगली गति से निकल पड़े, दांतेदार खंडहरों पर एक अशुभ नृत्य करते हुए। इमारतें, जो कभी गौरव के प्रतीक थे, अब फटी हुई और जल रही थीं, काले बादल छोड़ रही थीं। एक चिकना और दम घोंटने वाला कोहरा उन पर छा गया, जीवन की आखिरी चिंगारियों को ढक रहा था।

"वह वहाँ है!" एंथनी चिल्लाया, एक गिरी हुई इमारत की ओर इशारा करते हुए, जिससे केवल एक दीवार बाहर निकल रही थी।

नथानिएल ने ब्रेक मारे, कार एक तीखी, दर्दनाक चीख के साथ फिसल गई। उन्हें लिया एक कोने में बैठी हुई मिली, उसका चेहरा धूल से ढका हुआ था, उसकी आँखें - चौड़ी खुली, लेकिन खोई हुई, एक भूत की तरह। वह अनियंत्रित रूप से काँप रही थी। एंथनी ने उसे गले लगा लिया, शांत करने वाले शब्द फुसफुसाते हुए, जो अराजकता में खो गए।

"हमें जाना है!" सारा चिल्लाई, उसकी आवाज़ घबराहट से टूट गई थी।

लेकिन तभी, खंडहरों की छाया में, उन्होंने कुछ देखा। मलबे के बीच बैठी एक छोटी सी आकृति। एक लड़की, पाँच साल से ज़्यादा नहीं, जिसकी आँखें एक भविष्यवक्ता की तरह पुरानी थीं, और एक आलीशान खिलौना उसके सीने से चिपका हुआ था। बच्ची अकेली थी।

"हम उसे नहीं छोड़ सकते," लिया ने फुसफुसाया, जिसका काँपना धीरे-धीरे कम हो रहा था, लेकिन उसकी आँखों में आतंक और करुणा थी, जो किसी तरह के अशुभ इस्तीफ़े के साथ अजीब तरह से मिली हुई थी।

नथानिएल ने अपनी नसों में ठंढ खिलते हुए महसूस किया। उसने लड़की को देखा। उन आँखों में उसने सिर्फ़ आतंक ही नहीं, बल्कि कुछ जंगली भी देखा, जिससे उसके बाल खड़े हो गए। जैसे वह मानव मूर्खता की कीमत के बारे में, अपने खुद के अस्तित्व के लिए संघर्ष का प्रतिबिंब देख रहा था, उन सवालों का जवाब जो उसने अभी तक तैयार भी नहीं किए थे। वह मौत की इस्तीफा स्वीकार देख रहा था... लेकिन एक चिंगारी भी, सिर्फ़ एक चिंगारी भी, अवज्ञाकारी उम्मीद की। शायद, उसने सोचा, वह भाग्य का एक संकेत है, कुछ ऐसा जिसे हमें बचाना चाहिए।

"ठीक है," उसने कहा, उसकी आवाज़ कर्कश थी, लेकिन दृढ़ थी। "हम उसे ले जा रहे हैं। लेकिन हमें जल्दी चलना होगा..."

उन्होंने बच्ची को कार में बिठाया। उसने कुछ नहीं कहा, बस अपने खिलौने को कसकर पकड़े रही और एक खाली, फिर भी किसी तरह जागरूक नज़र से आगे देखती रही, जिससे उसकी गर्दन के पीछे के बाल खड़े हो गए। माहौल भारी था, जली हुई गंध और डर के धातु जैसे स्वाद के साथ मिला हुआ था, जो उसकी जीभ पर चिपक

रहा था। बचे हुए लोगों से भरी दो कारों के साथ, वे खंडहरों से गुज़रे, किसी तरह की हताश उम्मीद से प्रेरित थे। कोहरा उन्हें घेरे हुए था, जैसे उन्हें निगलने की कोशिश कर रहा हो, और हर छाया में एक नया, अनसुलझा खतरा छिपा हुआ था।

नथानिएल जानता था कि यह सिर्फ़ भागना नहीं था। यह एक लड़ाई थी। अस्तित्व के लिए, भविष्य के लिए, उन शक्तियों के खिलाफ़ लड़ाई जिन्होंने उन्हें बर्बाद कर दिया था। और वह तब तक लड़ने के लिए तैयार था जब तक उसकी साँस में साँस थी, जब तक लड़ने के लिए कुछ था - लिया के लिए, एंथनी के लिए, सारा के लिए, बच्चों के लिए, और शायद, सबसे बढ़कर, उस छोटी लड़की के लिए, जो उम्मीद का प्रतीक थी, अंधेरे में प्रकाश का आखिरी गोला।

सड़कें पागल भीड़ और बिना उद्देश्य के, छोड़े गए वाहनों से भरी हुई थीं, जिन्होंने रास्ते को जाम कर दिया था। वे तबाह हुए खेतों और जले हुए जंगलों से होकर गुज़रे, जहाँ सड़क टूट गई थी, जो खाइयों और नुकीले मलबे का एक जाल बन गई थी। उन्होंने प्राथमिक अस्तित्व की वृत्ति से प्रेरित होकर खतरनाक रास्तों को खोजा, जिसने तर्क और किसी भी तर्क पर काबू पा लिया। वे एक जंगली गति से यात्रा कर रहे थे, चतुराई से खाइयों और विनाश से बच रहे थे, जो हर जगह घात लगाए हुए थे। बच्चे अपनी सीटों में डर से सिकुड़ गए, उनके चेहरे भूतिया रूप से पीले पड़ गए, उनकी आँखें - चौड़ी खुली, लेकिन एक खामोश, बच्चों जैसी चीख में। लेकिन वे रुके नहीं। हिचकिचाहट के लिए कोई समय नहीं था। उन्हें यह भी नहीं पता था कि उनके पास एक मिनट बचा है या नहीं, लेकिन कहीं दूर, अंधेरे में, एक छोटी, मुश्किल से दिखाई देने वाली उम्मीद थी। कोई और विकल्प नहीं था - केवल एक महिला में एक अटूट विश्वास था जिसके पास उसकी पानी के नीचे का सन्दूक था। कहीं न कहीं उनका एक अनिश्चित, लेकिन फिर भी कुछ भविष्य इंतजार कर रहा था। कम से कम वे अकेले नहीं थे। और नथानिएल ने अपने पीड़ित दिल में सिर्फ़ आखिरी उम्मीद नहीं, बल्कि मुक्ति का एकमात्र मौका कसकर पकड़ा हुआ था - जो मेलिना ने उसे दिया था।

अध्याय 11: सर्वनाश के माध्यम से एक रास्ता

जब नथानिएल ने स्टीयरिंग व्हील को पकड़ा हुआ था, तो उसे अपनी आँखों में उसकी आँखें चुभ रही थीं - पन्ना जैसी, भेदने वाली, लाचारी से पीड़ित। उसने उन्हें कितनी बार उससे आशा के लिए, बिना शर्त, असीमित प्यार से उसके पत्थर के दिल को छूने का मौका देने के लिए भीख माँगते देखा था। और कितनी बार उसने इनकार कर दिया था, ठंडा, भावनाहीन। उसके शब्द, जो उस समय इतनी आसानी से बोले गए थे, अब एक ब्लेड की तरह उसके दिमाग को फाड़ रहे थे, हर भावनाहीन शब्दांश - शुद्ध, कड़वा जहर, जो उसे जला रहा था।

"कोई उम्मीद नहीं है! मैं तुमसे प्यार नहीं करता क्योंकि मैं सच में प्यार नहीं कर सकता और न ही मैं जुड़ सकता हूँ! क्या तुम चाहती हो कि मैं तुमसे झूठ बोलूँ?"

उसने, सालों पहले, एक काँपती हुई, मुश्किल से सुनी जाने वाली आवाज़ में फुसफुसाया था, और उसकी बड़ी हरी आँखें आँसुओं से भर गई थीं, एक अंतहीन, सर्वग्राही महासागर में बदल गई थीं, जो उसे खुद में बुला रहा था। वह सिर्फ़ एक मौका चाहती थी, एक पल के लिए तरस रही थी, सपने देख रही थी...

"मुझे तुमसे प्यार करने दो! अपने दिल के चारों ओर किले की दीवारें मत बनाओ! मुझे अपनी आत्मा को छूने दो!"

उसकी आवाज़ कोमलता और निराशा से टूट रही थी, वह उससे भीख माँग रही थी। यह याद अब उसे भेद रही थी, उसके सीने में गहराई से एक दर्दनाक, खा रही हुई अपराध-बोध के साथ जल रही थी। उसका दिल एक सड़ते हुए मांस की तरह महसूस हो रहा था, पश्चाताप से खाया हुआ था, जो उसका दम घोंट रहा था, उसकी साँस ले रहा था।

--- ✶ ६ ✶ ---

समुद्री युद्धविराम

कारें एक बार के घाट के किनारे पर अचानक रुक गईं, अब केवल एक दयनीय समानता। घाट मृत था, प्रलय से महत्वहीन हो गया था, धातु के कब्रिस्तान में बदल गया था। पानी से टूटे हुए कंक्रीट के ब्लॉक टूटी हुई हड्डियों की तरह बाहर निकल रहे थे, और जंग लगे रीबार लोहे अप्राकृतिक, दर्दनाक आकृतियों में मुड़े हुए थे, जैसे वे दर्द से चिल्ला रहे हों। पानी के जहाजों का कोई निशान नहीं था - न तो पनडुब्बी का एक भूत, न ही एक पुरानी जीवनरक्षक नाव, जो भागने का भ्रम का वादा करती थी। केवल झाग वाली लहरें किनारे पर क्रोध से टकरा रही थीं, नमक, आयोडीन और कुछ भारी, सड़े हुए की गंध ला रही थीं - एक मरती हुई दुनिया की साँस। नौ लोग, जो शांत, हलचल वाले समुद्र के विस्तार पर अपनी नज़रें टिकाए हुए थे, हर कोई अपनी साँस रोककर, दिल फटने की हद तक धड़क रहा था, और उनकी आँखों में एक हताश, खामोश प्रार्थना थी। मोक्ष के इतने करीब, और अब - कुछ भी नहीं, सिर्फ़ एक अंतहीन बंजर भूमि। सूरज, जो अब राख भरे बादलों से मुश्किल से टिमटिमा रहा था, धीरे-धीरे फीका पड़ रहा था, आसमान को लाल और नारंगी के गहरे, खून-लाल रंग के रंगों में रंग रहा था, जैसे कि सुबह ही मर रही थी। आने वाले अंधेरे की ठंड उनके कपड़ों के नीचे रेंग रही थी, उनकी हड्डियों के मज्जा को भेद रही थी।

"कुछ नहीं है!" एंथनी की आवाज़ एक फाड़ने वाली दहाड़ थी, निराशा की एक शुद्ध चीख, जिसने अंधेरे को भेद दिया और उनकी सबसे नाजुक उम्मीद को भी बिखेर दिया, उसे धूल में बदल दिया।

सारा ने बच्चों को और भी कसकर अपने पास दबा लिया, उनके चेहरे उसके कपड़ों में दबे हुए थे, अदृश्य आतंक से शरण की तलाश कर रहे थे जो उनका पीछा कर रहा था। लिया ने नथानिएल को एक बुझी हुई, खाली नज़र से देखा, जिसमें केवल इस्तीफा था, हर संभावना का पूर्ण इनकार। उम्मीद का हर कण एक भँवर में घुल रहा था, बिना किसी निशान के गायब हो रहा था।

--- ✶ ६ ✶ ---

मोक्ष का राक्षस

ठीक उसी समय जब ठंडी निराशा उन्हें निगलना शुरू कर रही थी, जब हवा अदृश्य आँसुओं से भारी हो गई थी, समुद्र की गहराइयों से कुछ निकला। पहले - एक तेज़, गहरी गड़गड़ाहट, जिसने उनके पैरों के नीचे की ज़मीन को हिला दिया, जैसे कि दुनिया ही पीड़ा में टूट रही थी। फिर - एक विशाल छाया, जो झाग वाली लहरों से धीरे-

धीरे उठ रही थी। एक विशाल, धातु का ढाँचा पानी से निकला, काला, गीला और चमकदार, जैसे कि एक प्राचीन, जागा हुआ राक्षस, जो हज़ारों साल की नींद से बाहर निकला था, जिसकी रूपरेखा भविष्यसूचक दर्शनों की याद दिलाती थी, जो उनकी आँखों के सामने जीवित हो रहे थे। उसके चारों ओर पानी उबल रहा था और हिसिंग कर रहा था, भाप भूतिया, नाचते हुए बादलों में आसमान की ओर उठ रही थी। धीरे-धीरे, पतवार का एक हिस्सा सतह पर मुड़ा और एक हैच खुल गया - एक खुला, वादा करने वाला मुँह जो उन्हें बुला रहा था। यह एक व्यक्ति के लिए अंदर घुसने के लिए काफी बड़ा था, लेकिन मरती हुई मानवता को रखने के लिए बहुत छोटा था। उससे एक पतला धातु का मंच नीचे आया, एक पुल की तरह, जो बर्बाद लोगों को मोक्ष के उनके एकमात्र अवसर से जोड़ता था, एक दूसरी दुनिया का पुल।

पनडुब्बी, जिसे मेलिना ने अपने तकनीकी ज्ञान और भविष्यसूचक सपनों के अनुसार डिजाइन किया था, जो अस्तित्व के लिए बनाई गई थी, अब एक भूत की तरह, एक दर्शन की तरह प्रकट हुई, जिसमें किसी ने विश्वास करने की हिम्मत नहीं की थी, लेकिन जो यहाँ, वास्तविक थी। एक पल के लिए कोई नहीं हिला, सदमे से लकवाग्रस्त, भारी साँस ले रहा था, जैसे कि वे हिलना भूल गए हों। फिर किसी ने, शायद सारा ने, मेलिना का नाम कराह दिया, एक नाम जो अब एक प्रार्थना की तरह, एक मंत्र की तरह लग रहा था। उनके दिल पहले से कहीं ज़्यादा तेज़ धड़कने लगे, एड्रेनालाईन के एक अचानक, दर्दनाक उछाल से भरे हुए थे - जीवन का एक पूर्वाभास जिसने उनके खून को प्रज्वलित कर दिया।

--- ✶ ६ ✶ ---

नीचे का रास्ता

"पनडुब्बी!" यह दृश्य उन्हें लकवाग्रस्त कर रहा था। सदमे, शुद्ध, अनफ़िल्टर्ड एड्रेनालाईन के साथ मिला हुआ, ने उन्हें मौके पर ही रोक दिया। एक पल के लिए वे सब कुछ भूल गए - अराजकता, डर, तबाह हुई दुनिया। उनके सामने मोक्ष खड़ा था।

"आओ!" उसकी आवाज़ हवा में गूँजी, शांत, लेकिन मजबूत। "हमारे पास ज़्यादा समय नहीं है।"

बिना किसी हिचकिचाहट के, वे उसकी ओर भागे। एंथनी मंच पर चला गया, उसके बाद लिया और सारा, जो दो बच्चों को हाथ से पकड़े हुए थी, और माइकल ने सबसे छोटे, विलियम को पकड़ा हुआ था। नथानिएल हिचकिचाया, मेलिना की आँखों में देखा और ऐसा लगा कि उसने वहाँ अंतहीन करुणा, लेकिन अंतहीन शक्ति भी पढ़ी। उसने उसे एक मुश्किल से ध्यान देने योग्य मुस्कान के साथ सिर हिलाया। एक-एक करके, वे सीढ़ी पर चढ़ गए, पनडुब्बी के अंधेरे पेट में प्रवेश कर गए। हर कदम एक दूसरी दुनिया की दहलीज को पार करने जैसा था। हैच उनके पीछे एक बहरे धमाके के साथ बंद हो गया, उन्हें बाहर की तबाह हुई दुनिया से काट दिया। बस एक पल बाद, पनडुब्बी डूबना शुरू हो गई, उन्हें गहराइयों की सुरक्षा में ले जा रही थी।

--- ✶ ६ ✶ ---

नथानिएल...

मेरे घुटने मुड़ गए। कमजोरी से नहीं। बल्कि समझ से। उस बहरी, निर्दयी सच्चाई से जिसने मुझे पनडुब्बी के धातु के फर्श पर फेंक दिया। बाहर से कुछ आखिरी, टिमटिमाती रोशनी की किरणें इल्लुमिनेटर से घुसने के लिए संघर्ष कर रही थीं, लेकिन उन्हें जल्दी ही घने, स्याही-काले पानी ने निगल लिया। मेरा शरीर इस लोहे के झूले में झूल रहा था, जिसे मैंने बेतुके ढंग से, लगभग बेतुके ढंग से, "आरामदायक" कहा था। बाहर... बाहर मैं जानता था कि दुनिया राख के भ्रम के झाग वाले गड्ढे में बदल गई थी। लेकिन यहाँ, अंदर, गर्मी ने मेरी त्वचा को एक भूले हुए आलिंगन की तरह सहलाया, हवा सूखी थी, और इसमें हर अणु "वास्तविकता" चिल्ला रहा था। मुझे ऐसा लगा जैसे मुझे दशकों के गंदे सपने से बाहर निकाल लिया गया हो, जैसे कि मेरा सारा अहंकार, मेरे बाँझ तर्क और भूतिया भ्रमों का पीछा करने के मेरे सभी साल, इस घुसपैठ करने वाले महासागर से धुल गए थे, जो अब हमें एक ठंडे कफ़न की तरह लपेटे हुए था, अंत का अग्रदूत था।

मेरी नज़र, एक अदृश्य शक्ति से निर्देशित, मेलिना पर टिक गई। वह नियंत्रण कक्ष के पास खड़ी थी - उसका खामोश मंदिर। उसका चेहरा शांत, पत्थर से तराशा हुआ, लगभग अलग-थलग था, लेकिन उसकी आँखें - ओह, वे आँखें! - उनमें अनगिनत भविष्य की छायाएँ डूब रही थीं, वे ऐसी तीव्रता के साथ मॉनिटरों पर टिकी हुई थीं कि ऐसा लगता था कि वे सिर्फ़ डेटा नहीं, बल्कि नियति के कपड़े को देख रही थीं। उसके हाथ, वही हाथ जिन्हें मैंने दो साल पहले ठुकरा दिया था, जब मैं छद्म ज्ञान के टॉवर बनाने में बहुत व्यस्त था, अब कीबोर्ड पर नृत्य कर रहे थे। हर हरकत सटीक थी, लगभग संगीतमय थी, हर प्रेस - आत्मविश्वास से भरा, अंतिम। जैसे वह हमेशा जानती थी। हमेशा तैयार थी। और मैं? मैं अपनी खुद की साँस पर विश्वास करने के लिए भी तैयार नहीं था।

"एक दिन तुम समझ जाओगे," उसने फुसफुसाया, अपनी नज़र चमकती हुई स्क्रीन से हटाए बिना। उसकी आवाज़ शांत थी, लेकिन हर शब्द एक पत्थर की तरह था, जिसने मेरे संदेह के कवच को भेद दिया, उसे एक भेदने वाली सच्चाई के साथ तोड़ दिया। "सब कुछ वहीं है, अगम्य गहराइयों में छिपा हुआ है। यहाँ तक कि मोक्ष भी। यहाँ तक कि... चमत्कार भी।"

चमत्कार। शब्द सिर्फ़ मेरे दिमाग में नहीं गूँजा। यह फट गया, मुझे अंदर से फाड़ दिया। मैं शापित हूँ! मैं, नथानिएल, अपने सारे बौद्धिक घमंड के साथ, अपने सारे "वैज्ञानिक" अंधेपन के साथ, एक काल्पनिक वास्तविकता में जी रहा था, जबकि वह, मेलिना, हमारे मोक्ष के लिए एक सन्दूक का निर्माण कर रही थी। सिर्फ़ एक जीवनरक्षक पोत नहीं। सिर्फ़ एक इंजीनियरिंग उपलब्धि नहीं। धिक्कार है! - उसने यह पनडुब्बी बनाई थी! अकेली! कहाँ से? कैसे? मेरा दिमाग तार्किक जवाबों के लिए, ब्लूप्रिंट के लिए, सूत्रों के लिए चिल्ला रहा था। लेकिन मेरा दिल, मांस का वह विश्वासघाती टुकड़ा, पहले से ही उन्हें जानता था। प्यार से। एक अंतर्दृष्टि से, जो मेरे

"ज्ञान" से कहीं ज़्यादा शुद्ध थी। वैज्ञानिक सूत्रों से परे, समझ की सीमाओं से परे, मेरे खुद के अहंकार की सीमाओं से परे कुछ में विश्वास से।

जैसे कि एक शापित फ़िल्म रील पर, जो मेरे दिमाग में जल रही थी, उसकी सभी छवियाँ गुज़र गईं - अब सिर्फ़ यादें नहीं, बल्कि जीवित, खून बहने वाले घाव, जो मेरे दिल की हर धड़कन के साथ धड़क रहे थे। मैंने नौ साल पहले का अपना घमंडी सवाल सुना, मेरे शब्द, तिरस्कार से भरे हुए, जैसे वे वापस आकर मुझे काट रहे हों: "क्या तुम मुझे अपने जीवन के सात साल बेचोगी?" और उसका जवाब, जो अब मेरे सिर में भविष्यसूचक स्पष्टता के साथ गूँज रहा था, पनडुब्बी की खुद की स्टील की दीवारों से गूँज रहा था, जो मुझे हिला रहा था: "नहीं! वे बिकते नहीं हैं! मैं तुम्हें उन्हें उपहार में दूँगी! अपने पूरे अस्तित्व के साथ! मेरे अस्तित्व के हर रेशे के साथ!" और वह एक परी की तरह, एक भाग्य बताने वाली की तरह दे रही थी... सालों के अकेलेपन के साथ। अंतहीन, अमानवीय प्रयासों के साथ, जो किसी और को कुचल देते। अपने पूरे सार के साथ। मुझे बचाने के लिए। मेरे परिवार को बचाने के लिए। मेरे परिवार को!

कृतज्ञता की भावना ने मेरा गला घोंट दिया, जैसे उबलता हुआ पानी जो मेरे गले में जल रहा था। यह मेरे अविश्वास के सुलगते हुए पश्चाताप के साथ मिला हुआ था, जिसने मेरे पेट को जहर की तरह खा लिया था, और मेरे खुद के सिद्धांतों के प्रति एक भेदने वाले विश्वासघात के साथ, जो अब इतने छोटे, इतने बेतुके लग रहे थे। मैंने प्यार और अंतर्दृष्टि को हवा के खिलाफ़ लड़ने के लिए छोड़ दिया था, जबकि मेलिना अकेली थी जिसने सच्चाई देखी थी। यह सच्चाई मुझे कुचल रही थी और मुझे एक ही समय में पुनर्जीवित कर रही थी, मुझे पश्चाताप और जंगली, उन्मादी खुशी के बीच खींच रही थी। मेरा परिवार बच गया था। मैं उन्हें बचाने में कामयाब रहा था। नहीं। उसने उन्हें बचाया था।

मैं? मैं अपने पिछले जीवन के लिए मर चुका था। मुझे जीवित रहने के लिए चुना गया था, लेकिन अपनी मर्जी से नहीं, बल्कि उसकी मर्जी से। क्या यह एक सज़ा थी, या एक उपहार? केवल वही जवाब दे सकती थी। और "सब कुछ वहाँ है, अगम्य गहराइयों में छिपा हुआ है" का क्या मतलब था? केवल वह दुनिया नहीं जो अब लहरों के नीचे छिपी हुई थी, बल्कि वे जवाब भी जिन्हें मेलिना हमेशा खोज रही थी? वे जवाब जिन्हें मैंने इतनी हठपूर्वक खारिज कर दिया था, उन्हें तर्क और निंदकवाद के पहाड़ों के नीचे दफ़न कर दिया था, जो अब मेरे दिमाग में धूल में बिखर रहे थे, बिना कोई निशान छोड़े।

धातु ने धातु को खरोंचा। एक तीखी, चीख़ने वाली आवाज़, एक कराहट, मेरी हड्डियों को भेद गई - ग्लास डोम को टाइटेनियम कैप्सूल से अलग करने वाला हैच हवा को चबा गया और एक अंतिम, अशुभ भार के साथ बंद हो गया। मैंने एक हल्का झटका महसूस किया, मेरे नीचे की विशाल मशीन की लगभग एक आह। पनडुब्बी धीरे-धीरे नीचे उतर रही थी, सतह के और भी गहरे गोता लगा रही थी। ऊपर केवल झाग के घेरे बचे थे, मृत समुद्र के चेहरे पर घावों की तरह। फिर, अशुभ रूप से खामोश

इंजनों के एक शक्तिशाली जोर के साथ, जिसने एक भूखे जानवर की तरह दूरी को निगल लिया, हम दुनिया के सबसे गहरे, बंद समुद्र के अंदरूनी हिस्से की ओर बढ़ गए। यह अब सिर्फ़ एक जल निकाय नहीं था, बल्कि एक मुँह था, जो बंद होने और हमें हमेशा के लिए निगलने के लिए तैयार था, हमें अपनी अंधेरे, शाश्वत शांति में संग्रहीत कर रहा था। और मैं, इल्लुमिनेटर में अपने कमजोर प्रतिबिंब को देखते हुए, जो मेलिना के पीले चेहरे के साथ मिल रहा था, मैं अपने जागे हुए खून की हर नाड़ी के साथ जानता था - कि यह सिर्फ़ एक नई, अज्ञात यात्रा की शुरुआत थी। न केवल समुद्र की अंतहीन, अंधेरी गहराइयों के माध्यम से, बल्कि मेरी अपनी आत्मा की और भी अज्ञात गहराइयों के माध्यम से भी, जो अभी-अभी भ्रम की सुस्ती से जागृत हुई थी।

अध्याय 12: फिर से जीवित हुई दुनिया की दुर्गंध

नौ दर्दनाक महीने। निराशा के नौ चक्र, जो उम्मीद और थकी हुई उदासीनता के बीच फैले हुए थे। "नॉटिलस" - हमारी आखिरी, धातु की मशीन - सिर्फ़ बाहर नहीं निकली। इसने सतह की ग्रे, चिपचिपी झिल्ली को एक फिर से जीवित हुए जानवर की गड़गड़ाहट के साथ तोड़ दिया, जिसने एक सहस्राब्दी की नींद के बाद अपनी पहली साँस ली थी। रोशनी! चमकदार नहीं, लेकिन प्राकृतिक, ग्लास डोम से घुस रही थी, जैसे कि सड़ती हुई दुनिया में एक अदृश्य दरार खुल गई थी। हवा, जो हाल ही में जले हुए मांस और राख की दुर्गंध ला रही थी, अब अपमानित सतह को सहला रही थी, जहरीले बादलों के आखिरी, चिपचिपे अवशेषों को बिखेर रही थी। बारिश, एक नीरस, थका देने वाली दृढ़ता के साथ गिर रही थी, अब एक अम्लीय कोड़ा नहीं थी, बल्कि एक ठंडा, अंतहीन रोना था, जो उस चिपचिपी धूल को धो रहा था जिसने दुनिया को छिपा रखा था, और उसकी बदसूरत, विकृत सच्चाई को उजागर कर रहा था।

आसमान रंगहीन, भूरा, एक फीकी याद की तरह रहा, लेकिन उसमें वह दम घोंटने वाली, घातक घनत्व नहीं था, जो आत्माओं को खाई में खींचता था। हम जीवित थे। धिक्कार है, हम जीवित थे! लेकिन कोई खुशी नहीं थी। हर साँस अपने साथ सड़ती हुई उम्मीद और जली हुई कल्पनाओं की गंध ला रही थी। दशकों की परमाणु सर्दी के बुरे सपने पूरी तरह से विनाशकारी पैमाने पर सच नहीं हुए। कुछ हुआ था। एक अप्रत्याशित हस्तक्षेप - किस्मत? प्रणाली में कोई त्रुटि? या शायद... एक ब्रह्मांडीय इच्छा, जो मानवीय समझ से परे थी? - ने अधिकांश मिसाइलों के प्रक्षेपण को विफल कर दिया। यह विचार मेरे दिमाग में एक घंटी की तरह गूँज रहा था, जो बिजली से टूट गई थी, एक ही, क्रूर सवाल लेकर: "उसने सिर्फ़ हमें क्यों बचाया? और क्यों? किसने? क्या वह भगवान था? क्या उसकी ऊर्जा ने मिसाइलों के प्रक्षेपवक्र को बदल दिया था? मेलिना हमेशा कहती थी कि चेतना का वास्तविकता पर एक भौतिक प्रभाव होता है... लेकिन अब कौन इस पर विश्वास कर सकता है, जब दुनिया एक विशाल, धुआँधार कब्र थी?"

--- ✶ ६ ✶ ---

डर की लय

उग्र समुद्र की कैद में, पनडुब्बी एक घायल, धातु की व्हेल माँ की तरह तैर रही थी, जो ठंडे पानी में खून बह रही थी, और हर बूँद एक खामोश चीख थी। हर नए टकराव के साथ धातु एक तीखी, दर्दनाक आवाज़ के साथ कराहती थी - एक मरते हुए विशालकाय की आहें, जिसने हार मानने से इनकार कर दिया था। GPS उपग्रहों से संकेत पकड़ने की व्यर्थ कोशिश कर रहे थे - आसमान मृत था, एक सूखे हुए दिमाग की तरह। हवा - जीवन से खाली गले की तरह खाली थी। पुरुष अनियंत्रित हाइड्रोलिक प्रणालियों से जूझ रहे थे; उनके माथे से पसीना बह रहा था, जबकि उनकी आहें पतवार में गूँज रही थीं, शराबी मछली की तरह तैरती हुई पनडुब्बी का संतुलन वापस लाने की कोशिश कर रहे थे। सेंसर, अपनी सीमा तक अतिभारित, एक घबराहट भरी, परेशान करने वाली गुनगुनाहट उत्सर्जित कर रहे थे - स्टील की बाधा के पीछे छिपी हुई पागलपन की आवाज़। उनकी स्क्रीन सफेद शोर से ढकी हुई थीं, जो आँखों को दर्द से परेशान कर रही थीं, जैसे कि वे बदसूरत सच्चाई को दिखाने से इनकार कर रहे थे। क्षतिग्रस्त सौर पैनल, एक गिरे हुए देवदूत के फटे, चमकदार पंखों की तरह पतवार से लटकते हुए, सतह के ऊपर बुरी तरह से चमक रहे थे। थकी हुई बैटरी मुश्किल से महत्वपूर्ण प्रणालियों के जीवन को बनाए रख रही थी, भारी साँस ले रही थी। टूटे हुए एंटीना नुकीली हड्डियों की तरह डेक पर बाहर निकल रहे थे - मृत टेंटेकल, जो खामोश सतह की ओर फैले हुए थे, कुछ भी नहीं से कनेक्शन की तलाश कर रहे थे। उपकरणों की हर धड़कन मेरे पेट में बसने वाले एक शांत, आंतरिक डर का कारण थी, जो इसे एसिड की तरह खा रहा था, जो धीरे-धीरे आपको घोल देता है।

हम बर्बाद थे। सभी। और हम इसे अपने शरीर की हर कोशिका के साथ, अपने पेट के हर संकुचन के साथ जानते थे।

--- ✶ ६ ✶ ---

निराश आशा का खारा स्वाद

जैसे कि एक खामोश अनुष्ठान में, हम सभी एक अंडाकार मेज के चारों ओर बैठे थे, डिब्बाबंद सब्जियों और मांस का मामूली रात्रिभोज कर रहे थे। स्वाद एक समान, व्यक्तित्वहीन था, जैसे पुरानी, बिना किसी स्वाद की साँस - पेट के लिए सिर्फ़ एक दलिया, जो किसी भी खुशी, जीवन की किसी भी चिंगारी से रहित था। पसीने से भीगे हाथों से, हर कोई अपने खुद के दुःस्वप्न में डूबा हुआ, हम प्रार्थना में मोक्ष की तलाश कर रहे थे। हमारी आवाज़ें दबी हुई थीं, लेकिन सच्ची थीं, मरती हुई आशाओं की फुसफुसाहट की तरह, जो चुप होने, गायब होने से इनकार कर रही थीं।

मैंने, नथानिएल, अपनी आँखें बंद कर लीं और मुझ पर भारी पड़ रही ज़िम्मेदारी का वजन महसूस किया - विशाल और दम घोंटने वाला। मैंने खुद को नूह की तरह महसूस किया, जो विनाश की बाढ़ के माध्यम से अपने छोटे सन्दूक को ले गया था। लेकिन क्या यह एक जीत थी? या सिर्फ़ एक अस्थायी मोहलत, जो भाग्य से भीख माँगी

गई थी, दुनिया की कीमत पर खरीदी गई थी? मौत की दहलीज को पार कर लिया गया था। लेकिन क्या उसके आगे एक नाजुक उम्मीद से भरा रास्ता खुल रहा था, या अज्ञात की एक अथाह खाई, जहाँ सबसे कमजोर रोशनी भी हमेशा के लिए बुझ सकती थी? इन अनकहे सवालों से कमरे में हवा भारी हो रही थी। हर साँस सीसे की तरह भारी थी, अज्ञात की कड़वाहट से भरी हुई थी।

क्लास्ट्रोफ़ोबिया। खामोशी। सर्वनाश।

इस क्षणिक क्षण में, हमारा भविष्य मौत के धुएँ से भी ज़्यादा घने कोहरे में डूबा रहा। भयानक अतीत अभी भी हमारी आत्माओं पर एक अशुभ, ठंडी छाया की तरह भारी था, हर खोई हुई मुस्कान, हर गुम हुई आवाज़ की याद दिलाता था। हमारे दिल अनिश्चितता के साथ एक घबराहट भरी, सिंक्रनाइज़्ड लय में धड़क रहे थे - इस नई दुनिया में एकमात्र स्थिर लय। और हमारे दिमाग अनगिनत सवालों से बेचैनी से फट रहे थे, जो अंधेरे में जवाब तलाश रहे थे। मैंने इन सवालों से अपने मुँह में एक कड़वा स्वाद महसूस किया, जो मुझे अंदर से खा रहे थे:

"हमें जीवित रहने के लिए क्यों चुना गया? क्या यह एक आशीर्वाद है या एक अभिशाप?"

"जब सभ्यता नष्ट हो जाती है तो इंसान होने का क्या मतलब है? जब हम सब कुछ खो चुके हैं तो हम कौन हैं?"

"बाहर हमारा क्या इंतज़ार है? क्या हम फिर कभी सूरज को देखेंगे, या सिर्फ़ एक मृत, रेडियोधर्मी आसमान देखेंगे?"

"मानवता का भविष्य क्या है, जो एक धातु के सन्दूक में तैरते हुए कुछ बचे हुए लोगों तक सीमित है? हमेशा के लिए कैदी, या कुछ और?"

सवाल तंग धातु की दीवारों में गूँज रहे थे, बिना किसी जवाब के, सर्वनाश की भावना को बेहोशी तक बढ़ा रहे थे। घुटन। हवा की कमी से नहीं, बल्कि अर्थ की कमी से, रास्ते की कमी से।

--- ✶ ६ ✶ ---

काँच की जेल

समय रुक गया था। दिन एक दर्दनाक नीरसता में विलीन हो गए, जैसे पानी की बूँदें एक के बाद एक एक अथाह, कभी न भरने वाले गड्ढे में गिर रही थीं। हम इस मृत, तबाह हुई दुनिया में एकमात्र जीवित लोग थे, जो "नॉटिलस" के सुरक्षित, लेकिन तंग आश्रय में थे। कैद में। हमने तीन से ज़्यादा दर्दनाक महीने बिताए, ग्लास डोम खोलने की हिम्मत नहीं की, बाहर के अदृश्य दुश्मन से डरते हुए - विकिरण, उत्परिवर्तित वायरस, या सिर्फ़... जमा देने वाली, अंतहीन खामोशी। बच्चों की हँसी फुसफुसाहट में शांत हो गई, और वयस्कों ने समय, दिनों, खुद का ट्रैक खो दिया। उनकी नज़रों में गहरी थकान और उदासीनता थी, एक कोहरे की तरह जो धीरे-धीरे सब कुछ निगल लेता है, यहाँ तक कि अतीत की यादों को भी। काँच का हेलमेट, हालाँकि इसने हमें तबाह हुई बाहरी दुनिया - ग्रे पानी और तैरते मलबे की एक दुनिया, जो मृत आत्माओं

की तरह दिखती थी - के साथ एक निर्जीव दृश्य संपर्क प्रदान किया, अलगाव की बढ़ती भावना को शांत नहीं कर सका। कैदी। एक पूरी तरह से अपरिचित दुनिया में आखिरी अकेले खोजकर्ताओं की एक मूर्त, जमा देने वाली भावना, जो अब हमारी नहीं थी।

मैं अक्सर काँच में देखता था, जीवन के संकेतों की तलाश में, लेकिन मैंने केवल अंतहीन ग्रे पानी देखा, जो मृत खामोशी में बह रहा था, और मलबा, जो एक बीते हुए समय के भूतों की तरह बह रहा था, हर खोई हुई आशा, हर खोए हुए जीवन की याद दिलाता था।

मृत दुनिया। मृत उम्मीदें। मृत प्रणाली। या नहीं?

--- ✶ ६ ✶ ---

डर की साँस और उम्मीद की फुसफुसाहट

हर बीतते दिन के साथ हवा और भी दम घोंटने वाली होती जा रही थी, फिल्टरेशन सिस्टम के बावजूद, जो एक पागल दिल की तरह अथक रूप से गुनगुना रहे थे। कृत्रिम रोशनी सूरज की कमी की भरपाई नहीं कर सकती थी - हमारी त्वचा पपड़ी की तरह पीली हो गई, और हमारी आँखें - थकी हुई, चमक से रहित, बुझे हुए सितारों की तरह। सेंसर तापमान, आर्द्रता, विकिरण और हवा की संरचना के बारे में निष्पक्ष जानकारी दे रहे थे, लेकिन हमने सुरक्षा सूट के बिना बाहर जाने की हिम्मत नहीं की, जैसे कि हम डरते थे कि अगर बाहरी वातावरण के संपर्क में आए तो हमारे शरीर धूल में बिखर जाएँगे - इसलिए नहीं कि यह निश्चित था, बल्कि इसलिए कि डर ने हमें लकवा मार दिया था, जो हमारे अंदर गहराई से चिपका हुआ था। शांत डेटा के बावजूद, अज्ञात की छाया घूम रही थी, हमारे पानी के नीचे के आश्रय के हर कोने में रेंग रही थी, हमें एक अदृश्य स्पर्श के साथ गला घोंट रही थी।

वैज्ञानिक उपकरणों की सटीकता सड़ते हुए जैव-अपशिष्ट की दुर्गंध को पकड़ नहीं सकती थी, जो कभी-कभी फिल्टर के माध्यम से घुसने में कामयाब हो जाते थे, या अदृश्य सूक्ष्मजीवों की उपस्थिति को, जिनके बारे में हमें डर था कि वे कुछ घातक में उत्परिवर्तित हो गए हैं। कभी-कभी हवा और लहरें धातु के पतवार से एक नीरस, अशुभ बल के साथ टकराती थीं, जो हमें बाहर घात लगाए हुए तत्व की याद दिलाती थी - एक असीमित शिकारी, जो अपने पल का इंतजार कर रहा था। हर असामान्य धारा, हर अजीब शोर ने हमें एक आदिम, जानवर जैसे डर से सिकुड़ दिया। उपकरण विकिरण को माप सकते थे। लेकिन बाहर घात लगाए हुए अंतहीन अज्ञात को नहीं - सबसे भयानक अनिश्चितता। हम अपने खुद के डर के कैदी थे। मौत के। एक ऐसी दुनिया के, जो हमें भूल चुकी थी, या हमें कभी जानती ही नहीं थी।

मेलिना वहाँ थी। खामोश। और विचारशील। एक आंतरिक बिंदु पर टिकी हुई नज़र के साथ - शायद उसकी अपनी खाई में, जो अनकही कहानियों से भरी हुई थी। उसके बगल में उसके दो बेटे खड़े थे - ईथन और मार्क। उसकी बहुएँ, थकी हुई दिख रही थीं, जैसे नींबू निचोड़ लिए गए हों, जिनकी जीवन शक्ति पी ली गई और फेंक दी गई हो। और उसके चार छोटे पोते-पोतियाँ, जो कभी-कभी शांत हो जाते थे, और कभी-

कभी चुपचाप रोना शुरू कर देते थे - एक काँपता हुआ भविष्य जिसे वह सब कुछ की कीमत पर संरक्षित करने की कोशिश कर रही थी, ताकि यह गायब न हो जाए, ताकि सब कुछ व्यर्थ न हो जाए, ताकि उनका अस्तित्व ब्रह्मांड में सिर्फ़ एक खाली फुसफुसाहट न बन जाए।

--- ✶ ؏ ✶ ---

अंतिम बीज

पनडुब्बी में सब कुछ सबसे छोटे विस्तार तक गणना किया गया था - हवा। भोजन। पानी। भार। ज़्यादा लोगों के लिए कोई जगह नहीं थी। बाकी सब जलाकर राख कर दिए गए थे। दुनिया की लपटों में नष्ट हो गए थे। एक मिटा दी गई दुनिया। और हम में से हर एक, कैदी, बाकी प्रियजनों के लिए खामोशी से शोक मना रहा था, जिनके चेहरे धीरे-धीरे यादों के कोहरे में फीके पड़ रहे थे, जैसे कि वे कभी अस्तित्व में थे ही नहीं, जैसे कि वे सिर्फ़ एक सपना थे। लेकिन कोई विकल्प नहीं था। न ही कोई चयन की संभावना - भाग्य निर्दयी था। अंधा। और बहरा। और उसे परवाह नहीं थी।

हम अठारह लोग थे - दस वयस्क, जो अतीत के बोझ और मानवता के सामूहिक अपराध-बोध को ढो रहे थे। और आठ बच्चे। भविष्य के लिए आखिरी उम्मीद का प्रतीक। एक पानी के नीचे के नूह के सन्दूक में कैद। एक बदली हुई दुनिया के लिए संरक्षित, जो भटक रही थी। अंत। नई उम्मीद? या सिर्फ़ एक गहरे पतन की शुरुआत?

मैंने मेलिना को देखा। वह बंदरगाह के पास खड़ी थी, मृत गहराइयों में देख रही थी। उस पल में वह मुझे पहले से कहीं ज़्यादा मजबूत लगी - अडिग। जैसे स्टील से डाली गई हो। लेकिन उसकी आँखों में एक छिपा हुआ घाव था। जिसे सिर्फ़ मैं साफ़ देख सकता था। यह रहा। उसकी बाईं आँख के चारों ओर एक नई झुर्री, जो उस रात से दिखाई दी जब बम गिरे थे, एक खाई की तरह गहरी, अनकहे दर्द से भरी हुई थी। मेरे दिमाग में एक सवाल बस गया। मैं जवाब नहीं ढूँढना चाहता था। लेकिन मैं इसे बाहर नहीं निकाल सका - यह एक परजीवी की तरह था। मेरे अंदर गहराई से चिपका हुआ, मुझे अंदर से खा रहा था:

"मेलिना, भगवान ने तुम्हें ही हमें यहाँ तक लाने के लिए क्यों चुना? हमें क्यों बचाया गया? हम जीवित क्यों हैं?"

मेलिना ने धीरे-धीरे अपना सिर घुमाया। उसने मुझे देखा। उसकी आँखें, जो एक सहस्राब्दी के ज्ञान और कुछ गहरे, अनकहे दुख से भरी हुई थीं, मेरी आँखों से मिलीं। उनमें सब कुछ था - नुकसान, अपराध-बोध, लेकिन एक लोहे का दृढ़ संकल्प भी। उसने अपना हाथ उठाया, काँच को छुआ, जैसे कि वह बाहर की अदृश्य दुनिया को, एक बीते हुए युग को अलविदा कह रही थी।

"हम सिर्फ़ बचे हुए लोगों से ज़्यादा हैं, नथानिएल।" उसकी आवाज़ एक फुसफुसाहट की तरह थी, लेकिन एक अदृश्य शक्ति से भरी हुई थी, जिसने मेरे हर कोशिका, मेरे अस्तित्व के हर रेशे को भेद दिया। "हम बीज हैं। और तुम... तुम उनके संरक्षक हो। हमारी कैद एक उपहार है। फिर से बोने का एक मौका।"

मेलिना मुड़ी, और उसकी नज़र सोए हुए बच्चों पर पड़ी। एक आँसू उसके गाल से नीचे लुढ़का, लेकिन कमजोरी से नहीं, बल्कि भविष्य के बोझ से, जो उसके थके हुए, लेकिन अडिग कंधों पर था।

------------------ ------------------

अध्याय 13: आखिरी बचा हुआ

अब... नथानिएल पानी में उतर गया। एक ठंडक जिसने उसके खून को चूस लिया, उसे घेर लिया, उसकी अपनी आत्मा की विकृत छवि को दर्शाते हुए। उसके विचार, ज्वार की लहरों की तरह, उसकी खोपड़ी को तोड़ रहे थे, जो अपने पीछे एक बर्बाद दुनिया को छोड़ रहे थे। वह कट गया था। सीसे जैसी खामोशी ने उसे दबा दिया, उसका दम घोंट दिया।

"क्या यह अंत है?" - एक आवाज़, एक भूली हुई वृत्ति की गूँज, उसके सीने में गूँजी। खुद से, खामोश परिदृश्य से एक सवाल।

उसके जीवन के दर्दनाक टुकड़े उसकी आँखों के सामने तैरने लगे। खोया हुआ सिंहासन नहीं, बल्कि टूटे हुए मुकुट के नुकीले टुकड़े उसे सता रहे थे, उसकी हथेलियों को भेद रहे थे। अनिश्चितता और भ्रमित किले की दम घोंटने वाली धूल, जो एक गड़गड़ाहट के साथ गिर गई थी। अब उसके पास केवल एक दर्दनाक अज्ञात था। उसे एक मिशन पूरा करना था, जो दुनिया से ज़्यादा भारी था, अकेला। बिना कंपास के, बिना नक्शे के, बिना सितारों के। उसके अस्तित्व का हर सेकंड एक जंग लगी कील थी, जो उसके मांस को भेद रही थी।

नथानिएल, आश्चर्यों का स्वामी, सबसे बड़े से पकड़ा गया था - ज़ुगज़वांग। वह, प्रतिक्रियाओं का निर्देशक, वह शतरंज खिलाड़ी जो मोहरों को हिलाता था, अब एक मोहरा था। ब्रह्मांड ने खुद उसे एक अप्रत्याशित, असंभव चाल दी थी। वह तैयार नहीं था। वह नंगा हो गया था। जीवन, जिसे उसने हमेशा अपना शतरंज बोर्ड माना था, एक गहरे अंधेरे में पासे फेंकने में बदल गया था। और वह, हेरफेर का स्वामी, एक उग्र तूफ़ान में एक असहाय, छोड़े गए बच्चे की तरह महसूस कर रहा था। उसके शरीर का हर रेशा लाचारी से चिल्ला रहा था। वह एक अनियंत्रित, दर्दनाक ऐंठन के साथ काँप रहा था, जिससे वह ऐंठ रहा था।

दुनिया ने उसे चुनौती दी। उसे अपमानित किया। बिना किसी चेतावनी के, बिना किसी मौके के। भगवान, अगर वह मौजूद था, तो नथानिएल ने उन सभी सबकों को सीखने से इनकार करने के बाद, उसे एक क्रूर परीक्षा में डाल रहा था। परीक्षा एक नंगी नस की तरह थी, जो ठंडी हवा में कंपन कर रही थी। हर साँस के साथ, जो उसने ली, वह जहर की तरह थी। नथानिएल ने महसूस किया कि उसकी ताकत बर्फ की तरह पिघल रही है। वे एक खुले घाव से खून की तरह बह रही थीं, जिससे वह एक असहाय पोखर में बदल रहा था जो अपना आकार नहीं रख सकता था।

"मैंने कहाँ गलती की?" - सवाल उसकी खोपड़ी में गूँज रहा था, उसकी अपनी साँस की आवाज़ से ज़्यादा ज़ोर से, खाली क्षितिज में गूँज रहा था।

वह अकेला था। ठीक वैसे ही जैसे उसने एक बार पसंद किया था, अपनी दुनिया के चारों ओर अभेद्य दीवारें खड़ी कर दी थीं। ज्ञान और आत्म-नियंत्रण की अपनी रोशनी। अब, हालांकि, अलगाव ने उसे घेर लिया और उसे बंद कर दिया - उसकी पसंद से नहीं, बल्कि एक अपरिहार्य, आजीवन कारावास में। अकेलेपन का गढ़, जिसे उसने खुद बनाया था, अब एक अभिशाप था। उसके अपने घमंड का एक मकबरा। दर्दनाक स्पष्टता के साथ, उसे एहसास हुआ: उसे विश्वास करना चाहिए था, निकटता की अनुमति देनी चाहिए थी, खुद को समर्पण करने की अनुमति देनी चाहिए थी। अकेले नृत्य करना मानवीय विशेषाधिकार नहीं है, बल्कि एक बेजान जगह में एक अकेला भटकना है। यह ज्ञान उसे अंदर से फाड़ रहा था और उसे एसिड की तरह जला रहा था।

यह पूर्ण, भेदने वाला अलगाव अब उसकी आत्मा में एक रेगिस्तान की तरह फैल गया था - अंतहीन, बंजर। इसने उसे शारीरिक रूप से, मौत तक गला घोंट दिया। अलगाव, जिसे पहले उसके अपने, क्रूर नियमों के अनुसार बनाया गया था, अब उसे सिर्फ़ दबा नहीं रहा था, बल्कि उसे सभी तरफ़ से कुचल रहा था। जैसे कि अदृश्य दीवारें फटने तक उसके चारों ओर बंद हो रही थीं। अपने स्व-लागू अलगाव के चरम पर पहुँचकर, उसने महसूस किया कि ठंड उसकी हड्डियों में रेंग रही है, उसे अपरिचित रूप से जमा रही है। हर विचार, हर हरकत। वह अपने खुद के दिमाग की भूलभुलैया में एक कैदी था, जिसे अपनी घमंडी, खोखली सच्चाइयों की गूँज के बीच आजीवन कारावास की सज़ा सुनाई गई थी। उसका सारा ज्ञान, उसके सभी सिद्धांत बिखर गए थे और अलगाव की क्रूर वास्तविकता के सामने लाखों टुकड़ों में टूट गए थे। वह नंगा था, खुद के साथ अकेला और अपने खुद के राक्षसों के साथ, अंतहीन अंतरिक्ष में एक एकल परमाणु की तरह लटका हुआ था। एक भूले हुए भगवान की तरह, जो एक निर्दयी ब्रह्मांडीय हवा से उड़ाया गया था। समय और स्थान के बाहर, हर जानी-पहचानी चीज़ से अलग, भौतिक दुनिया से हर कनेक्शन से। उसका सारा वैज्ञानिक ज्ञान, उसके सभी दार्शनिक विचार इस पूर्ण सर्वनाश के क्षण में एक बेकार मज़ाक, शक्तिहीन साबित हुए थे। उसने एक कड़वाहट महसूस की, जो उसके गले को जला रही थी - असहनीय, उसके खुद के आत्म-विनाश की तरह स्वादिष्ट।

खुद के साथ अकेला, एक ही सवाल गूँज रहा था, एक भेदने वाली चीख की तरह खामोशी को तोड़ रहा था: - इस सब का क्या मतलब है? क्या यह सिर्फ़ परमाणुओं का एक यादृच्छिक कंपन है, बिना किसी उद्देश्य और दिशा के, या इस निर्जीव आलिंगन से परे कुछ और मौजूद है, कुछ ऐसा जिसे मैंने देखने और स्वीकार करने से इनकार कर दिया है?

वह अपने खुद के दिमाग के काले शून्य में जवाब तलाश रहा था, लेकिन उसे जो कुछ भी मिला, वह पुराने संदेहों की एक गूँज थी, डर के भूत, भूली हुई सच्चाइयों को फुसफुसाते हुए, जो उसका निर्दयता से पीछा कर रहे थे।

उसका शरीर कमजोर हो रहा था, काम करने से इनकार कर रहा था। उसका दिमाग - सिर्फ़ एक भ्रमित भूलभुलैया नहीं, बल्कि एक जाल, जिसमें वह असहाय रूप से भटक रहा था। भूख और प्यास तीखे दाँत, नाखून थे, जो उसके अंदरूनी हिस्सों को फाड़ रहे थे। उसके शरीर का हर रेशा चिल्ला रहा था और खून बह रहा था। थकान एक भारी, सीसे की परत की तरह, उसकी पलकों पर एक काला पर्दा गिरा रही थी, जो उसे अपनी आँखें बंद नहीं करने दे रहा था। लेकिन उसकी सबसे गहरी भूख मानवीय स्पर्श के लिए थी, गर्मी के लिए, सांत्वना देने वाली निकटता के लिए, बिना शर्त प्यार के लिए। मानवीय उपस्थिति की एक निर्दयी ज़रूरत, जो किसी भी शारीरिक दर्द से कहीं ज़्यादा उसकी आत्मा को फाड़ रही थी जिसे उसने कभी अनुभव किया था। उसने न केवल अपनी शारीरिक स्वतंत्रता खो दी थी, बल्कि जीवित दुनिया, हर इंसान की आत्मा के साथ अपना भावनात्मक संबंध भी खो दिया था। उसके चारों ओर सब कुछ व्यक्तित्वहीन, ठंडा और शत्रुतापूर्ण था, एक मृत ग्रह। वह एक खोए हुए अंतरिक्ष यान की तरह तैर रहा था, ब्रह्मांड के उदास महासागर में बिना किसी उद्देश्य के, बिना किसी दिशा के, मोक्ष की कोई उम्मीद नहीं थी।

"'सब कुछ नियंत्रण में था, है ना?'" - उसकी पुरानी आवाज़ ने फुसफुसाया। - "और अब? तुम अनाथ हो। तुम्हारी हार पर तालियाँ बजाने वाला कोई नहीं है।"

वह एक अपरिचित स्थान में, एक विकृत आयाम और अनंतता में अकेला था, जहाँ परिचित कानून मौजूद नहीं थे। उसे संदेह था कि क्या वह अपनी खुद की जीवन की समझ के अनुसार भी जीवित था। उसे दुनिया के बारे में अपने सभी अभिमानी रूप से निर्मित ज्ञान, वास्तविकता की अपनी खुद की परिभाषा पर संदेह था। उसने भगवान को त्याग दिया, लेकिन उसी पल उसने उससे प्रार्थना की। वह इस मूक आलिंगन में रास्ते, अर्थ, आत्मविश्वास की तलाश कर रहा था, जिसने उसे घेर लिया था। वह अब खुद की तलाश नहीं कर रहा था - क्योंकि उसके पास सिर्फ़ खुद था... लेकिन कोई दर्पण नहीं था, न ही कोई सुधारक, जिसमें वह उन क्रूर भाग्य के नियमों को माप और मूल्यांकन कर सके जो भगवान ने उसके लिए निर्धारित किए थे। वह अपने खुद के पतन, अपने खुद के नरक का एकमात्र माप था।

पूर्ण, भयानक अज्ञात में, वह खड़ा था - एकमात्र बचा हुआ, और शायद सिर्फ़ एक बचे हुए की गूँज, अपने एकमात्र न्याय का सामना कर रहा था - उसकी खुद की अंतरात्मा का न्याय, जो उसे जला रहा था और उसे राख में बदल रहा था।

--- ✶ ६ ✶ ---

नथानिएल के विचारों में फटा हुआ कोहरा...

निराशा के इस क्षण में, गुलाब की खुशबू - उसकी खुशबू, जिसमें पुराने पत्रों और पुरानी यादों की साँस थी, लेकिन ताज़ा खिले हुए जीवन की भी - मुझे एक दर्दनाक

तीखेपन के साथ घेर लिया, जो सीधे उस याद में धंस गया जिसने मरने से इनकार कर दिया था।

उसकी आवाज़। दूसरे समय के संगीत की तरह - शांत, लेकिन भेदने वाली, स्मृति की गहराइयों से निकली, उस खामोशी को तोड़ दिया जिसमें मैं रहने का आदी था। जैसे मैं फिर से उन हरी आँखों में देख रहा था, जिनमें उसका सारा विश्वास और शुद्ध, भोला प्यार सिमट गया था। अब मैं दर्द से अपने ही स्वार्थ की दीवार से टकरा रहा था, जो मेरे डर से ईंट-ईंट बनाई गई थी, जो खुद को और... उसे? वास्तविक, गहरे, नग्न निकटता से बचाने के लिए खड़ी की गई थी। मुझे समझ नहीं आया कि मेरा वर्तमान अनाथपन उन छूटे हुए पलों, उस अजीब, अनचाहे रिश्ते के साथ इतने दर्द से क्यों जुड़ा हुआ था। यह नुकसान मेरे कठोर सार की गहराइयों में एक दर्दनाक परीक्षा के साथ क्यों पहचाना जा रहा था? मुझे कुछ महत्वपूर्ण समझना था, कुछ ऐसा जिसे मैंने झूठ के ढेर के नीचे दफन कर दिया था।

"- नथानिएल, मुझे देखो! कृपया, मुझे सच में देखो! मेरे बिना शर्त प्यार को महसूस करो... यही एकमात्र चीज़ बची है। - नथानिएल, तुम्हारी वह वास्तविकता कहाँ है, जिसे तुम इतनी घमंड से एकमात्र के रूप में पेश करते थे? क्या तुम्हें याद है कि हर पल तुम मुझे एक क्रूर विकल्प के सामने रखते थे: तुम्हारे प्यार पर विश्वास करना और अज्ञात में विश्वास के साथ गिरना, या इस संदेह को मानना कि तुम मेरी शुद्ध भावनाओं के साथ भावनाहीन रूप से खेल रहे हो? यहाँ, केवल मेरा बिना शर्त, समर्पित प्यार ही सच्चा निकला! क्या तुम्हें याद है कि मैं तुम्हें अपनी अहंकारी कल्पना के बजाय मेरी वास्तविकता पर विश्वास करने के विकल्प के सामने कैसे रखती थी - लेकिन तुमने अपने संदेह को मान लिया?"

सवाल हवा में लटका हुआ था। यह मेरी खोपड़ी के खालीपन में गूँज रहा था, एक खाली कब्र में एक गूँज की तरह अनुत्तरित था, जैसे कि उसके भूत ने कहा हो, जो लंबे समय से मर चुके शब्दों का स्वाद लेता था। अब मैं अपनी खुद की सुन्न भावनाओं और उस खाली जगह के लिए सच्चाई खोजने के लिए, जिसने हमेशा के लिए मेरी आत्मा में छोड़ दिया था, पूरी तबाह हुई दुनिया को पलटने, हर खंडहर को खोदने के लिए तैयार था। उसने मुझे इतनी कोमलता से, एक काँपते हुए फुसफुसाहट में कहा... उसने मुझे पीड़ित शब्द बताए, लेकिन मैं उसे नहीं सुनता था, दुनिया के बारे में अपनी खुद की पत्थर जैसी अवधारणाओं से अंधा था, जो धूल में ढह गई थीं। और वह मुझे उन दर्दनाक जवाबों तक ले जाने के लिए खामोशी से प्रार्थना कर रही थी जिन्हें मैं अब बेताबी से खोज रहा था। भगवान की इच्छा तक, उन्हें एक साथ खोजने के लिए, ज्ञान प्राप्त करने के लिए... और खुद को नष्ट करने वाले मानव जैसी चीजों को बचाने के लिए - जिसमें मेरी अपनी भी शामिल थी।

"- अगर तुम इस दुनिया में आखिरी बचे हुए हो - तो तुम इस अकेलेपन के साथ क्या करोगे? तुम उन नींदहीन रातों में क्या सोचोगे, जब तुम्हारे बगल में कोई नहीं होगा, जब तारों ने भी तुम्हें पीठ दिखा दी होगी? तुम क्या महसूस करोगे, जब तुम्हारे

दर्द को साझा करने वाला कोई नहीं होगा, तुम्हें गले लगाने वाला कोई नहीं होगा - भले ही सिर्फ़ यह बताने के लिए कि तुम मौजूद हो? तुम अपने निरर्थक अस्तित्व के बाकी हिस्सों को कैसे जिओगे, जो किसी भी सज़ा से ज़्यादा भारी है? क्या तुम एक पूर्ण, जमा देने वाले अलगाव में नहीं पाओगे, जिसकी तुम कल्पना भी नहीं कर सकते? क्या तुम बिना किसी स्रोत, बिना किसी अर्थ और बिना किसी उद्देश्य के प्रकाश की एक भटकी हुई किरण की तरह नहीं होगे, अकेले घूमने के लिए शापित?"

मेलिना की आवाज़ मुझसे पूछ रही थी। यह मुझमें एक बर्फीले शिखर की तरह कट रही थी, मुझे एक दुख के साथ भेद रही थी, जो कहीं से भी और हर जगह से आता था, मेरे हर छूटे हुए अवसर से, हर अनकहे शब्द से।

------------------ ------------------

अध्याय 14: खामोशी में खोया हुआ

21 घंटे, 33 मिनट और 14 सेकंड पहले... नथानिएल।

खामोशी बस भारी थी। घनी, चिपचिपी, दबाने वाली। मैंने सिर्फ़ अपनी साँस सुनी - भारी, असमान, जैसे मेरे फेफड़े रेत से भरे हुए थे। महीनों से। मैंने उनके चेहरों को देखा। उनके चेहरे, पीले, पीड़ित, मेरे अपने नरक को दर्शाते थे। लेकिन उम्मीद भी। एक छोटी, नाजुक उम्मीद, एक धागे पर लटकी हुई।

"मैं अकेला नीचे जाऊँगा।"

मेरी आवाज़। मैंने इसे नहीं पहचाना। कर्कश, पराई, जैसे उसने एक वायुरोधी स्टील के गर्भ में एक निर्णय कराह दिया हो। हर शब्दांश धातु की दीवारों से टकराया, गूँजा, गूँज उठा, जब तक कि वह मेरी खोपड़ी में एक दर्दनाक बजने में नहीं बदल गया। यह सिर्फ़ एक निर्णय नहीं था। यह... प्रायश्चित था। उनके लिए, हमारे लिए एक रास्ता बनाने की एक आखिरी, हताश कोशिश। मैं सब कुछ सहन करने के लिए तैयार था। हर निर्णय। हर निष्क्रियता। यहाँ तक कि विश्वास की हर खारिज की गई फुसफुसाहट भी। कोई वापसी नहीं थी। सिर्फ़ आगे, उस अगम्य पतन में, जो मुझे बुलाता हुआ लग रहा था।

एक और दर्दनाक महीना। हर मिनट एक सदी की तरह रेंग रहा था। उम्मीद, जहरीले संदेह के साथ बुनी हुई थी। और फिर, आखिरकार, हैच कराह उठा। यह एक मरते हुए विशालकाय की तरह चिल्लाया, जो एक और दुनिया की रोशनी की ओर अपनी पलक उठा रहा था। अज्ञात की साँस ने मुझे चूस लिया - भारी और नम। सड़ते हुए शैवाल, जंग और... कुछ और की गंध। कुछ गहरा, आदिम बुराई, जो मेरी त्वचा पर रेंग रही थी, मुझे एक ठंडे कफ़न की तरह लपेट रही थी। मेरा दिल धड़कने लगा। पागलपन से। एक पागल ड्रम की तरह, जो मेरे सीने से भागने की कोशिश कर रहा था।

एक कदम। अनिश्चित। काँपता हुआ। खाली आसपास की ओर पहला कदम। मैं पनडुब्बी को पीछे छोड़ रहा था, जो किनारे की कीचड़ में फँसी हुई थी। उनके चेहरे - पीले, चिंतित - वे मेरा इंतजार कर रहे थे। वे मेरी वापसी का इंतजार कर रहे थे। खबर। भविष्य के लिए। एक भविष्य जो अब एक धागे पर लटका हुआ था, किसी भी पल टूटने के लिए तैयार था।

मैं खो गया। सिर्फ़ शारीरिक रूप से नहीं। मैं खोज में खो गया। पानी के लिए। जीवन के संकेत के लिए। यहाँ तक कि कल के लिए सबसे छोटे, कमीने वादे के लिए भी जो मुझे आगे बढ़ने की ताकत देगा। जब मैं वापस आया, पनडुब्बी... चली गई थी। जैसे कि धरती, नहीं, काला खालीपन, उसे निगल गया था। बिना किसी निशान के। मैं वापस आ रहा था। मैं भटक रहा था। अंतहीन, हताश चक्रों में। और फिर... ठंडी, भयानक सच्चाई ने मुझे मारा। मैं पागल हो गया। मैं चक्कर लगा रहा था। कदम दर कदम। इस भ्रम से चिपका हुआ कि मैंने रास्ता भटक दिया है, कि मुझे वे अगली चट्टानी मोड़ के पीछे मिल जाएँगे। लेकिन वह प्रकट नहीं हुई। हर सेकंड अनंतता में खिंच रहा था। और उम्मीद... वह सिर्फ़ नश्वर धूल में बदल गई। हर लहर, किनारे पर टकराते हुए, फुसफुसाया:

"तुम अकेले हो।"

मैं लंबे समय तक चला। मेरे पैरों से खून बहने लगा। उन्होंने सूखी रेत पर लाल निशान छोड़ दिए। हर काँटेदार झाड़ी ने मेरी त्वचा को फाड़ दिया। हर नुकीले शंख ने मेरे पैरों के तलवों पर एक खूनी निशान छोड़ दिया। दर्द... यह मेरा एकमात्र वफादार साथी था। मैं दिन में जलते हुए सूरज के नीचे बिना किसी उद्देश्य के भटकता रहा, जिसने मेरी हड्डियों को जला दिया। रात में बर्फीले, गहरे गोधूलि में, जिसने मेरे हर रेशे को जमा दिया, मुझे एक बर्फ की मूर्ति में बदल दिया। जैसे मैं उसी नंगी जगह पर वापस आ रहा था। कुछ नहीं था। मैंने प्रार्थना की। सभी देवताओं से। मैंने बचपन के भूले हुए मंत्रों को फुसफुसाया। वे शब्द जिन्हें मैंने लंबे समय से अपने दिमाग से मिटा दिया था। मैं रोया। अपने जीवन में पहली बार। बिना शर्म के। बिना किसी रोक के। कड़वे, दम घोंटने वाले आँसू, जो मेरे विकृत गालों पर जल रहे थे। मुझे नहीं पता था कि क्या हुआ था। वे कहाँ गायब हो गए थे? मैंने यह मानने से इनकार कर दिया कि उन्होंने इस मृत दुनिया में मेरा इंतजार करना छोड़ दिया था। यह विचार... यह किसी भी शारीरिक दर्द से ज़्यादा भयानक था। रात की ठंड से ज़्यादा जमा देने वाला था।

मैं ठंडी रेत पर गिर पड़ा। अंतहीन, उदासीन समुद्र पर एक खाली नज़र टिकाए हुए। लहरों के टकराने का बहरा शोर मेरे अपने दिल की उन्मादी धड़कन के साथ मिल गया। मेरे घायल पैरों के नीचे रेत का ठंडा स्पर्श। अंतहीन, नंगी दुनिया, उदासीन तारों से भरी हुई। यह सब अब चिल्ला रहा था। लाचारी में चिल्ला रहा था। मैंने सब कुछ खो दिया था। दुनिया। मेरे प्रियजन। और सबसे भयानक - खुद को। अपनी शैतानी आत्मा को। मेरे अंदर अपराध-बोध, पछतावे और लकवाग्रस्त डर का एक तूफ़ान उग्र था। इसने मुझे टुकड़ों में फाड़ दिया। बिना खुद को छुड़ाने में सक्षम हुए।

मैं, नथानिएल। गणना का आदमी। तर्क का। निर्विवाद तथ्यों का। और अब... अज्ञात के व्यक्तित्वहीन चेहरे का सामना कर रहा था। दिग्भ्रमित। बिना किसी सहारे के। जैसे कि मेरे पैरों के नीचे की ज़मीन एक अभेद्य पतन में गिर गई थी। मेरा दिमाग काम करने से इनकार कर रहा था। टूटा हुआ। सदमे से अवरुद्ध। लेकिन शायद... नियंत्रण का यही विनाशकारी नुकसान... यही मुझे कुछ नया खोजने की अनुमति देगा। मेरी कठोर आत्मा में। करुणा। विनम्रता। एक टिमटिमाती हुई, लगभग हताश उम्मीद। जिसे मैं पहले नहीं जानता था।

मैंने छोटी-छोटी चीज़ों पर ध्यान देना शुरू कर दिया। हवा से उड़ते हुए, ज़मीन पर टकराते हुए अकेले रेत के कणों पर। अकेले पक्षियों पर, जो मेरे नंगे सिर के ऊपर धीमी, मापी गई हरकतों के साथ चक्कर लगा रहे थे। दूर के, ठंडे तारों पर, जो रात के आसमान में उदासीनता से चमक रहे थे, जैसे कि वे मेरी पीड़ा देख रहे हों। इस कठोर सादगी में। पूर्ण परित्याग की इस स्थिति में। मुझे एक अजीब, अप्रत्याशित सांत्वना मिली। और एक छोटी, मुश्किल से ध्यान देने योग्य उम्मीद।

मैं अनाथ हो गया था। इस मृत परिदृश्य में। अपनी खुद की नश्वरता के आमने-सामने। मेरी सभी भव्य योजनाएँ। मेरी सभी महत्वाकांक्षाएँ। बेकार। सर्वनाश की हवा में ग्रे मलबा। क्या मैं सिर्फ़ एक यादृच्छिक शिकार था? या किसी बड़े, अवर्णनीय योजना का हिस्सा? जो मानवीय समझ से परे है? भारी सवाल हवा में लटके हुए थे। धूल की तरह। लेकिन अब वे मेरा दम नहीं घोंट रहे थे। वे मेरे नए अस्तित्व का हिस्सा थे। मेरे भाग्य का।

मैंने खुद को अपनी आदिम प्रकृति के हवाले कर दिया। अस्तित्व की वृत्ति को। और भगवान की अस्पष्ट इच्छा को। अगर वह मौजूद था। अगर वह इस सारी अराजकता में कोई अर्थ देख सकता था। अपने अंदर गहराई से। एक टिमटिमाते हुए, अस्थिर विश्वास के साथ। मुझे विश्वास था। कि मेरे प्रियजन सफल होंगे। मेरे बिना। वे जहाँ कहीं भी हों। कि कहीं वहाँ, गहराइयों में या क्षितिज से परे, जीवन की छोटी उम्मीद अभी भी सुलग रही थी। मेरे अकेलेपन के बावजूद। और शायद, एक दिन, यह फिर से खिल उठेगी। रेगिस्तान में एक फूल की तरह। बर्बाद दुनिया के बीच में।

अध्याय 15: जागृति

लेकिन, क्या वे बच गए?

क्या वे नीचे के अँधेरे में, गोधूलि के अभेद्य आश्रय में जीवित बचे? या एक अचानक, विश्वासघाती पतन ने उन्हें हमेशा के लिए महासागर की जमा देने वाली साँस में निगल लिया? भयानक छवियाँ मेरे दिमाग में बह रही थीं - एक झरने की तरह नहीं, बल्कि निराशा की एक सुनामी की तरह, जो मुझे डूब रही थी, मुझे निराशा की एक नीरस छाया में डुबो रही थी। भावनाएँ बदल रही थीं; वे मेरे अंदर टकरा रही थीं, खानों

की तरह फट रही थीं, मेरे शरीर को नहीं, बल्कि मेरी आत्मा को फाड़ रही थीं। एक आंतरिक गड़गड़ाहट, सबसे गहरे भूकंप से भी ज़्यादा मज़बूत, मुझे चेतना के उदास, निराशाजनक गड्ढों की ओर धकेल रही थी। मैं खामोशी से दया के लिए प्रार्थना कर रहा था - मौत से। लेकिन वह हृदयहीन थी और नहीं आई, मुझे पीड़ित होने, मेरे अपने नरक में जलने के लिए छोड़ दिया, जिसकी लपटें मुझे अंदर से जला रही थीं। मैं सुन्न होकर इंतज़ार कर रहा था, बिना यह जाने कि क्या, बिना किसी रोशनी की झलक देखे, उस नीरस छाया के लिए अभिशप्त था, जो मेरी आँखों के सामने एक भयानक नृत्य की तरह नाच रही थी। मैं एक सुन्न आत्मा के साथ सहन कर रहा था, जैसे मेरे शिराओं में खून तरल नाइट्रोजन में बदल गया हो, जिसने मुझे एक जीवित, साँस लेने वाली बर्फ की मूर्ति में बदल दिया हो, मेरे अपने शरीर में एक कैदी।

एक और पल, बस एक और दर्दनाक, फाड़ने वाला पल... यहाँ, मेरा दिल मेरे सीने से अलग हो गया, ऊपर की ओर उड़ गया, एक अस्पष्ट जादू के ज्वार से आकर्षित हुआ, एक घायल पक्षी की तरह जो हताश होकर तूफ़ान से ऊपर उठने की कोशिश कर रहा था। फिर पूरे असहनीय बोझ ने एक गड़गड़ाहट के साथ मुझ पर धावा बोल दिया - एक पूरी, टूटी हुई दुनिया का वजन। इसने हर चिंगारी, हर भ्रम को कुचल दिया, उन्हें ग्रे, बेजान मलबे में बदल दिया। मेरा हर कण, जिसने कभी विश्वास किया था, अब अज्ञात की खाई में घुल रहा था।

--- ✶ ६ ✶ ---

पूरी रात मैं जागता रहा, अनंतता को घूरता रहा, यह महसूस किए बिना कि जमा देने वाली ठंड मेरे शरीर को भेद रही है। रेत ने मेरी हथेलियों को खरोंच दिया, जबकि मैंने निर्दयी सीमा को घूरा, जहाँ आसमान समुद्र को गले लगा रहा था, जो सूर्योदय की भविष्यवाणी कर रहा था। उसकी किरणें, भेदने वाली तलवारों की तरह तीखी, सिर्फ़ रात को नहीं, बल्कि मेरे अंदर गहराई तक जमा हुए सालों के नंगे विस्तार को भी काट रही थीं। यह विस्तार मेरा सार था, जो मेरी रीढ़ पर रेंग रहा था, हर विचार, हर भावना को जमा रहा था, जब तक कि मेरा शरीर अनिद्रा का एक ठंडा मंदिर नहीं बन गया, जो एक नीरस छाया में लिपटा हुआ था, जहाँ मेरी आत्मा खामोशी में तड़प रही थी।

हर गुजरता हुआ सेकंड नुकसान के राक्षसी पैमाने को उजागर कर रहा था - मेरी व्यक्तिगत, सर्वनाशी आपदा का। दशकों तक मैंने एक लालची सोने की तलाश करने वाले की तरह अपना जीवन बुना था, केवल प्रतिबिंबों को घूरता रहा, मृगतृष्णाओं का पीछा करता रहा - शक्ति, अकूत धन, सर्वव्यापी ज्ञान। मैं अंधा था, उन वास्तविक खजानों के लिए शापित अंधा था जिन्हें मैंने अपनी हथेलियों में पकड़ रखा था - और मैंने उन्हें खो दिया। अब मैं समझ गया:

प्यार? यह एक क्षणिक रोमांच था, जिसने अपने पीछे एक कड़वाहट छोड़ दी थी, जो मेरे गले को जलाती हुई लग रही थी। जैसे मेरे फेफड़े मृत यादों की नश्वर धूल से भरे हुए थे।

मेरे दिमाग में एक क्षणिक याद चमक उठी: एक गर्मी, कटी हुई घास की गंध और मेलिना की हँसी, जो गर्म हवा में गूँज रही थी। एक सेकंड के एक अंश के लिए, गर्माहट ने मेरे खून को फैला दिया। अफसोस, मैंने इसे उदासीनता से बुझा दिया, और अंदर घुसने वाली ठंडी उपस्थिति ने मुझे एक ठंडे कफ़न की तरह लपेट लिया।

दोस्ती? एक सुविधाजनक गठबंधन, जो पहली परीक्षा के दबाव में सूखी मिट्टी की तरह टूट गया, मुझे एक झूठी दुनिया के बीच अकेला छोड़ गया।

परिवार? एक बोझ। बेड़ियाँ। मैंने उन्हें एक बार इतनी आसानी से, यहाँ तक कि मज़ाक के साथ भी तोड़ दिया था, और अब उनसे नंगा विस्तार मुझे फाड़ रहा था, किसी भी शारीरिक घाव से ज़्यादा दर्दनाक था।

अब, जब सब कुछ सुबह के कोहरे की तरह वाष्पित हो गया था - जैसे किसी ने सारी हवा, दुनिया का सारा अर्थ चूस लिया था - तो हवा, जिसमें मैं साँस ले रहा था, एक ठंडी मूक आलिंगन बन गई थी, जिसने मेरे खून को जमा दिया था। मैंने अपने अस्तित्व की कठोर नमी को छुआ। मैं अभियोजक, न्यायाधीश और जल्लाद था, सब एक में, जिसने खुद को एक धीमी, दर्दनाक मौत की सज़ा सुनाई थी। स्वार्थी गलतियों के लिए, जो अब मेरी आत्मा को जीवित अंगारों की तरह जला रही थीं, मेरे मांस में गहराई से धंसी हुई थीं, बिना पूरी तरह से जलने की संभावना के।

मैं एक लंबी, भ्रामक नींद से जाग गया था। एक भ्रम। यह धूल में बिखर रहा था, टुकड़ा-टुकड़ा होकर, नीचे एक ऐसी दुनिया को उजागर कर रहा था जिसकी मैंने कभी कल्पना भी नहीं की थी - दर्द की दुनिया, लेकिन सच्चाई की भी। मैं इसे खुली आँखों से देखना शुरू कर रहा था, जैसे कि विश्वासघाती पर्दा उठ गया हो। यह रहा। मैं समझ गया - भौतिक आवरण से परे एक गहरा, अदृश्य आयाम मौजूद है। यह मुझे बुला रहा था। मैंने प्राचीन, लगभग भूली हुई फुसफुसाहट सुनी, जो मेरी खोपड़ी की गुहा में एक खोई हुई सभ्यता की गूँज की तरह गूँज रही थी। मेरी आत्मा में अर्थ की एक अदम्य, सर्वग्राही प्यास बढ़ रही थी। ज्ञान के लिए नहीं, सत्ता के लिए नहीं। आध्यात्मिकता के लिए। कुछ विशाल के साथ एक अदृश्य कनेक्शन के लिए। भगवान के लिए। अर्थ के लिए।

मेरे एकमात्र स्वामित्व यादों की भूतिया छायाएँ थीं। और यही वह चीज़ थी जो मुझे पागलपन के कगार पर धकेल रही थी - केवल अतीत का मालिक होना, जो आपको जलाता है, आपको हड्डियों तक जलाकर राख कर देता है, जबकि आपका शरीर साँस लेता रहता है। मेरा विश्वदृष्टि अनियंत्रित शक्तियों के दबाव में पलट रहा था, जैसे कि मेरे पैरों के नीचे की ज़मीन हिल रही थी, मुझे निगलने के लिए तैयार थी। मैंने अपने विचार को, एक पीड़ित, पीछा किए गए जानवर की तरह, उसकी ओर धकेला। भगवान की ओर। उस पूरे की ओर, जिसके रहस्यों को मैंने कभी दिल से नहीं, बल्कि एक स्केलपेल से, अलग करने और विश्लेषण करने का इरादा किया था, जैसे कि भगवान एक शारीरिक अंग थे।

मेरे दिमाग में मेरे पिछले जीवन के सवाल गूँज रहे थे। वे जिन्हें मैंने खुद से पूछा था, और आत्म-संतुष्ट जवाब, जो झूठी संतुष्टि लाते थे। अब वे एक मज़ाक की तरह लग रहे थे। एक जहरीला व्यंग्य, जो मुझे सीधे दिल में छेद रहा था, किसी भी ब्लेड से ज़्यादा तेज़ था।

मैं इतना कुछ जानता था। सिर्फ़ जानता नहीं था - मैंने ज्ञान की पूरी लाइब्रेरी को निगल लिया था, लेकिन एक भी पंक्ति, एक भी सच्चाई का अनुभव किए बिना। मैंने हर दर्शन, हर गूढ़ शिक्षा, हर वैज्ञानिक सिद्धांत का विश्लेषण किया था। मैंने दृश्यमान कानूनों को पूर्णता से समझा, जैसे कि मैंने ब्रह्मांड की कुंजी पकड़ रखी हो, लेकिन मैं अपनी खुद की आत्मा को नहीं खोल सका।

मेरा अति-बुद्धिमान दिमाग एक निर्दयी विश्लेषणात्मक उपकरण था - ठंडा, सटीक, निर्दयी। तर्क - मेरा मार्गदर्शक, अनुभवजन्य अनुभव - सच्चाई का एकमात्र माप। मैंने ज्ञान और अभिजात वर्ग की ऊँचाइयों पर कब्जा कर लिया, एक गुप्त समाज का हिस्सा था जिसने घटनाओं के तारों को खींचा, नियति को निर्देशित किया। एक कमरा, गहरे रंग की लकड़ी से ढका हुआ। आवाज़ों की एक नीरस गड़गड़ाहट। मैं, मेज के सिर पर, एक निर्णायक निर्णय के लिए हाथ उठाए हुए था, जो हज़ारों जिंदगियों को कुचल देगा। बिना पलक झपकाए। मैं शक्तिशाली था, प्रभावशाली था, मेरे निर्णयों ने लाखों लोगों की नियति को आकार दिया। और कुछ भी मेरे लोहे के नियमों को नहीं तोड़ सकता था, मेरी सीमाओं का विस्तार नहीं कर सकता था, मुझे मेरे घमंडी सिद्धांतों पर संदेह करने के लिए उकसा नहीं सकता था। मूर्त रूप में जीवन मेरे लिए अन्वेषण का एक पर्याप्त क्षेत्र था - मैं उसकी हर बूँद पीना चाहता था। एक ही समय में कई जीवन जीना चाहता था, क्योंकि एक मुझे एक अंतहीन महासागर में पानी की एक बूँद की तरह एक दयनीय सीमा लगता था।

मैं सब कुछ चाहता था, बिना गहराई में जाए, बिना जड़ें जमाए। मैं लोगों, दोस्तों, प्रियजनों से आसानी से और बिना नाटक के अलग हो गया। मैं हर उस चीज़ के साथ सतही रूप से प्यार में पड़ गया जिसने थोड़े समय के लिए मेरी बौद्धिक जिज्ञासा को उत्तेजित किया। मैंने स्थितियों में विविधता लाई, कभी-कभी सनकी अश्लीलता के साथ भी, जब तक कि यह मेरी बेजान संग्रह में एक और ट्रॉफी जोड़ता था। जब तक यह मेरे लिए दिलचस्प था, जब तक रोमांच फीका नहीं पड़ जाता, जब तक मैं उन सभी प्रलोभनों को नष्ट नहीं कर देता जो मुझे बाँध सकते थे और मेरे अहंकार-केंद्रित आदेश को बाधित कर सकते थे। मेरी अपनी, घमंड से बंद आत्मा की गहराइयाँ मेरे लिए पर्याप्त थीं। मुझे इस तरह प्रशिक्षित किया गया था, मैं इस तरह जीया था - एक भावनाहीन पर्यवेक्षक के रूप में, एक सहानुभूतिपूर्ण प्रतिभागी के रूप में नहीं। एक सर्जन की तरह, जो एक मरीज़ के दर्द का अध्ययन करता है, लेकिन अपने खुद के दर्द का नहीं।

मेरे मानक बाकी सभी के लिए एक अगम्य ऊँचाई थे, और ये ऊँचाइयाँ - झूठे आत्मविश्वास का मेरा आरामदायक क्षेत्र, एक भ्रामक मिशन और अच्छाई की एक

विकृत अवधारणा का आत्म-संतुष्ट आश्रय था। संक्रमण की रेत पर बने अपने खुद के नियम, जो मेरे पैरों के नीचे खिसक रहे थे। मैंने अपनी आत्मा की फुसफुसाहट को हठपूर्वक नकार दिया, जो भौतिक से परे कुछ के लिए तरस रही थी - अपनी वास्तविक खोज के लिए। मुझे एहसास नहीं था कि इसमें अमूल्य, शाश्वत ज्ञान था, कि यह अनगिनत अस्तित्वों से गुज़री थी और अब एक नए आह्वान के साथ भ्रम की भूलभुलैया से बाहर निकलने की तलाश कर रही थी - अपनी पूर्णता तक पहुँचने के लिए, अपने निर्माता तक उठने के लिए।

मेरे बंद समाज द्वारा सावधानीपूर्वक रखे गए सभी रहस्य, भगवान के महान रहस्य के सामने दयनीय और शक्तिहीन थे, जिसे केवल एक खुले दिल और विनम्रता के साथ अनुभव किया जा सकता था। और एक जीवन पर्याप्त नहीं है। अपनी इच्छा, चाहे वह कितनी भी निर्देशित हो, एक अंतहीन महासागर में सिर्फ़ एक छोटी नाव है। मैं पूरे का एक अविभाज्य चिंगारी हूँ, लेकिन इसकी पूर्णता ठंडे अलगाव में नहीं, बल्कि सक्रिय सह-निर्माण और सर्वव्यापी अस्तित्व के भीतर अपनी विशिष्टता की पूर्ण अभिव्यक्ति में प्राप्त होती है। यह एहसास मुझ पर एक गड़गड़ाहट की तरह आया, जिसने मेरे अपने भ्रम के काले कपड़े को फाड़ दिया।

अचानक, खारे पानी की एक हवा ने मेरे चेहरे को छुआ, जो एक अज्ञात किनारे से एक दूर की, मुश्किल से ध्यान देने योग्य फुसफुसाहट ला रही थी। क्या सब कुछ खत्म नहीं हुआ था?

------------------ ☙ --------------------

अध्याय 16: शून्यता और भूत

विचार दर्दनाक भूत दर्द में बदल रहे थे। जीवन और मृत्यु के बीच की सीमा पारगमन का हर अचेतन रोमांच अब, भेदने वाले अलगाव में, भयानक स्पष्टता के साथ महसूस किया गया था। एक ब्लेड ने चेतना को भेद दिया, इसे धीरे-धीरे, टुकड़ा-टुकड़ा करके फाड़ दिया।

मैं ठंडी रेत पर लेट गया। उसकी खुरदरी बनावट मेरी हथेलियों में धंस गई, हर कंकड़ एक छोटे ब्लेड की तरह था। समुद्र की हवा ने मेरी नंगी त्वचा को एक बर्फीली, उदासीन कोमलता के साथ लपेट लिया, और लहरों ने मेरे पैरों पर रेत को चाटा। एक लयबद्ध फुसफुसाहट, जो एक गीत की तरह नहीं, बल्कि मेरी मरती हुई प्रकृति के लिए एक अंतिम संस्कार की तरह लग रही थी। सूरज की किरणें मेरी पलकों को भेद रही थीं, जैसे मुझे जलाने की कोशिश कर रही थीं। मैं हिला नहीं। मैंने अपने अंदर आने वाली भावनाओं, अपरिचित संवेदनाओं को खुद पर हावी होने दिया। मैंने उन्हें अपने शरीर के हर रेशे में समा जाने दिया, जैसे वे मुझे उस अंतहीन गैर-अस्तित्व में ले जा रहे थे जहाँ से कोई वापसी नहीं थी। हर कोशिका चिल्ला रही थी।

अकेला।

शब्द ने एक पागल, जमा देने वाला बोझ, सर्वनाश का भार लाया, जिसने उम्मीद की हर साँस को दबा दिया। मैंने इसे बिना आवाज़ के दोहराया, जब तक कि मैंने आखिरकार इसके पूर्ण, भयानक अर्थ को महसूस नहीं किया।

"मैं सच में अकेला हूँ," मेरी आवाज़ एक टूटे हुए ग्लास की तरह थी, जो मृत खामोशी को फाड़ रही थी। "पागलपन से अकेला। अपरिहार्य रूप से अकेला! एक मृत भौतिक दुनिया में एक जीवित, काँपते हुए कण की तरह, जो खुद को पुनरुत्पादित या क्लोन नहीं कर सकता। और मेरी आत्मा? वह भी अकेली है, क्योंकि बाकी सब कहीं और हैं, लेकिन मैं यहाँ हूँ, अदृश्य बेड़ियों से जकड़ा हुआ हूँ, पार करने की ताकत के बिना। मुझे यकीन नहीं है कि कहाँ, क्यों, या यह यात्रा कब तक चलेगी। क्या होगा अगर वहाँ भी यही अथाह अकेलापन मेरा इंतजार कर रहा है? क्या होगा अगर बाकी सभी एक अज्ञात आयाम में चले गए हैं, मुझे हमेशा के लिए इस खाली किनारे पर छोड़ गए हैं?"

यह विचार मुझे जला रहा था। यह मुझे एक जंगली, अनियंत्रित आग की तरह निगल रहा था, जो अपने रास्ते में सब कुछ जलाकर राख कर देती थी।

आखिरी बचे हुए के रूप में, मुझ पर एक विशाल, असहनीय ज़िम्मेदारी थी - मानवता को बनाए रखने, बाकी को अर्थ देने की। लेकिन जब मुझे पता ही नहीं था कि क्या मानवता की बुझती हुई चिंगारी को विरासत में लेने वाला कोई होगा, तो मैं कैसे जीना जारी रख सकता था? मैं एक खाली द्वीप पर लगाए गए एक अकेले पेड़ की तरह था - अभी भी जीवित, लेकिन अर्थ से रहित, धीरे-धीरे मुरझाने के लिए अभिशप्त। मैं मानव जीवन का एकमात्र वाहक हो सकता था। इस ज़िम्मेदारी ने मुझे पागलपन के कगार पर धकेल दिया, जो मेरे खोपड़ी में गूँजने वाली तर्क की एक मौलिक चीख बन गई, इसे टुकड़ों में फाड़ रही थी।

"नहीं, नहीं, नहीं!" मैंने हताश होकर फुसफुसाया, जैसे कि शब्द वास्तविकता को बदल देंगे। "कृपया, उन्हें वापस आने दो!"

एक अंधा, पीड़ित, लेकिन हठी उम्मीद सुलग रही थी कि मेरे प्रियजन वापस आ जाएँगे। वे एक मृगतृष्णा की तरह दिखाई देंगे, कहीं से भी भौतिक हो जाएँगे। मैं उन्हें कसकर गले लगा लूँगा, उन्हें वह सारी गर्माहट और निकटता दूँगा जिसके लिए मैं तरस रहा था। मैं उनकी कमजोरी की रक्षा करूँगा। मैं भगवान की रचना को जीवित रहने, खुद को उसकी छवि और समानता में महसूस करने, जीवन को जारी रखने का मौका दूँगा।

शब्द, जो आज इतने अनावश्यक थे, मेरे दिमाग में एक फटते हुए ज्वालामुखी की तरह बहस कर रहे थे, जो मुझे छिपे हुए सत्यों से गला घोंटने की कोशिश कर रहे थे। वे अनावश्यक, भारी थे, एक ऐसी दुनिया बना रहे थे जो अब सिर्फ़ एक भूतिया कल्पना थी, जो हर सेकंड के साथ बिखर रही थी। विचार बह रहे थे, उस खोई हुई दुनिया को दर्दनाक स्पष्टता के साथ चित्रित कर रहे थे, उनमें से हर एक दिल में एक धंसे हुए ब्लेड की तरह था, जो नुकसान की याद दिला रहा था।

यह शांत था।

इतना बहरा करने वाला शांत कि समय रुक गया था। दुनिया अपनी आखिरी साँस में जम गई थी। अलगाव ने मुझे एक बर्फीले कोट की तरह घेर लिया था, जिसने हर हरकत, हर विचार को जमा दिया था। मेरी आंतरिक आवाज़ फुसफुसा रही थी कि मेरा जीवन एक भ्रम था, और अब सिर्फ़ शून्यता बची थी। मुझे इसकी वास्तविकता पर संदेह था, क्योंकि मुझे इस अकेले अस्तित्व में कोई अर्थ नहीं दिख रहा था। मेरा जीवन बेतुका लग रहा था, एक उच्च उद्देश्य से रहित, साँस लेने, मौजूद रहने का कोई कारण नहीं था। क्यों?

मुझे एक हल्की नींद आ गई, लगभग एक सपना। उसमें मैंने अस्पष्ट सिल्हूट देखे, दूर के, भूतिया। हाथ, मेरी ओर बढ़े हुए थे, लेकिन एक अभेद्य कोहरे से परे। मैंने एक फुसफुसाहट सुनी, शब्द नहीं, बल्कि एक धुन - पुरानी, भूली हुई, आशाजनक। क्या यह एक याद थी? या एक पुकार? मैं एक धड़कते हुए दिल के साथ जागा, इस भावना के साथ कि मैं अकेला नहीं था... कम से कम पूरी तरह से नहीं।

--- ✶ ६ ✶ ---

यादें... आह, यादें! वे उमड़ रही थीं - मेरे खोपड़ी में जंगली चमगादड़ों की तरह टकरा रही थीं, दर्द, खुशी की चीखें, कड़वे पछतावे और शापित उम्मीदों का एक बवंडर। हर विचार, एक पहेली का एक टूटा हुआ टुकड़ा, जिसे मैं बुखार से इकट्ठा करने की कोशिश कर रहा था, क्योंकि मेरी आँखों के सामने एकमात्र चीज़ एक क्षय हो चुकी, गैर-मौजूद तस्वीर थी। उसकी अनुपस्थित उपस्थिति मेरे दिमाग में किसी भी वास्तविक छवि से ज़्यादा ज़ोर से गूँज रही थी। जब मेरी उँगलियाँ बेताबी से इन टुकड़ों को इकट्ठा कर रही थीं, तो मेरे सामने कुछ प्रकट होने लगा... कुछ मुझसे बड़ा, उस दुनिया से बड़ा जिसे मैं जानता था। एक ब्रह्मांडीय तस्वीर, विशाल, सर्वग्राही। मैं यादृच्छिक घटनाओं का सिर्फ़ एक संग्रह नहीं था, बल्कि एक धड़कता हुआ परमाणु, एक सूक्ष्म, लेकिन ब्रह्मांडीय योजना का एक महत्वपूर्ण हिस्सा था। हर उस चीज़ से जुड़ा हुआ था जो मौजूद था - सूरज की जीवित चमक के साथ, महासागर की अथाह साँस के साथ, तारों की ठंडी, उदासीन रोशनी के साथ। मैंने एक अजीब, जलती हुई आंतरिक शांति महसूस की, एक इस्तीफा जो विरोधाभासी रूप से दर्द और अकेलेपन की गहराइयों से पैदा हुआ था, जो मेरी हर कोशिका को खा रहा था। मैंने अर्थ खोजना शुरू कर दिया। धूल और पदार्थ में नहीं, बल्कि उससे परे की शून्यता में।

हताश होकर, अपनी आखिरी ताकत के साथ, मैंने इन यादों को संरक्षित करने की कोशिश की। मैंने उनसे हर भावना को अपने अंदर वापस ले लिया, कीमती पत्थरों की तरह, मेरी आत्मा से निकाले गए टुकड़ों की तरह। इस मृत, बिखरती हुई ज़मीन में वे ही मेरे पास एकमात्र चीज़ थे - मेरी एकमात्र सांत्वना, उस चीज़ का एकमात्र पुल जो मैं कभी था।

"अब क्यों?" मैंने फुसफुसाया, खामोशी में नहीं, बल्कि अपनी खुद की कर्कश चीख में, मेरी आवाज़ टूट गई, पीड़ा से फट गई। "अब क्यों, जब सब कुछ अंत के कगार पर है? क्या यह पहले नहीं हो सकता था? क्या मैं कुछ बचा सकता था?"

विचार... ओह, वे विचार! मैंने उन्हें जबरदस्ती रोककर रखा, उन्हें अवचेतन की कैद में रखा, ताकि मेरी घायल आत्मा को कहीं... परे के लिए एक अमूल्य बोझ मिल सके। अनंतता अब एक अमूर्त अवधारणा नहीं थी, बल्कि एक जीवित, धड़कती हुई वास्तविकता थी, जो मेरी शिराओं में बह रही थी, मुझे किसी विशाल, शाश्वत चीज़ से जोड़ रही थी। हर विचार, हर काँपती हुई भावना ने मुझे समय की अनंतता और अंतरिक्ष के विस्तार में धकेल दिया, जिससे मुझे खुद को जीवन का एक छोटा, लेकिन आवश्यक हिस्सा महसूस हुआ। प्रकाश फोटॉनों का प्रवाह, जो अर्थ की रचना और मानव चक्र की नियति को ले जा रहा था, मुझे भगवान के खुद के विचार की तरह लग रहा था, जो जीवन में साँस लेता था। और मुझे, खुद को अपने विचारों, भावनाओं और संवेदनाओं से प्रेरित करने का अधिकार था, मैं वापस पूरे की ओर लौट रहा था - रचना में एक रचना, अनंतता का एक हिस्सा।

यह सर्वव्यापी भावना मेरी हर कोशिका में धड़क रही थी - एक प्रवाह, एक धक्का, एक विकिरण... और एक धीमी, दर्दनाक वापसी। जैसे मैंने अपने जीए हुए जीवन का सारा ज्ञान लोड कर लिया था और मैं उसे कहीं ले जा रहा था। एक ऐसे जीवन की सज़ा, जो धीरे-धीरे अपने दुखद अंत की ओर बढ़ रहा था, अपने अकेले जल्लाद की ओर, जो मेरा इंतजार कर रहा था। मृत्यु के समय के शब्द? अनकही चीखें? मैं चिल्लाना चाहता था, अपने अकेलेपन की अदृश्य दीवारों पर वार करना चाहता था, मैं अपने ही शरीर में फिट नहीं हो रहा था, आंतरिक दर्द से, निराशा से फाड़ा जा रहा था। लेकिन अपने अंदर गहराई से मैं जानता था कि सब कुछ पहले ही कहा जा चुका है, त्वरित हो चुका है, अपरिहार्य है...

मेरा अहंकार उग्र रूप से विद्रोह कर रहा था, लात मार रहा था, इस विचार को स्वीकार करने से इनकार कर रहा था कि जीवन एक खाली भौतिक अस्तित्व से कहीं ज़्यादा है। वह अपनी भ्रामक शक्ति को बनाए रखना चाहता था, बिना किसी मतलब के लड़ना जारी रखना चाहता था, भले ही वह जानता हो कि यह असफलता के लिए बर्बाद है। मेरी आत्मा, इन चरम अनुभवों से जागृत होकर, ज्ञात से परे, भ्रमों से परे, गहरा घुसने के लिए तरस रही थी। कहाँ - मुझे अभी भी पता नहीं था। मैं अपने अहंकार की भारी बेड़ियों से मुक्त होना चाहता था, अनंतता के साथ विलय करना चाहता था, कुछ शाश्वत का हिस्सा बनना चाहता था, अस्तित्व के विशाल सार का। यह असली लड़ाई थी - मेरी आत्मा में प्रकाश बनाम अँधेरा, अच्छा बनाम बुराई, अतीत बनाम भविष्य... अगर ये मानवीय अवधारणाएँ इस टूटी हुई, नष्ट हुई दुनिया में अभी भी वास्तविकता को दर्शाती हैं।

यादों ने मुझे बहुत दूर वापस खींच लिया, जैसे कि वे इस अवतार की सीमाओं को पार कर रही थीं, अन्य अस्तित्वों में, भूतिया, अपरिचित दुनिया में, जो एक ही समय

में वास्तविक और अवास्तविक थीं। मुझे अस्पष्ट चेहरे याद थे जिन्हें मैंने कभी नहीं देखा था, लेकिन जिनकी विशेषताएँ मेरे दिमाग में एक सपने की खून बहने वाली याद की तरह अंकित थीं। ऐसी जगहें जो लंबे समय से चले गए समय के लिए एक प्रस्तावना थीं, लेकिन उनके लिए भावना दर्दनाक रूप से वास्तविक, मूर्त थी। अचानक एक आदमी की छवि दिखाई दी जिसकी आँखें तारों जैसी थीं। मैंने उसकी आवाज़ सुनी, लेकिन शब्द धुएँ की तरह घुल गए, केवल कोमलता और पीड़ा छोड़ गए। क्या यह एक सपना था? या लंबे समय से भूली हुई वास्तविकता की एक गूँज?

बढ़ते हुए, जमा देने वाले विश्वास के साथ, मुझे एहसास हुआ कि मेरी आत्मा अमर है, कि यह अनगिनत पुनर्जन्मों, जीवन के अनगिनत चक्रों से गुज़री है। मृत्यु एक अंतिम अंत नहीं थी, बल्कि एक और अवस्था में एक दर्दनाक संक्रमण थी, अस्तित्व के एक नए चरण में। अब मुझे ऐसा लगा जैसे मैं एक लंबी, भूली हुई नींद से जाग रहा हूँ और मुझे एहसास हुआ कि जीवन अनंत है, शाश्वत जन्म, मृत्यु और पुनर्जन्म, एक सर्पिल जो अनंतता की ओर, खुद निर्माता की ओर निर्देशित है।

एक अविश्वसनीय, भेदने वाला ज्ञान मुझ पर आया, जिसे केवल समय और रूप से रहित शब्दों के माध्यम से वर्णित किया जा सकता था। उनमें से हर एक मेरे चारों ओर की शून्यता में गूँज उठा, एक घंटी की आखिरी बजने की तरह, जो बजना बंद नहीं करती:

पागलपन... निराशा... निरर्थकता... अनंतता... असीमितता... अनंतता... और अलगाव।

"अकेलापन?" एक आंतरिक आवाज़ गूँजी, जैसे मेरा अपना, हारा हुआ अहंकार आखिरी बार विरोध कर रहा था, परिचित से चिपके रहने की कोशिश कर रहा था। "यहाँ तक कि इस अनंतता में भी?"

"हाँ... अलगाव, लेकिन स्वतंत्रता भी," मैंने फुसफुसाया, यह महसूस करते हुए कि मेरे शरीर की हर कोशिका इस नई, भयानक समझ के साथ कंपन कर रही थी। "यही वह है। अंत केवल एक नई शुरुआत है, बेड़ियों से मुक्त।"

अध्याय 17: गिरगिट का मुखौटा

यादें। मेरा अभिशाप। मेरा मोक्ष। अब, जब सब कुछ और ढह गया, तो वे मेरा एकमात्र सन्दूक थे, मेरा आखिरी गढ़।

अक्सर, एक दिखावटी लापरवाही के साथ, एक सनकी मुस्कान या एक टालमटोल भरे लहजे के साथ, मैं अपने परिचितों से कहता था कि कुछ तथ्य मुझसे फिसल जाते हैं। कितना शापित झूठ! मेरी स्मृति सिर्फ़ अच्छी नहीं थी - यह एक राक्षस थी, जाली स्टील की एक तिजोरी, जो हर संख्या, तारीख, नाम, घटना, शब्द, यहाँ तक

कि एक भावनात्मक छाप के सबसे मायावी कंपन को भी निर्दयता से संग्रहीत करती थी। हर इशारा, हर नज़र, हर निगल लिया गया अपमान।

--- ✶ ६ ✶ ---

याद: सीनेटर

"- नथानिएल, दोस्त! मुझे खुशी है कि हम फिर से मिल सके। यह सौदा... मध्य अफ़्रीका में ये खनन रियायतें... एक बड़ा अवसर है, है ना? हम दोनों के लिए लाभ।"

सीनेटर की आवाज़ घनी, अति-संतृप्त थी, जो झूठी मित्रता से भरी हुई थी, जो काँच पर उँगलियों की तरह खरोंचती थी। मैं देख रहा था। मैं उस घुटन भरे कार्यालय में उसके सामने बैठा था, जहाँ हवा में महँगे तंबाकू, बासी शक्ति और छिपे हुए, लगभग अश्लील लालच की गंध आ रही थी। मैं सब कुछ जानता था। मैंने उसके प्रस्ताव के हर शब्द, हर खंड, हर निहितार्थ को अलग-अलग किया था। मेरे पास ऐसी जानकारी थी जो उसे पता भी नहीं थी कि मेरे पास थी - झूठ को सुलझाने के लिए एक आदिम वृत्ति, जो सालों के ठंडे विश्लेषण से समर्थित थी।

"- विशाल, सीनेटर। बेशक। लेकिन... आइए सटीक रहें। मैं वास्तव में क्या हासिल करता हूँ? परेशानियों के अलावा, ज़ाहिर है।"

मेरी आवाज़ - शांत, लगभग ऊब चुकी थी, एक जमी हुई झील की सतह की तरह, जिसके नीचे एक खाई सो रही थी। सीनेटर मुस्कुराया। एक चौड़ी, दिखावटी मुस्कान जो उसकी आँखों तक नहीं पहुँची, उन छोटी, गंदी काँचों तक। और तभी मैंने देखा। एक सूक्ष्म-अभिव्यक्ति। उसकी बाईं आँख। मुश्किल से ध्यान देने योग्य कंपन। जैसे उसकी पलक के नीचे फँसा एक छोटा, घबराया हुआ पक्षी, हताश होकर बाहर निकलने की तलाश कर रहा था।

"- शर्तें... आपके लिए काफी... अद्भुत लगती हैं। लगभग बहुत अनुकूल। जैसे कि... मैं कुछ भूल रहा हूँ, सीनेटर। कुछ छोटा... या बहुत बड़ा?"

कंपन तेज़ हो गया। मुश्किल से ही। लेकिन मेरे लिए - यह वह ताला था जिसने उसके छिपे हुए डर के दरवाज़े को खोल दिया था। उस झूठ के लिए, जिसे वह इस सारी दिखावटीपन के पीछे छिपाने की कोशिश कर रहा था। एक सूक्ष्म-अभिव्यक्ति, जो हज़ारों शब्दों से ज़्यादा मज़बूत थी, सौ कबूलनामों से ज़्यादा खुलासा करने वाली थी। जबकि वह झूठे नंबरों और वादों के अपने जाल बुनना जारी रखता था, मैं पहले ही सौदे के सड़े हुए दिल को देख चुका था, उन कीड़ों को जो उसकी नींव को खा रहे थे।

"- नथानिएल, तुम सम्मान के आदमी हो! कुछ भी छिपा नहीं है। सब कुछ पारदर्शी है। बेशक, क्षेत्र की कुछ... ख़ासियतें हैं, लेकिन... वे नगण्य हैं। मुझ पर विश्वास करो।"

उसने थोड़ा खाँसा, अपनी रेशमी टाई को ठीक किया, उसकी नज़र एक सेकंड के एक अंश के लिए भटक गई - वजन का एक लगभग अदृश्य बदलाव, जो मेरे लिए एक तेज़ रोशनी की तरह था।

"- उस कंपन की कीमत क्या है? यह कितनी निराशा छिपाता है? ख़ासियतें, सीनेटर? कृपया स्पष्ट करें। क्योंकि मेरी... गणना कुछ... नाटकीय विसंगतियों को दर्शाती है।"

मेरी अभिव्यक्ति अभेद्य रही। पत्थर। अंदर - मैं विश्लेषण कर रहा था, गणना कर रहा था, एल्गोरिदम बना रहा था। कमरे में तनाव बढ़ गया। हवा घनी, चिपचिपी हो गई। उसे पसीना आने लगा, उसके माथे पर छोटी बूँदें दिखाई दीं। उसकी बाईं आँख पागलपन से नाचने लगी। यह मज़ेदार था। मैंने उसे संघर्ष करते हुए देखा। कैसे झूठ उस पर लिखा हुआ था, उसकी सारी कोशिशों के बावजूद इसे छिपाने के लिए। यह बच्चों के लुका-छिपी के खेल को देखने जैसा था, जहाँ बच्चा सोचता है कि वह अदृश्य है, जबकि वह कमरे के बीच में खड़ा होता है, अंधा और भोला।

"- सीनेटर, तुम भूल रहे हो कि मैं सिर्फ़ शब्द नहीं सुनता। मैं इरादे देखता हूँ। और इस पल में, तुम्हारे इरादे... काफी सस्ते हैं, लगभग अर्थहीन। तुम क्या छिपा रहे हो? एक पर्यावरणीय आपदा? एक राजनीतिक घोटाला? या तुम बस सोचते हो कि मैं इस ईमानदारी के मुखौटे पर विश्वास करने के लिए पर्याप्त बेवकूफ़ हूँ?"

मैं थोड़ा आगे झुका, मेरी आवाज़ और भी धीमी हो गई, लगभग मोहक, लेकिन एक ठंडी धमकी से भरी हुई थी, जिसका ब्लेड उसके सिर पर लटका हुआ था:

"- जुगज़वांग, सीनेटर?"

सीनेटर का चेहरा पीला पड़ गया। जैसे खून उससे बाहर निकल गया हो। उसकी आँखों की चमक बुझ गई, जिसकी जगह शुद्ध, अनफ़िल्टर्ड, जानवर जैसे डर ने ले ली। जीत का क्षण। मुझे कुछ महसूस नहीं हुआ। सिर्फ़ पुष्टि। मानव मूर्खता और लालच की पहेली का एक और टुकड़ा।

--- ✶ ʢ ✶ ---

याद: मेलिना

फिर मुझे मेलिना की काँपती हुई आवाज़ याद आती है, जब उसने पहली बार मुझसे फुसफुसाया था - मैं तुमसे प्यार करती हूँ।

एक ध्वनि तरंग। डेसीबल। टिम्बर। आवृत्ति। और कुछ नहीं। मैं उसकी टिम्बर का विश्लेषण करने में बहुत व्यस्त था, भावनात्मक प्रतिक्रिया की गणना करने में। हेरफेर की संभावनाओं की गणना करने में। अर्थ महसूस करने के बजाय। उसे छूने के बजाय। क्यों? क्योंकि मैं एक मुखौटा था। और इस मुखौटे ने मेरा दम घोंट दिया।

--- ✶ ʢ ✶ ---

मैं एक पहेली था। खासकर उन लोगों के लिए जो मेरी निकटता से लाभ की तलाश में थे। चयनात्मक स्मृतिलोप के मेरे दावे ने रहस्य, अज्ञानता के इस प्रभामंडल को बढ़ावा दिया, जिसने उन्हें पतंगों की तरह रोशनी की ओर आकर्षित किया। एक गिरगिट - एक और मुखौटा, ज़रूरत के अनुसार बदला गया, शिकार के अनुसार। या एक स्मृति, जो भूसे से सोने की तरह यादों को छानती है? कोई निश्चित रूप से नहीं जानता था। हर मुलाकात, हर व्यक्ति, हर रिश्ता अमिट निशान छोड़ देता था, जो मेरे

दिमाग की सुरंगों में गहराई से अंकित होते थे। कुछ भी गायब नहीं होता था। सब कुछ नियंत्रण में था। मेरे नियंत्रण में।

या कम से कम मैंने ऐसा सोचा। जब तक वह दिन नहीं आया, जब नियंत्रण एक भ्रम में बदल गया, एक बर्बाद जादूगर के एक निरर्थक इशारे में। और मुखौटा चेहरे के साथ तब तक घुलने लगा जब तक मुझे एहसास नहीं हुआ कि वास्तव में उसके अलावा कुछ भी नहीं था। एक पूर्ण मुखौटे के पीछे शून्यता।

और फिर... जब दूसरे चले गए, विस्मृति में डूब गए या अतीत को विकृत कर दिया, मैं अपने भूतिया यादों के साथ अकेला रह गया, एक व्यक्तिगत जेल में एक वार्डन की तरह। मैंने उन्हें बार-बार देखा, एक निर्दयी जासूस की तरह, जो मेरे दुख के अपराधी की पहचान की तलाश कर रहा था। मैंने कारणों, अवसरों और घातक परिस्थितियों का विश्लेषण किया, दूसरों की गलतियों के धागों को सुलझाया और सोच में खाईयों को खोजा। अक्सर, एक गोल-मोल, हेरफेर करने वाले तरीके से, मैंने उन्हें घमंडी ढंग से प्रस्तुत सार्वभौमिक सबक देने की कोशिश की, जैसे कि मैं एक देववाणी था जो फैसले दे रहा था, न कि एक आदमी जो अपने खुद के राक्षसों से फटा हुआ था।

--- ✶ ६ ✶ ---

यादः एलिज़ाबेथ

उसका नाम अभी भी मेरे अंदर एक खोखले घंटे की तरह गूँजता है, जो बजना बंद नहीं करता, हमेशा के लिए गूँजने के लिए शापित है। एक धुन के रूप में नहीं, बल्कि एक कर्कश, धातु की बजने की तरह, जो मेरी आंतरिक दुनिया की खामोशी को फाड़ देती है। वह स्मार्ट थी, दर्दनाक रूप से। महत्वाकांक्षी, आँखों में एक शिकारी चमक के साथ। और इतनी खूबसूरत कि आपको लुभाए, आपको अपने जाल में मोहित करे। उसने मुझे अपनी कल्पनाओं की लालसा में उलझाने की कोशिश की, मुझे सत्ता और प्रभाव की ऊँचाइयों तक एक कदम के रूप में इस्तेमाल करने के लिए, जिस पर मैं शासन करता था। विडंबनापूर्ण, है ना? वह, जो शक्ति का पीछा कर रही थी, जिसके बारे में मैंने लंबे समय से स्थापित कर लिया था कि वह सिर्फ़ एक और खाली बक्सा है।

मुझे वह दिन याद है। मेरे कार्यालय में पुरानी ओक की गंध, उसके हल्के, खट्टे इत्र के साथ मिली हुई थी, जो अब मुझे एक मीठे जहर की तरह लगती है, जो मुझे धीरे-धीरे मार रहा है। वह मेरे सामने खड़ी थी, एक चमकदार लाल रंग में कपड़े पहने हुए थी - एक रंग जिसे वह हमेशा अपनी आग, जीवन और प्रभुत्व के लिए अपनी प्यास को उजागर करने के लिए चुनती थी। उसकी आँखों में एक चमक जल रही थी जब वह हमारे संयुक्त प्रोजेक्ट्स, हमारे भविष्य के बारे में बात करती थी। किसी औसत दर्जे के उपन्यास से निकाले गए शब्द, निराकार, लेकिन उसके लिए इतने भार के साथ भरे हुए, एक इतने आशाजनक खालीपन के साथ।

मैं बस देख रहा था। ठंडे दिमाग से। मेरा हर शब्द, हर नज़र, हर जानबूझकर की गई देरी - सब कुछ सटीक रूप से गणना किया गया था, एक सर्जिकल स्केलपेल

के वार की तरह। मैंने ऐसी परिस्थितियाँ बनाईं जिनमें वह धीरे-धीरे प्यार में पड़ गई। मुझमें नहीं, नथानिएल में नहीं, बल्कि मेरे भ्रम में, उस आदर्श राक्षस में जिसे मैंने डिज़ाइन किया था। एक राक्षस जो उसे वह सब कुछ दे सकता था जिसके लिए वह तरसती थी - शक्ति, मान्यता, चमक, इस दुनिया की अंतहीन निरर्थकता।

वह इस विचार से बहक गई थी कि वह मुझ पर - या बल्कि, मेरे प्रभाव पर - अधिकार कर सकती है। वह उन राजकुमारियों में से थी जो मानती हैं कि उनकी सुंदरता के कारण उन्हें सब कुछ दिया जाता है। खुद को, अपने शरीर को, बिना किसी शर्म, बिना किसी सार, बिना किसी आत्मा के, बेचने के लिए तैयार थी, ताकि उसे वह मिल सके जो उसे लगता था कि उसका है। उन आधुनिक महिलाओं का एक आर्किप्रकार, जिन्हें मवेशी बाज़ार में माल की तरह, अपने शरीर की सेवा के बदले में सत्ता और पद मिलते हैं। एक माल जो सोचता है कि वह ब्रह्मांड का मालिक है। और मैंने उसे विश्वास करने दिया। मैं उसके साथ एक छोटे चूहे की तरह खेल रहा था, जो भूलभुलैया से बाहर निकलने की व्यर्थ तलाश करता था। हर मुस्कान, हर स्पर्श, हर वादा - एक चारा, पनीर की एक मुश्किल से ध्यान देने योग्य गंध।

अंत में, वह क्षण आ गया। उसका चेहरा पीला था, उसकी लाल पोशाक उसकी पीली त्वचा के खिलाफ़ हास्यास्पद, लगभग दुखद लग रही थी। वह मेरी मेज के सामने खड़ी थी, जैसे घुटने टेक रही हो, बिना वास्तव में घुटने टेके हुए।

"- कृपया, नथानिएल... कृपया। मुझे बताओ... मुझे बताओ कि यह सब झूठ नहीं था।" उसकी आवाज़ कर्कश थी, निराशा से फटी हुई थी, एक ढहते हुए भ्रम के दर्द से। वह हवा में एक पत्ती की तरह काँप रही थी।

मैं उसे देख रहा था। यह क्या था? निराशा? भेद्यता? क्या यह योजना का हिस्सा था? मैंने विश्लेषण किया।

"- क्या यह सब एक खेल था? वे सभी बातचीत... अर्थ के बारे में, भविष्य के बारे में... हमारे बारे में?" उसके शब्द एक आरोप में बदल रहे थे, जो मुश्किल से मुझ तक पहुँच रहा था, मेरे कार्यालय की विशाल खामोशी में एक मुश्किल से ध्यान देने योग्य आवाज़ थी।

मुझे अपने दिमाग में एक हल्की गुदगुदी महसूस हुई। नहीं, सहानुभूति नहीं। संतुष्टि। पूरी तरह से किए गए हेरफेर की शुद्ध, नैदानिक संतुष्टि। वह टूट गई, मेरे ध्यान के लिए खुद को अपमानित कर रही थी, एक शब्द के लिए, एक नज़र के लिए। मुझे कुछ भी महसूस नहीं हुआ। बिल्कुल कुछ भी नहीं। मैंने बस देखा। कोई भावना नहीं। सिर्फ़ विश्लेषण। यह एक जटिल शतरंज के खेल की तरह था, जिसे मैं हमेशा जीतता था, हर चाल का अनुमान लगाते हुए।

उसने एक गहरी साँस ली, जैसे कि वह अपनी आखिरी ताकत इकट्ठा कर रही हो, और वे शब्द बोले जिन्होंने मेरे उदासीनता के कवच को भी तोड़ दिया - उनके दर्द के कारण नहीं, बल्कि उनके चौंकाने वाले, नग्न अहंकार, उनके खुद के मूल्य के साहसी भ्रम के कारण।

"- मैं... मैं बस तुम्हारे साथ रहना चाहती हूँ, नथानिएल। मैं उसका हिस्सा बनना चाहती हूँ जो तुम बना रहे हो। मैं तुम्हारी दुनिया तक पहुँच चाहती हूँ। तुम्हारी शक्ति तक। मैं तुम्हें... वह सब कुछ दे सकती हूँ जो दूसरे नहीं दे सकते। बस मुझे देखो! बस मुझे एक मौका दो!"

उसकी आँखों में, निराशा के बीच में, एक शिकारी इच्छा की चिंगारी चमक उठी, नग्न महत्वाकांक्षा की। प्यार नहीं। लगाव नहीं। सिर्फ़ सत्ता के लिए एक नंगी, कच्ची ड्राइव, जो महिला हेरफेर के आखिरी अवशेषों में लिपटी हुई थी, एक साँप की सूखी त्वचा की तरह। वह रो नहीं रही थी। वह मोलभाव कर रही थी। खुद को एक ऐसे सौदे में दांव के रूप में पेश कर रही थी जिसे वह पहले ही हार चुकी थी। एक छोटे से पल के लिए मैंने अपनी भौंह उठते हुए महसूस किया, लेकिन तुरंत इसे दबा दिया। अहंकार। घमंड। और फिर भी, कितना अनुमानित। एक घृणित भविष्यवाणी।

"- एलिज़ाबेथ," मैंने बड़बड़ाया, मेरी आवाज़ - सपाट, बिना गूँज के, संगमरमर की तरह ठंडी। "क्या तुमने कभी विश्वास किया था कि मेरी वास्तविकता में 'हम' जैसी अमूर्तताओं के लिए कोई जगह थी? सब कुछ सिर्फ़ प्रणालियाँ हैं। गणनाएँ। तुम एक चर थी। एक दिलचस्प चर, मैं मानता हूँ। लेकिन अब खत्म हो चुकी हो। बेकार।"

यह आखिरी तिनका था। उसका चेहरा विकृत हो गया। दुख में नहीं, बल्कि एक प्राचीन फ्यूरी के मुखौटे की तरह एक विकृत क्रोध में।

"- तुम... तुम कमीने! यह सब झूठ था!" उसकी आवाज़ बढ़ गई, हवा को फाड़ दिया, एक घायल लकड़बग्घे की चीख की तरह। "तुम... खेल रहे हो! तुम्हारी हिम्मत कैसे हुई?! मैंने... मैंने सब कुछ दिया! और तुम... तुम एक राक्षस हो!" उसके शब्द एक असंबद्ध प्रवाह में विलीन हो गए, जो घुटी हुई सिसकियों और चीखों से बाधित हो रहा था, जो जहर से भरे हुए थे। "- मैं... मैं तुमसे... नफरत करती हूँ! मैं तुमसे नफरत करती हूँ!"

उसने अपना हाथ घुमाया, जैसे मुझे मारना चाहती थी, लेकिन बीच में रुक गई। फिर वह टूट गई। उसके अंदर कुछ टूट गया। वह रोने लगी, बदसूरती से, उन्मादपूर्वक, ज़मीन पर ऐंठते हुए, मेरे पैरों की ओर रेंगते हुए, जैसे वह दया के लिए भीख माँग सकती थी, मुझसे मानवता का एक टुकड़ा भी निकाल सकती थी। वह रेंग रही थी, मेरी पैंट को पकड़ने की कोशिश कर रही थी, और मैं बस पीछे हट गया, जैसे मैं एक सड़ते हुए शव से दूर जा रहा था।

मैं उसे देख रहा था। उसका शरीर, ऐंठन में सिकुड़ा हुआ था। उसका चेहरा, क्रोध और अपमान से विकृत था। पूर्ण घृणा। कितनी सस्ती। उसकी सारी ताकत, उसकी सारी सुंदरता - इस दयनीय, रेंगने वाले द्रव्यमान में टूट गई। मुझमें श्रेष्ठता की एक पूर्ण भावना उठ रही थी। और उदासीनता। शुद्ध, अनफ़िल्टर्ड उदासीनता।

"- अलविदा, एलिज़ाबेथ।" मेरी आवाज़ ठंडी थी, बर्फ की तरह। "सर्कस खत्म हो गया।"

वह वहीं पड़ी रही, शक्तिहीन, जबकि मैं बस मुड़ गया। दरवाज़ा एक शांत "क्लिक" के साथ बंद हो गया, जिसने इस खेल के अंत को चिह्नित किया। एकमात्र आवाज़ जिसने गर्म हवा को काटा।

मैंने उसे ऐंठने के लिए छोड़ दिया। फिर से। जैसे मैंने हर दूसरे भ्रम को छोड़ दिया था, जो थोड़े समय के लिए मेरी उदासीनता की प्रणाली से गुज़रा था। उस पल में, मुझे विश्वास था कि मैं विजेता था। अपराजेय। एक सुपरह्यूमन।

--- ✶ ؏ ✶ ---

कभी-कभी मैं जटिल परिस्थितियाँ, हेरफेर के महीन जाल बुनता था, यह जाँचने के लिए कि क्या दूसरा सही दिशा खोजेगा, अपनी कमजोरियों से सबक सीखेगा। इसने मुझे वर्चस्व का एक ठंडा, बौद्धिक आत्मविश्वास दिया, यह एहसास कि मैं एक अगम्य ऊँचाई से देख रहा था, कि मैं पूरी तस्वीर का वास्तुकार था। दूसरे लोग पहेली के सिर्फ़ अर्थहीन बिखरे हुए टुकड़े देखते थे। मैं उन्हें मोहरों के रूप में देखता था। मैं एक मुखौटा था। मैं नियंत्रण था।

मैंने खुद को साधारण जीवन की छोटी-छोटी ज़रूरतों और भावनात्मक प्रभावों से ऊपर महसूस किया। मैंने अपने रिश्तों को ठंडे, तार्किक निर्माणों की तरह बनाया और मुझे मानव मूर्खता और लाचारी के प्रति लगभग शारीरिक घृणा थी। मुझे मानव प्रकृति की बारीकियों, उसके नाटकों और कमजोरियों को स्वीकार करना मुश्किल लगा। उन्होंने मुझे परेशान किया, मुझमें घृणा पैदा की, लगभग शारीरिक मतली। घृणा का एक मुखौटा, जो मेरी त्वचा के साथ जुड़ गया था।

"- भगवान ने इंसान को अपनी छवि और समानता में बनाया था," मैंने एक घमंडी निंदकवाद के साथ तर्क दिया, जिसकी कड़वाहट मेरी आवाज़ में नहीं झलकती थी, इसे बदलती हुई, विकृत करती हुई, इसे एक कर्कश चिल्लाहट में बदलती हुई। "- उसने उसे एक दिव्य साँस, असीमित क्षमताओं और अनंत विकल्पों के साथ संपन्न किया, लेकिन लोग दयनीय रूप से डरपोक, गैर-जिम्मेदार और चौंकाने वाली तुच्छ हैं। वे सब कुछ थाली में चाहते हैं, अपनी भावनाओं पर नियंत्रण करने से इनकार करते हैं, तैयार, दर्द रहित समाधान तलाशते हैं। वे खाली महत्वाकांक्षाओं के साथ उग्र होते हैं, गलतियाँ करते हैं और हठपूर्वक अपने अपराध-बोध को स्वीकार करने से इनकार करते हैं। वे साज़िशें रचते हैं, बुराई करते हैं, अपने प्रियजनों को घृणा, विश्वासघात और पाखंडी विनम्रता के साथ घेरते हैं, लेकिन अपने नीच कार्यों की ज़िम्मेदारी कभी नहीं लेते। मैंने इसे लाखों बार देखा है - शक्तिशाली व्यवसायी मूर्खतापूर्ण घमंड के कारण गिरते हैं, राजनेता साधारण झूठ के कारण सब कुछ खो देते हैं, वैज्ञानिक व्यर्थ झगड़ों में अपनी प्रतिभा को बर्बाद कर देते हैं। मैं इससे ऊपर था। मैंने दुनिया पर शासन किया, मैंने दुनिया को मुझ पर शासन करने नहीं दिया। मैं शक्ति का मुखौटा था। प्रभाव का। पूर्ण, बर्फीली, उदासीन शक्ति का।

मैं बस किनारे से देख रहा था, उन्हें उस रास्ते पर आँख बंद करके चलने दे रहा था जिसे वे भोलेपन से सही मानते थे... उसके बाद, एक सर्वशक्तिमान निर्देशक की

तरह, मैंने जीवन और घटनाओं के नाटक का निष्पक्ष रूप से विश्लेषण किया, उन लोगों के लिए खामोशी से दंड निर्धारित किया जिन्होंने मुझे निराश करने की हिम्मत की, मेरे परिदृश्य से भटक गए।

--- ✶ ६ ✶ ---

याद: एडवर्ड

मैं उसे देख रहा था। एडवर्ड। मेरा पूर्व व्यापार भागीदार। वह अपनी मेज के पीछे सिकुड़ा हुआ बैठा था, अपने काँपते हुए हाथों को छिपाने की कोशिश कर रहा था। वह मुझसे झूठ बोल रहा था। एक छोटी राशि के लिए। ज़रूरत से विश्वासघात नहीं, बल्कि एक तुच्छ, घृणित लालच से। घृणा।

"- नथानिएल, तुम जानते हो कि मैं हमारी साझेदारी को कितना महत्व देता हूँ। लेकिन... यह प्रस्ताव... छोटी राशि के लिए... मैं... मैं इसे अस्वीकार नहीं कर सकता। बाज़ार क्रूर है। तुम समझते हो, है ना?" उसकी आवाज़ - झूठी कोमल थी, जिसमें घबराहट का एक संकेत था।

"- बेशक, एडवर्ड। बाज़ार क्रूर है। और वह माफ़ नहीं करता। मैं समझता हूँ।" मेरी आवाज़ - शांत थी, एक समुद्र की सतह की तरह, जिसके नीचे एक खतरनाक, विनाशकारी धारा बह रही थी।

उसे तुरंत नष्ट करने के बजाय, जैसा कि मैंने अतीत में किया होता, या जैसा कि उसने उम्मीद की थी, मैंने बस उसे अपने ही जाल में गिरने दिया। मैं अपने हाथ क्यों गंदे करूँ? मैं ऊर्जा क्यों बर्बाद करूँ? अपनी खुद की मूर्खता के गुरुत्वाकर्षण को देखना ज़्यादा दिलचस्प था, जो उसे अनिवार्य रूप से नीचे खींच रहा था।

"- एडवर्ड, तुम्हें मेरी समझ है। वास्तव में... मेरे पास तुम्हारे लिए कुछ नया डेटा है। बाज़ार के बारे में। मुझे लगता है कि यह तुम्हारे लिए उपयोगी होगा।" एक हल्की, मुश्किल से ध्यान देने योग्य मुस्कान, जो मेरी आँखों से होकर नहीं गुज़री, एक शिकारी की उस ठंडी नज़र से होकर।

मैंने बाज़ार में गुप्त रूप से हेरफेर किया। मैंने उसे झूठा डेटा और भ्रामक रणनीतियाँ दीं। एक भूखे पक्षी के लिए टुकड़ों की तरह, जो उसे एक जाल की ओर ले जा रहा था। उसने उन्हें असीमित रूप से निगल लिया, आँखों में लालच की उस परिचित चमक के साथ। उसका हर निर्णय, हर निवेश, पहले से ही मेरा था। मैं कठपुतली था, वह - धागे, जो उसके दयनीय जीवन को खींच रहे थे।

मैंने उसे खुद को उलझाते हुए देखा। हर बीतते दिन के साथ उसका चेहरा और भी पतला होता गया, उसकी आँखें - और भी गंदी। मैंने देखा कि उसने कैसे खोना शुरू किया। पहले - आदेश। फिर - ग्राहक। उसके बाद - प्रतिष्ठा। अंत में - परिवार। उसका घर। सब कुछ।

"- नथानिएल... कृपया... कृपया, मेरी मदद करो! मैं... मैं बर्बाद हो गया हूँ! मैंने सब कुछ खो दिया! परिवार... वे... उन्होंने मुझे छोड़ दिया है! कृपया, तुम जानते हो कि

कैसे..." फ़ोन पर उसकी आवाज़ - रोती हुई, घुटी हुई, नरक के तल से एक हताश चीख की तरह।

"- एडवर्ड, मुझे माफ़ करना। मैं सिर्फ़ एक पर्यवेक्षक हूँ। परिणाम... वे एक तथ्य हैं।" मैंने उसे काट दिया, मेरी आवाज़ ठंडी थी, बिना किसी सहानुभूति के, बिना किसी गर्माहट के, बिना किसी उम्मीद के।

वह पूरी तरह से दिवालिया हो गया। मैं किनारे से देख रहा था। बिना हस्तक्षेप किए। बिना एक बूँद पछतावे के। यह एक योजना की तरह था, जिसके परिणामों ने मानव लालच और मूर्खता के बारे में मेरी परिकल्पना की पुष्टि की। एक निष्पक्ष न्यायाधीश, जो छिपे हुए उद्देश्यों और घातक गलतियों की तलाश कर रहा था, मैंने दूसरों को अपने खुद के, अक्सर अमानवीय मानकों के अनुसार दंडित किया।

मैंने उनकी कमजोरियों को बेरहमी से उजागर करना, उन्हें वास्तविक जीवन की ओर ले जाना, निश्चित रूप से, मेरी समझ के अनुसार, अपना विशेषाधिकार माना। मेरे लिए, वे मोहरे थे जिन्हें मैं अपनी मर्जी से घुमा सकता था। यह सब मुझे शक्ति, लगभग दिव्य शक्ति, मानवीय दुनिया को बनाने और नष्ट करने की मेरी दर्दनाक भावना को बढ़ावा देता था। मैं बेरहम लाभ का मुखौटा था। पूर्ण नियंत्रण का। अटूट महत्व का।

यह विडंबनापूर्ण है।

अब मैं वह हूँ जिसे सज़ा मिली है। न तो किसी सीनेटर द्वारा, न ही किसी भागीदार द्वारा। अपनी खुद की सच्चाइयों द्वारा, अपनी खुद की निरर्थक जीत द्वारा सज़ा मिली है, जो किसी भी हार से ज़्यादा भारी साबित हुई है।

और मेरा मुखौटा... वह टूट गया है।

हज़ारों काँच के टुकड़ों में, जो...

------------------ ❧ --------------------

अध्याय 18: एकांत का टॉवर

लेकिन अपनी दुनिया को अपनी छवि में फिर से बनाने की अपनी दर्दनाक इच्छा के बावजूद, मैं गहराई से, मर्मभेदी रूप से अलग-थलग रहा। दूसरों के साथ सही मायने में जुड़ने में असमर्थ रहा, क्योंकि मैंने उन्हें अयोग्य, आदिम प्राणियों के रूप में देखा जो मेरे समय और ऊर्जा के लायक नहीं थे। अकेलेपन ने मुझे अपनी बर्फीली पकड़ से सताया, लेकिन मेरे घमंड ने मुझे इस दर्दनाक सच्चाई को स्वीकार करने नहीं दिया। मैंने खुद को अपने बर्फीले सिंहासन पर एक अकेले शासक के रूप में बनाया था, जो मानवीय मूर्खता के तूफ़ानी समुद्र से घिरा हुआ था, जिसकी लहरें मेरी चट्टानों से टकरा रही थीं।

मुझे कोई नहीं समझता था। किसी ने यह समझने की कोशिश नहीं की कि मैं दोस्ती और प्यार से अपना मुँह क्यों मोड़ लेता था, जैसे मैं किसी संक्रमण से, एक भावनात्मक बीमारी से डरता था, जो मेरे अभेद्य घेरे को तोड़ देगी। और अगर उन्होंने ऐसा किया भी...

मुझे याद है कि मेलिना ने मेरे करीब आने, उन दीवारों को तोड़ने की कितनी कोशिश की थी जो मैंने बनाई थीं। उसने मुझे बिना शर्त समर्थन, गर्माहट की पेशकश की, लेकिन मैंने हमेशा उसे दूर धकेल दिया, कमजोरी दिखाने, चोट लगने से डरता था।

"तुम मेरे लिए बहुत अच्छी हो, मेलिना," मैंने उससे एक बार कहा था, जब वह रो रही थी, और मुझे उसके आँसुओं से सिर्फ़ एक ठंडी झुंझलाहट महसूस हुई थी।

हर आँसू परेशान करने वाला था। अब, इस रेत पर नंगे पैर, जमा देने वाली ठंड ही मेरी एकमात्र साथी थी। पानी की छींटे, जो मेरे होंठों पर लगती हैं, खारे और भारी हैं, ठीक उसके आँसुओं की तरह।

--- ✶ ६ ✶ ---

लेकिन तब मैं अपने पूरी तरह से व्यवस्थित दुनिया में इस "कमजोरी" को स्वीकार नहीं कर सकता था। क्या विडंबना है! किसी ने भी मेरी ठंडी आँखों में चमकते हुए छिपी हुई उदासी और कड़वी निराशा में इतनी गहराई से नहीं देखा, क्योंकि मैंने खुद ऐसा करने की अनुमति नहीं दी थी। सच तो यह है कि मैं खुद नहीं चाहता था कि मुझे समझा जाए। मैंने अपनी सावधानीपूर्वक बनाई गई दूसरी त्वचा के पीछे एक कमजोर सार छिपाया था, जिसे मैंने अछूत, लगभग अलौकिक माना था, जो कड़वे अनुभव से, "नश्वर" पर अनगिनत जीतों से गढ़ा गया था। मैं एक बर्फ की मूर्ति की तरह था, जिसकी निर्दोष सतह के नीचे एक गलत समझा गया दिल धड़क रहा था।

हालांकि, समय के साथ, मेरे घने कोकून में मुश्किल से ध्यान देने योग्य दरारें दिखाई देने लगीं, जैसे कि चौड़ी नसें जो पतन की भविष्यवाणी करती हैं। हालाँकि मैंने खुद को जीवन के एक उच्च रूप के रूप में देखना जारी रखा, अपने अंदर गहराई से मुझे यह एहसास होने लगा कि मेरे ठंडे हेरफेर ने दर्द और अलगाव का कारण बना है। और यह दर्द, हालांकि पराया था, मेरे अंदर रिसना शुरू हो गया।

--- ✶ ६ ✶ ---

याद: सड़ी हुई दोस्ती

मुझे एक घटना याद है जो मेरे दिमाग में एक सड़े हुए काँटे की तरह चिपक गई, जो खून बहना बंद नहीं करता। एक प्रयोग जिसे मेरी थ्योरी की पुष्टि करनी थी, लेकिन इसके बजाय उसने तबाही, सड़ने की दुर्गंध छोड़ी। मैंने जानबूझकर दो दोस्तों के बीच उनके वफादारी का परीक्षण करने के लिए एक संघर्ष को उकसाया। सिर्फ़ इसे जाँचने के लिए नहीं, बल्कि इसे फाड़ने के लिए, यह देखने के लिए कि उनका कनेक्शन टूटने से पहले कितना लंबा चलेगा।

वे लुकास और कालेब थे। दोनों - एक पूरे की तरह। वे बचपन से एक-दूसरे को जानते थे। उन्होंने रहस्य, सपने, यहाँ तक कि उनकी आँखों में एक ही पागलपन भी साझा किया, जब वे भविष्य के बारे में बात करते थे। सही लक्ष्य। मैंने चुपचाप, लगभग अदृश्य रूप से कलह के बीज बोए। यहाँ एक फुसफुसाहट, वहाँ एक कथित रूप से लापरवाह सवाल, एक चतुराई से फेंका गया तथ्य जिसने उनके विश्वास को विकृत कर दिया। मैंने इस प्रक्रिया को एक नैदानिक सटीकता के साथ देखा, एक सर्जन की तरह जो एक जीवित प्राणी को बिना पछतावे के अलग करता है।

मैंने देखा कि उनकी नज़रें कैसे बदल गईं - भाईचारे के लगाव से संदेह में, फिर कड़वाहट में। मैंने देखा कि उनके शब्द कैसे तेज़ हो गए, उनकी हँसी कैसे बुझ गई। मैंने इस वृद्धि, अपरिहार्य पतन का आनंद लिया, जिसे मैंने निर्देशित किया था। यह एक ढहती हुई इमारत के धीमे-मोशन दृश्य को देखने जैसा था।

और फिर अंत आया। एक छोटी, धुँधली बार में, जहाँ वे हमेशा मिलते थे। मैं वहाँ था, स्वाभाविक रूप से, छाया में छिपा हुआ था, उनके अपने सर्वनाश का एक अदृश्य संचालक था। भारी शब्द बोले गए, जो चाकू से ज़्यादा तेज़ थे।

"- तुमने... तुमने मुझे बताया! मेरे पीठ पीछे!" लुकास की आवाज़ घुटी हुई थी, विश्वासघात से भरी हुई थी। "- और तुम... तुम सोचते हो कि मैं ऐसा हूँ? कि मैं ऐसा करने में सक्षम हूँ?!" कालेब ने जवाब दिया, उसकी आँखें - घायल जानवरों की तरह। "- कालेब की सफ़ेद टी-शर्ट पर बीयर के दाग लग गए, जब लुकास ने उसे धक्का दिया। "- लेकिन नथानिएल... वह..." लुकास ने शुरू किया, लेकिन वह चुप हो गया, जैसे शब्द उसके गले में अटक गए हों।

वह पल सही था। खामोशी। एक चीर देने वाली, भारी खामोशी, जो अनकहे आरोपों से भरी हुई थी, टूटे हुए सपनों से भरी हुई थी।

परिणाम एक टूटी हुई दोस्ती थी। सिर्फ़ एक तर्क नहीं, बल्कि एक लाइलाज घाव, जो मेरी आँखों के सामने सड़ गया। मैंने उन्हें एक-दूसरे से दूर जाते हुए देखा, उनकी पीठ - दो टूटे हुए टावरों की तरह, जो फिर कभी नहीं उठेंगे।

पहली बार, बिलकुल पहली और एकमात्र बार, जब मैंने उनकी पीड़ा देखी, तो मुझे थोड़ी बेचैनी महसूस हुई। कुछ ने मुझे छेदा। एक पतली सुई की तरह जिसने मेरी उदासीनता के पर्दे को फाड़ दिया। यह दर्द नहीं था, यह सहानुभूति नहीं थी। यह... एक छेदना था। एक तीखी, अप्रत्याशित, धड़कती हुई भावना। कुछ अप्रत्याशित, कुछ ऐसा जो मेरे समीकरणों में फिट नहीं होता था। मेरे नियंत्रण की पूरी तरह से सही सिम्फनी में एक गलत, धड़कता हुआ नोट की तरह।

लेकिन मैंने इसे जल्दी से दबा दिया। बेरहमी से। मैंने खुद पर लोहे का तर्क थोपा। मैंने दाँत भींच लिए। यह मेरे बड़े ज्ञान के नाम पर सिर्फ़ एक "आवश्यक बलिदान" है। मानव प्रकृति, वफादारी, कमजोरियों को समझने के नाम पर। वे मेरी अस्तित्व की प्रयोगशाला में सिर्फ़ प्रायोगिक चूहे हैं। सच्चाई की कीमत ज़्यादा होती

है। और मैं इसे चुकाने के लिए तैयार हूँ। हमेशा। कम से कम मैंने खुद को यही कहा, ताकि नई भावना को दबा सकूँ।

--- ✶ ६ ✶ ---

कभी-कभी मुझे एक अकेले भगवान की तरह महसूस होता था, जिसने अपनी अपूर्ण रचनाओं को छोड़ दिया था, जो मेरे हस्तक्षेप के बिना नहीं कर सकते थे। लेकिन मेरा अहंकार, एक अटल रक्षक की तरह, मुझे एक निष्पक्ष प्रतिशोधी की अपनी भूमिका को छोड़ने नहीं देता था। मैं एक पौराणिक राजा में बदल गया था, जो एक ऊँची, अगम्य काँच की कालकोठरी में बंद था, दुनिया को तिरस्कार से देख रहा था। मुझे खुद को किनारे से, अपने मुखौटे को उतारे बिना देखने की हिम्मत नहीं थी, जो मेरे साथ जुड़ गया था, जो मैं बन गया था। मेरे अपने अगम्य किले में एक कैदी।

मेरे सभी जटिल कार्य एक पवित्र अज्ञात मात्रा को खोजने की हताश इच्छा से प्रेरित थे - वह मानवीय कारक जो मुझसे बच रहा था, उसके तंत्र को समझने के लिए। मैंने सोचा कि घटनाओं और लोगों को हेरफेर करके, मैं अस्तित्व के सार तक पहुँच जाऊँगा। मैंने सालों तक मानव मनोविज्ञान और भावनाओं, भीड़ के व्यवहार और संघर्ष प्रबंधन की रणनीतियों में खुद को डुबो दिया - मैंने मानसिक मॉडल बनाए जो मानवीय प्रतिक्रियाओं की भयावह सटीकता के साथ भविष्यवाणी और मार्गदर्शन करने में सक्षम थे, यह आश्वस्त था कि "नियंत्रण का सूत्र" वहीं छिपा हुआ था। कितना भोला! यह सब मेरे खुद से भागना था, मेरे अपने आंतरिक खालीपन से, जो मेरे सीने में एक छेद वाले दिल की तरह धड़क रहा था, जो धीरे-धीरे जीवन छोड़ रहा था। लेकिन मैं अपने ठंडे खून वाले प्रयोगों में जितना गहरा गया, मैं वास्तविक लक्ष्य से उतना ही दूर होता गया, अपनी खुद की कल्पनाओं की एक दर्पण भूलभुलैया में खो गया, अपनी ही नाटक का एक अकेला दर्शक बन गया, जो अधिक से अधिक बेतुका होता जा रहा था।

ज्ञान के अपने विशाल भंडार के बावजूद, मैंने एक बढ़ती हुई, खुली हुई शून्यता महसूस की, जो मुझे निगल रही थी। मैं अपने बौद्धिक पहाड़ की ठंडी चोटी पर खड़ा था, दुनिया को अपने पैरों पर देख रहा था, लेकिन मुझे कोई वास्तविक खुशी महसूस नहीं हुई, कोई संतुष्टि नहीं हुई, केवल ठंडक और उदासीनता महसूस हुई। हर नई "खोज" के साथ, नए, दर्दनाक सवाल पैदा होते थे, जो मेरे दिमाग को छेदते थे, अस्तित्व के एक्यूपंक्चर की तरह।

--- ✶ ६ ✶ ---

मुझे शेयर बाज़ार के ढहने की लगभग सौ प्रतिशत सटीकता के साथ भविष्यवाणी करने का एक तरीका मिला, जिससे मुझे अरबों और मिले।

मुझे वह पल याद है जब मेरे अंतर्ज्ञान ने मुझे सबसे प्रभावशाली बैंकों में से एक के ढहने के बारे में फुसफुसाया। वास्तविकता ने मुझे धन के साथ पुरस्कृत किया - अपराध-बोध से भरा हुआ। मैंने नियंत्रण खरीदा, लेकिन मानवता खो दी। एक वित्तीय मोहरे की एक ही चाल के साथ, मैंने हज़ारों के भाग्य को बदल दिया - और इस विचार

ने मुझे शांति नहीं दी। लेकिन तो क्या? ब्रह्मांडीय निर्वात खामोश था - निष्पक्ष, बेजान, हमारे निर्णयों के नैतिक आयामों से अप्रभावित।

सिर्फ़ शून्यता। मैं किनारे पर तैर रहा था, हर पल खाई में गिरने के लिए तैयार था, परमाणुओं में बिखरने के लिए। और फिर भी, भयानक डर के बावजूद, मैं हठपूर्वक खोजता रहा, इस विश्वास से प्रेरित था कि केवल इसी तरह मैं जीवन के अटल नियमों को समझूँगा, उसका छिपा हुआ सूत्र खोजूँगा, मोक्ष पाऊँगा - मोक्ष जो हमेशा एक मृगतृष्णा, एक और भ्रामक भ्रम रहा।

अलगाव और अकेलापन मेरा लगातार साथी था, एक काली, ठंडी छाया जो मेरे पीछे हर जगह जाती थी, मेरे पीछे से चिपकी हुई थी। यहाँ तक कि व्यस्त कंपनियों के कोलाहल के बीच भी, मैंने अलगाव के ठंडे दबाव को महसूस किया, जिसने मुझे दबा दिया, मेरा दम घोंट दिया। मैं साँस लेता था, लेकिन मैं जीता नहीं था।

--- ✶ ६ ✶ ---

याद: पेरिस में रिसेप्शन

मुझे एक शाम याद है। पेरिस। तारों को भेदता हुआ एक गगनचुंबी इमारत। एक पार्टी। लक्जरी जो चिल्लाती है, हवा के हर वर्ग सेंटीमीटर में घुस जाती है। "अभिजात वर्ग" से घिरा हुआ - दुनिया के सबसे प्रभावशाली लोग। राजनयिक, मैग्नेट, खाली आँखों वाले कलाकार। चेहरे जिन्हें मैं जानता था। उनके नाम - अनुबंधों पर, अख़बारों की सुर्खियों में सुनहरे अक्षरों में लिखे हुए थे।

मैं हँसा। मैंने बात की। मैंने व्यस्तता, रुचि का एक आदर्श मुखौटा बनाए रखा। मैंने सहमति में सिर हिलाया, एक ग्लास उठाया, सबसे महँगी शैंपेन पी, जिसका स्वाद मेरी जीभ पर उदासीन था। मैंने उनके शब्द सुने - सौदों के बारे में, राजनीति के बारे में, उनकी नई खरीदारी के बारे में। लेकिन अंदर... मैं एक काँच की खिड़की की तरह था। मैंने सब कुछ देखा, सब कुछ सुना, हर साज़िश, हर छिपे हुए मकसद को समझा। लेकिन कुछ भी मुझे नहीं छुआ। कुछ भी काँच को नहीं तोड़ पाया। कुछ भी मुझे नहीं जोड़ा। मैं अदृश्य था, यहाँ तक कि खुद के लिए भी।

मेरे पास वह सब कुछ था जो पैसे से खरीदा जा सकता था। सब कुछ। साम्राज्य। प्रभाव। ज्ञान। लेकिन मेरे पास कुछ भी नहीं था जिसे दिल से महसूस किया जा सके। कुछ भी नहीं जो मुझे अंदर से गर्म कर सके। कुछ भी नहीं जिसे गणना, खरीदा, हेरफेर न किया जा सके। आर्कटिक ठंड। कुछ भी नहीं का एक विशाल, फैलता हुआ खाई, जिसने हर आवाज़, हर रोशनी को निगल लिया। एक खाई जो मेरे सामने खुल गई थी।

मेरा व्यापक ज्ञान। मेरा अभिशाप। उन्होंने मुझे हमेशा के लिए साधारण लोगों से अलग कर दिया था। उन लोगों से जो ईमानदारी से हँस सकते थे, बिना शर्म के रो सकते थे, एक हाथ के स्पर्श जैसी साधारण चीज़ से शुद्ध खुशी महसूस कर सकते थे। मैं एक अकेला व्यक्ति बन गया था। किनारे से एक पर्यवेक्षक, भीड़ से ऊपर, लेकिन अपनी खुद की सुनहरी पिंजरे में बंद भी। किसी भी भिक्षु से ज़्यादा अलग-थलग।

मैं तरसता था। हाँ, मैं, नथानिएल, छायाओं का शासक, सच्ची निकटता की एक चिंगारी देखने के लिए तरसता था। कुछ मानवीय स्पर्श जो गणना नहीं किया गया था, जो झूठा नहीं था, जो छिपे हुए हितों से प्रेरित नहीं था। मैं एक दिल की धड़कन महसूस करना चाहता था। अपनी खुद की सुनना चाहता था।

लेकिन मुझे पता नहीं था कि कैसे। मुझे पता नहीं था कि इसे कैसे माँगा जाए। मैं ऐसे शब्द नहीं बोल सकता था जो समीकरणों का हिस्सा नहीं थे। मुझे पता नहीं था कि इसे कैसे स्वीकार किया जाए। मैंने अपने चारों ओर जो किले की दीवार बनाई थी, उसे कैसे खोलूँ? ऐसा कोई भी कार्य कमजोरी, भेद्यता का प्रदर्शन होगा। और भेद्यता मृत्यु थी। यह मेरी पूर्ण प्रणाली में एक सेंध थी।

और इसलिए, मैं वहाँ खड़ा था, उनकी खाली नज़रों पर मुस्कुराता रहा, महँगी शैंपेन पीता रहा और खिड़की से बाहर देखता रहा। पेरिस चमक रहा था, प्यार का शहर। और मैं पहले से कहीं ज़्यादा अकेला था। क्योंकि सबसे बड़ी जेल कंक्रीट और स्टील से नहीं, बल्कि मेरे खुद की उदासीनता से बनी अदृश्य दीवारों से बनी है। मेरी खुद की आत्मा की दीवारें।

--- ✶ ✶ ---

मेरा अहंकार मुझे एक निर्दयी न्यायाधीश की भूमिका निभाने के लिए प्रेरित करता था, लेकिन मेरी आत्मा, निंदकवाद की परतों के नीचे गहराई से छिपी हुई थी, विनम्रता और बिना शर्त प्यार के लिए तरसती थी। मेरे अंदर घमंड और करुणा, ठंडी बुद्धि और भावनाओं के बीच एक थका देने वाली लड़ाई छिड़ी हुई थी, जिसने मुझे दो में फाड़ दिया। इस संघर्ष में, मैंने संतुलन की तलाश की, अपने ज्ञान को अपनी अस्वीकृत मानवता के साथ जोड़ने की कोशिश की, सब कुछ में कुछ अर्थ खोजने की कोशिश की। एकमात्र अवतार में जिसे मैं जानता था, मुझे ऐसा लगा जैसे मैंने कई जीवन जिए हैं, अनगिनत सबक सीखे हैं, लेकिन फिर भी मैंने अंतिम जवाब, खुशी का शाश्वत सूत्र नहीं पाया था। मैं एक अमर यात्री की तरह जी रहा था, जो ब्रह्मांड में अकेला भटक रहा था, शाश्वत बेचैनी में अपनी खोई हुई जगह की तलाश कर रहा था। और शायद, यह अंत ही इसे खोजने का एकमात्र तरीका था।

खुद को खोजने के लिए।

अध्याय 19: मायावी ग्रेल

ज़्यूरिख़... किसी दिन। या मेरा हर दिन, नीरसता में बंद।

शहर सुबह की पीली रोशनी में साँस ले रहा था, लेकिन मेरे लिए यह सिर्फ़ एक खामोश, व्यक्तित्वहीन सजावट थी। मैंने आसमान की ओर देखा - ग्रे, उदासीन, एक मृत कैनवास की तरह, जिस पर ब्रह्मांड ने अर्थ लिखना भूल गया था। मेरे अंदर एक गहरी, अनाम खाई थी। मैंने इसे भरने की सहज कोशिश की - विश्वास की जीवन-

शक्ति, आशा की लौ या प्यार की कोमलता से नहीं, बल्कि सूखे, अर्थ से जले हुए सिद्धांतों से। मैंने उन्हें जहर की तरह निगल लिया, उन्हें अमृत मानकर - प्राचीन स्क्रॉल से जैसे यरुशलम में "द बुक ऑफ द टेंपल" में कुमरान स्क्रॉल, वेटिकन के नीचे सावधानीपूर्वक रखे गए नक्शों, सिक्कों तक। मैंने मिस्र के पुजारियों के गुप्त ग्रंथों, मृत कोडों को समझा। मेरा दिमाग सब कुछ सोख रहा था, लेकिन मेरा दिल, एक खाली चैम्बर, एक गैर-मौजूद जीवन की गूँज, खाली रहा। पत्थर। निराशा से तराशा गया।

मैं ज्ञान की खड़ी सीढ़ियों पर चढ़ रहा था, हर कदम मेरी दृष्टि को तेज़ कर रहा था, ब्रह्मांड के पर्दे को भेद रहा था। मैं गुप्त आदेश की सबसे गुप्त अंतर्दृष्टि तक पहुँच गया, मूसा के नियमों के उत्तराधिकारी, मैंने उन अनुष्ठानों और प्रतीकों में महारत हासिल की जिन्होंने वास्तविकता के धागों को ही तोड़ दिया। ज्ञान ने मुझे प्राचीन शिक्षा, प्राचीन कानूनों के गहरे अर्थ को समझने वाले कुछ लोगों में से एक बना दिया। लेकिन ये दीक्षाएँ मेरी ठंडी आत्मा में सिर्फ़ मृत अक्षर थे - अनचाहे, अचेतन। वास्तविक रहस्योद्घाटन के बिना, सबकों की पूर्ण समझ के बिना, मेरा सारा बलिदान महत्वाकांक्षा के एक और भ्रामक किले की तरह ढह जाएगा।

मैं अंधेरे में रास्ता तलाश रहा था, बिना कंपास के भटक रहा था, गलतियाँ कर रहा था, पीछे लौट रहा था - मेरे अंतर्ज्ञान ने आसन्न खाई के लिए चिल्लाया। मैं उड़ना चाहता था, लेकिन मैं खाई के किनारे पर चल रहा था। एक गलत कदम - और मैं टूट जाता, हर उम्मीद से वंचित हो जाता। एक गलत व्याख्या - और मैं एक गिरा हुआ देवदूत बन जाता, जिसे फिर से उस नरक का अनुभव करने के लिए शाप दिया गया था जिसे मैं जानता था। मैं वहाँ से गुज़रा था, मेरी आत्मा ने आत्मनिरीक्षण, विकास और आत्मा और शरीर के बीच सुलह के कैथार्सिस का अनुभव किया था...

क्या यह काफी था? क्या मैं अपनी खुद की अचूकता में विश्वास करके घातक रूप से गलत नहीं था? क्या ज्ञान से परे, हर सूत्र और एल्गोरिदम से परे कुछ गहरा नहीं था, जिसे मैंने बनाया था? क्या मेरे रास्ते की सच्चाई में यह अटूट विश्वास प्रकाश के दरवाज़े बंद नहीं कर रहा था? क्या प्यार - एक यादृच्छिक महिला की नज़र में, जैसे मेलिना की, जब उसने आखिरी बार मुझ तक पहुँचने की कोशिश की, और मैंने उसे तर्क से गढ़े गए एक ठंडे तर्क के साथ दूर धकेल दिया - में मुझे दूसरी दिशा में फेंकने की ताकत नहीं थी? क्या यह विश्वास कि भगवान मेरी अकेली प्रार्थनाएँ सुनता है, मेरे अपने, संदेह से भरे आवाज़ की सिर्फ़ एक गूँज नहीं थी? क्या सच्ची उम्मीद शब्दों से परे कुछ बहुत गहरे में नहीं छिपी थी, उस बौद्धिक समझ से परे जिसकी मैं इतनी पूजा करता था? अपने घमंडी अंधेपन में, क्या मैं भाग्यशाली संकेतों को याद नहीं करूँगा जो पहले ही भेजे जा चुके थे?

मेरी आत्मा, बौद्धिक उपलब्धियों के बावजूद, लाखों जीवन पर नियंत्रण के बावजूद, समझ, बिना शर्त स्वीकृति, सच्ची निकटता, उपचार करने वाले प्यार के लिए चिल्ला रही थी। मैं किसी की आँखों में देखता था, उन्हें दिखावटी देखभाल, झूठी सुरक्षा और ठंडी प्रेरणा देता था, और फिर मैं खामोशी से यह देखने के लिए इंतज़ार करता

था कि यह नवजात मोह मुझे कहाँ ले जाएगा - मेरा अगला भावनात्मक प्रयोग क्या होगा।

--- ✶ ६ ✶ ---

याद: प्रीमियर

भरे हुए थिएटर लॉबी में हवा महँगे इत्र, झूठी मुस्कान और महत्वाकांक्षा की बेचैन गुनगुनाहट से घनी थी। एक और अर्थहीन नाटक के प्रीमियर के बाद, जिसके निर्माण के लिए मैंने वित्त पोषण किया था, मैं एक विशाल बैनर के बगल में खड़ा था, जहाँ मेरा चेहरा एक दिखावटी शिलालेख के साथ अमर हो गया था। मैंने व्यर्थता, आत्म-धोखे के मानवीय खेल को देखा, जिसे मैं भावनाहीन रुचि के साथ देखना बहुत पसंद करता था।

तभी मैंने उसे देखा। वह सीधे मेरी ओर आ रही थी, व्यक्तित्वहीन चेहरों की भीड़ से गुज़रते हुए। बिना किसी हिचकिचाहट के। बल्कि एक केंद्रित दृढ़ संकल्प के साथ, जिसने तुरंत मेरी नज़र पकड़ ली। सैकड़ों "भीड़ के चेहरे" में से एक, इस बड़े भ्रम में एक एक्स्ट्रा, जिसे दुनिया कला कहती थी। वह युवा थी, इस निर्दयी खेल के लिए बहुत युवा थी, लेकिन उसकी आँखें - भूखी, भेदने वाली - उसकी उम्र से कहीं ज़्यादा पुरानी थीं। हर वक्र, हर इशारा - एक शतरंज की चाल की तरह सावधानीपूर्वक गणना किया गया। उसका शरीर - एक निर्दोष शोकेस था।

वह मुझसे मिली। उसने मुझे धक्का नहीं दिया, न ही कुछ कहा। वह बस मेरे सामने प्रकट हुई, मेरा रास्ता रोक दिया।

"- श्रीमान," उसकी आवाज़ एक महँगे इत्र की तरह थी जो कुछ कड़वे को छिपाने की कोशिश कर रहा था - नशीली, लेकिन निराशा का एक बाद का स्वाद था। "- मैं सम्मानित हूँ। मैं... तीसरी एक्ट में एक ही लाइन वाली लड़की थी।"

उसके होंठों पर एक हल्की, झूठी मुस्कान नाच रही थी। उसकी आवाज़ शहद जैसी थी, एक मॉडल की आवाज़ की तरह जिसने दुनिया के बारे में अपना सबक पूरी तरह से सीख लिया था। वह घबराहट से नहीं, बल्कि अति-उत्तेजना से काँप रही थी - शिकारियों का एड्रेनालाईन, उन लोगों का जो झाड़ियों में एक ट्रॉफी देखते हैं। उसने मुझे एक छोटा, चमकदार ब्रोशर दिया। एक ऑटोग्राफ। मेरे लिए।

नैदानिक जिज्ञासा। यह सिर्फ़ अहंकार नहीं था, बल्कि एक सोची-समझी जोखिम थी। वह "मूर्ख" नहीं थी। वह बेईमान थी। मेरी सही प्रयोगशाला चूहा, जो एक साँप में बदलने के लिए तैयार थी।

"- मैं प्रभावित हूँ," मैंने कहा, मेरी आवाज़ - नीरस, सपाट, एक पत्थर की तरह जिसे एक दलदल में फेंका गया था, जिसने लहरें भी नहीं बनाईं। "- तुम्हारी दृढ़ता से।"

उसकी आँखों में एक छोटी, लगभग अगोचर चिंगारी चमक उठी। लेकिन वह बुझी नहीं। इसके बजाय, वह एक ज्वाला में भड़क उठी। उसने अपने होंठों को सिकोड़ा - हाइलूरोन से इतने सूजे हुए थे कि वे फटने के कगार पर लग रहे थे। उसका चेहरा एक भावहीन मुखौटा बन गया, पूरी तरह से चिकना और भावनाहीन।

"- और क्या?" उसकी आवाज़ अब तेज़ थी, एक तराशे हुए हीरे की तरह। जैसे उसकी निराशा दृढ़ संकल्प में बदल गई थी, शुद्ध, बिना ढकी महत्वाकांक्षा में। यह वह पल था जिसका मैं इंतजार कर रहा था। मेरी वैज्ञानिक विच्छेदन का अंत। या एक नए चरण की शुरुआत।

एक पल के लिए, दर्पणों और चमकदार सतहों के हज़ारों प्रतिबिंबों में, मैंने खुद को देखा - थका हुआ, बिना शर्त प्यार खोजने के बार-बार के प्रयासों से जला हुआ, हर संभावित रिश्ते को एक शोध वस्तु में बदल दिया। एक बंजर रेगिस्तान में, जहाँ मेरा दिल - अरबों रेत के कण - एक नखलिस्तान के लिए तरसता था, जिसके बारे में मैं लंबे समय से जानता था कि वह सिर्फ़ एक भ्रामक मृगतृष्णा था। वह सिर्फ़ एक और मृगतृष्णा थी, एक और चमकदार धोखा।

"- कुछ नहीं," मैंने जवाब दिया, भीड़ की ओर अपनी पीठ करके। उसकी ओर। किसी भी झूठे रिश्ते की संभावना पर। "- अभी भी कुछ नहीं। बस... एक अंतहीन खालीपन।"

मैंने भीड़ की सिर्फ़ एक दबी हुई, धीमी आवाज़ सुनी, जो उसके चारों ओर घुल गई। और वह वहीं रही। एक छोड़ी हुई गुड़िया की तरह, लेकिन आँखों के साथ जो पहले से ही अपनी अगली चाल की योजना बना रही थीं। उसने अपने पीछे सिर्फ़ एक ठंडी खामोशी छोड़ी। और महँगे इत्र की खुशबू, जो एक परेशान करने वाली, गुणा की हुई शून्यता के साथ मिली हुई थी।

--- ✶ ☥ ✶ ---

हर नया रिश्ता भावनात्मक संतुष्टि के मायावी खजाने को खोजने का एक हताश प्रयास था। लेकिन हर बार जब मैं किसी दूसरे व्यक्ति के करीब आता था, तो मैं अनजाने में खुद से दूर चला जाता था, दूसरों की कमियों के ठंडे विश्लेषण में खो जाता था। मैंने महिला को जाना, जल्दी से उसकी कमियों को खोज लिया, जो आदर्श की मेरी अगम्य छवि को कवर नहीं करती थीं, और रोमांच वाष्पित हो गया। भावनाओं को मुझमें कोई अर्थ नहीं मिला, न ही मुझे पता था कि उनके साथ क्या करना है, सिवाय उनका विश्लेषण करने और उन्हें कमजोरी के रूप में देखने के। जबकि प्यार में पड़ी महिला मुझे आश्चर्यचकित करने के व्यर्थ प्रयासों में ऊर्जा खर्च करती थी और अवास्तविक अपेक्षाओं के बोझ के नीचे ढह जाती थी। एक बार जब मैं उसके विचारों और व्यवहार को दर्दनाक रूप से जान लेता था - सब कुछ दर्द से परिचित और उबाऊ, अनुमानित हो जाता था। फिर, निकटता के लिए अपनी अक्षमता को सही ठहराने के एक हताश प्रयास में, मैंने उसे भेद्यता का आरोप लगाया, जिसने मुझे घृणा किया, कि वह मेरे परीक्षणों को पास नहीं कर पाई, कि वह "मेरे" नरक से डरती थी, उस नरक से जिसमें मैं रहता था। शायद, यह निराशा से खुद को बचाने का एक सहज प्रयास था, इस दर्दनाक तथ्य से कि वह हार मान लेगी और चली जाएगी, मुझे फिर से अलगाव में छोड़ देगी...

इससे मुझे दर्द हुआ! बार-बार दर्द के डर ने मुझे गहरे रिश्तों से भागने के लिए मजबूर किया। मैं ज़िम्मेदारी, अंतरंगता और अपराध-बोध की दम घोंटने वाली भावना से डरता था...

--- ✶ ❦ ✶ ---

हर नई महिला एक खाली कैनवास की तरह थी, जिस पर मैंने बिना शर्त प्यार किए जाने, जैसे मैं था वैसे ही स्वीकार किए जाने की अपनी अधूरी उम्मीदों और इच्छाओं को प्रोजेक्ट किया। लेकिन जब ये आदर्श वास्तविकता में टूट जाते थे, तो मैं जल्दी से अगले भ्रम, अगले खाली कैनवास की ओर बढ़ जाता था। बिना शर्त प्यार का सपना मेरी अभेद्य ढाल थी, जो मुझे अस्वीकृति के दर्द से बचाती थी, लेकिन साथ ही मुझे सच्ची निकटता, वास्तविक मानवीय स्पर्श के लिए दुर्गम बनाती थी।

फिर मैं जल्दी से अपनी भावनात्मक विफलता को भूल जाता था, खुद को यह विश्वास दिलाता था कि यह सिर्फ़ एक और महिला थी जिसने मुझे मेरे सार को समझे बिना इस्तेमाल करने की कोशिश की थी। मैं निराश हो गया, शुरुआत में ही दर्दनाक अंत को जानते हुए। इसने मुझे अगले आँखों में और भी गहरा घुसने के लिए प्रेरित किया, जो मेरी खुद की खोई हुई आत्मा के प्रतिबिंब की व्यर्थ तलाश कर रहे थे... और शायद, अपने घमंड में, मैं यह महसूस करने के लिए कभी भी पर्याप्त समय तक नहीं रुकता कि मुझे यह पहले ही मिल चुका था, कि प्यार, एक विश्वासघाती साँप की तरह, मेरे ठंडे दिल में रेंग गया था। यह सतही गैर-जुड़ाव मुझे सूट करता था, जो सच्ची निकटता के खिलाफ़ एक ढाल के रूप में काम करता था। इस तरह, सतही आकर्षण और दर्दनाक अस्वीकृति के एक थका देने वाले चक्र में, मैं क्षणभंगुर भावनाओं का एक संग्राहक बन गया था, लेकिन मैं कभी भी सच्चे, उपचार करने वाले प्यार का अनुभव नहीं कर पाया। हर नई ट्रॉफी और अपने खुद के प्यार के छोटे भ्रामक पलों से अस्थायी रूप से संतुष्ट होकर, यह मेरे लिए अपनी एकाकी लड़ाई जारी रखने के लिए पर्याप्त लगता था।

लेकिन कुछ अनचाहे, दर्दनाक बेचैनी एक नीच कीड़े की तरह थी, जो लगातार अंदर से खा रही थी। कोई भी बौद्धिक उपलब्धि इसे पूरी तरह से संतुष्ट नहीं कर पाई, हर विजयी लक्ष्य अस्थायी और अर्थहीन लग रहा था। मैंने धन जमा किया जो महाद्वीपों को खरीद सकता था, मैंने अपने हाथों में राष्ट्रों के भाग्य को रखा, मैंने पूरे सरकारों में हेरफेर किया, इतिहास के पाठ्यक्रम को बदल दिया। लेकिन हर नई जीत सिर्फ़ एक और खाली कप थी, जो मेरे अंदर बढ़ती अथाह खाई को नहीं भर सकती थी। मुझे ऐसा लगा जैसे मैं एक खिलौनों की दुकान में एक बिगड़े हुए बच्चे की तरह था, जो लालच से एक के बाद एक खिलौने छीनता था, बिना किसी का आनंद लिए। मेरी दुनिया एक अंतहीन भूलभुलैया थी, जिसमें मैं एक मायावी निकास की तलाश में भटक रहा था, जिसे मैं कभी नहीं खोज पाया।

मेरे आस-पास के लोग मुझे एक सफल, महत्वाकांक्षी व्यक्ति के रूप में देखते थे, जो मेरी तेज बुद्धि के लिए पूजा जाता था, लेकिन अपने अंदर गहराई से मैं भयानक

रूप से अलग-थलग महसूस करता था, सबसे कटा हुआ था, जैसे मैं एक समानांतर दुनिया में रहता था जहाँ कोई मुझे समझ नहीं सकता था। मेरे सभी रिश्ते सतही लगते थे, चाहे वे कितने भी समय तक चले हों। मैं लगातार सार्थक कनेक्शन की तलाश में था, लेकिन मैं पूरी तरह से खुलने, अपने पत्थर के मुखौटे को उतारने और किसी को मुझे वास्तव में जानने देने से घबराता था, मेरे पूरे कमजोर सार में।

मैं सफलता की ऊँचाइयों पर पहुँच गया था, लेकिन मेरी आत्मा कुछ और, कुछ अमूल्य और आवश्यक के लिए तरस रही थी, जिसे मेरी ठंडी बुद्धि नहीं समझ सकती थी, जिसे कोई सूत्र गणना नहीं कर सकता था। भौतिक धन मेरे दिल में खालीपन को नहीं भर सका, उन्होंने इसे केवल उजागर किया। मुझे अपनी बौद्धिक अचूकता पर संदेह होने लगा, जिसमें मैंने आँख बंद करके विश्वास किया था। मुझे ऐसा लगा जैसे मैं एक बर्फीले, अकेले शिखर पर था और वहाँ से, अपनी ठंडी एकांत में, मुझे एहसास हुआ कि दुनिया उससे ज़्यादा बड़ी, ज़्यादा जटिल और कम नियंत्रणीय थी जितनी मैंने कल्पना की थी।

--- ✶ ᕯ ✶ ---

मृत्यु मेरा लगातार, अवांछित साथी था। अपरिहार्य अंत का विचार, कि सब कुछ बिना किसी निशान के खत्म हो जाएगा, मुझे आतंक से भर देता था। इसलिए मैं उससे भागने की हताश कोशिश करता था, खुद को काम और सतही मनोरंजन से भर लेता था। लेकिन जितना ज़्यादा मैं मौत को भूलने की कोशिश करता था, उतनी ही ज़्यादा वह मेरे दिमाग की छाया में मेरा पीछा करती थी, मुझे निरर्थकता के बारे में फुसफुसाती थी। मैंने खुद से जीवन के असली अर्थ के बारे में पूछना शुरू कर दिया, अगर अंततः सब कुछ धूल में बदल जाता है, अगर मैंने जो कुछ भी बनाया है वह बिखर जाएगा।

इस आंतरिक बेचैनी ने धीरे-धीरे मेरी आत्मा को खा लिया, जिससे मेरी दुनिया अधूरी हो गई। इसने मुझे लगातार खोज करने के लिए प्रेरित किया, हमेशा असंतुष्ट रहने के लिए और किसी भी वास्तव में आवश्यक चीज़ के लिए मेरे पास समय नहीं था। मैं विभिन्न लक्ष्यों से विचलित हो गया, जिनमें से हर एक को मैंने अस्थायी रूप से अपनी प्राथमिकता माना, जब तक कि मैंने गहरा नहीं देखा और उसके तुच्छ अंत को समझा। मेरा ध्यान शायद ही कभी कुछ सार्थक हासिल करने पर टिका रहा, जो मेरे अंदर राज करने वाली शून्यता को भर सके। और जीवन धीरे-धीरे अरुचिकर हो गया, क्योंकि मैंने इसे समझने के एक अदम्य प्रयास में उसके गले से पकड़ लिया था, लेकिन उसने मुझे अपना रहस्य बताने से लगातार इनकार कर दिया। मेरे सभी हाल के युद्ध और सतही विजय अब मुझे औसत दर्जे, दयनीय लगते थे।

--- ✶ ᕯ ✶ ---

यादः मुझे शैतान याद है।

शैतानः - तुम अलग महसूस करते हो, है ना, नथानिएल? दुनिया से दर्दनाक रूप से कटा हुआ। तुम हमेशा ऐसे ही थे।

नथानिएल: मेरी आवाज़ - धीमी, लगभग एक फुसफुसाहट, जैसे मैं खुद से बात कर रहा हूँ, लेकिन खालीपन में। - मेरे जीवन का अर्थ "अच्छाई" का "बुराई" को हराने का मेरा व्यक्तिगत संघर्ष है। मैंने इसे एक मंत्र की तरह खुद से कहा, एक ढहती हुई दुनिया में आखिरी बची हुई सच्चाई की तरह।

शैतान: - शातिर, लगभग स्नेहपूर्वक। - ओह, "अच्छाई" बनाम "बुराई"। कितना सुविधाजनक और तुच्छ। लेकिन "अच्छाई" के लिए यह संघर्ष अक्सर तुम्हारे अपने राक्षसों से भागने का एक हताश प्रयास होता है, है ना? उस चीज़ से जो तुम्हें अंदर से खा जाती है। दुनिया को बदलने की एक सच्ची, परोपकारी इच्छा नहीं। तुम बस... जीवित महसूस करने के लिए, किसी बाहरी दुश्मन से लगातार युद्ध की ज़रूरत है। अपने अस्तित्व को सही ठहराने के लिए।

नथानिएल: खामोशी। फिर, एक छिपी हुई झुंझलाहट के साथ। - लेकिन कोई भी मेरे एकाकी संघर्ष में भाग नहीं लेना चाहता।

शैतान: - स्वाभाविक रूप से। तुम अपनी इस अहंकार-केंद्रित अधिकतम को किसी को नहीं समझाते। और तुम जानते हो कि तुम्हारे चारों ओर हर किसी के लिए यह अस्पष्ट रहता है। और किसी को परवाह नहीं है - कि तुम वास्तव में किस "अच्छाई" का उल्लेख कर रहे हो और किस "बुराई" से तुम लड़ रहे हो। लोग अपने छोटे, समझने योग्य युद्ध, अपने रोजमर्रा के नाटक जीते हैं। तुम्हारे पैमाने... समझ से बाहर हैं। या बस... उदासीन हैं।

नथानिएल: मेरी आवाज़ थोड़ी तेज़ हो जाती है, कड़वाहट से भरी हुई। - क्या मेरे पास इन सापेक्ष अवधारणाओं का एक स्पष्ट जवाब है? अब, इस खालीपन में, मुझे एहसास हुआ कि नहीं।

शैतान: - लगभग सहानुभूतिपूर्वक, लेकिन वर्चस्व के निहितार्थ के साथ। - "अच्छाई" के लिए तुम्हारा संघर्ष एकांत और हज़ारों पढ़ी हुई किताबों से बना एक जटिल दार्शनिक सिद्धांत है, न कि एक सचेत स्थिति। यह एक ढाल है। ताकि वे तुम्हें छू न सकें। तुम केवल अंतिम लक्ष्य में अर्थ खोजते हो, लेकिन तुम अपने रास्ते के लोगों को भूल जाते हो। तुम खुद से कहते हो कि तुम्हारा मिशन दुनिया को बुराई से साफ़ करना है, लेकिन वास्तव में... तुम सब कुछ नियंत्रित करना चाहते हो। "व्यवस्था" के लिए अपनी ठंडी, गणना की गई धारणा को लागू करना चाहते हो।

नथानिएल: दृढ़ता से, जैसे मैं अपना बचाव कर रहा हूँ। - मैं खुद को केवल "बुराई" के विरोध के माध्यम से परिभाषित करता हूँ।

शैतान: - लेकिन वह "बुराई" वास्तव में तुम्हारे लिए क्या है, नथानिएल? - एक ठहराव, भेदन करने वाला। - क्या यह एक अमूर्त अवधारणा है, जैसे अराजकता, जैसे अन्याय? या क्या यह विशिष्ट लोग हैं जो तुम्हारी योजना में फिट नहीं होते? जिन्हें तुम नियंत्रित नहीं कर सकते? जिनकी हिम्मत अप्रत्याशित होने की होती है?

नथानिएल: कबूल। - हर बीतते दिन के साथ "अच्छाई" और "बुराई" के बीच की सीमाएँ और भी धुंधली होती जाती हैं, जैसे एक दलदल के ऊपर कोहरा। जब तक कि मैं अपनी खुद की पहचान पर भी संदेह करना शुरू नहीं कर देता।

शैतान: - विजयी रूप से। - और फिर सिर्फ़ सवाल बचा, है ना? क्या तुम एक नायक हो? एक उद्धारकर्ता, जैसा कि तुम अक्सर खुद को पेश करते हो? या सिर्फ़ एक और डरा हुआ आदमी, जो एक निरर्थक दुनिया में जीवित रहने के लिए संघर्ष कर रहा है, उदासीनता के एक मुखौटे के पीछे छिपा हुआ है?

नथानिएल: एक कड़वी फुसफुसाहट के साथ, अब बिना किसी प्रतिरोध के। - अब मैं सिर्फ़ एक डरा हुआ आदमी हूँ।

शैतान: उसकी आवाज़ एक आह की तरह है, जैसे वह रहस्योद्घाटन का आनंद ले रहा हो। - तुम एक सच्चे गिरगिट हो। तुम सहज रूप से अपने रंग बदलते हो। बाहर से तुम निंदकवाद, संदेह और शून्यवाद का प्रदर्शन करते हो। तुम्हारे शब्द तेज़ हैं, तुम्हारी नज़र - भेदने वाली, क्रूरता से मूल्यांकन करने वाली।

नथानिएल: अनजाने में, दर्द के साथ। - लेकिन अंदर गहराई से एक कमजोर आत्मा छिपी है, जो अस्पष्ट सपनों से भरी है, जिसे मैं कहने की हिम्मत भी नहीं करता। एक आत्मा, जो अस्तित्व के अर्थ की हताश तलाश कर रही है, आगे बढ़ने का एक कारण।

शैतान: - ठंडा। - इस बर्फीले कोकून को पहनना तुम्हें थका देता है, है ना? यह तुमसे जीवन की हर बूँद चूस लेता है। और फिर भी... यह दर्द से एकमात्र सुरक्षा के रूप में कार्य करता है। यह एक जंग लगे कवच की तरह है, जो तुम्हें दुनिया से, वास्तविकता के हमलों से बचाता है, लेकिन साथ ही तुम्हें खुद से भी अलग कर देता है।

नथानिएल: मेरी आवाज़ लगभग खो जाती है। - क्योंकि कवच के नीचे, ढहते हुए मुखौटे के पीछे... मुझे अब पता नहीं है कि मैं कौन हूँ।

शैतान: आखिरी, बहरी फुसफुसाहट। - और अब, नथानिएल? अब जब मुखौटा गिर गया है... क्या बचा है?

--- ✶ ६ ✶ ---

खामोशी। मेरे चारों ओर हवा काँप रही थी। इस अप्रत्याशित खालीपन में मेरी अपनी साँस की आवाज़ बहरी थी। जैसे शैतान के शब्दों को सिर्फ़ सुना ही नहीं गया था, बल्कि मेरे अस्तित्व की हर कोशिका में समा गए थे, जो आखिरी भ्रमों को फाड़ रहे थे।

मैंने अपने जटिल दर्शन को एक अगम्य किले की तरह बनाया था, जिसमें छिपना था। इसने भावनात्मक अलगाव और बढ़ती एकांत के लिए एक बहाने के रूप में कार्य किया। लेकिन इस टूटे हुए मुखौटे के पीछे, एक अदम्य ज़रूरत थी कि मैं संबंधित होऊँ, सार्थक कनेक्शन, प्यार। मैं एक अकेले जहाज की तरह था, जो एक तूफ़ानी

समुद्र में बिना किसी उद्देश्य के भटक रहा था, एक बंदरगाह की तलाश कर रहा था जिसे मैं कभी नहीं पहुँच सका।

मैं एक प्रतिभाशाली, लेकिन दुखी अभिनेता बन गया था, जो आसानी से अलग-अलग भूमिकाएँ निभाता था - एक अहंकारी बुद्धिजीवी, एक भावनाहीन जानवर, एक अलग पर्यवेक्षक। लेकिन इनमें से कोई भी भूमिका मुझे संतुष्ट नहीं कर पाई, मेरी आत्मा में शून्यता को भर नहीं पाई। मैं एक ही समय में सब कुछ और कोई नहीं था, दुनिया के अनुकूल होने के एक हताश प्रयास में एक और मुखौटा पहन रहा था। लेकिन अपने अंदर गहराई से मैं हमेशा खुद से एक ही, दर्दनाक सवाल पूछता था:

इन सभी मुखौटों से परे, मैं वास्तव में कौन हूँ?

मेरे हाथ अनजाने में एक छोटे, समय से चिकने पत्थर के चारों ओर सिकुड़ गए, जिसे मैंने रेत से उठाया था। ठंडा और कठोर, यह मेरे खुद के सार को दर्शाता हुआ लग रहा था। लेकिन पहली बार मुझे उसकी बेजानता से अकेलापन महसूस नहीं हुआ। मुझे एक भार महसूस हुआ। और शायद, एक बहुत ही हल्की, लगभग अगोचर संभावना की झलक।

अध्याय 20: आंतरिक गढ़

मैं दो, पहली नज़र में असंगत ब्रह्मांडों में रहता था, जिन्हें मैंने एक चतुराई से निर्मित संतुलन में बनाए रखा था। एक - मेरी सार्वजनिक छवि: पैसे, विशेषाधिकार और एक अच्छी तरह से खेती की गई प्रतिष्ठा से बना एक चमकदार मुखौटा। मैंने अपने परिवार को किसी भी घोटाले के मामूली संकेत से बचने के लिए सावधानीपूर्वक देखभाल के साथ प्रबंधित किया। मेरा व्यवसाय, विभिन्न क्षेत्रों और महाद्वीपों में फैला हुआ, पनप रहा था, जो परिवर्तन के हर माहौल के अनुकूल हो रहा था। राजनीति? यह अक्सर एक मंच की तरह लगता था, जिसमें छाया में हितों को फिर से व्यवस्थित किया जाता था - और मैं पटकथा को पहले से पढ़ना जानता था। चमकदार रिसेप्शन, जिसमें मैं भाग लेता था, मेरे जीवन के इस महान भ्रम के थिएटर में सिर्फ़ एक और कार्य थे। यहाँ तक कि जंगली ऊर्जा के साथ विदेशी सफारी भी, मेरे जीवन की अच्छी तरह से चुनी गई कोरियोग्राफी में फिट बैठते थे।

मेरा सामाजिक जीवन संपर्कों का एक जटिल जाल था - स्थिति, वित्त, विश्वदृष्टि - सब कुछ मेरे प्रभाव के क्षेत्र का हिस्सा था। मैंने हर कार्य और शब्द पर एक लोहे की पकड़ का प्रदर्शन किया। शायद ही कोई मेरे असली विचारों को पढ़ पाता, मुझे चोट पहुँचाता, गुस्सा दिलाता या मुझे नियंत्रण से बाहर कर पाता। सब कोई जानते थे: मैं एक पैतृक अरबपति हूँ, मेरा प्रभाव असीमित है, मैं दुनिया के नियमों को निर्धारित करता हूँ। लेकिन कोई भी नहीं, यहाँ तक कि मेरे सबसे करीबी भी, यह नहीं जानते थे कि यह सब कितना तुच्छ है, कितना अर्थहीन है।

सच्चाई? यह मेरे अंदर एक जहरीले साँप की तरह सिकुड़ गई थी, जो खामोशी में सिकुड़ गया था। हर सावधानी से चुने गए शब्द के पीछे, अनकहे अर्थों की एक पूरी श्रृंखला छिपी हुई थी, अक्सर विरोधाभासी इरादों के साथ। जब भी सच्चाई सामने आने की धमकी देती थी, तो मैं सहज रूप से विश्वसनीय कहानियों के जटिल जाल बुनता था, जो विश्वसनीयता के मुखौटे में लिपटे होते थे। कुछ ही दिन पहले, सिर्फ़ एक फ़ोन कॉल ने एक विश्व नेता के बारे में जनमत को बदल दिया था - जैसे ज्वार किनारे को बदल देता है। कुछ रणनीतिक रूप से चुने गए मीडिया प्रकाशनों ने वित्तीय बाजारों को इस तरह से स्थानांतरित कर दिया था, जैसे प्रभाव के धागे मेरी साँस का जवाब दे रहे थे। मैंने एक गणनात्मक शीतलता के साथ काम किया, एक निर्देशक की तरह जो हर भूमिका को निर्देशित करता था, बिना खुद मंच पर दिखाई दिए। मेरी मुस्कान कभी भी मेरी आँखों तक नहीं पहुँची, और मेरी आवाज़ सपाट रही - भावना का कोई निशान नहीं।

नियंत्रण खोने के आतंक से, भेद्यता से, मैं आश्वस्त था: भावनाओं को दिखाना एक असुरक्षित लक्ष्य में बदलने के बराबर है। मैं मानव प्रकृति को जानता था, पाखंड और विश्वासघात के प्रति उसकी प्रवृत्ति को। मैंने उसकी सबसे अंधेरी अभिव्यक्तियों को करीब से देखा था: परिवार में विश्वासघात, मेरे आदेश के सहयोगियों के बीच विश्वासघात, राजनेताओं में लालच जो वफादारी की कसम खाते थे। इसलिए मैंने अपने चारों ओर उदासीनता और निंदकवाद की एक ऊँची दीवार खड़ी कर दी थी।

लेकिन इस दीवार ने मुझे उन लोगों से दर्दनाक रूप से अलग कर दिया जो मुझे सच में प्यार करते थे, इस शुद्ध प्यार को स्वीकार करने की मेरी लकवाग्रस्त अक्षमता के बावजूद। उनके प्रति मेरे ठंडे रवैये के लिए मुझे एक बहाना मिला - कि मैं उनका रक्षक था, कि मैं उन्हें कठोर दुनिया के लिए कठोर बना रहा था, कि यह उन्हें कठोर वास्तविकता के लिए तैयार करने का मेरा तरीका था जिसे मैं जानता था। वास्तव में, मैं अक्सर अपने सबसे करीबी लोगों के प्रति सबसे क्रूर था। क्या इसलिए कि मैं उन्हें स्टील में बदलना चाहता था, जो दया के बिना दुनिया में जीवित रहने में सक्षम था? क्या इसलिए कि मुझे विश्वास था कि सच्चा प्यार स्वतंत्रता पर बना है, कमजोरी पर नहीं? या सिर्फ़ इसलिए कि मैं उनकी भावनाओं की नाजुकता को छू नहीं सकता था, अपनी खुद की भावनात्मक बाधाओं के घेरे में बंद था, जिसने मेरा दम घोंट दिया...

--- ✶ ६ ✶ ---

याद: अलेक्जेंडर

मुझे याद है। पेंटहाउस। अलेक्जेंडर। अचूकता का भ्रम। मैं एक काँच की खिड़की की तरह पारदर्शी साबित हुआ। मैंने देखा। मैंने सुना। लेकिन... कुछ नहीं। कुछ भी मुझे नहीं छुआ। एक मृत क्षेत्र।

वह आया। शहद जैसी आवाज़, सम्मोहित करने वाली आँखें।

नथानिएल, पुराने दोस्त! मैंने बस... देखा।

मानवता एक लक्जरी है जिसे हम विकास में बर्दाश्त नहीं कर सकते। खामोशी। उनके सुविधाजनक भ्रम।

क्या तुम सच में कुछ भी महसूस नहीं करते?

सीनेटर। उसकी बाईं आँख। कंपन। ताला। डर। एडवर्ड। तुच्छ लालच। जाल। दिवालियापन। बिना पछतावे के। बस... एक प्रयोग।

और तुम्हारा... व्यक्तिगत शोध? महिलाओं के साथ?... एलिज़ाबेथ। उसका नाम। एक खोखली घंटी। एक बजने की आवाज़। उसका शरीर - एक वस्तु। बिना शर्म के। वह रेंग रही थी...

वह एक चर थी, अलेक्जेंडर।

और क्या तुम सच में कुछ भी महसूस नहीं करते? यहाँ तक कि... मेलिना के लिए भी? मुझे याद है कि मेलिना ने मेरा हाथ कैसे पकड़ा था, और उसकी उँगलियाँ गर्म थीं, लेकिन एक पल के लिए मुझे उस अप्रत्याशित स्पर्श से एक जलता हुआ दर्द महसूस हुआ, जैसे मेरा दिल जागने की कोशिश कर रहा हो। उसकी आवाज़। "मैं तुमसे प्यार करती हूँ"। मैंने... विश्लेषण किया। टिम्बर का। गणना की। क्यों? क्योंकि मैं पाखंड था।

मैं एक पहेली हूँ, अलेक्जेंडर।

एक गिरगिट, है ना? हर परिवर्तन। हर भूमिका। एक आवरण। एक बचाव। दर्द से। खुद से... लोहे का शासन। अलौकिक। आवश्यक। लक्ष्यों के लिए। सब कुछ के लिए।

मैं... एक वास्तुकार हूँ।

और क्या तुम सच में मानते हो कि तुम्हारा व्यक्तिगत संघर्ष "अच्छाई" का "बुराई" को हराने का है? क्या यह तुम्हारे खुद के राक्षसों से भागने का एक हताश प्रयास नहीं है? एक झटका। सीधे अथाह खाई में। एक कमजोर आत्मा। सपने। एक जंग लगी रक्षा। - मुझे इसकी ज़रूरत है। सफलतापूर्वक मौजूद रहने के लिए। अलेक्जेंडर। उसकी नज़र। समझ। एक मुस्कराहट। विडंबना। - यह विडंबनापूर्ण है, है ना? अब मैं वह हूँ जिसे सज़ा मिली है।

और तुम्हारा आवरण?

और मेरा आवरण टूट गया है। मलबा। टूटे हुए टुकड़े। कुछ नहीं।

--- ✶ ? ✶ ---

मैंने अंधेरी गलियारों में रहना पसंद किया... यह मेरी समानांतर, आंतरिक दुनिया थी - एक ऐसी दुनिया जो मुझे सच में हिला सकती थी, एक ऐसा क्षेत्र जो मुझे गहराई से परेशान करता था, हालाँकि मैं दूसरों से अपने इस आंतरिक संघर्ष को चतुराई से छिपाता था। और फिर भी, इन गहरी छायाओं में भी, रोशनी के लिए एक बेचैन, मुश्किल से ध्यान देने योग्य लालसा थी - एक अपरिहार्य परिवर्तन का अग्रदूत, जिसे मैं महसूस कर रहा था कि वह आ रहा है। यह एक तूफ़ान की तरह हवा में भारी था, जो

अभी तक भड़का नहीं था, लेकिन जिसकी गड़गड़ाहट पहले ही दूरी में गूँज रही थी, मेरे चारों ओर हवा को विद्युतीकृत कर रही थी।

------------------ ------------------

अध्याय 21: मन की जंजीरें

मेरा असली मैं एक उदास पैनोप्टिकम में रहता था, जो मेरे ही दिमाग की निर्दयी पकड़ से जकड़ा हुआ था। मेरी आत्मा की पीड़ाएँ इस आंतरिक कालकोठरी की दीवारों पर भूतिया छायाएँ बनाती थीं - छवियाँ जो मेरे निरंतर आंतरिक संघर्ष की दर्दनाक चीखों में घूमती थीं। नीरस कराहें और खामोश दहाड़ें, ठंडे पत्थर पर नाखूनों की खरोंच, जैसे मैं हताश होकर अपनी ही जेल से बाहर निकलने की कोशिश कर रहा था, शून्य में पिघलने से पहले कोई छाप छोड़ने की कोशिश कर रहा था। ये छवियाँ, एक थका देने वाली लड़ाई में बुनी हुई, मेरी गहराइयों, मेरे जटिल, विरोधाभासी सार का निर्माण करती थीं।

--- ✶ ✶ ---

आंतरिक एकालाप:

"मेरे पास अपनी असली 'मैं' को मुक्त करने की कोई कुंजी नहीं है। मैं बाहर से मदद नहीं चाहता।" - मैं (अहंकार) की आवाज़ ठंडी, गणनात्मक, हावी थी।

"लेकिन अपने अंदर गहराई से, मैं मुक्तिदायक स्वतंत्रता के लिए तरसता हूँ।" - मैं (इच्छा) की आवाज़ ने जवाब दिया, गहरी, शांत, दर्दनाक रूप से तरसती हुई, एक खाई से दूर की गूँज की तरह।

"मैं इन आंतरिक राक्षसों को जीतना चाहता हूँ - ठंडे तर्क की शक्ति से या मेरी आत्मा की अटूट इच्छा से। मेरा मानना है कि अगर मैं अपने दिमाग में आंतरिक राक्षसों को जीत सकता हूँ, तो मैं इस मॉडल को कठोर वास्तविकता में भी गुणा करूँगा। एक मिशन, एक अर्थ... या एक और अकेला, बर्बाद रास्ता?" - गूँज एक चिल्लाहट की तरह वापस आई।

"मैं मूल कारणों में दिलचस्पी नहीं लेता, बल्कि केवल अपनी लोहे जैसी इच्छा में, जिसे मुझे एक शक्तिशाली ऊर्जा प्रवाह की तरह लगातार बनाए रखना चाहिए।" - अहंकार ने काट दिया।

"लेकिन कभी-कभी, मेरे दिमाग के सबसे अंधेरे कोनों में, मुझे एक दूर की रोशनी की फुसफुसाहट सुनाई देती है - मुक्ति के लिए एक मुश्किल से ध्यान देने योग्य आह्वान, जो मेरी कैद की खामोशी को तोड़ देता है। यह घने कोहरे से होकर बजता है, मुझे अज्ञात की ओर आकर्षित करता है।" - इच्छा और ज़ोर से बोली।

"मैं खुद पर लगाए गए निर्वासन में रहता हूँ, अपने ही दिमाग के अगम्य मृत क्षेत्र में बंद हूँ। मुझे कैदी बनाए रखने वाली जंजीरें मेरे डर और संदेह से, इस पागलपन से गढ़ी गई हैं कि हर कोई मुझ पर हावी होने या मेरा उपयोग करने की कोशिश कर

रहा है। मैं एक ही समय में अपनी चेतना का एक निर्दयी कैदी और एक सतर्क रक्षक हूँ। इस अलगाव में, मैं अपने विचारों और भावनाओं का एक निष्पक्ष पर्यवेक्षक और एक समझौता न करने वाला न्यायाधीश बन गया हूँ।" - अहंकार के शब्द रेज़र की तरह तीखे थे।

"लेकिन जितना ज़्यादा मैं उन्हें नियंत्रित करने की हताश कोशिश करता हूँ, उतनी ही तेज़ी से वे मेरे अवचेतन के अंधेरे में गुणा होते जाते हैं, मुझे एक अटल शक्ति के साथ जीत लेते हैं। मैं जितना ज़्यादा लड़ता हूँ, उतना ही ज़्यादा मैं इस अंतहीन आंतरिक युद्ध में थक जाता हूँ, ऊर्जा खो देता हूँ।" - इच्छा कराह उठी।

"यह आंतरिक अखाड़ा एक निजी, कड़ाई से संरक्षित प्रयोगशाला है, जहाँ मैं कई मानसिक विच्छेदन करता हूँ। मैं लगातार उस उद्देश्यपूर्ण सार की तलाश करता हूँ, जो मेरे अस्तित्व को एक निश्चित अर्थ देगा, लेकिन इसका रास्ता लंबा है, विश्वासघाती बाधाओं से भरा हुआ है और मृत अंत की ओर ले जाता है। हर नई खोज के साथ, गहरे रहस्य प्रकट होते हैं, जो मुझे शुरुआती बिंदु पर वापस ले जाते हैं। मैं केवल उद्देश्यपूर्ण सत्य की तलाश नहीं करता, बल्कि चेतना के रहस्यमय तंत्र की कुंजी की तलाश करता हूँ, वे छिपे हुए सूत्र जो न केवल मेरी, बल्कि सामूहिक चेतना को भी खोल सकते हैं।" - अहंकार उठ खड़ा हुआ, ठंडे दृढ़ संकल्प से भरा हुआ था।

"मैं एक पतली, फिसलन भरी बर्फ पर चलता हूँ, जिसमें निराशा की खाई में गिरने का लगातार खतरा होता है। लेकिन आतंक के बावजूद, मैं हठपूर्वक खोजता रहता हूँ, क्योंकि अपने अंदर गहराई से, निंदकवाद के बावजूद, मुझे विश्वास है कि केवल इसी तरह मैं अपने जीवन का छिपा हुआ अर्थ, वह सूत्र पाऊँगा, जिसे मैं इतनी हताश होकर खोज रहा हूँ।" - इच्छा एक आखिरी कराह की तरह लग रही थी।

"मैं अपने खुद के आंतरिक दुनिया का एक ही समय में निर्माता और विध्वंसक हूँ। हर नए विचार के साथ मैं अपने उदास निवास की दीवारों को बनाता और तोड़ता हूँ। मैं एक अकेले, जुनूनी खुदाई करने वाले की तरह हूँ, जो संगमरमर और मिट्टी से अपनी विरोधाभासी छवि को तराशता है। लेकिन क्या यह छवि मेरे सार का एक सच्चा प्रतिबिंब है या सिर्फ़ एक विकृत कल्पना का फल, मैं निर्धारित नहीं कर सकता।" - अहंकार ने एक दर्दनाक ईमानदारी के साथ कहा।

"और मैं नहीं कर सकता। अब... मैं नहीं कर सकता।" - एक कड़वी फुसफुसाहट मेरे होंठों से निकली, जो खुद से या मेरे अंदर के खाली अस्तित्व से बात कर रही थी।

"तुम वास्तव में कौन हो? एक निर्माता या एक आत्म-विध्वंसक?" - मेरे दिमाग के अंधेरे में एक तीसरी आवाज़ फुसफुसाई, जिसने एक ठंडी हवा की तरह खामोशी को भेद दिया।

--- ✶ ६ ✶ ---

मैंने अपनी आत्मा के सबसे गहरे स्तरों से अपने विचार निकाले, लेकिन क्या वे एक ऐसी दुनिया के लिए बहुत खतरनाक नहीं थे जो बदलने के लिए तैयार नहीं थी,

जो दर्दनाक ईमानदारी के बजाय सुविधाजनक भ्रम पसंद करती थी? जवाब मेरी अपनी आंतरिक दुनिया की गहराइयों में खो गया, किसी भी रोशनी से दूर, एक घने, दम घोंटने वाले अंधेरे से घिरा हुआ था। क्या मैं एक भविष्यवक्ता था या एक पागल? एक प्रतिभा या एक राक्षस? मुझे अब पता नहीं था।

------------------- ----------------------

अध्याय 22: अनावश्यक

मैंने लंबे समय तक मेलिना को अपनी दो दुनियाओं में से एक में फिट करने की कोशिश की - ठंडे तर्क और बेरहम हेरफेर की दुनिया, या वह जिसे मैं उम्मीद कर रहा था - मेरी खुद की छायाओं का खुलासा। वह कहीं भी फिट नहीं हुई। उसका शुद्ध प्यार और बिना शर्त समर्पण मेरे ठंडे ढांचे में एक विसंगति थी, जिसमें मुझे दुनिया के शीर्ष पर रखा गया था। शुरू में, मानव चेतना को बदलने की उसकी महत्वाकांक्षाओं ने मुझे आकर्षित किया, क्योंकि मैंने उनमें अपनी खुद की अधूरी इच्छाओं का प्रतिबिंब देखा। मैंने उसकी क्षमता का उपयोग करने की कोशिश की, इसे अपनी वैश्विक योजनाओं में एकीकृत करने की। लेकिन बाद में उसने विश्व व्यवस्था के लिए अपनी लड़ाई छोड़ दी, उन्हें अपने प्यार की गहराई के साथ असंगत पाया, जो मेरे द्वारा बनाए गए किसी भी साम्राज्य से ज़्यादा शक्तिशाली था। उसने अपना चुनाव किया - एक चुनाव जिसे मैं शुद्ध प्यार के अलावा किसी और चीज़ से प्रेरित नहीं कर सकता था;

कुछ ऐसा जिसकी मुझमें कमी थी। इस कृत्य ने मुझे स्वार्थी रूप से खुश किया, लेकिन मैंने देखा कि यह धीरे-धीरे उसे मेरी दुनिया में असुविधाजनक और कमजोर बना रहा था - एक ऐसी दुनिया जहाँ कमजोरी को बेरहमी से दंडित किया जाता था।

उसकी गहरी भावनाओं के साथ खेलना मेरी सबसे गंभीर आंतरिक परीक्षा साबित हुई - अरबों के लिए किसी भी सौदे से ज़्यादा कठिन, मेरे द्वारा निर्देशित किसी भी राजनीतिक तख्तापलट से ज़्यादा विश्वासघाती। मेरे पास हमारी गहरी जुड़ाव को भुनाने के लिए और कुछ नहीं था। मैंने इसे एक कमजोरी और अंतहीन उम्मीद में बदल दिया, और मैं पहले से ही उसकी निराशा का अंत जानता था, इसे एक फ़िल्म की तरह मेरी आँखों के सामने घूमते हुए देख रहा था। मुझे एहसास हुआ कि मेरे अपराध-बोध के लिए प्रायश्चित के रूप में भुगतान करने के लिए मैं जो कीमत चुकाने को तैयार था, वह अस्वीकार्य थी और उसे धन, विश्व बैंकों पर नियंत्रण या गुप्त समाजों पर प्रभाव से मुआवजा नहीं दिया जा सकता था। मैं एक ऐसी चीज़ से टकरा गया था जिसकी कोई कीमत नहीं थी, मेरी ठंडी समझ से परे, हर उस तर्क से परे जिसने मुझे अब तक मार्गदर्शन दिया था - बिना शर्त प्यार की ऊर्जा का सच, जो केवल रहस्योद्‌घाटन के लिए जाना जाता था।

घमंड में मुझे लगा कि मेरी असीमित स्थिति मुझे उसके जीवन का हर सेकंड खरीदने का अधिकार देती है, उसे वह सब कुछ देने का जो व्यापार किया जा सकता है। लेकिन बदले में मुझे शुद्ध भावनाओं का एक विशाल महासागर मिला, जिसका अमूल्य मूल्य भौतिक मापों से, सोने के कैथेड्रल या वफादार अनुयायियों की सेनाओं से नहीं मापा जा सकता था। मेरे पास वह अमूल्य विनिमय मुद्रा नहीं थी - बिना शर्त प्यार करने की क्षमता। अब, सच्चे प्यार की भूलभुलैया में फँसा हुआ, इस नरक में, जिसे मैंने खुद बनाया था, मुझे दर्द से एहसास होता है कि मैंने कुछ बहुत गहरे जीतने के लिए सब कुछ सतही खो दिया है - शायद खुद अनंतता, उसकी असीमित भक्ति की प्रिय स्मृति में बंद, एक स्मृति जो एक भूत की तरह मेरा पीछा करती है, मेरे गले में लिपट जाती है, मुझे धीरे-धीरे गला घोंट देती है।

तब, विशुद्ध रूप से सैद्धांतिक रूप से, मैं इसे समझता था, लेकिन मैं नहीं जानता था कि खुद को इसका सही मायने में अनुभव करने की अनुमति कैसे दूँ। मैं अपनी भावनाओं के अंधेरे गलियारों में लंबे समय तक भटकता रहा, क्योंकि मैंने खुद उसे इस गहराई तक पहुँचने के लिए चुनौती दी थी, और अब मुझे उसे यह बताना था कि प्यार अर्थहीन था, कि उसका सारा समर्पण व्यर्थ था। अंत में, मैंने एक अर्ध-सत्य साझा करने का फैसला किया, मैंने उसे जानबूझकर उदासीनता के साथ चोट पहुँचाने की कोशिश भी की, ताकि वह मुझसे हार मान ले, उसे दूर धकेल दूँ, जैसा मैंने हज़ारों अन्य लोगों के साथ किया था। मुझमें उसका दिल निकालने की ताकत नहीं थी, हालाँकि अवचेतन रूप से मैं ऐसा चाहता था - अपने खुद की पीड़ा को समाप्त करने के लिए। मेरे पास सात साल की जगह कुछ भी नहीं था, जिसमें वह सिर्फ़ एक चीज चाहती थी - मेरी ठंडी, बंद आत्मा!

जब मैंने उस भाग्यशाली क्षण में उसकी आँसुओं भरी आँखों में देखा, तो उसका सारा दर्द मेरी कोशिकाओं में समा रहा था, मुझे अंदर से खा रहा था। मैंने उसकी हर कंपकंपी, उसके गालों से बहने वाली खारी नमी की हर बूँद महसूस की।

"नथानिएल... क्यों? सब कुछ के बाद..." - आँसू उसके पीड़ित चेहरे से बह रहे थे, जिसे मैं अब नहीं पहचानता था। उसकी आँखें लाल, सूजी हुई थीं, लेकिन उनमें एक लौ जल रही थी, जो मुझे जला रही थी।

"मेलिना, मैंने तुमसे कहा था। यह... हमारी भावनाएँ... वे क्षणिक, क्षणभंगुर हैं। उनका लंबी अवधि में कोई वास्तविक मूल्य नहीं है।" - मैंने उसकी भेदने वाली नज़र से बचा, जो मेरे हर मुखौटे के नीचे घुसती हुई लग रही थी। मेरी आवाज़ मुश्किल से काँप रही थी, इसे सपाट रखने के प्रयास के बावजूद।

"कोई मूल्य नहीं? मेरे जीवन के सात साल... क्या वे तुम्हारे लिए कुछ भी मायने नहीं रखते?" - उसने एक काँपती हुई आवाज़ में विरोध करने की कोशिश की, और उसका हर शब्द एक वार की तरह था, जो मेरे सीने में गूँज रहा था। वह मेरी ओर एक कदम बढ़ी, जैसे मुझे छूना चाहती हो, लेकिन रुक गई।

"तुम... तुम सबसे अच्छे के लायक हो, मेलिना। लेकिन मैं... मैं वह करने में सक्षम नहीं हूँ जो तुम चाहती हो, भावनाओं की उस गहराई में।"

"मैं अभी भी हिचकिचा रहा था, जैसे मुझे अपनी बोली हुई झूठ पर विश्वास करने के लिए, उस भ्रम पर विश्वास करने के लिए अपनी ठंडी आवाज़ सुनने की ज़रूरत थी कि मैं अगम्य हूँ। मेरी नज़र उसके सिर के ऊपर कहीं भटक रही थी।

"तो क्या यह सब तुम्हारे लिए सिर्फ़... एक ठंडा प्रयोग था?" - बातचीत मेलिना की आवाज़ में कड़वाहट और आँसुओं के साथ समाप्त हो गई, जिसने मेरे कवच को तोड़ दिया।

वह तेज़ी से मुड़ी और चली गई, अपने पीछे सिर्फ़ कड़वाहट और उसके पसंदीदा इत्र की खुशबू छोड़ गई। मेरे चारों ओर की दुनिया जम गई, जैसे समय जम गया था।

फिर हम एक बार फिर मिले, संक्षेप में, और फिर उसने मुझे अपना आखिरी, खामोश उपहार दिया - एक कूरियर द्वारा पहुँचाया गया। उसने बिना शब्दों के, सिर्फ़ एक इशारे से अलविदा कहा, जिसने हमारे बीच के आखिरी बंधन को काट दिया। फिर वह बिना किसी निशान के गायब हो गई। उसने सिर्फ़ एक दिन में फैसला लिया... और फिर किसी ने उसे नहीं देखा। कोई नहीं जानता था कि वह कहाँ थी। उसने अपनी नौकरी, उपलब्धियाँ, दोस्तों, परिवार को छोड़ दिया... सब कुछ जो उसे इस दुनिया से जोड़ता था, मेरे लिए मिटा दिया गया था। मुझे उम्मीद थी कि वह किसी दूर, खाली द्वीप पर है और अपनी किताब लिख रही है, ताकि अपने टूटे हुए टुकड़ों को इकट्ठा कर सके, खुद को फिर से जोड़ सके... और पूरी, शुद्ध होकर वापस आ सके। या शायद एक पहाड़ की चोटी पर, जहाँ हवा उसके दर्द को दूर कर सके, उसे हवा में बिखेर सके।

कभी-कभी मुझे उसकी गर्म कहानियों की दर्दनाक कमी महसूस होती थी, जो मेरी आत्मा से ठंड को दूर भगाती थीं। कभी-कभी मैं अनजाने में सुबह उसके बारे में सोचता था - सूरज के जन्म पर, जब सब कुछ शुद्ध और नया होता है। एक दोपहर, जब मेलिना अपने स्टूडियो में पेंटिंग कर रही थी, मैं बस उसके बगल में बैठा था और उसकी गर्माहट महसूस कर रहा था। एक पल के लिए, उसके ब्रश की हरकतों के बीच की खामोशी में, मैंने एक ऐसी शांति का अनुभव किया था जो मैंने पहले कभी महसूस नहीं की थी। एक दर्दनाक फ्लैशबैक में मैंने उसे फिर से देखा - उसकी कोमल सुंदरता के साथ उन तस्वीरों से, जिन्हें उसने मेरे लिए कुशलता से मॉडल किया था, लेकिन जो अब मेरे दिमाग के अंधेरे कोनों में नाचते हुए एक भूत की तरह मेरा पीछा करती थी। कभी-कभी मैं अनजाने में अपने फ़ोन को बेवकूफ़ उम्मीद के साथ देखता था कि नया संदेश उससे है।

विचार: "- नहीं... और इस बार कुछ नहीं। सिर्फ़ एक और बेकार लेनदेन की खामोश सूचना।" - मेरी आंतरिक आवाज़ नीरस लग रही थी।

लेकिन फिर मैंने जल्दी से यादों को दूर धकेल दिया, अपने उबाऊ कामों में खो गया, जिसने अब कोई संतुष्टि नहीं दी। मैंने उसकी तलाश नहीं की, हालाँकि मैं उसे आसानी से पा सकता था - मेरे पास उसे दुनिया के अंत में खोजने के लिए संसाधन थे - उसे अपनी नियंत्रित दुनिया में वापस लाने के लिए। लेकिन मैंने ऐसा नहीं किया।

"यह सही है... कोई उम्मीद नहीं है... हालाँकि उसने पागलपन की हद तक दृढ़ता के साथ मेरे सभी कठिन परीक्षणों और द्वेषों पर काबू पा लिया। उसने मुझे कभी नहीं छोड़ा, न ही मेरे भ्रम को। यह सच है, कोई और मुझे इतना बिना शर्त प्यार नहीं कर सकता था, इतनी भक्ति के साथ! लेकिन... तो क्या?! शायद यह सब उसकी भावनाओं के साथ एक क्रूर खेल था, एक सुंदर, लेकिन झूठा भ्रम, एक भोलापन, एक भ्रामक उम्मीद, एक काँपता हुआ इंतजार... सिर्फ़ एक कमजोरी, जिससे मुझे, ठंडे तर्क के आदमी को, संचालित होना चाहिए।" एक प्रलोभन, जो खुशी और संतुष्टि के बीच संतुलन बनाता है, नरक और स्वर्ग को जोड़ने वाला एक पोर्टल। लेकिन मैं मैं हूँ, सही मायने में जुड़ने में असमर्थ, उस गहराई में प्यार करने में असमर्थ... मैंने सिर्फ़ इस अजीब भावना की गहराइयों का पता लगाया और उसकी सहनशीलता को मापा। अब मुझे अपनी खुद की इच्छाओं की खोई हुई सीमा के बारे में ही चिंता है... महीने के एक यादृच्छिक दिन से लेकर... उससे एक बच्चा चाहने के बेतुके विचार तक! क्या मैंने उसे अपने अलगाव और उदासीनता से अपरिवर्तनीय रूप से चोट नहीं पहुँचाई थी?! - मैंने अपनी एकांत, खामोश विशालता के अंधेरे में फुसफुसाया, जैसे मैं खुद से, अपनी जागृत अंतरात्मा से खुद को सही ठहराने की कोशिश कर रहा था, जिसे मैं अब शांत नहीं कर सकता था। मेरी आवाज़ कर्कश थी, अपरिचित थी, एक ऐसे व्यक्ति की तरह जो बंजर भूमि में खो गया था। कोहरा घना हो गया, मुझे धीरे-धीरे, अपरिवर्तनीय रूप से गला घोंट रहा था।

अध्याय 23: पूर्वाभास

हवा घनी हो गई। एक साधारण हवा नहीं, बल्कि एक नीरस गड़गड़ाहट, जिसने नथानिएल की हड्डियों को भेद दिया, जैसे कि धरती खुद एक अदृश्य भार के नीचे कराह रही थी। वह नीचे नहीं गिरा, बल्कि उसे नीचे गिरा दिया गया, धूल में कुचल दिया गया, उसके शरीर का हर रेशा हज़ारों असफल जिंदगियों की याद से चिल्ला रहा था। उसका दिमाग, जो हाल ही में एक स्केलपेल की तरह तेज़ था, जो अराजकता को काट रहा था, अब एक आखिरी द्वंद्व की लय में धड़क रहा था: जीना है या मरना है? कुछ भी बने हुए की निरर्थकता के लिए चिल्लाते हुए हर तर्क के बावजूद, गैर-अस्तित्व में विश्वास करना है या उम्मीद के एक ही धागे से चिपके रहना है? उसकी जीवन शक्ति सुलग रही थी, एक दयनीय चिंगारी, एक बुझते हुए अंगारे के लिए बर्बाद। या शायद - बस हार मान लेना। अपनी आँखें बंद करना। ठंडी, विश्वासघाती विस्मृति को उसे निगलने देना। उस पल में, आसमान एक क्रूर धमाके के साथ फट गया।

एक गड़गड़ाहट, अंदर से एक चीर, जैसे एक ब्रह्मांडीय पर्दा गिर गया। गुरुत्वाकर्षण विकृत हो गया - उसका शरीर ऊपर उठ गया, फिर वापस गिर गया, एक ऐसी ताकत के साथ जिसने उसकी साँसें छीन लीं। एक पल के लिए - एक जमा देने वाला, आदिम पल - वह अकथनीयता से अभिभूत हो गया: वह अकेला नहीं था। कुछ उसे देख रहा था। कुछ प्राचीन, उसकी दुनिया की सीमाओं से परे। उसकी आँखें, कोहरे को भेदते हुए, एक चमक पकड़ ली जिसने रात को फाड़ दिया। दूर, चट्टानों का सिल्हूट नाचने लगा - यह फट रहा था। पहाड़ों का एक विशाल टुकड़ा एक बहरे धमाके के साथ टूट गया, खामोशी को दो में फाड़ दिया। नथानिएल ने सहज रूप से अपना हाथ उठाया, लेकिन बहुत देर हो चुकी थी। वार उसे लगा, तीखा, भेदने वाला, उसकी खोपड़ी को एक कुल्हाड़ी से काट दिया। दुनिया घूम गई, रंग एक धड़कते हुए खूनी कोहरे में पिघल गए। उसकी चेतना, जिसने इतनी बार एक गर्वित मुस्कान के साथ गैर-अस्तित्व को अस्वीकार कर दिया था, अब उसकी पकड़ के आगे झुक गई। वह गिर रहा था। चट्टानों में नहीं। बल्कि एक काले, अथाह खालीपन में, किसी भी चीज़ से गहरा, जहाँ वास्तविकता और सबसे बुरे दुःस्वप्न के बीच की सीमाएँ अपरिवर्तनीय रूप से धुंधली हो गईं।

--- ✶ ६ ✶ ---

क्या मैं सपना देख रहा था या कुछ और? सिर्फ़ एक दृष्टि नहीं, बल्कि मैंने एक पोर्टल पार किया था। यह स्थिति एक घनी, मादक सुगंध फैला रही थी, जो मुझे दर्दनाक रूप से सच्ची कल्पनाओं के कोकून में लपेट रही थी। इस भूतिया दुनिया में, वास्तविकता और कल्पना बुरे सपने जैसी, विनाशकारी रूप से वास्तविक दर्शनों में एक दूसरे से जुड़ी हुई थीं। मेरे दिमाग में भूली हुई जगहें खुल रही थीं, जिससे मुझे अपनी खुद की, पीड़ित चेतना में यात्रा करने की अनुमति मिल रही थी, जहाँ हर छवि एक निर्णय थी, आरोप नहीं। हर विचार एक घातक कट था, एक नई रक्तस्राव नहीं।

आतंक। शुद्ध। अनफ़िल्टर्ड। मैं सिर्फ़ सपना नहीं देख रहा था। मैं अनुभव कर रहा था। एक दूसरी वास्तविकता में पूर्ण विसर्जन, जहाँ मेरी भूमिका दर्दनाक रूप से स्पष्ट थी, पागलपन की हद तक सच्ची थी।

"- मैं एक सुल्तान था," मेरी आवाज़ सपने में गूँज रही थी, न केवल मेरे विचारों में, बल्कि मेरे पूरे अस्तित्व में। "- एक विशाल, बेजान, अंदर से सड़े हुए साम्राज्य का एक महान और भयानक शासक। मेरी शक्ति निरपेक्ष थी - महलों के चमकदार सुनहरे गुंबदों से लेकर अंतहीन, राख भरे रेगिस्तान तक, जहाँ केवल मेरी ठंडी इच्छा का शासन था। मेरे पास हज़ारों महिलाओं का एक हरम था, हर एक आदर्श रूप से सुंदर, लेकिन व्यक्तित्वहीन - बिना किसी सुगंध के सावधानीपूर्वक रखे गए फूलों की तरह, अंदर से खाली। मेरे वज़ीरों का सोफा सिर्फ़ काँपता नहीं था - वे मेरी हर नज़र पर डर से ऐंठते थे, दासता जैसी, जानवर जैसी आज्ञाकारिता के साथ हर इच्छा को पूरा करते थे। मैंने एक विशाल सेना को आदेश दिया, जिसके कदम ने धरती को हिला दिया, इसे कुचल दिया, और मैंने सूर्योदय से सूर्यास्त तक फैले हुए अंतहीन क्षेत्रों पर शासन किया।

लेकिन मैं विनाशकारी रूप से अकेला था। नौकरों और बेजान संपत्ति के इस पूरे दल के बीच, अकूत धन और खाली ज़मीन के बीच। मैं, दुनिया का शासक, गहराई से, असहनीय रूप से, फाड़ने की हद तक अकेला था। यह सुनहरा साम्राज्य उदासीनता का एक जमा हुआ विस्तार था। ठंडे विलासिता और बेरहम, खाती हुई शक्ति से घिरा हुआ, मैंने खुद को सड़क पर आखिरी भिखारी से ज़्यादा अकेला महसूस किया, जिसके पास कम से कम स्वतंत्रता का भ्रम था। सच्ची मानवीय जुड़ाव के लिए मेरी प्यास एक गहरी खाई थी, जिसे कोई सोना, कोई सेना, कोई शक्ति भर नहीं सकती थी।

मुझे उन महिलाओं के चेहरे याद आए, जो मेरे जीवन से गुज़री थीं - एलिज़ाबेथ, निया, एरियल... उनमें से हर एक ने हाथ बढ़ाया, मुझे बाहर निकालने की कोशिश की, मेरे कवच को तोड़ने की कोशिश की। मैंने उनका इस्तेमाल किया, उनका अध्ययन किया, लेकिन मैंने उन्हें कभी भी मुझे गहराई से छूने नहीं दिया, उन्हें मेरे असली सार के करीब नहीं आने दिया। अब, अपने सपने में, हर अस्वीकृति, हर ठंडी नज़र हज़ारों चाकुओं की तरह वापस आई, जो मेरे शरीर को नहीं, बल्कि मेरी आत्मा को भेद रही थी।

मेरी आँखें, जिन्होंने इतने सारे विश्वासघात, स्वार्थ और लालच देखे थे, अनकहे दुख से भरी हुई थीं, जिसे किसी ने नहीं देखा था, क्योंकि उन्होंने इसे देखने की कोशिश नहीं की थी। मेरे होंठ, जो आधिकारिक रूप से आदेश बोलते थे, जो साम्राज्यों को हिलाते थे, दर्द से उन शब्दों को चुप कर देते थे जिन्हें मैं सबसे ज़्यादा कहना चाहता था - प्यार, समझ, भेद्यता के शब्द, वे शब्द जो मुझे मुक्त कर देते। मैंने खुद को भयानक रूप से अकेला और गलत समझा हुआ महसूस किया, क्योंकि मेरे आस-

पास हर कोई मुझसे सिर्फ़ शक्ति, प्रभाव और ताकत चाहता था, उस आदमी में दिलचस्पी लिए बिना जो शीर्षक के पीछे छिपा था।

उनकी अश्लीलता और स्वार्थ से घृणा करते हुए, मैंने सहज रूप से खुद को दूर कर लिया, और भी ऊँची, अगम्य दीवारें खड़ी कर दीं। और उन्होंने मुझे एक ठंडे, भावनाहीन अत्याचारी के रूप में स्वीकार कर लिया। किसी ने मेरी घायल, खून बहने वाली आत्मा की गहराई को नहीं देखा, किसी ने प्यार, समझ और बिना शर्त स्वीकृति की मेरी दर्दनाक ज़रूरत को नहीं देखा। किसी ने मुझे उस ईमानदार, वास्तविक तरीके से छूने की कोशिश नहीं की, जिसके लिए हर जीवित प्राणी गुप्त रूप से तरसता है। बिना शर्त मुझे खुश करने की परवाह करना, मेरे साथ खुश होना और उत्साहित होना, मुझे आराम और खामोशी देना, अपनी खुद की आत्मा से मेरी आत्मा को छूना। मैं निकटता के डर का कैदी था। विश्वास की कमी। बिना दया की उम्मीद के जकड़ा हुआ था।

सुल्तान के दरबार की चमक, जो सोने और कीमती पत्थरों से भरी हुई थी, मेरे दिल में उस अजीब, परेशान करने वाली खामोशी को नहीं भर सकी। भयानक शक्ति के मुखौटे के पीछे, सुल्तान एक खोए हुए, डरे हुए बच्चे की तरह महसूस करता था, जो एक घातक जाल में फँसा हुआ था। ये सभी लोग और अकूत धन मुझे वह नहीं दे सके जो मैं चाहता था: एक खुला, गहरा रिश्ता, बिना शर्त समझ और असीमित प्यार। मैं भयानक एकांत की दीवारों के पीछे रहता था, जो मेरे खुद के डर, निराशा और विनाशकारी अहंकार से गढ़ी गई थीं।

मेरा सपना सिर्फ़ एक कड़वा रूपक नहीं था, बल्कि मेरे अपने जीवन का एक निर्दयी निर्णय था। एक सुल्तान के रूप में, मेरे पास सब कुछ था, लेकिन मेरे पास कुछ भी सच्चा नहीं था, कुछ भी नहीं था जो मुझे इंसान के रूप में खुश करता। मैंने दर्द से महसूस किया कि शक्ति, धन और क्षणिक प्रसिद्धि अनावश्यक विशेषाधिकार हैं, जो उस आध्यात्मिक निर्जनता को नहीं भर सकते जो मुझे सालों से कैंसर की तरह खा रही थी।

मेरे सपने में एक फ्लैशबैक दिखाई दिया - सिर्फ़ एक छवि नहीं, बल्कि मेरे पिता के साथ एक जीवित, धड़कता हुआ दृश्य, जो हमेशा एक ठंडी आवाज़ में दोहराते थे:

"शक्ति ही सब कुछ है, नथानिएल। जब बाकी सब चले जाते हैं, तो केवल यही बचता है।"

अब, सपने में, उसके शब्द एक खाली, उदास हॉल में गूँज रहे थे। शक्ति ने मुझे खुशी नहीं दी। इसने मुझे प्यार नहीं दिया। इसने मुझे शांति नहीं दी। इसने मुझे अकेलापन दिया। मैंने अपनी खुद की आत्मा का दर्दनाक, क्रूर प्रतिबिंब देखा। सपनों के टेढ़े-मेढ़े दर्पण में मैं शक्तिशाली और प्रभावशाली था, एक सुल्तान जो दुनिया को अपने हाथों में रखता था, लेकिन सामने एक कमजोर, डरा हुआ और प्यार की हताश ज़रूरत वाला इंसान खड़ा था।

मैंने दर्दनाक सच्चाई को समझा: हर किसी में सिर्फ़ अच्छाई और बुराई नहीं, बल्कि प्रकाश और अंधेरे का एक पूरा अनंत पैलेट सह-अस्तित्व में होता है, जो केवल सामाजिक मानदंडों - ज्ञान, भाषा, संस्कृति, धर्म, रिश्ते, दृष्टिकोण - के रूप में विरासत में नहीं मिलता। बल्कि उन सभी भावनाओं, विचारों, रिश्तों के माध्यम से भी जो मैं नियति की तरह ढो रहा था। वे मेरे खुद के डीएनए में गहराई से एन्क्रिप्टेड एक मैट्रिक्स की तरह थे। तभी मुझे एहसास हुआ कि यह मेरा अपना पिछला अवतार है, जिससे मैं एक परीक्षा के रूप में इस जीवन में यह विरासत और विश्वदृष्टि ले रहा हूँ। और यह कि खुशी इन दो शक्तियों के बीच नाजुक सद्भाव में निहित है, न कि एक के पूर्ण अस्वीकृति में। मैंने अपनी जीत और गहरी त्रासदी को महसूस किया।

अपने सपने में मैंने सिर्फ़ एक निकास नहीं, बल्कि इस सुनहरी पिंजरे से मुक्ति की तलाश की; मैं एक सच्चे मानवीय चेहरे के लिए, क्षमा के लिए और अपने खुद के सार के लिए तरसता था। लेकिन अंत में मैंने हार मान ली... मैंने इस दुःस्वप्न में खोज जारी रखने से इनकार कर दिया, क्योंकि मुझे एहसास हुआ कि जवाब वहाँ नहीं था, बल्कि जागृति में था। डर, विश्वासघात, विश्वास की कमी और मेरे खुद के अहंकार के सपने से जागृति में।

अध्याय 24: अहंकार से मुक्ति

मेरे मन में - बचपन की झलकियाँ... एक छोटा लड़का... माँ का आलिंगन... एक बिना शर्त सुरक्षा। उसके कपड़ों की खुशबू... हाथों की कोमलता... अँधेरे के ख़िलाफ़ मधुर शब्द... ये यादें आत्मा को फाड़ देती हैं। एक शुरुआती अलगाव... अस्वीकृति का तीखा दर्द... एक विशाल खालीपन।

अपनी आत्मा को ज़बरदस्ती बाहर निकालने के लिए मजबूर हुआ... उसे कुचलने के लिए... उसे ज़िंदा दफनाने के लिए। ताकि मुझे धोखा न दिया जाए... धोखा न दिया जाए... निराश न किया जाए। माँ के आलिंगन की पुरानी याद... एक भूत जो मुझे गला घोंट रहा है। मैं भावुकता से भाग गया। मैंने अहंकार का एक खोल बना लिया... एक दिखावटी उदासीनता। हर कोमल स्पर्श... हर दयालु दृष्टि... एक विनाशकारी शक्ति के साथ पीछे धकेल दिया। मेरा दिल - एक बर्फ़ का टुकड़ा... एक ठंडा ताबूत... ऐसे घाव जो कभी ठीक नहीं हुए, जिनसे मेरा पूरा अस्तित्व लहूलुहान है।

मैं हेरफेर का एक कुशल कलाकार बन गया... भावनाओं के साथ खेल रहा हूँ... कठपुतलियाँ... धागे जिन्हें मैं बेरहमी से खींचता हूँ। हर रिश्ता - विफलता के लिए बर्बाद। ठंडा इरादा। मैंने दर्द का आनंद लिया... एक सड़ी हुई धार्मिकता का एक विकृत पुष्टिकरण। सभी लोग - स्वार्थी... कपटी... उसी भाग्य के लायक हैं।

मुझे अब पता नहीं था कि मैं कौन था... उन भूमिकाओं से परे। एक अभेद्य मुखौटा... मेरे असली दर्द को दफन कर रहा था। मैं वह बन गया जिसकी उम्मीद थी...

बिना पछतावे के कुचल रहा था। बेरहम... घृणित... हमेशा संदिग्ध। कोई भी पास नहीं... मैंने ख़ुद को प्रकट नहीं किया... बिना किसी कमज़ोरी के। कमज़ोरी - एक घातक गोली। मुझे प्यार नहीं था... मैंने दूसरों का इस्तेमाल किया... विनाशकारी शक्ति के साथ... बहकाया... छोड़ दिया।

अजीब बात है... मुझे यह पसंद आया। मुझे उनकी महत्वाकांक्षाओं के साथ खेलना पसंद था। मैं उनके साथ चूहों की तरह खेलता था... एक ज़हरीला पनीर। कभी लगाव नहीं... कभी निर्भर नहीं। दया के बिना... उस निराशाजनक प्रेम के प्रति। मैंने आशाओं को उकसाया... एक हताश संघर्ष... निराधार सपने। थोड़ी देर के मनोरंजन के लिए... एक बीमार अहंकार को सहलाने के लिए। और फिर... coldly, ruthlessly... यह साबित करने के लिए... कि सच्चा प्यार और गहरी अंतरंगता मौजूद नहीं है... यह मूर्खों के लिए एक भ्रम है... सीधे-सादे लोगों के लिए... जो दुख के लायक हैं।"

--- ✶ ६ ✶ ---

नथानिएल चौंक कर उठा...

मैं केवल अपनी बेचैन नींद का अनुभव नहीं कर रहा था, बल्कि मैं उससे फूट पड़ा, किसी आदिम, अकथनीय, फाड़ने वाली भावना से हिल गया। मेरा अहंकार कहीं मेरी गहराई में गूँज रहा था, एक घायल जानवर की तरह दहाड़ रहा था। मैं अचानक, दर्दनाक, लगभग शारीरिक व्यवधान के साथ जागा, जैसे कि मुझे किसी उच्च, अप्राप्य दुनिया से बाहर फेंक दिया गया हो, और मैंने फिर से सपने की अजीब भावनाओं का अनुभव किया। मैंने उन्हें बुखार में विश्लेषण किया, उन्हें अपनी सख्ती से तार्किक प्रणाली, अपने ज्ञान में फिट करने की कोशिश की, जिसे मैंने दशकों से बनाया था। अपने भीतर गहराई में मैं जानता था कि मुझे इस अवतार में कुछ महत्वपूर्ण खोजना है। कुछ आवश्यक, इस जीवन में लाया गया, जो दर्दनाक रूप से दोहराया जा रहा था, न केवल सतह पर आने के लिए, बल्कि मुझे निगलने के लिए, मुझे शुद्ध करने के लिए, मेरी समझ से अवगत और रोशन होने के लिए।

मेरी आत्मा अचानक एक अज्ञात, तीखे, सड़ाने वाले दुख से भर गई। क्या यह दर्द कर रहा था? मैं इन शब्दों को किताबों से, सूखी परिभाषाओं से, मानवीय पीड़ा पर रिपोर्टों से जानता था, लेकिन मैंने कभी भी वास्तव में ऐसा महसूस नहीं किया था, मैंने ख़ुद को ऐसी भावना का अनुभव करने की अनुमति नहीं दी थी। मैंने कभी ख़ुद को इसका अनुभव करने की अनुमति नहीं दी थी, इस डर से कि मैं ढह जाऊँगा, मैं नियंत्रण खो दूँगा, मैं कमज़ोरी दिखाऊँगा।

दर्द जिसने मुझे भर दिया, वह एक सुनामी की तरह था, जो अपने रास्ते में सब कुछ बहा ले गया, मेरे हर बचाव को तोड़ दिया। जिन मृत शब्दों ने इसका वर्णन किया, उनका इसके पूर्ण, भयानक पैमाने से कोई लेना-देना नहीं था। यह एक क्षणिक भावना नहीं थी, बल्कि एक सर्वव्यापी अवस्था थी, जो मुझे निगलने की धमकी दे रही थी। मैंने हताशा में इसे अपनी पूरी दृढ़ता के साथ अस्वीकार करने की कोशिश की, लेकिन यह मेरी थकी हुई इच्छा, मेरे हर नियंत्रण से बहुत ज़्यादा मज़बूत था। दर्द लगभग शारीरिक

हो गया, जैसे बर्फीली सुइयाँ हर कोशिका को भेद रही हों, जैसे गर्म लोहा मेरे मांस को जला रहा हो। मेरे शरीर का हर कण दर्द से चिल्ला रहा था। मैंने महसूस किया कि मेरा दिल शारीरिक रूप से दर्द से सिकुड़ रहा है, और मेरा गला सिकुड़ रहा है, एक अदृश्य, लोहे की पकड़ के साथ मेरा गला घोंट रहा है। जैसे मुझे ज़िंदा दफन कर दिया गया हो, टन भर पछतावे और आतंक के नीचे।

यह एक अथाह खाई में अंतहीन गिरने की तरह दर्दनाक था। हर सेकंड एक अनंत काल जैसा महसूस हुआ, जिससे मेरा जीवन निकल रहा था। इस भयानक क्षण में मुझे एहसास हुआ कि पीड़ा की कोई सीमा नहीं है। मैं इस दुख से बचने, इस बेरहम, जलती हुई आग को बुझाने के लिए अपनी सभी उपलब्धियों और धन को देने के लिए तैयार था, जो मुझे भीतर से राख कर रही थी। यह एक तीखी छुरी थी, जो मेरे बहुत ही सार को फाड़ रही थी, एक विनाशकारी तूफ़ान था जो अपने रास्ते में सब कुछ बहा ले जा रहा था। मैंने कभी इतने गहरे दर्द की कल्पना नहीं की थी।

और इस बार, सब कुछ निगलने वाली पीड़ा को छिपाने का कोई तरीक़ा नहीं था, जो मेरी सभी इंद्रियों को भर देता था। इसे छिपाने के लिए कोई मुखौटा नहीं था, न कोई सेवक, न कोई वज़ीर। शारीरिक दर्द, जिसे मैंने कभी कमज़ोरी के रूप में तिरस्कृत किया था, इस भयानक, अस्तित्व संबंधी दुख के सामने एक तुच्छ परीक्षा लगती थी, जो मुझे परमाणु द्वारा परमाणु को फाड़ रही थी। यह धीरे-धीरे मेरे थके हुए न्यूरॉन्स पर रेंगने लगा, मांसपेशियों को निगलने लगा, बेरहमी से ऊतकों और आंतरिक अंगों के नीचे उतर गया, मुझे एक जीवित नरक में बदल दिया। मेरा पूरा अस्तित्व केवल कराह नहीं रहा था, बल्कि बिना आवाज़ के चिल्ला रहा था, बिना कोई आवाज़ निकाले। मुझे गला घोंटना शुरू हो गया, बिना एक भी कमज़ोर चीख निकाले, मेरे गले से सिर्फ़ एक कर्कश आवाज़ निकल रही थी।

एक पल के लिए, मेरे चारों ओर सब कुछ शांत हो गया। एक शांत, गहरी साँस थी, जैसे कि ब्रह्मांड ख़ुद अपनी हवा को रोक रहा था।

यह अज्ञात, क्रूर अनुभव मेरे लिए पूरी तरह से अकथनीय था और मुझे समझ नहीं आया कि मैं इसे अभी क्यों अनुभव कर रहा था, इस महत्वपूर्ण, निर्णायक क्षण में, अपनी ताक़त की सीमा पर। मेरी लंबे समय से चली आ रही एकांत और दबी हुई भावनाओं को बढ़ना था, मेरी आत्मा में एक परमाणु बम की तरह फूट पड़ना था, ताकि मेरी अधूरी उम्मीदों की बंद ऊर्जा, उन सभी चीज़ों की जो मैंने दबा दी थीं, उन सभी झूठे, नकली रिश्तों की जो मैंने बनाए थे, जारी हो सके। सब कुछ मेरे भीतर गहराई में दबा हुआ था और जीवन के इस उथल-पुथल भरे, फाड़ने वाले टुकड़े में मुझे इसे महसूस करने और आगे बढ़ने का दर्दनाक अवसर दिया गया था, कड़वी अमृत की तरह पीड़ा को निगलते हुए, ताकि सच्चे मुक्ति का रास्ता मिल सके, उस मायावी ग्राईल का जिसे मेलिना इतनी हठपूर्वक मेरे सामने प्रकट करना चाहती थी, लेकिन मुझे विश्वास नहीं हुआ। " - "क्या मैं अपनी एकांतता को सच्ची उपस्थिति और गहरी अंतरंगता से भर सकता था? क्या मैं वास्तव में किसी पर भरोसा कर सकता था?" मैंने

अंतहीन रात में फुसफुसाया, और मेरी आवाज़ सिर्फ़ एक फुसफुसाहट नहीं थी, बल्कि एक हताश कराह थी जो रात के निर्जन विस्तार में खो गई थी।

---✶ ६ ✶ ---

अपनी इस अवस्था में, मुझे वापस फेंक दिया गया था - नहीं, धीरे से नहीं रखा गया था, बल्कि क्रूरता से बाहर निकाला गया था और पिछले सात वर्षों की उन यादों के बवंडर में फेंक दिया गया था। उन छोटे क्षणों में जब मैंने अपनी जकड़ने वाली आशंकाओं के कवच को उतारने की हिम्मत की थी। उस महिला की जटिल दुनिया के लिए एक अकथनीय, लगभग विधर्मी सहानुभूति की क्षणिक झलकियाँ, जिसने मुझसे बिना शर्त प्यार का वादा किया था। वह पूरा भावनात्मक तूफ़ान, जिसे वह हठपूर्वक, हताशा में मेरी नग्न आत्मा में डाल रही थी, और जिसे मैं कभी भी समझ नहीं पाया।

अब दर्द मेरे बहुत ही सार को राख कर रहा था, उस सदियों पुराने अँधेरे को भेद रहा था जो मेरे विचारों में रहता था। यह उस परछाई को बाहर निकाल रहा था जो मेरी कोशिकाओं में फँसी हुई थी।

---✶ ६ ✶ ---

यादों की दर्दनाक, फाड़ने वाली श्रेणी के साथ, मैं "काश" के एक शुद्ध, जलते हुए सागर में डूब गया। काश मैंने भावनाओं को बहने दिया होता। काश मैंने अपनी खुद की कमज़ोरी को उजागर किया होता। ये गूँजते हुए "काश" मुझे लाल-गर्म स्टील की तरह तड़पा रहे थे, मुझे उन सभी अनमोल अवसरों की याद दिला रहे थे जिन्हें मैंने राख में बदल दिया था। मेलिना। उसकी आँखें - खोज रही थीं, मेरी आँखों में एक जवाब के लिए भीख माँग रही थीं; गर्मी, कुछ वास्तविक का वादा।

फ्लैशबैक: मुझे वह दोपहर याद है जब उसने पहली बार मुझे दुनिया की यात्रा करने और उसे मेरी आँखों के लेंस के माध्यम से जानने, मेरे बारे में लिखने के अपने सपने के बारे में बताया था। तब मुझे वह समझ नहीं आई थी। मैंने उसकी सफलता की संभावनाओं को ठंडे, भावहीन रूप से तौला, बजाय इसके कि मैं उसकी आँखों में नाचती हुई लौ को देखूँ, उस सपने को जो उसकी नसों में धड़क रहा था।

"मेलिना, यह अव्यावहारिक है। यह तुम्हें क्या देता है? अगर मैं कुछ देखना चाहूँ, तो मैं बस चला जाऊँगा।" मेरी आवाज़ एक पॉलिश किए हुए पत्थर की तरह थी, जो एक अथाह खाई में गिर रहा था। "वास्तविकता अलग है। भले ही तुम हज़ार पन्ने लिख दो - मैं फिर भी तुम्हें नहीं समझूँगा! कभी नहीं!"

उसकी हर उम्मीद ढह गई, मेरे कठोर तर्क के भार के नीचे लाखों टुकड़ों में टूट गई। अब मुझे एहसास हुआ कि मैं सिर्फ़ सुंदरता को नहीं मार रहा था, बल्कि उसके सार को ही मार रहा था, जिससे वह मुझे छूने की कोशिश कर रही थी। हर बार जब वह क़रीब आने की कोशिश करती, तो मेरी अपनी कमज़ोरी से पैदा हुई एक अकथनीय अस्वीकृति के बाद, दर्द एक कभी न बुझने वाली आग की तरह तेज़ हो जाता, एक कुष्ठ रोग की तरह जो मुझे भीतर से खा रहा था। रात में मैंने उसके चेहरे

को देखा, नमकीन आँसुओं से चिह्नित, जबकि मैंने उसे एक बार फिर पीछे धकेल दिया। मुझे दृढ़ता से विश्वास था कि वह सिर्फ़ एक और होगी जो हार मान लेगी जब मैं उसकी उम्मीदों पर खरा नहीं उतरूँगा - भले ही वह सब कुछ चाहती थी कि वह मेरी आत्मा को छूना चाहती थी।

"मैं तुम्हें वह नहीं दे सकता जो तुम खोज रही हो, मेलिना," मैंने जीवन रहित आवाज़ में कहा। "तुम बहुत... बेलगाम हो। मेरे लिए बहुत ज़्यादा ज़िंदा हो।" और वास्तव में, वह मेरे बनाए गए बचाव के लिए, मेरे एकांत के अभेद्य किले के लिए बहुत ज़्यादा असली, बहुत ज़्यादा कमज़ोर, बहुत ज़्यादा मानवीय थी।

---✶ ʢ ✶ ---

यह एक भटकती हुई, पीड़ित आत्मा का प्रतिबिंब था - एक ही समय में मज़बूत और कमज़ोर, ठंडी और भावुक। यह एक विकृत दर्पण में देखने जैसा था, जो मुझे मेरे सबसे अच्छे और सबसे बुरे दोनों पक्ष दिखा रहा था। हालाँकि मैं हताशा में ख़ुद को दूर करने की कोशिश कर रहा था, भावनाएँ शिकारियों की परछाइयों की तरह मेरा पीछा कर रही थीं। मेरा तर्क हमेशा मुझे भावनाओं से, और जीवन से ही बचाने के लिए काम करता था।

साथ ही, इसने मुझे सच्ची खुशी और गहरी संतुष्टि का अनुभव करने के अवसर से वंचित कर दिया था। अब, अपनी दर्दनाक यादों के साथ अकेला, मुझे एक भयानक स्पष्टता के साथ एहसास हुआ कि ठंडे तर्क और उग्र, सर्वव्यापी भावनाओं के बीच नाजुक संतुलन कितना महत्वपूर्ण है। मैं एक अथाह खाई के ऊपर एक पतली रस्सी पर चल रहा था - एक ग़लत क़दम और मैं अपरिवर्तनीय रूप से गिर गया। मैं, जिसने अरबों का प्रबंधन किया था और दुनिया के नेताओं की चालों की भविष्यवाणी की थी, अब एक बच्चे की तरह महसूस कर रहा था जो रस्सी पर चलना सीख रहा है, जो अपनी ही लाचारी के जाल में फँस गया है। हर भावना एक बवंडर थी जो मुझे उस शून्यता में खींच सकती थी जिससे मैं अपने पूरे जीवन से इतनी मेहनत से भाग रहा था।

---✶ ʢ ✶ ---

अपने कभी न खत्म होने वाले दर्द में, मुझे आश्चर्य हुआ कि मैं अपने नरक में अकेला नहीं था। सभी लोग उन्हीं राक्षसों से लड़ते हैं - डर, अकेलापन, असुरक्षा। मैं सिर्फ़ एक और डरा हुआ, खोया हुआ व्यक्ति था जो हताशा में ख़ुद से भागने की कोशिश कर रहा था। और हालाँकि मेरी पीड़ा व्यक्तिगत थी, यह मानवीय अनुभव का एक अस्तित्व संबंधी, सार्वभौमिक तत्व भी था। मैंने उन सभी के साथ एक अजीब, लगभग दर्दनाक, चौंकाने वाला एकजुटता महसूस किया, जिन्हें मैंने पीछे धकेल दिया था, उन सभी के साथ जो मेरी ठंडक के कारण पीड़ित थे।

---✶ ʢ ✶ ---

और इस एकाकी क्षण में, मैंने ख़ुद को माफ़ कर दिया। मैंने ख़ुद को माफ़ कर दिया कि मैं सिर्फ़ एक इंसान था... अपनी सभी कमियों के साथ, कि मैंने ग़लतियाँ की

थीं, कि मैं कमज़ोर था, कि मैं ख़ुद से भाग रहा था। यह आत्म-क्षमा एक पल के ज्ञानोदय के रूप में नहीं आई, बल्कि मेरे सीने में एक उलझी हुई गाँठ के धीरे-धीरे, दर्दनाक खुलने के रूप में, एक सदियों पुराने ग्लेशियर के पिघलने के रूप में आई। जैसे कि वे जंजीरें जो मुझे मेरे अपने अहंकार से जकड़े हुए थीं, धीरे-धीरे टूट रही थीं। मैंने ख़ुद को अस्वीकृत प्यार, खोए हुए अवसरों, खोए हुए जीवन के लिए माफ़ कर दिया। और इस क्षण में, वर्षों में पहली बार, मुझे कुछ लगभग अदृश्य शांति महसूस हुई। खुशी नहीं, आनंद नहीं, बल्कि शांति। एक शांति जो खालीपन नहीं थी, बल्कि एक वादा था - इस पीड़ित भूमि पर पहली सूर्योदय की तरह।

आत्मा के अंधकार में: दर्द का अभयारण्य

खंड III

अध्याय 25: खाई से एक आवाज

एक बार, इससे पहले कि मैं इस खंडहर में बदल जाता, मैं उसकी आँखों में डूब सकता था। दो हरी गहराई, हर एक पिछली से गहरी, और मेरे कड़वे गर्व को निगल सकता था। तब, हाँ, तब मुझे पता चला कि भावनात्मक पीड़ा क्या है। यह सिर्फ़ एक सुस्त दर्द नहीं है, बल्कि एक फाड़ने वाला खालीपन है, जो ख़ुद होने की मनाही से बह रहा है। उस नियंत्रण खोने के, लहर के आगे झुकने के, ख़ुद को अस्तित्व में रहने देने के भयानक डर से। इसने मुझे भीतर से जला दिया, खा गया। और उसका दर्द - ओह, मैं इसे जानता था - वह मेरे तत्कालीन खाली, अभेद्य आँखों में जो पढ़ रही थी, उससे आया था। उसने एक खाई देखी, जो अदृश्य घावों से भरी हुई थी। मैं ख़ुद एक अंतहीन बवंडर में फँसा हुआ था - ठंडे, तार्किक इनकार और वर्तमान क्षण में भयानक, बेलगाम विसर्जन के बीच, जो जीवन के लिए चिल्ला रहा था।

--- ✶ ☽ ✶ ---

फ्लैशबैक: मेरा मन, जो लंबे समय से मेरे अपने दिमाग की भूलभुलैया में फँसा हुआ था, अचानक उसकी आँखों से भर गया। सिर्फ़ आँखें नहीं, बल्कि भूले हुए संसारों के द्वार, जो मुझे उस गुज़रे हुए जीवन में वापस ले गए। मुझे बेसल में उस भव्य स्वागत समारोह में हमारी पहली मुलाकात याद है। मैं - एक ताक़त के साथ एक मेज़बान, हर इशारा शतरंज में एक चाल की तरह मापा गया, हर शब्द - एक ब्लेड। और वह - अराजकता का एक बवंडर, जैसे कि मेरे आदेश के राज्य को पलटने के लिए भेजा गया हो। अपनी घमंड में मैंने उसके जीवन के सात साल खरीदने का फ़ैसला किया था। अपनी ठंडी, भावनात्मक जिज्ञासा को संतुष्ट करने के लिए। एक सौदा जिसकी क़ीमत मेरी आत्मा से ज़्यादा थी। मुझे संदेह नहीं था कि यह उसके लिए सबसे बड़ी परीक्षा साबित होगी। मेरे लिए भी। मेरे घमंडी मुखौटे के ख़िलाफ़ एक महिला खड़ी थी जिसकी नसों में आग थी। और उसकी आँखें एक आकर्षक खुलेपन के साथ चमक रही थीं, एक बिना शर्त, लगभग भोले-भाले प्यार के साथ, जिसने मुझे बिजली की तरह भेद दिया।

मुझे याद आया... और मैंने अचानक अपने गहरे विश्वदृष्टि पर विश्वास किया, जिसे मैंने व्यावहारिकता की परतों के नीचे लंबे समय तक दबा दिया था। मैंने जितनी बार भी उसे अस्वीकार किया, उसकी आँखें, अदृश्य आँसुओं से भरी हुई, एक तूफ़ान में एक लाइटहाउस की तरह चमक रही थीं। वे अन्य सभी महिलाओं की उदासीन आँखों से बाहर खड़े थे। जैसे कि एक भारी पर्दा अचानक खींच लिया गया हो और मैंने स्पष्ट सार देखा, जो हमेशा वहाँ था, एक छिपे हुए प्रतीक की तरह, जो पत्थर में उकेरा गया था। मेरा दिल असीम प्यार और गहरे, फाड़ने वाले पछतावे की एक गर्म लहर से भर गया। इस अकेले क्षण में मुझे एहसास नहीं हुआ कि अपनी भावनाओं से लड़ना कितना व्यर्थ और दयनीय था - ख़ुद से ही लड़ना, उस एकमात्र चीज़ से जो मुझे इंसान बनाती थी।

"नथानिएल, कल मेरा आखिरी दिन है। मैं मर रहा हूँ। हमारे पास सिर्फ़ यह रात है।"

उसकी आवाज़ एक मरते हुए फ़रिश्ते की फड़फड़ाहट थी, एक टूटे हुए दिल की आखिरी कंपन। वह मेरा हाथ पकड़े हुए थी, लेकिन मैं हिला नहीं। मैं अपरिचित भावना, इस लाचारी, इस कमज़ोरी से डरकर जम गया, जो मुझे टुकड़ों में फाड़ रही थी।

"अभी नहीं।"

मेरे शब्द सीसे की गोलियाँ थीं, जो उसके नहीं, बल्कि मेरे अपने दिल में लगी थीं। वह साझा करने की उम्मीद में, आख़िरी मौक़े के लिए मेरा हाथ पकड़े हुए थी, लेकिन मैं अपने डर से बेकाबू, लकवाग्रस्त, संवेदनाहीन खड़ा था। मुझे पता नहीं था कि इस लालसा के साथ, इस अथाह ज़रूरत के साथ क्या करना है, जो मुझ में फूट रही थी। फिर मैंने उसे भूलने की कोशिश की, उसे अपने दिमाग़ से मिटाने की, और भी ज़्यादा ठंडा और असंवेदनशील बनने की। जीवित रहने के लिए। या बल्कि - शून्यता में अस्तित्व में रहने के लिए।

---✶ ६ ✶ ---

यह एक भटकती हुई, पीड़ित आत्मा का प्रतिबिंब था - एक ही समय में मज़बूत और कमज़ोर, ठंडी और भावुक। यह एक विकृत दर्पण में देखने जैसा था, जो मुझे मेरे सबसे अच्छे और सबसे बुरे दोनों पक्ष दिखा रहा था। हालाँकि मैं हताशा में ख़ुद को दूर करने की कोशिश कर रहा था, भावनाएँ शिकारियों की परछाइयों की तरह मेरा पीछा कर रही थीं। मेरा तर्क हमेशा मुझे भावनाओं से, और जीवन से ही बचाने के लिए काम करता था।

साथ ही, इसने मुझे सच्ची खुशी और गहरी संतुष्टि का अनुभव करने के अवसर से वंचित कर दिया था। अब, अपनी दर्दनाक यादों के साथ अकेला, मुझे एक भयानक स्पष्टता के साथ एहसास हुआ कि ठंडे तर्क और उग्र, सर्वव्यापी भावनाओं के बीच नाजुक संतुलन कितना महत्वपूर्ण है। मैं एक अथाह खाई के ऊपर एक पतली रस्सी पर चल रहा था - एक ग़लत क़दम और मैं अपरिवर्तनीय रूप से गिर गया। मैं, जिसने अरबों का प्रबंधन किया था और दुनिया के नेताओं की चालों की भविष्यवाणी की थी, अब एक बच्चे की तरह महसूस कर रहा था जो रस्सी पर चलना सीख रहा है, जो अपनी ही लाचारी के जाल में फँस गया है। हर भावना एक बवंडर थी जो मुझे उस शून्यता में खींच सकती थी जिससे मैं अपने पूरे जीवन से इतनी मेहनत से भाग रहा था।

---✶ ६ ✶ ---

अपने कभी न खत्म होने वाले दर्द में, मुझे आश्चर्य हुआ कि मैं अपने नरक में अकेला नहीं था। सभी लोग उन्हीं राक्षसों से लड़ते हैं - डर, अकेलापन, असुरक्षा। मैं सिर्फ़ एक और डरा हुआ, खोया हुआ व्यक्ति था जो हताशा में ख़ुद से भागने की कोशिश कर रहा था। और हालाँकि मेरी पीड़ा व्यक्तिगत थी, यह मानवीय अनुभव का

एक अस्तित्व संबंधी, सार्वभौमिक तत्व भी था। मैंने उन सभी के साथ एक अजीब, लगभग दर्दनाक, चौंकाने वाला एकजुटता महसूस किया, जिन्हें मैंने पीछे धकेल दिया था, उन सभी के साथ जो मेरी ठंडक के कारण पीड़ित थे।

---✶ ६ ✶ ---

मुझे वह क्षण याद है जब शब्दों से इनकार करते हुए, भय के उस पल में, उन्होंने उसे अस्तित्व से परे छू लिया था। मैं अपने पेंटहाउस की खिड़की पर खड़ा था, शहर की रोशनी को देख रहा था—हजारों आँखें जो मेरी पीड़ा नहीं देख सकती थीं—और वह, मेलिना, दुनिया के दूसरे छोर पर, मौत के कगार पर बैठी थी। उसका पूरा सार एक काँपती हुई अपेक्षा थी, कि मैं उसके सभी दर्द को सुनूं, उसके अकेलेपन को साझा करूँ, लेकिन मैंने एक शब्द से उसका विश्वास तोड़ दिया।

"अभी नहीं।"

मैंने कहा था। बिना दया के, बिना करुणा के। मैं अपनी ही लाचारी से, उस लालसा से डरकर जम गया था जिसने मुझे फाड़ दिया था। और फिर मैंने उसकी शांत आह सुनी, उसकी आखिरी साँस, इससे पहले कि वह रात की छाया की तरह, हमेशा के लिए मेरे जीवन से गायब होने के लिए तैयार हो जाए।

"इन संक्षिप्त, लेकिन अनमोल पलों के लिए धन्यवाद..."

अब ये शब्द मेरी अंधता, खोए हुए स्वर्ग के लिए एक शांत फटकार की तरह लग रहे थे। उसके लिए अनमोल, लेकिन मेरे लिए तब अर्थहीन—एक मूर्ख व्यापारी, जिसने शैतान को अपनी आत्मा बेच दी, एक पल के लिए अनंत काल का सौदा कर लिया। मैं उसकी निकटता के शाश्वत मूल्य के प्रति अंधा था, उस प्रकाश के प्रति जो वह मेरी अंधकारमय दुनिया में लाई थी। मैं उस शुद्धतम धुन के प्रति इतना बहरा कैसे हो सकता था? मैं उसकी उपस्थिति का सौदा किसी अन्य वित्तीय जीत के लिए, दूसरों पर किसी अन्य बेकार शक्ति के लिए, किसी अन्य महिला के क्षणभंगुर मोह के लिए कैसे कर सकता था? ऐसा था जैसे मैंने खुद सूरज के सामने अपनी आँखें बंद कर ली थीं, जो मुझे बुला रहा था, और मैंने अंधेरे को चुना।

"मैं तुम्हारा दूत बनूँगी, मैं हमेशा तुम पर नज़र रखूँगी..."

अब मेरा दूत कहाँ था? क्या वह अभी भी मुझ पर नज़र रख रही थी, उस ठंडक के बावजूद जिससे मैंने उसके स्नेह की लौ बुझा दी थी? या वह थककर दूर चली गई थी, मेरी देखने, महसूस करने, पूर्णता में अस्तित्व में रहने की अक्षमता से थक गई थी? उसकी दैवीय छवि का भ्रम enveloping darkness में पिघल गया, केवल मेरा अपना, विनाशकारी अकेलापन प्रकट हुआ।

मैंने महसूस किया कि वह दूत बस मेरे अपने हृदय का एक टुकड़ा था जो मैं कभी था—और अब मैं उसे वापस एक साथ जोड़ने की कोशिश कर रहा था, टुकड़ा दर टुकड़ा, जब तक कि वह धूल में बदल न जाए। हर फीका पड़ा शब्द, हर भूला हुआ उच्चारण अब दर्दनाक तीखेपन के साथ लौट आया, मेरे इनकार की परतों को फाड़ दिया।

मैंने खुद को फिर से उसकी आँखों के माध्यम से देखा—उस मजबूत, असंवेदनशील आदमी के रूप में नहीं जिसे मैंने खुद को प्रस्तुत किया था, बल्कि एक डरे हुए, अकेले आदमी के रूप में जिसे प्यार की सख्त जरूरत है, लेकिन उसे स्वीकार करने से पागलपन की हद तक डरता है, शरारत के बाद छिपने वाले बच्चे की तरह। उसकी समझ और करुणा से भरी नज़र में, मैंने अब अपनी सभी कमियाँ देखीं—वह अहंकार जिसने मुझे अहंकार का राक्षस बना दिया था; वह डर जिसने मुझे बंदी बनाकर रखा था; वह खालीपन जिसने मुझे भीतर से खा लिया था। यह सबसे क्रूर न्यायाधीश था—उस व्यक्ति की नज़र जिसे आपने सबसे ज्यादा चोट पहुंचाई, लेकिन जिसने आखिरी साँस तक, हर चीज के बावजूद आपसे प्यार किया।

अब मुझे जो दर्द महसूस हो रहा था वह पिछले दर्द से अलग था। यह अमूर्त, अस्तित्व संबंधी पीड़ा नहीं थी, बल्कि मूर्त, निर्देशित थी—खो जाने की पीड़ा, चूक गए अवसर की, उस ठंडक की जिससे मैंने अपने जीवन में एकमात्र निकटता को पीछे धकेल दिया था। यह मेरे अपने चुनाव की पीड़ा थी, मेरे हर उस निर्णय की जो मैंने दूर धकेलने, खुद को बंद करने, जीवित चिंगारी पर ठंड की गणना—मानवीय तत्व पर नियंत्रण चुनने के लिए लिया था। यह बाहरी नहीं, बल्कि आंतरिक था, मेरी अपनी यादों और कार्यों से मुझे फाड़ रहा था। यह अपूरणीय को समझने की पीड़ा थी, जैसे एक खाली कमरे में टूटे हुए कांच की झनकार। मेलिना के शब्द, जिन्हें कभी नजरअंदाज कर दिया गया था, अब मेरे पछतावे के एक कड़वे सुसमाचार की तरह अकेली रात में गूंज रहे थे... आँसू और खून बहती आत्मा से लिखा गया एक विलंबित सबक, नियति के एक प्राचीन रूण की तरह। एक सुसमाचार जिसने मोक्ष का वादा नहीं किया, बल्कि केवल मेरे खोए हुए "स्व" की एक दर्दनाक अनुभूति का—एक बेहतर जीवन की छाया जो हो सकता था, लेकिन कभी नहीं होगा।

---✶ ⸮ ✶ ---

अचानक, एक तीखे दर्द ने उसे यादों की पकड़ से फाड़ दिया। आध्यात्मिक नहीं, बल्कि कच्चा, शारीरिक। चट्टान से लगा झटका। उसने अपने शरीर को गीले, ठंडे पत्थर पर गिरते हुए महसूस किया। रेत और खून का स्वाद उसके मुँह में भर गया। उसने अपने हाथ को पकड़ा—गर्म, धड़कता हुआ दर्द। उसने अपनी आँखें खोलीं। घना अँधेरा। हर जगह अंधेरा, जो निगलता और भारी पड़ता था। स्टील की तरह भारी, उसकी पलकों पर दबाव डाल रहा था। उसने अपनी ही तेज़, खरखराती साँस सुनी जिसने किनारे के मौन को फाड़ दिया था। नमी, फफूंदी, कुछ पुराना और मृत की एक तीखी गंध उसकी नथुनों में उठी। उसने अपना दूसरा हाथ आगे बढ़ाया; उसकी उंगलियाँ खुरदरे, ठंडे पत्थर पर फिसल गईं। एक जगह चिकनी, फिर नुकीली। उसने उस पर रेत महसूस की। धीरे-धीरे, पीड़ा से, उसने खड़े होने की कोशिश की। उसका कंधा जल रहा था; हर मांसपेशी तीखे दर्द के साथ विरोध कर रही थी। वह लड़खड़ाया, लेकिन जमीन पर खुद को संभालने में कामयाब रहा।

नहीं, यह एक सपना नहीं था। यह वास्तविकता थी। दर्दनाक, कठोर, लेकिन उसकी। मेलिना की आँखों से, एक भूतिया स्पर्श से, पत्थर के वार तक। वह जिंदा था। और इस बार, वह जिएगा।

------------------ ๛ --------------------

अध्याय 26: मौत की पकड़ में

नथानिएल ज़मीन पर बैठने में कामयाब रहा, अपनी पीठ को एक विशाल चट्टान के ख़िलाफ़ टिका दिया, जो उसकी जीवित छाया में छिपा हुआ था। ख़ून उसके चेहरे पर बह रहा था, चिपचिपा और गर्म। उसने अपने पैंट के कपड़े के एक टुकड़े से इसे साफ किया, बिना हिले-डुले। उसने अपने सिर पर घाव पर पट्टी बाँधी, इसे कसकर कस दिया ताकि जीवन की धारा को रोक सके जो बाहर निकल रही थी। उसने चाँद की ओर देखा, जो मुश्किल से शाखाओं के माध्यम से चमक रहा था, जैसे अँधेरे में एक चाँदी की आँख। और फिर, सिर्फ़ एक पल के लिए, वह फिर से अपनी यादों की खाई में डूब गया।

नथानिएल की यादों से: मैं उसे याद करता हूँ। एक भूत की तरह नहीं, बल्कि एक तूफ़ान की तरह, जो दस साल पहले की मेरी यादों को हिला रहा था। एक पल जो एक मूक न्यायाधीश की तरह मेरा पीछा करता था, मेरे अपने अपराध की एक मायावी छाया की तरह, जिसे मैं कभी पकड़ नहीं पाया। मैंने उसे धीमी गति में देखा - उसकी हर हरकत मेरे दिमाग़ में गूँजती थी, हर सेकंड एक अनंत काल था, और मैं, एक लकवाग्रस्त गवाह, हिल नहीं सकता था।

---✶ ۶ ✶ ---

नथानिएल की याद: "अनंतता के चर्मपत्र" से

"एक आँसू स्याही पर टूट गया, बस उकेरे गए अक्षर को धुँधला कर दिया - मेरे दिल का एक टुकड़ा, जिसे फाड़कर फेंक दिया गया। मेरे हाथों में कलम की नोक काँप रही थी - कमज़ोरी से नहीं, बल्कि त्वचा के नीचे सुलग रहे क्रोध से। मेरी आँखें, धुँधली, अनंतता पर टिकी हुई थीं, एक बिना पानी के कुएँ की तरह, जिससे मैं बाहर निकलने की कोशिश कर रहा था। मेरे होंठ खुले, लेकिन कोई आवाज़ नहीं निकली - केवल एक शांत, फाड़ने वाली चीख, जो मेरी छाती में गूँज रही थी। मैंने कागज़ को अपनी छाती से चिपका लिया, जैसे कि एक अंतिम अवशेष, इससे पहले कि अँधेरा मुझे निगल ले।"

---✶ ۶ ✶ ---

मैं सिर्फ़ एक दर्शक था, देखने के लिए शापित। वह खिड़की में अपने प्रतिबिंब को देख रही थी - एक पीला चेहरा, उसकी आँखों के नीचे छाया से खींचा गया, एक पुराने, कैलेंडर से फटे हुए आइकन की तरह। उसकी हरकतें धीमी थीं, जैसे कि दुनिया का वज़न नहीं, बल्कि हज़ारों अदृश्य धागे उसे नीचे खींच रहे थे, आत्मसमर्पण की खाई की ओर। " - "अब कोई डर नहीं है।" उसने फुसफुसाया, बिना किसी कंपन के,

उसकी आवाज़ में एक भी अनावश्यक नोट के बिना। उसके शब्द एक चट्टान से टूटे हुए पत्थर की तरह थे, जिसमें लाखों साल की चुप्पी और कठोर वास्तविकता थी। वह दूर में चली गई, जहाँ केवल वह अपनी खुद की दुनिया के अंत में, अदृश्य क्षितिज देखती थी।

उसने अपनी बाहों को अपनी गोद में कसकर पकड़ लिया, उसकी उँगलियों के जोड़ सफ़ेद हो गए, जैसे कि जीवन की धड़कन को रोकने के लिए। उसकी छाती में एक खालीपन महसूस हुआ, जो किसी भी खाई से गहरा था, और उसके सिर में अनसुलझे सवाल गूँज रहे थे, जो जवाबों से ज़्यादा ज़ोरदार थे, जो किसी भी निर्विवाद वास्तविकता से ज़्यादा ज़बरदस्त थे। मैंने उसकी ताक़त को महसूस किया, अपरिहार्य के ख़िलाफ़ उसके शांत प्रतिरोध को, जो मेरे घबराए हुए संघर्ष से बहुत अलग था। वह एक योद्धा नहीं थी, बल्कि एक प्राचीन पुजारी थी, जो गरिमा के साथ अपने भाग्य को स्वीकार कर रही थी, जबकि मैं भ्रमों का स्वामी था, जो ताश के एक टॉवर की तरह वास्तविकता के सामने ढह रहा था। उसकी छाती दर्द से सिकुड़ गई, दिल की हर धड़कन एक कब्र में एक मूक चीख की तरह गूँजती थी।

उसकी नब्ज़, एक टिक-टिक करने वाली घड़ी की तरह, एक आने वाले अंत की याद दिला रही थी। उसने अपनी कनपटियों को कसकर पकड़ लिया, अपने बिखरे हुए विचारों को पकड़ने की कोशिश कर रही थी, जो तूफ़ान में तितलियों की तरह, बिखरे हुए और मायावी थे। उसकी नज़र बिना किसी उद्देश्य के कमरे में घूम रही थी, सहारे की तलाश में नहीं, बल्कि इस बात का संकेत दे रही थी कि वह अभी भी मौजूद है - अपने अस्तित्व की कुछ पुष्टि।

मैं जानता था कि दुख का अनुभव क्या होता है, लेकिन इस तरह नहीं। उसका दर्द शुद्ध था, अहंकार से रहित, स्वीकृति से भरा था, रेगिस्तान में एक झरने की तरह, जो जीवन दे रहा था। मेरा कड़वा था, मेरी अपनी अंधता से आहत था, एक जंग लगे नाखून की तरह, जो मांस में गहराई से लगा हुआ था। " - "इस खाई के किनारे भी, उम्मीद की एक चिंगारी सुलग रही है।" उसने फुसफुसाया, और उसके शब्द एक छोटी सी लौ की तरह थे, जो खाई के ऊपर नाच रही थी, बुझने से इनकार कर रही थी। - "मैं प्रकाश की हर किरण के लिए लड़ता हूँ, जीवन के हर चोरी किए गए पल के लिए। मैं एक और सूर्यास्त देखना चाहता हूँ, अपने चेहरे पर बारिश के स्पर्श को महसूस करना चाहता हूँ, तुम्हें एक बार और गले लगाना चाहता हूँ। जीवन, यह अनमोल उपहार, बिना संघर्ष के नहीं छोड़ा जा सकता।"

---✶ ६ ✶---

बेसल और यरूशलेम के बीच... मेलिना:

"इस खाई के किनारे भी, उम्मीद की एक चिंगारी सुलग रही है," मैंने फुसफुसाया, और मेरी आवाज़ हवा की एक मुश्किल से सुनी जाने वाली कंपन थी जो कहीं भी खो जाती है। मैं प्रकाश की हर किरण के लिए लड़ती थी, जीवन के हर चोरी किए गए पल के लिए, जैसे मैं समय का चोर थी, और मेरे दिन - विदेशी संपत्ति थे। मैं

एक और सूर्यास्त देखने, बारिश के स्पर्श को महसूस करने, तुम्हें एक बार और गले लगाने के लिए तरसती थी, नथानिएल। जीवन, यह अनमोल उपहार, बिना संघर्ष के नहीं छोड़ा जा सकता था। क्योंकि तुम्हारे बिना भी, मैं ख़ुद के लिए, मेरी हर साँस के लिए ऋणी थी, जो मेरे पास बची थी। मुझे याद है कि तुमने "अभी नहीं" कहने से पहले मुझे आख़िरी बार कब छुआ था। उस वाक्यांश ने मेरी आत्मा में एक छेद कर दिया, जो किसी भी बीमारी से गहरा था, किसी भी नुकसान से ज़्यादा दर्दनाक था। एक गोली की तरह, जो शून्यता में चलाई गई थी, वह अभी भी गूँज रही थी।

" - "मैं क्यों? अब क्यों?" - इन सवालों को मेरे खाली दिमाग़ में कोई जवाब नहीं मिला।

लेकिन मैं एक उबलते हुए महासागर में तिनके की तलाश करने वाले एक डूबते हुए व्यक्ति की तरह, अर्थ की तलाश में लगा रहा। शायद इस क्रूर लड़ाई में मुझे अपने बारे में सबसे गहरी सच्चाई मिलेगी, जो मेरे अस्तित्व के सबसे काले कोनों में छिपी हुई है। मैं तुम्हें समझना चाहती हूँ, नथानिएल। मैं समझना चाहती हूँ कि तुम्हारा दिल इतना बंद क्यों है, एक बख्तरबंद किले की तरह, तुम प्यार से इतना डरते क्यों हो, जो तुम्हें मुक्त कर देगा। भले ही मैं मर रही हूँ, मैं समझना चाहती हूँ। दर्द मेरा अविभाज्य साथी है, एक वफादार कुत्ते की तरह जो हर जगह मेरा पीछा करता है। लेकिन सबसे तीखा दर्द उस बिना शर्त प्यार के लिए है, जो हमेशा के लिए अधूरा रहेगा, अनकहा, एक ऐसे गीत की तरह जो कभी नहीं गाया जाएगा, और जिसके नोट्स हवा में बिखरे हुए हैं। वह प्यार जो मैंने तुम्हें दिया था, बिना कुछ माँगे, सिवाय तुम्हारे ख़ुद के। प्यार जिसे तुमने अस्वीकार कर दिया, ताकि तुम एक ऐसी दुनिया पर अपना नियंत्रण रख सको जो मेरे लिए अब मौजूद नहीं थी।

नौ महीने... नौ महीने मैं मौत के आलिंगन में रह रही हूँ, एक ऐसे जाल की तरह जिससे कोई बच नहीं सकता। डर चला गया, केवल अधूरी चीज़ों के लिए उदासी छोड़ गया, मेरे जीवन के बिना लिखे पन्नों के लिए। मैं एक प्रायोगिक ऑपरेशन से गुज़रने वाली थी, मेरे सिर में परजीवी को पिघलाने का एक हताश प्रयास। विकिरण... उच्च खुराक... जोखिम बहुत बड़ा है, और मैं मौत को महसूस कर सकती हूँ। वह पास थी, अपनी हड्डियों वाली उँगलियों को मेरी ओर बढ़ा रही थी, मिट्टी और गुमनामी की गंध ला रही थी। या तो मैं उपकरण में बुझ जाऊँगी, या मैं दर्दनाक संघर्ष जारी रखूँगी, जब तक कि मुझ में आखिरी चिंगारी भी बुझ न जाए। मैंने अस्पताल के शोर को सुना, बाँझ गंध, जो सब कुछ के अंत की याद दिलाती थी।

लेकिन अभी भी, तुम्हारे बारे में सोचना दर्द से ज़्यादा मज़बूत था, किसी भी रोशनी से ज़्यादा उज्ज्वल था, किसी भी रंग से ज़्यादा तीव्र था। और मैं इतना जीना चाहती थी! मेरे पास इतने सारे अधूरे सपने, अधूरी चोटियाँ, अधूरे खुशी के पल, छूटे हुए सूर्योदय और सूर्यास्त, बिना छुई भावनाएँ, बिना सीखा ज्ञान... मैं तुम्हें ईमानदारी से हँसना सिखाना चाहती थी, सिर्फ़ होंठों से नहीं, बल्कि तुम्हारे पूरे अस्तित्व से, तुम्हारे पूरे दिल से महसूस करना, जीवन को गले लगाना, न कि उसे नियंत्रित करना। मैं तुम्हें

दिखाना चाहती थी कि कमज़ोरी कोई कमज़ोरी नहीं है, बल्कि सबसे बड़ी ताक़त है जो एक व्यक्ति के पास हो सकती है।

मैं जानता था कि भौतिक चीज़ों से लगाव एक भ्रम है और मैंने ख़ुद को मुक्त करने, सभी सांसारिक बंधनों से अलग होने की कोशिश की। लेकिन किसी ने मुझे यह नहीं सिखाया कि इन अनकहे रहस्यों के साथ क्या करना है, जो बिना हवा वाले स्थान में लटके हुए हैं, अनकहे हैं। ये कंपकंपी और पीड़ा मैं अपने साथ ले जाऊँगी, हमेशा के लिए मेरी आत्मा पर चिह्नित हो जाऊँगी - अधूरी शराब के गिलास, प्यार के पापपूर्ण क्षण... वे मेरे साथ शून्यता में चले गए। मैंने महसूस किया कि तुम्हारा एक हिस्सा, वह हिस्सा जिसे मैं छूने में कामयाब नहीं हुआ, मेरे साथ चला गया। शायद केवल मौत में ही हम फिर से मिल सकते थे, तुम्हारे अहंकार और मेरे दर्द की बेड़ियों से मुक्त हो सकते थे।

अध्याय 27: तट पर अंतिम मुलाकात

यह एक सपना था… या एक स्मृति, क्षणभंगुरता की गहराई से निकली हुई, दर्दनाक रूप से जीवित। देर शाम, समुद्र के किनारे। लहरें धीरे-धीरे रहस्य फुसफुसा रही थीं, और चाँद शांत पानी पर एक चाँदी का रास्ता फेंक रहा था, जैसे कि वह दूसरे दुनिया के लिए एक रास्ता बना रहा हो। मैंने नथानिएल की ओर उदास रूप से मुस्कुराया, एक मुस्कान जो उदासी और स्वीकृति से बुनी गई थी, और धीरे से बोला:

"मुझे तुम्हें कुछ बताना है... मेरे पास सिर्फ़ यह पल है, यह रात... और उसके बाद, शायद मौत अपरिहार्य है..."

दर्द मेरी आँखों के पीछे धड़क रहा था, एक तीखी, लगातार ताल की तरह। मैंने उसका हाथ दबाया, अपनी आख़िरी बूँद शक्ति भी निचोड़ ली।

"मुझे जाना होगा, नथानिएल।" मेरी आवाज़ अटूट दृढ़ संकल्प से लिपटी हुई थी, एक अपरिहार्य भविष्यवाणी की तरह।

उसने चुपचाप सिर हिलाया, अपने गले में अटके हुए गोले को निगल लिया। रात की सुंदरता के बावजूद, वातावरण अनकहे शब्दों से भरा हुआ था, एक आसन्न अलगाव की छाया से, जो एक अभिशाप की तरह लटक रही थी। मैंने उसकी आँखों में लकवा देखा, हालाँकि मेरे शरीर का हर रेशा चीख रहा था कि मैं उसे रोक लूँ, उसे गले लगाऊँ, उसे बताऊँ कि मैं जा नहीं सकती। लेकिन डर, वह अंतरंगता का जकड़ने वाला डर, उसे फिर से जकड़ रहा था।

मैं थोड़ा पीछे हट गई और रेत पर मेरे सामान के बगल में, भूरे रंग के कागज़ में लिपटे एक बड़े पैकेट की ओर इशारा किया।

"यह तुम्हारे लिए है।"

नथानिएल ने अपनी भौंहें उठाईं, आश्चर्यचकित होकर, जैसे उसने एक भूत को देखा हो।

"यह क्या है?"

"मेरा अंतिम उपहार," मैंने एक हल्की मुस्कान के साथ जवाब दिया, जो मेरी आँखों की थकावट को छिपा नहीं पाई, जिसमें हजारों सालों का दर्द था। "मैं तुम्हारे लिए कुछ... यादगार छोड़ना चाहती थी।"

वह पैकेट की ओर जाने से पहले हिचकिचाया। जब उसने इसे खोला, तो चाँद की रोशनी में उसके सामने एक बड़ी पेंटिंग सामने आई। उस पर, दर्दनाक विस्तार और उदास रंगों के साथ, नरक के सभी घेरे चित्रित थे, जैसा कि दांते ने उनका वर्णन किया था। लिम्बो से लेकर विश्वासघात की सबसे गहरी खाई तक, हर दुखद मंजिल को चौंकाने वाली शक्ति के साथ फिर से बनाया गया था, जैसे कि मानव चेतना की सबसे गहरी खाई से खींचा गया हो। मुझे पता था कि विडंबना उसे एक ब्लेड की तरह भेद देगी। वह, जो खुद को दुनिया का मालिक मानता था, अब एक पेंटिंग देख रहा था जो उसके अपने आंतरिक दंड की दुनिया को दर्शाती थी। हर घेरा, हर पीड़ा परिचित थी, जैसे कि उसने उन्हें खुद अनुभव किया हो, और पेंटिंग उसकी अपनी आत्मा थी, उसके सामने प्रकट हुई - नग्न, फटी हुई, वास्तविक।

नथानिएल चुप रहा, कैनवास की भयावह सुंदरता को घूर रहा था। उसने स्वाभाविक रूप से अंधेरे और प्रतीकात्मक के प्रति मेरे आकर्षण को महसूस किया, लेकिन यह पेंटिंग... यह इतनी आकर्षक और साथ ही इतनी परेशान करने वाली थी, जैसे कि वह उसे खाई में खींच रही थी, बिना खुद को छुड़ाए।

"मेलिना..." उसने धीरे-धीरे शुरू किया, शब्दों की तलाश करते हुए जो उसके गले में खो गए थे।

मैंने उसे एक हल्के इशारे से रोका, जो एक साथ एक अनुरोध और एक आदेश था।

"मुझे पता है कि यह असामान्य है। लेकिन मेरा मानना है कि इन घेरों में सिर्फ़ सज़ा से ज़्यादा कुछ छिपा है। यह मानव प्रकृति, हमारे डर और कमज़ोरियों का भी एक प्रतिबिंब है। मैं चाहती थी कि तुम्हारे पास कुछ ऐसा हो जो तुम्हें सोचने पर मजबूर करे, गहरा अर्थ तलाशने के लिए।" मेरी आँखें उसे कोमलता से देख रही थीं, जो उदासी के साथ मिश्रित थी, जैसे कि एक प्राचीन बारिश एक सूखी भूमि को भिगो रही हो। "और शायद... शायद इनमें से एक घेरे में तुम्हें मेरा भी एक टुकड़ा मिलेगा। मेरा संघर्ष, मेरे डर, लेकिन मेरी उम्मीद भी।"

मुझे पता था कि मेरे शब्द उसकी अपनी अनकही पीड़ाओं की प्रतिध्वनि थे। मैंने उसे खुद से ज़्यादा गहराई से महसूस किया। कैनवास पर हर स्ट्रोक उसकी अपनी आत्मा का एक रहस्योद्घाटन था, जो मेरे हाथ से खींचा गया था - बेरहमी से सटीक, क्रूरता से सुंदर। नथानिएल पेंटिंग से नज़रें नहीं हटा सका। ऐसा लग रहा था कि वह रोशनी को निगल रहा है, भारी परछाइयाँ और मूक प्रश्न छोड़ रहा है, जो उसके दिमाग़ में गूँज रहे थे, बिना किसी जवाब के।

"जब हम जाते हैं," मेरी आवाज़ विश्वास से भरी हुई थी, एक भविष्यवाणी की तरह जो उसकी आँखों के सामने सच हो रही थी, "जो एकमात्र चीज़ हम लेते हैं, वह है यादें। वे भावनाएँ जो लोगों ने हमारे रास्ते में छोड़ी हैं। मैं यह जानती हूँ। मैं उससे परे थी।"

मेरे शब्द उसके लिए एक सज़ा की तरह थे, एक सत्य जो एक ऐसी जगह से बोला गया था जिसे उसने कभी मौजूद नहीं होने दिया था। उसने खुद को एक यथार्थवादी माना था, लेकिन अब वह मेरे पूर्ण ज्ञान को महसूस कर रहा था, जो उसे बिजली की तरह भेद रहा था, जो आकाश को विभाजित कर रहा था।

मेरी नज़र ज़ोरदार हो गई, जैसे कि डूबते सूरज की अंतिम किरणें जो दिन को धीरे से अलविदा कह रही हों।

"इसलिए मुझे सब कुछ खत्म करना होगा। हर शब्द, हर भावना जो मुझ में गहराई से छिपी है, उसे बाहर आना होगा। हर कोई जिसे मेरे जीवन ने छुआ है, वह एक विदाई शब्द के लायक है। क्षमा। और इसे देना, जब तक मैं अभी भी कर सकती हूँ।"

मैंने गहरी साँस ली।

"मैं सभी को धन्यवाद देना चाहती थी। और तुम्हें भी..." मेरी आँखें उसकी आँखों पर रुकीं, जो कृतज्ञता से भरी थीं, जो किसी भी दर्द से ज़्यादा मज़बूत थी। "इन पिछले महीनों के लिए धन्यवाद। तुमने, बिना जाने, मेरे दिनों में नाजुक खुशी वापस ला दी। तुमने उन्हें एक कंपकंपी, जीवन के साथ रोशन किया। तुम्हारी वजह से, मैं उन कई भारों को दूर करने में कामयाब रही, जो मेरा दम घोंट रहे थे। मुझे... शांति महसूस हुई। संक्षिप्त, लेकिन अनमोल।" एक मुस्कान मेरे फीके होंठों पर दौड़ गई, एक हल्की लहर की तरह जो किनारे से टकराती है। "मुझे उम्मीद है कि मैंने भी अपने पीछे सुंदर यादें छोड़ी होंगी। मैं तुम्हें समझाना चाहती थी... मेरी सच्चाई। ताकि मैं शांति से जा सकूँ। लेकिन... " मैंने एक पल के लिए अपनी आँखें बंद कर लीं, "शायद दूसरे जीवन में। जब हम फिर से मिलेंगे।"

यह सब जो मैं कह रही थी, वह उसके दिल को फाड़ रहा था। उसने अपनी असंवेदनशीलता, दूरी और स्वार्थी विश्वदृष्टि को महसूस किया, और मैं उसे धन्यवाद दे रही थी कि उसने मेरी खुशी वापस लाई। जैसे कि मेरे शब्द एक दर्पण थे, जो उसे उसकी अपनी नीचता, उसकी बदसूरती को दिखा रहा था, बेरहमी और उज्ज्वल रूप से। "दूसरा जीवन"... क्या व्यर्थ वादा था, जो उसकी आत्मा को फाड़ रहा था।

मैंने उन्हें फिर से खोला, उसे एक नरम, लेकिन तीखी उदासी के साथ देख रही थी, जैसे एक सूरज की किरण बादलों से गुज़र रही हो, जो उसकी आत्मा के तल को रोशन कर रही हो।

"मुझे पता है कि तुम सब कुछ नहीं समझते हो। और तुम्हें ऐसा करने की ज़रूरत नहीं है। तुम एक अद्भुत आदमी हो, नथानिएल। मैं तुम्हें खुशी की कामना करती हूँ। सफलता की। अपनी दयालुता को बनाए रखो। विश्वास को। अपनी मानवीय सार को।

और मैं... मैं तुम्हारी फ़रिश्ता होऊँगी। मैं हमेशा तुम पर नज़र रखूँगी, जैसे यह रात समुद्र पर नज़र रखती है, जैसे रेगिस्तान पर तारे।"

मेरी आवाज़ धीमी हो गई, लहरों के शोर में मिल गई, एक रहस्य की तरह जो अनंत काल में घुल जाता है, केवल एक प्रतिध्वनि छोड़कर।

"क्या तुम देखते हो... जीवन कितना कड़वा मज़ाक है? यह हर अधूरे वादे को दर्द से चिह्नित करता है। क्योंकि 'अभी नहीं' कभी-कभी 'कभी नहीं' बन जाता है। और लोग... वे किसी भी क्षणभंगुर चीज़ से ज़्यादा क़ीमती हैं। बाकी... मैं तुम्हें बताऊँगी जब हम आमने-सामने होंगे... कभी, किसी दूसरे किनारे पर, जहाँ अंतरिक्ष और समय का कोई मतलब नहीं है।"

मैंने उसका हाथ फिर से दबाया, मेरी नज़र और तेज़ हो गई, जैसे कि आँखों में लिखा गया एक अंतिम अलविदा।

"मैंने तुम पर भरोसा किया। केवल तुम पर, इस तारों वाली शांति के नीचे। मैंने... अपना रहस्य... प्रकट किया। वह जिसे मैं सभी से छिपाती हूँ। एक पल में... जब मेरा दिल... अंतरंगता की ज़रूरत से भर गया..."

इन शब्दों के बाद, मैं शांत हो गई, और मेरे हाथ की ताक़त कम होने लगी, जैसे कि जीवन उससे निकल रहा हो। मेरी आँखें उसकी आँखों पर टिकी रहीं, एक अंतिम पुष्टि की तलाश में, एक अंतिम समझ, हमेशा के लिए अलविदा कहने से पहले। समय रुक गया, जबकि वह मेरे शब्दों के भार को समझने की कोशिश कर रहा था। उसके सामने सिर्फ़ एक महिला नहीं थी, बल्कि एक इंसान था, जो अस्तित्वहीनता के कगार पर खड़ा था, जो ख़ुद को प्रकट करना चाहता था। और वह एकमात्र था जिसे मैंने यह अंतिम मिशन, यह अंतिम रहस्योद्घाटन सौंपा था।

---✶ ✶---

अब, दस साल बाद, यह स्मृति उन दोनों को एक साथ परेशान कर रही थी - उसे, उसके अकेले रेगिस्तान में, जो खंडहरों और अपराधबोध से भरा था; उसे, उसकी शाश्वत उपस्थिति में - कहीं। उनके दिल, जो एक बार एक क्षणभंगुर कंपकंपी में छू गए थे, लेकिन क्षणिक रूप से अलग हो गए थे, अब एक दर्दनाक तालमेल में धड़क रहे थे, अनकहे की कड़वाहट और एक ऐसे प्यार की शाश्वत गड़गड़ाहट से एकजुट थे, जो एक निजी नरक के घेरों के बीच सुलगता रहा था। हर शब्द, हर नज़र, हर छूटा हुआ अवसर फिर से जल रहा था, उनकी यादों की अनंतता में एक कभी न बुझने वाली आग की तरह। वे उस रात समुद्र तट पर हमेशा के लिए जुड़े हुए थे, जहाँ नियति ने सच्चाई के लिए एक अंतिम मौका दिया था, जिसे उनमें से किसी ने भी गले लगाने की हिम्मत नहीं की थी।

अध्याय 28: आत्मा के अँधेरे में पछतावा

उस ठंडी चट्टान पर, जहाँ नथानिएल लेटा था, यादें और अंतर्दृष्टि एक जीवित पेंटिंग में एक-दूसरे से गुंथी हुई थीं, जो वास्तविकता से ज़्यादा वास्तविक थी। यह सिर्फ़ एक सपना नहीं था, बल्कि उस भाग्यशाली समुद्र तट पर एक दर्दनाक रूप से स्पष्ट वापसी थी, उस रात में, जो एक बेरहम शिकारी की तरह उसका पीछा कर रही थी। लहरें एक गड़गड़ाहट के साथ किनारे से टकरा रही थीं, जो उसके अपने सार में गूँज रही थी, और चाँद, एक प्राचीन, मूक गवाह की तरह, उनकी साझा त्रासदी पर एक भूतिया रोशनी डाल रहा था।

---✶ ६ ✶ ---

तब, समुद्र तट पर उनकी उस रात में, उसका दिल एक स्वतंत्र पक्षी की तरह था, जो एक लंबी उड़ान से थक गया था - उसने रात के आसमान के नीचे अपने पंख बंद कर लिए। उसके जीवन की किताब का हर पीड़ित शब्द, हर दर्दनाक पन्ना, उसकी आत्मा के लिए एक उड़ान था, जो नमकीन समुद्री हवा से ले जाया गया था। एक उम्मीद, कि अज्ञात चेहरों के विशाल समुद्र के बीच, वह उसके सार की परिचित लौ को देखेगा, जो चाँद की डिस्क से रोशन है। हर वाक्य एक शांत, लालसा की भीख माँगने वाली फुसफुसाहट थी, हर रूपक - उसके अकेलेपन की खाई पर बना एक पुल, सीधे उसकी ओर।

---✶ ६ ✶ ---

अब, गहरे पछतावे से ग्रस्त होकर, नथानिएल को एहसास हुआ कि उन दर्दनाक रहस्यों में उसे अपनी खुद की आध्यात्मिक यात्राओं की काँपती हुई साँस को पहचानना चाहिए था, कि उसे उसके पीड़ित शब्दों में अर्थ के लिए अपनी प्यास का धुंधला प्रतिबिंब देखना चाहिए था। उसे समय से परे एक पल याद करना चाहिए था।

अपराधबोध हर बीतते सेकंड के साथ उसे भेदता था, जबकि वह "चाहिए था" के समुद्र में बिना साँस के डूब रहा था।

---✶ ६ ✶ ---

दर्पण प्रतिबिंब:

वह धीरे-धीरे उसकी ओर हाथ बढ़ाती है। उसकी उँगलियाँ थोड़ी काँप रही थीं, लेकिन ठंड से नहीं, बल्कि आख़िरी उम्मीद से, जो नाजुक रूप से साँस ले रही थी, बुझने के लिए तैयार थी। उसकी आँखें, थकावट के बावजूद, अभी भी एक चिंगारी थी, जो किसी भी पल निगलने के लिए तैयार थी।

"क्या तुम समझते हो..." उसकी आवाज़ मुश्किल से सुनी जा सकती थी, हवा के झोंके की तरह, लेकिन उसमें एक दर्दनाक उम्मीद थी, जो किसी भी बोले गए शब्द से ज़्यादा मज़बूत थी।

"मैं सिर्फ़... चाहती थी कि तुम मुझे सुनो।" नथानिएल ने महसूस किया कि अपराधबोध का ठंडा काँटा उसकी छाती में एक बर्फीले ब्लेड की तरह चुभ गया। उसने खुद को देखा - एक पत्थर का मुखौटा, भावना से रहित, एक ठंडी, दूर की नज़र,

जैसे कि वह उसके माध्यम से देख रहा था, न कि उसमें। और उसने अपने ही जवाब को सुना, संक्षिप्त, ठंडा और जीवन रहित, जो अब, स्मृति में, उस पीड़ित उम्मीद पर एक बेरहम गिलोटिन की तरह गिर गया। दो शब्द, गर्मी से रहित, बिना किसी स्पष्टीकरण या सहानुभूति के:

"अभी नहीं... धैर्य रखो या हार मान लो..."

---✶ ʢ ✶ ---

समय के माध्यम से यात्रा:

ज़हर इतना शक्तिशाली था कि उसने उसे सेकंडों में मार डाला। उसने हमेशा के लिए अपनी आँखें बंद कर लीं, और उसके चारों ओर की दुनिया पिघल गई। उसकी छाती में हवा रुक गई। उसके दिल में पक्षी आख़िरकार मर गया, बिना किसी आख़िरी फड़फड़ाहट के। उसका हाथ, अभी भी उसकी ओर बढ़ाया हुआ था, धीरे-धीरे ढीला हो गया और जीवन रहित रूप से गिर गया। मौत अदृश्य रूप से आई, बिना किसी हँसी के, बल्कि उन शब्दों के साथ, जिन्होंने उसके जीवन के धागे को काट दिया, उसकी आख़िरी साँस का दम घोंट दिया, जैसे कि एक अदृश्य हाथ ने उसका गला घोंट दिया हो।

---✶ ʢ ✶ ---

इस पल में, ब्रह्मांड जम गया। सभी लालसाएँ, सभी आध्यात्मिक खोजें, सभी रातों की नींद हराम जो अपनी आत्मा को कागज़ पर उँडेलने में खर्च हुई थीं, उन शब्दों की बेरहम दीवार से टकरा गईं, चट्टान से टकराने वाली लहरों की तरह। "धैर्य रखो या हार मान लो..." उन शब्दों की प्रतिध्वनि उसके दिमाग़ में गूँज रही थी, उम्मीद के नाजुक कपड़े को टुकड़ों में फाड़ रही थी, एक पुराने, फटे हुए कैनवास की तरह। उसने कुछ भी नहीं देखा।

उसने फिर से हाथ बढ़ाया और उसका हाथ दबाया, इस बार और ज़ोर से, जैसे वह अपनी सारी इच्छाशक्ति और दृढ़ संकल्प को स्थानांतरित करना चाहती थी, उसे अपनी अंतिम ताक़त, अपने जीवन की अंतिम चिंगारी देना चाहती थी। इच्छा के इस अंतिम कार्य में, वह अपने लिए मुक्ति नहीं, बल्कि उसके लिए एक मार्गदर्शक प्रकाश की तलाश कर रही थी, जो अपने राक्षसों से अंधा हो गया था।

"तुम वापस आओगी, है ना?" उसने उसके बाद फुसफुसाया, उसकी आवाज़ मुश्किल से सुनी जा सकती थी, एक दूर की कराह की तरह, जो हवा से चली गई थी।

मेलिना ने गहरी साँस ली।

"मुझे उम्मीद है, नथानिएल। किसी भी चीज़ से ज़्यादा।" उसने पेंटिंग की ओर इशारा किया। "इस पेंटिंग को रखो। और याद रखना, कि सबसे अँधेरे स्थानों में भी रोशनी हो सकती है, जैसे तारे अँधेरे को भेदते हैं। तुम्हें बस इसे खोजना है।" इन शब्दों के बाद वह मुड़ी और धीरे-धीरे रेत पर चली गई, अपने पीछे सिर्फ़ निशान छोड़ गई, जिन्हें लहरें जल्द ही मिटा देंगी। शायद, हमेशा के लिए।

नथानिएल ने उसे अपनी नज़र से तब तक देखा, जब तक कि उसकी आकृति रात में नहीं मिल गई, अनंत काल में नहीं मिल गई।

---✶ ✶---

वास्तविकता: लेकिन अब, जागृति के वर्तमान क्षण में, वह जानता था कि वह कभी वास्तव में नहीं गई थी। उसके हाथों में पेंटिंग का भार एक अभिशाप की तरह रह गया, और उसके दिल में - उसके अंतिम शब्दों की गड़गड़ाहट और दर्दनाक अनिश्चितता, जो उसे खा रही थी। तब समुद्र तट उसे खाली और ठंडा लग रहा था, जैसे उसकी आत्मा का एक हिस्सा उसके साथ चला गया हो। लेकिन अब वह जानता था कि यह एक खोया हुआ हिस्सा नहीं था, बल्कि एक दर्दनाक रूप से जागृत सच्चाई थी, जो उसके मांस को फाड़ रही थी।

वह लंबे समय तक स्थिर रहा, नरक के भयावह घेरों को घूर रहा था, उनमें न केवल मानव त्रासदी का प्रतिबिंब तलाश रहा था, बल्कि मोचन की एक मार्गदर्शक, हालाँकि टिमटिमाती हुई, चिंगारी की भी तलाश कर रहा था। उसके चारों ओर हर खंडहर उसे उसके शब्दों को फुसफुसाता हुआ लग रहा था, हर छाया उसकी लालसा का एक भूत थी, और वह, इस तबाह दुनिया में एकमात्र जीवित, उनकी साझा त्रासदी का पूरा भार उठा रहा था। पछतावा एक शिकारी की तरह उसका पीछा कर रहा था, और नरक की पेंटिंग में उसने अपनी खुद की, अब तक अनजानी, जेल देखी। उसकी मौत एक अंत नहीं थी, बल्कि उसकी अपनी, बेरहम यात्रा की शुरुआत थी, दर्द और जागरूकता के अपने घेरों के माध्यम से, जिसका कोई अंत नहीं होगा।

अध्याय 29: चुनौती की अंतर्दृष्टि

उस रात, जब मेलिना ने उनकी पिछली मुलाक़ात की एक स्मृति को फुसफुसाया, जो बुखार की पीड़ा से लिपटी हुई थी, नथानिएल को कुछ भी महसूस नहीं हुआ। वह नहीं हिला। उसके दर्द का एक भी टुकड़ा उस बर्फ़ के कवच को भेद नहीं पाया, जिसे उसने खुद बनाया था। वह अपने भाग्य के प्रति अंधा था, अतीत की तीखी प्रतिध्वनि के प्रति बहरा था - एक अदृश्य भूत, जो उसकी स्मृति के बंद दरवाज़े पर बेरहमी से दस्तक दे रहा था। तब उसने बस बंद कर दिया, खुद पर नियंत्रण खोने के भ्रम से ग्रस्त होकर।

---✶ ✶---

अब, आधी रात की निर्जीव पकड़ में, मेलिना के शब्द उसके दिमाग़ में गूँज रहे थे। वे आरोप नहीं थे, बल्कि ठंडी, वायवीय चाकू थे, जो उसकी उदासीनता की परत को परत-दर-परत छेद रहे थे। अचानक, जैसे अँधेरे को विभाजित करने वाली बिजली, उसका दिमाग़ हिल गया। एक छवि सामने आई - धुँधली, लगभग खोई हुई, लेकिन एक सम्मोहक, गला घोंटने वाली शक्ति के साथ।

---✶ ६ ✶ ---

समय के माध्यम से यात्रा

एक सुनहरा आँगन... अंतहीन स्तंभ, उत्कृष्ट रूप से नक्काशीदार... विदेशी फूलों की भारी, मादक सुगंध, हवा में एक अदृश्य शॉल की तरह बुनी हुई...

यह सिर्फ़ एक दृष्टि नहीं थी। यह एक स्मृति थी। गहराई से निहित, यह उसे फाड़ने के लिए गुमनामी की खाई से उठी। उसने खुद को उस सुनहरे जाल के केंद्र में देखा - एक अहंकारी सुल्तान। और वह... एक सफ़ेद पोशाक में एक नाजुक आकृति, आँखें बिना शर्त प्यार और... एक अकथनीय, तीखे डर से भरी हुई थीं।

एक दृश्य सामने आया, दर्दनाक रूप से स्पष्ट। एक बहस। उसकी आवाज़ एक चीख में बदल गई, हताशा में भीख माँगते हुए। उसका गुस्सा, एक अनियंत्रित जंगल की आग की तरह उग्र, सब कुछ शांत कर दिया। उसने उसकी भीख को नज़रअंदाज़ कर दिया, उसे कुचल दिया। और फिर... एक छोटी शीशी। एक पारदर्शी तरल। ज़हर।

ख़ून की एक लाल धारा धीरे-धीरे उसके होंठों के कोने में बह गई, सफ़ेद कपड़े में समा गई, एक खूनी गुलाब की तरह खिल गई। और फिर, सबसे भयानक - वह उसकी बाहों में शांत हो गई। धीरे से, लेकिन बेरहमी से, उस जीवन का गला घोंट रहा था जिसे उसने कभी पूजा था। क्यों? पीड़ा को रोकने के लिए? उसकी? या बल्कि उसकी? कमज़ोरी से बचने के लिए, उस बेरहम शक्ति से जो प्यार उस पर था? उसे मारने के लिए?

क्रूर सच्चाई असहनीय स्पष्टता के साथ उसके सामने प्रकट हुई। उसने सिर्फ़ उसके प्यार को अस्वीकार नहीं किया था - उसने उसे मार डाला था। एक बार दूसरे अवतार में। और अब... दूसरी बार, वर्तमान में, अपनी भावहीन उदासीनता के माध्यम से। एक हत्यारा। इस तीखी चेतना ने उसे कुचल दिया।

---✶ ६ ✶ ---

"क्या तुम्हें याद है, नथानिएल...?"

उसकी आवाज़। अस्पष्ट, लगभग अगोचर, लेकिन उसके अस्तित्व के हर हिस्से को भेद रही थी। फिर से प्रकाश और छवि। वही महिला। वही हरी आँखें, लेकिन अब निराशाजनक पीड़ा से काली हो गई हैं, जो उस पर टिकी हुई हैं। वह एक अस्पताल के बिस्तर पर लेटी थी, उसका चेहरा पीलापन और थकावट का मुखौटा था। उसका हाथ, कमज़ोर और काँप रहा था, उसकी ओर बढ़ा, जैसे वह आख़िरी तिनके की तलाश कर रही हो।

"क्या तुम्हें हमारा आँगन, लाल गुलाबों का बगीचा... हमारा प्यार... याद है?"

उसकी आवाज़ में एक हताश याचना थी, उसके भीतर गहरी सोई हुई किसी चीज़ को जगाने का एक अंतिम प्रयास। एक अंतिम पुकार। उसकी आत्मा की स्मृतिलोप से लड़ने का एक प्रयास, उसे प्रकाश में वापस लाने के लिए, उनके अतीत में, जिसने अनंत काल को चिह्नित किया था।

और वह... वह वहाँ खड़ा था। ठंडा। दूर। उनके शाश्वत बंधन की चिंगारी को पहचानने में असमर्थ, जो उसके सामने काँप रही थी। उसके शब्द व्यर्थ बकवास थे, एक मतिभ्रम। वह उसे फिर से खोने के लिए तैयार था, उस प्यार से इनकार करने के लिए, उसके जीवन को बुझने देने के लिए, बिना उसकी स्मृति के एक भी कोशिका को जगाए। यह दोहरी अंधता - अतीत और वर्तमान में - उसका अभिशाप था। एक सज़ा, जिसे उसने खुद सुनाया था।

---✶ ६ ✶---

अब, इस अलग-थलग रात में, दुख ने उसे एक नई, अपरिचित शक्ति के साथ छेद दिया। यह सिर्फ़ एक व्यक्ति का नुकसान नहीं था, बल्कि एक पूरे अनंत काल का नुकसान था। उस पागल प्यार का नुकसान, जिसे उसने खुद नष्ट कर दिया था। उसके शब्द - "धैर्य रखो या हार मान लो..." - अब स्थगन की तरह नहीं लग रहे थे। वे एक भविष्यवाणी की तरह लग रहे थे। उसने उसे अस्वीकार कर दिया था। अब वह चली गई थी। हमेशा के लिए। पछतावे ने उसे एक गंदे मुक्के की तरह मारा, उसकी उदासीनता के कवच को विभाजित कर दिया। उसके अस्तित्व का हर हिस्सा पीड़ा से चिल्ला रहा था। शुद्ध, तीखी पीड़ा।

अँधेरे में, नथानिएल को आख़िरकार समझ में आया। प्यार कोई कमज़ोरी नहीं थी जिससे भागना था। यह एक ताक़त थी। एक ताक़त जिसे उसने घबराहट में नष्ट करने की कोशिश की थी, अपनी खुद की कमज़ोरी से डरकर, अपनी असहनीय शक्ति से। अब, उसकी पूर्ण, अंतिम अनुपस्थिति में, उसने महसूस किया कि प्यार वास्तव में क्या है - एक कंपकंपी और उत्साह नहीं, बल्कि नुकसान का एक गहरा, तीखा दुख। एक दुख जो उसके दिनों के अंत तक उसका पीछा करेगा। उसने वह सब कुछ खो दिया था जो वास्तव में मायने रखता था। अपने डर की वेदी पर एक बलिदान। अंतर्दृष्टि। एक दर्दनाक, विनाशकारी अंतर्दृष्टि।

उसने अपने असली आत्म को देखा। मज़बूत सुल्तान नहीं। भावहीन आदमी नहीं जो होने का नाटक करता था। बल्कि प्यार का एक हत्यारा, शाश्वत अलगाव के लिए बर्बाद, एक पागल, खोए हुए प्यार के भूत द्वारा प्रेतवाधित। और इस भयानक अकेलेपन में, वह पहली बार वास्तव में रोया। उसके लिए। उनके लिए। उस अनंत काल के लिए जिसे उसने खुद नष्ट कर दिया था।

उसके आँसू कड़वे थे, सालों के इनकार से भरे हुए थे। वे उसके गालों पर पिघले हुए सीसे की तरह जल रहे थे, उसके एक बार के अहंकार के अवशेषों को धो रहे थे। अंतर्दृष्टि के आँसू। बिना शर्त प्यार की शक्ति के लिए, जिसे उसने अस्वीकार कर दिया था।

उसके शब्द, जिन्हें कभी नज़रअंदाज़ किया गया था, अब उसके रात के डरावने सपनों में मिल गए थे। अनंत काल में एक अंतहीन नृत्य। वे उसके दिमाग़ में भूतिया परछाइयों की तरह घूम रहे थे... जो उसने खो दिया था, और जो वह कभी वापस नहीं पाएगा, उसकी एक शाश्वत याद। सपने और पागलपन की सीमा पर, नथानिएल ने

अपनी सबसे बड़ी सच्चाई का सामना किया: उसने खुद अपनी आत्मा को कोडित किया था। बिना शर्त प्यार की शक्ति के लिए अंतर्दृष्टि को अस्वीकार करके, उसने खुद को बर्बाद कर दिया था। अब वह जानता था।

------------------ ❧ --------------------

अध्याय 30: भाग्य के टुकड़े

साढ़े नौ साल पहले। बेथलहम में एक होटल का कमरा। मेलिना...

यादें एक ज्वार की लहर की तरह उठीं, जो दर्द नहीं, बल्कि मेरी त्वचा पर हवा के कोमल स्पर्श लेकर आईं – चुभने के बजाय सहला रही थीं। मेरी आँखों के सामने चमकीली तस्वीरें तैरने लगीं: सूर्यास्त जो असंभव रंगों में रंगे थे – बैंगनी, नारंगी-लाल, नीला – जो मैंने पृथ्वी पर कभी नहीं देखे थे। आकर्षक जगहें, अनजान शहर, जो प्राचीन रहस्यों की कानाफूसी कर रहे थे, जिन्हें मैं हज़ारों सालों से, दूसरे जन्मों से जानती थी।

यादें तितलियाँ नहीं थीं, बल्कि जंगली पक्षियों का झुंड थीं, जो चीखते हुए मुझ पर झपट रहे थे और मेरे अस्तित्व के हर हिस्से को अपनी चपेट में ले रहे थे। मैं महसूस कर रही थी। मैं जी रही थी। बार-बार। एक फीकी फिल्म की रील नहीं, बल्कि मेरे खून में धड़कता हुआ जीवन, जो पहले से कहीं ज़्यादा चमकीला, ज़्यादा जीवंत था। शायद वहाँ... आज़ादी के उस अजीब से दायरे में... अकेलापन बस एक दूर का बुरा सपना है। शायद वहाँ... मुझे एक बूँद नहीं, बल्कि प्यार का एक महासागर मिलेगा जो मुझे निगल लेगा। शायद... मैं वहाँ रहूँगी। सच में। आज़ाद। जैसे कि यह आखिरी साँस अंत नहीं, बल्कि एक शुरुआत है – एक दूसरे आयाम का दरवाज़ा, जहाँ दर्द एक भ्रम है, और प्यार एकमात्र, शाश्वत वास्तविकता है।

---✶ ❦ ✶ ---

तुम, नथानियल, नहीं जानते थे। तुमसे मिलने से पहले... मैं अपने भाग्य की लोहार थी। मेरा हथौड़ा खालीपन में गूँजता था, निराशा को दबाते हुए। मेरी हर खून चूसने वाली रात, हर जागती हुई सुबह, मैं एक तेज़, तीखे दिमाग़ के साथ, अटूट इच्छाशक्ति और एक ऐसे आकर्षण के साथ काँटों के रास्ते पर अपना रास्ता बनाती थी जो कभी नहीं टूटता था। मेरा जीवन एक क्रूर लोहार था। एक के बाद एक चोट।

लेकिन किसी ने... कभी भी मुखौटे के पीछे मेरे असली सार को नहीं देखा। मैं? मैं एक अभिनेत्री थी, जो दर्शकों के बिना एक अंतहीन नाटक के लिए अभिशप्त थी, जिसमें केवल बदलते हुए निर्देशक थे, जिनके नाम मुझे अब याद नहीं थे, और फीके पड़ते हुए सह-कलाकार, जिनके चेहरे एक ही पृष्ठभूमि में घुल गए थे। लेकिन अब... यह अंतिम दृश्य है। मैं अकेली हूँ। बिना मुखौटे के। बिना किसी भूमिका के। हड्डियों तक नंगी, उस दर्दनाक सच्चाई तक जो मैंने अपनी आत्मा की आखिरी धड़कन के रूप में बचाकर रखी थी।

और तुम... तुम दर्शकों में हो। क्या तुम मुझे सच में देख रहे हो? या बस एक और नाटक देख रहे हो, एक और झूठ, एक और मुद्रा की उम्मीद कर रहे हो? शायद अब, जब मैं गायब होने की कगार पर हूँ, जब मेरे पास अपने खालीपन के अलावा खोने के लिए कुछ नहीं है, तो मैं तुम्हें अपना असली चेहरा दिखा सकती हूँ, तुम्हारे फैसले के डर के बिना, तुम्हारी नज़र के डर के बिना, जो हमेशा मुझे भेदती रही है। मेरी आत्मा की सबसे गहरी खाई से दबा हुआ दुख, दम घोंट देने वाली निराशा, जो मुझे एक लंगर की जंजीर की तरह नीचे खींच रही थी, ऊपर आ गई।

---✶ ʢ ✶ ---

अतीत... वह मेरे अंदर जीवित, धड़क रहा था, एक घाव की तरह नहीं, बल्कि एक हमेशा सुलगती हुई याद की तरह, जो मुझे खाई के किनारे पर रखती थी। मुझे कुछ भी तैयार नहीं मिला, कुछ भी मुझसे नहीं छूटा। मुझे दर्द से बख्शा नहीं गया – यह मेरे रास्ते का हिस्सा था, हर कदम एक खूनी निशान छोड़ रहा था। मुझे कोई भी चीज़ बिना कीमत के नहीं मिली, लेकिन कीमत वैसी नहीं थी जैसी तुमने मुझे दी। क्या तुम मेरे समय से जीवन खरीदना चाहते थे?! मेरा जीवन? मेरा?! लेकिन क्या तुम इसकी कीमत चुका सकते हो?!

क्या यह इतना जटिल होना चाहिए था? नहीं, इसे बस होना था। क्या मेरे पास कोई विकल्प था? हमेशा। मेरे पास हमेशा एक विकल्प था, तब भी जब मैं सबसे कमज़ोर थी, तब भी जब मैं सबसे अकेली थी।

---✶ ʢ ✶ ---

साल एक नाटक के दृश्यों की तरह बदलते रहे...

गर्मी का मौसम था। हर गर्मी – गाँव। मेरे नंगे पैरों के नीचे की मिट्टी गर्म, काली और नम थी। उसमें घास, खलिहान, चाचा की मोटर से निकलने वाले पेट्रोल और खुबानी के मुरब्बे की महक थी। हवा में हमेशा एक आवाज़ रहती थी – मक्खियों की, दूर के ट्रैक्टर की, दादाजी के रेडियो की, जो रसोई में "एकमात्र सत्य" की आवाज़ों के साथ गूँजता रहता था। मैं अधिनायकवाद के समय में एक बच्चा थी, लेकिन मैं अभी तक नहीं समझती थी कि इसका क्या मतलब है। मैं बस इतना जानती थी कि कुछ बातें नहीं कही जातीं। कि जब "वह आदमी" रेडियो पर बोलता था तो दादाजी सीधे खड़े हो जाते थे। और जब मैं उनसे पूछती थी कि मेरी दादी ने मुझे चर्च में ले जाकर बपतिस्मा क्यों दिलवाया, तो माँ अपनी नज़रें फेर लेती थीं।

लेकिन इन पाबंदियों के बीच मैं आज़ादी से रहती थी – मैं लड़कों के साथ खेलती थी, जो मुझे बराबरी का मानते थे, क्योंकि मैं बिना हाथों के साइकिल चलाती थी और उनसे बेहतर लकड़ी की बंदूक से टीन के डिब्बे पर गोली चलाती थी। और क्योंकि मैं अकेली ऐसी थी जो अकेले गधे को जोत सकती थी – एक जिद्दी, बालों वाला जानवर जो मेरे अलावा किसी की नहीं सुनता था। मैंने उसका नाम स्पार्टाकस रखा।

---✶ ʢ ✶ ---

स्कूल में मैं एक विलक्षण बच्ची थी। मैं भूखे की तरह पढ़ती थी – विश्वकोश, उपन्यास, गणित के सूत्र, मैंने तो "शोगुन" उपन्यास से जापानी सीखने की भी कोशिश की। मैं किताबों को ऐसे खा जाती थी जैसे दूसरे बच्चे वेफर्स खाते थे – बेसब्री से, ज़रूरत के साथ। शिक्षक मेरी तारीफ़ करते थे, फिर डरते थे – क्योंकि मैं ऐसे सवाल पूछती थी जो "मेरी उम्र के लिए नहीं थे"। मेरे सहपाठी मुझे बहुत पसंद करते थे, क्योंकि मैं हमेशा पूरी ज़िम्मेदारी और नेतृत्व लेती थी, लेकिन वे मुझे कभी नहीं समझ पाए।

और मैं रुक नहीं पाती थी – मैं जानना चाहती थी। इसलिए नहीं कि मैं होशियार बनना चाहती थी, बल्कि इसलिए कि केवल ज्ञान ही मुझे शांत करता था – एक जादू की तरह। मेरा केवल एक ही सपना था – एक वास्तुकार बनना। दुनिया को बनाना, वहाँ व्यवस्था बनाना जहाँ अराजकता का राज था। मैं घंटों एक कागज़ पर, पेंसिल और परकार के साथ, ऐसे घर बनाने में बिता सकती थी जो मौजूद नहीं थे – जिनमें सुरंगें, छिपी हुई सीढ़ियाँ और काँच की छतें थीं जिनसे तारे दिखते थे। मैंने उन्हें पहले शब्दों से बनाया। फिर रेखाओं से। मुझे विश्वास था कि अगर मैं सही घर बनाऊँगी – तो मुझे वह जगह मिल जाएगी जहाँ मैं घर जैसा महसूस करूँगी। लेकिन ऐसी कोई जगह अभी तक मौजूद नहीं थी।

---✶ ⸮ ✶---

उन्नीस साल की – तभी वह हुआ जो कभी "योजनाबद्ध" नहीं होता: मेरे अंदर जीवन का जन्म हुआ। बाथरूम में टेस्ट। मेरे पैरों के नीचे ठंडी फर्श। यह अहसास कि मेरा शरीर अब मेरा नहीं है – और उसके अंदर एक ज़िम्मेदारी बढ़ रही है, जो मेरे सभी बचपन के सपनों से बड़ी है। पढ़ना मेरे पास सब कुछ था – और सब कुछ जो खत्म हो रहा था। मेरे गर्भ में एक बच्चा था और एक प्यार था जो मैं नहीं पा सकती थी। मेरे बहुत सारे सपने थे। लेकिन हक़ीक़त हिमस्खलन की तरह नहीं आई, बल्कि ऐसे सबक़ों की तरह आई जो ध्यान नहीं माँगते – बस आ जाते हैं। मैंने रात की शिफ्ट में काम किया, कक्षाओं में सोई, लिफ्ट में रोई। मैंने सुना कि मेरे अंदर बच्चा बढ़ रहा है, और मेरे अंदर कुछ और मर रहा था: मासूमियत, हल्कापन, वह अंतहीन लालसा। उन्होंने इसे मारा नहीं, लेकिन इसे डुबो दिया। और फिर भी मैं नहीं टूटी। इसलिए नहीं कि मैं मज़बूत थी। बल्कि इसलिए कि मेरे पास कोई दूसरा विकल्प नहीं था।

---✶ ⸮ ✶---

वह। मेरे बेटे का पिता। सिर्फ़ एक प्रभावशाली व्यापारी नहीं, बल्कि एक बवंडर। चार साल का जुनून, रोमांच का झरना, हँसी, विदेशी जगहों की यात्राएँ। वह चला गया... मुझसे नहीं, बल्कि इस दुनिया से समय से पहले – सिर्फ़ 33 साल की उम्र में, मुझे उस याद के साथ अकेला छोड़ गया जो मेरे शरीर को ऐसी चीज़ के लिए तरसने लगी थी जो कभी वापस नहीं आएगी। हमारा प्यार – समुद्र की तरह तूफ़ानी, आनंद से भरा, युवा और खुशहाल। मेरा प्यार सर्व-भक्षी था, बिना शब्दों के। उसने तलाक़ का वादा किया था, उसने मेरा, हमारा ख्याल रखा। लेकिन औपचारिक तलाक़ में उसे बहुत

पैसा ख़र्च करना पड़ता। मुझे इसका दुख नहीं था – मेरे पास वह था, उसका प्यार था, मेरे पास खुशी थी, जिसका मुझे अंदाज़ा नहीं था कि वह इतनी क्षणभंगुर है, और वास्तव में शाश्वत है – हमेशा के लिए मेरे साथ जुड़ी हुई है।

---✶ ६ ✶ ---

एक रात। मैं एक अनचाही गवाह बन गई, और फिर मैंने जीवन की क्रूरता को उसके पूरे रंग में महसूस किया। जिस माहौल में हम थे, वह खतरनाक, गंदा, दुर्व्यवहार से भरा था। कई बार, छिपने के बजाय, मैं बिना सोचे-समझे बीच-बचाव करने, बचाने, कमज़ोर लोगों की रक्षा करने के लिए कूद पड़ती थी, जो मुझमें न्याय की एक अनियंत्रित ललक थी, जो आग की तरह जल रही थी। मैं हिंसा, उदासीनता और डर की आदी नहीं हो सकती थी, जो लोगों की आत्माओं को खा रहे थे!

मैंने अपनी कम उम्र के लिए बहुत कुछ देखा – मारपीट, बलात्कार, अपमानजनक मज़ाक, शराबी झगड़े, खून, चोट, मौत... ये तस्वीरें मेरे दिमाग़ में गहरे निशानों की तरह छप गईं, जो कभी फीकी नहीं पड़ेंगी। वे वहाँ थे, जीवित, खून बहते हुए।

यह एक और तनावपूर्ण रात थी। एक प्रभावशाली ड्रग सरगना ने एक पुलिसकर्मी को बेरहमी से पीटा। उन्होंने मुझे खुलकर चुप रहने की धमकी दी। घायल पुलिसकर्मी के रिश्तेदारों ने मुझसे अदालत में सच बोलने की ज़िद की। मुझे पूरा यकीन था कि न्याय और क़ानून होना चाहिए। मैं भोली थी, मुझे लगता था कि मेरे पास एक मज़बूत समर्थन है, प्रभावशाली दोस्तों का संरक्षण है। लेकिन जल्द ही, मैं अकेली गवाह रह गई। मामला एक मज़ाक बन गया, एक बेतुकेपन का बेमानी नाटक, जहाँ सच मर गया। अच्छी ख़ासी रकम के बदले में वह बदमाश बच निकला। मैं एक भ्रष्ट व्यवस्था के ख़िलाफ़ अकेली रह गई, जिसने बेशर्मी से मुझे छोड़ दिया था, मुझे एक बेकार कचरे की तरह थूक दिया था।

पीछा करना एक दर्दनाक रोज़मर्रा की चीज़ बन गया, और धमकियाँ एक लगातार, अशुभ साउंडट्रैक बन गईं, जो मेरे दिमाग़ में गूँजती रहती थीं, मुझे साँस लेने से रोकती थीं। मैं एक पिंजरे में बंद शिकार की तरह थी, जिसके पास बचने की कोई उम्मीद नहीं थी। न्याय की एक ऊँची कीमत थी, जो मैं नहीं चुका सकती थी। मैं अराजकता के एक भँवर में फँस गई थी, जहाँ मेरा हर कदम मुझे विनाश के क़रीब ला रहा था।

---✶ ६ ✶ ---

एक अशुभ रात। मेरा जीवन एक बुरे सपने में बदल गया, और मौत मेरे चारों ओर नाचने लगी। कार के ब्रेक फेल हो गए। जीप, एक घातक, बेक़ाबू मिसाइल में बदल गई, पुल से ज़ोर से टकराई। धातु ज़ोर से घिसने लगी, मुड़ गई, चीखने लगी। फिर एक गड़गड़ाहट – और हम नीचे की ओर उड़ गए, तूफ़ानी, बर्फीले पानी की तरफ़। हेडलाइट्स की रोशनी, मरते हुए सितारों की तरह, धीरे-धीरे गहरे अँधेरे में डूब गई, जबकि दूसरी तरफ़, उस भयानक दुर्घटना का एक शांत, शांत गवाह, उस

अपराधी की कार खड़ी थी, जिसकी हेडलाइट्स शैतान की आँखों की तरह देख रही थीं कि कैसे हमारा जीवन ख़त्म हो रहा था। मदद आई, लेकिन बहुत देर हो चुकी थी। दुर्घटना क्रूर, बेरहम थी... धातु के टुकड़े, पानी, खून और एक चुप्पी, जो सब कुछ निगल रही थी, यहाँ तक कि मेरी आत्मा की चीखें भी।

मैं बार-बार उस पल को देखती रही। मैं गाड़ी चला रही थी। शायद आत्म-संरक्षण की प्रवृत्ति हावी हो गई। या भाग्य। या किसी अदृश्य हाथ ने मुझे प्रतिक्रिया देने के लिए मजबूर किया। लेकिन मेरा सहयात्री टूटी हुई सामने की खिड़की से लाचार होकर बाहर उड़ गया। टूटे हुए काँच की आवाज़, फिर एक धीमी टक्कर। और चुप्पी। उसके शरीर के उड़ने से पहले, एक पल के लिए हमारी आँखें मिलीं। उसकी आखिरी नज़र। वह नज़र जिसमें सब कुछ था – माफ़ी और आरोप दोनों। या शायद... कुछ नहीं। वह नहीं बच पाया। उसने मुझे हमेशा के लिए उस न भरने वाले घाव के साथ अकेला छोड़ दिया, जो मेरे दिल की हर धड़कन के साथ धड़कता था, मुझे उसकी याद दिलाता था। मौत... उसने मुझे छुआ था, लेकिन उसे छीन लिया था। उसने हमेशा के लिए मेरा एक हिस्सा छीन लिया था।

------------------ ------------------

अध्याय 31: अँधेरे से जागरण

मैं लंबे, अंतहीन समय तक अस्पताल में पड़ी रही। हज़ारों छोटे टुकड़ों में टूटी हुई, बेजान, गहरी कोमा में डूबी हुई। महीनों का दर्दनाक इलाज। मैं धीरे-धीरे और मुश्किल से शारीरिक रूप से ठीक हुई, लेकिन अंदर से मैं हमेशा के लिए अपंग रह गई, जैसे कि मेरी आत्मा का एक हिस्सा किसी धारदार हथियार से काट दिया गया हो।

मेरे माता-पिता मुझे और मेरे बच्चे को अपने साथ, मेरे गृहनगर में ले आए। जैसे वे मुझे इस पूरी क्रूर दुनिया से छिपाना चाहते थे, मुझे इस खा जाने वाले दर्द से बचाना चाहते थे। मैं ख़ुद भी उससे छिप गई, अपने दुख में डूब गई। मैं किसी के सामने नहीं आ सकती थी और न ही आना चाहती थी। मैं दिन की रोशनी, सूरज, या उन लोगों के चेहरों को नहीं देखना चाहती थी, जो मुझे उस जीवन की याद दिलाते थे जो मैं अब नहीं जी रही थी। मैं उस रात मर गई थी। मेरी आत्मा बिखर गई थी और उसके साथ मर गई थी... मेरी आत्मा का एक हिस्सा।

सालों तक मैं अपने उस बड़े, जोशीले प्यार को सही मायने में अलविदा नहीं कह पाई। मैं दुनिया के लिए बुझ गई, जैसे कि मैं भी उसकी असमय मृत्यु में खींच ली गई थी... अपनी आत्मा की गहराई में, खून बहते हुए शब्दों के साथ, मैंने यह विदाई पत्र लिखा और हमेशा के लिए इस न भरने वाले घाव को बचाकर रखा, जो अतीत की हर याद के साथ धड़कता था, ताकि मुझे जगाए रखे।

--- ✶ ✶ ---

"क्या तुम इस आग को महसूस करते हो, जो मुझे जला रही है? मैं "मैं तुमसे प्यार करता हूँ" चिल्लाना चाहती हूँ, जब तक कि मेरी चीख दुनिया के बीच के स्थान को फाड़ न दे। दुख मेरे गले में एक गाँठ की तरह अटक गया है, और सभी अधूरी चीज़ों का विचार... मैं तुम्हारी हानि को स्वीकार नहीं करती। मैं तुम्हारे बिना एक पल भी सहन नहीं करूँगी। मैं बिना किसी हिचकिचाहट, बिना किसी डर के तुम्हारे पीछे चलूँगी। मैं तुम्हें खो नहीं सकती, मैं अलविदा नहीं कह सकती। मैं सिर्फ़ यादों के साथ नहीं जीना चाहती, यह काफ़ी नहीं है। मैं तुम्हारे बिना ख़ुद को सहन नहीं कर सकती... अगर यह तुम्हें वापस ला सके, तो मैं सौ गुना ज़्यादा दुख बहा दूँगी! बस मुझसे वादा करो कि तुम अगले जीवन में भी मुझे ढूँढ लोगे। वादा करो कि हम फिर से साथ होंगे और मैं तुम पर विश्वास करूँगी, मैं तुम्हारा इंतज़ार करूँगी, मैं अनंत काल तक तुम्हें ढूँढती रहूँगी। कृपया, हमेशा के लिए सिर्फ़ मेरे हो जाओ..."

---✶ ⸮ ✶---

मेरी चेतना में, जो धीरे-धीरे कोमा की खाई से वापस आ रही थी, अस्पताल का कमरा दिखाई दिया। आँखें खोलने से पहले, घाटे की एक बर्फीली चादर ने मुझे घेर लिया। चिंता ने मेरी आत्मा को जकड़ लिया, उसे पीड़ा की एक बेढंगी गाँठ में बदल दिया। मेरी धुँधली नज़र मुश्किल से मेरे ऊपर की बत्ती की धुँधली रोशनी को पकड़ पा रही थी। मैंने अँधेरे को दूर भगाने की कोशिश की, लेकिन एक असहनीय बोझ ने मेरी पलकों को दबा दिया – जैसे कि पूरी दुनिया उन पर गिर गई हो।

एक तेज़, चुभने वाला दर्द मेरे सीने, पैरों, कंधे को फाड़ रहा था – मेरे शरीर का हर हिस्सा चिल्ला रहा था। मेरा सिर भारी था, उठने से इनकार कर रहा था। हर हरकत एक यातना थी। मैंने अपने दाँत भींच लिए – मैं डर और शारीरिक पीड़ा से चिल्लाना चाहती थी, लेकिन मेरा गला कस गया था, सूख गया था। मैं चुप हो गई। मैंने सुना। चुप्पी केवल मशीनों की नीरस बीप की आवाज़ से टूट रही थी। उनकी नियमित साँसें मेरे आखिरी पलों को गिन रही थीं। मैंने ईसीजी के तारों का चिपचिपा स्पर्श, मेरी नस में चिपकी हुई कैनुला की ठंडी नली को महसूस किया। एंटीसेप्टिक की गंध – तीखी, रासायनिक, विदेशी – मेरी नाक में घुस रही थी। ये बीप, यह गंध – उन्होंने मुझे याद दिलाया कि मैं साँस ले रही हूँ। कि मैं अभी भी यहाँ हूँ। मैंने ख़ुद को शांत करने की कोशिश की।

---✶ ⸮ ✶---

मेरी फटी हुई चेतना में दुर्घटना की धुँधली यादें तैरने लगीं: ठंडे, काले पानी में डूबती हुई तेज़ रोशनी, जिसने मुझे निगल लिया। टूटे हुए काँच ने फिर से मेरी त्वचा को काट दिया। एक तेज़, फाड़ देने वाला दर्द, न केवल शारीरिक, बल्कि गहरा भावनात्मक भी। फिर सब कुछ गाढ़े खून से भर गया। दूर से सायरन भूतों की तरह चिल्ला रहे थे... और मैं फिर से एक आरामदायक अँधेरे में डूब गई, जो भूलने का वादा कर रहा था।

अपनी चेतना के नींद भरे अँधेरे में, मैंने तुम्हारी तस्वीर देखी, एलेक्स। तुम दूर जा रहे थे। एक भूतिया छाया में फीके पड़ रहे थे। कुछ भी नहीं में घुल रहे थे।

मैंने तुम्हें पकड़ने के लिए काँपते हुए हाथ बढ़ाए, तुम्हें अथाह खाई से बाहर निकालने के लिए। लेकिन तुम लगातार उड़ रहे थे, अनंत काल की ठंडी रोशनी में खो रहे थे। मुझे पता था। मैंने अपने पूरे अस्तित्व के साथ महसूस किया: तुम अब नहीं हो! मैं दूर थी, हमेशा के लिए दूर, और अकेली! उस डर में अकेली, उस अजीब, ठंडे दायरे में, जो मुझे एक भँवर की तरह बेकाबू होकर चला रहा था – मुझे उठा रहा था, मुझे एक बर्फीली पकड़ में लपेट रहा था और मुझे नरक के नीचे फेंक रहा था। तुम मेरे पास नहीं थे। मुझे इस निजी नरक, इस पीड़ा से बचाने वाला कोई नहीं था! बस एक तेज़, चुभने वाला दर्द मेरे सीने को चीर रहा था, जैसे उसने हमेशा के लिए एक खुला घाव छोड़ दिया हो – अंतहीन पीड़ा का एक पोर्टल।

---✶ ✶---

मुझे दबी हुई आवाज़ें सुनाई दीं। धुँधली परछाइयाँ मेरे चारों ओर मंडरा रही थीं, जैसे कोहरे में भूतिया आकृतियाँ। मैंने फिर से आँखें खोलने की कोशिश की – मैंने धुँधली आकृतियों को देखा, जो मेरे चारों ओर नाच रही थीं। मैंने एक असहनीय, धड़कता हुआ दर्द महसूस किया, जो मुझे अंदर से जला रहा था। मैंने चुपचाप कराह को निगल लिया, मैंने कुछ बुदबुदाने की कोशिश की, लेकिन मेरी आवाज़ कमज़ोर और टूट रही थी। मेरे दिमाग़ में दर्दनाक विचार क्रिस्टल की तरह साफ़ हो गया: मैं ज़िंदा थी, अस्पताल में। मैं यहाँ हूँ, अभी भी साँस ले रही हूँ, अभी भी मौजूद हूँ। सुरक्षा की एक अजीब भावना, एक अवर्णनीय आशा ने मुझे एक पल के लिए शांत कर दिया। मैं दर्द में डूबी पड़ी रही।

अध्याय 32: फीनिक्स की इच्छा

“सबसे पहले, शारीरिक स्वास्थ्य... फिर बाकी सब...”

डॉक्टर की आवाज़ मुझे कहीं दूर से सुनाई दी। लेकिन समय मेरा साथी नहीं था। कोई ‘बाद में’ नहीं था। मेरे बच्चे को मेरी ज़रूरत अभी थी। और मैं... मैं हिल भी नहीं पा रही थी। मैं उसकी रक्षा नहीं कर सकती थी। दर्द हो रहा था। हर चीज़ असहनीय रूप से दर्द कर रही थी।

तेज़ी से, मैंने यह सोचने की कोशिश की कि इस भयानक दर्द पर कैसे काबू पाऊं, इसे कैसे वश में करूँ ताकि मैं आह न भरूँ। ताकि मैं कमज़ोरी के आगे हार न मानूँ। मुझे कमज़ोर और रोने वाले लोग कभी पसंद नहीं थे; मैंने हमेशा उन्हें तुच्छ माना—और अब मैं खुद को उनमें से एक बनने नहीं दे सकती थी।

मेरे दिमाग़ के धुंधलके में, अचानक एक वाक्यांश घूमने लगा: “हर कोई अपना दर्द अकेले जीता है। कोई दूसरा उसके बदले में दर्द नहीं झेलता।” मैंने इसे एक मंत्र की तरह दोहराया, जो एकमात्र सच था।

मुझे नहीं पता कि यह कहाँ से आया—शायद मेरा अवचेतन, मेरी छिपी हुई ताक़त ने इस पुकार का जवाब दिया। हाँ, यह दर्द जंगली, पागलपन की हद तक था, लेकिन मुझे सहना था, डटे रहना था। अगर मैं चीख भी पड़ती, तो कौन मेरे दर्द का कुछ हिस्सा ले लेता? अगर मैं रोती, तो कौन मेरी जगह दुख झेलता? कोई नहीं। मैं इस लड़ाई में अकेली थी।

मैंने अपना होंठ तब तक काटा जब तक उससे खून नहीं बहने लगा। मेरे मुँह में नमक और लोहे का स्वाद भर गया। मैंने अपनी आँखें खोलीं। डॉक्टर मेरे ऊपर झुके हुए थे। उनका चेहरा धुंधला था, लेकिन उनकी मुस्कान एक उगते सूरज की तरह आश्वस्त करने वाली थी।

"डॉक्टर... मैं जीना चाहती हूँ," मैंने फुसफुसाया—शब्द मुश्किल से सुनाई दिए, लेकिन एक नई, चौंकाने वाली इच्छा की पूरी ताक़त के साथ निकले।

हाँ, उस भयानक पल में, उस भयानक दर्द के बावजूद, उस दर्द के ख़त्म होने की बेताब इच्छा के बावजूद, मैं अचानक जीना चाहती थी—ज़ोरदार, पागलपन की तरह। उसके लिए। खुद के लिए। उस छोटे से जीव के लिए जो कहीं इंतज़ार कर रहा था।

---✶ ६ ✶---

भावनात्मक दर्द का कोई माप नहीं होता। यह अनंत, अतृप्त और फाड़ देने वाला होता है। मैं इसे केवल अकेले, खुद के अंदर बंद होकर, इस मांस और हड्डी के बक्से में ही झेल सकती हूँ। यह अनंत रूप से मज़बूत और स्थायी होता है, जो गहरी, नासूर निशान—मेरी आत्मा पर घाव—छोड़ जाता है। इसे कभी भी पूरी तरह से ठीक नहीं किया जा सकता, केवल स्वीकार किया जा सकता है।

मेरा पूरा अस्तित्व चुपचाप कराह रहा था और चीख रहा था। मेरे सिर में एक धीमी धड़कन शुरू हो गई, और मेरे गले में एक दर्दनाक पत्थर अटक गया, जिसे निगलना असंभव था। मुझे घुटन महसूस होने लगी। मैं एक चीख नहीं निकाल सकी—बस ठंडे आँसू मेरे चेहरे पर लगातार बह रहे थे, मेरी त्वचा को जला रहे थे। मैं बिना आवाज़ के चीख रही थी। मैं लाचार होकर कराह रही थी, मेरे होंठ गतिहीन थे, लकवाग्रस्त थे। मेरा दिल टुकड़ों में फट गया, और मैंने हर हिस्से को एक तेज़ लौ में जलते हुए देखा, फिर राख में बिखरते हुए, विस्मृति की ठंडी हवा द्वारा उड़ाए जाते हुए।

अस्तित्व का दर्द कोई प्रतिपूर्ति स्वीकार नहीं करता, कोई सांत्वना नहीं जानता, कोई क्षमा नहीं देता, इसका कोई इलाज नहीं है। यह एक सज़ा है जिसे आपको अंत तक सहना होगा। और जीवन कोई दया नहीं दिखाता, इससे बचने का कोई मौक़ा नहीं देता। मुझे इसे पूरा जीना था—अकेले, गहराई से—जब तक यह मेरे साथ हमेशा के लिए एक न हो जाए। जब तक हम एक न हो जाएँ।

यह दर्द मेरे शरीर और आत्मा को निर्दयता से जला रहा था। और मैं बिना किसी हिचकिचाहट के उसकी ओर उड़ रही थी, निडरता से उसका पीछा करते हुए अनंत

काल में, उस अँधेरे में जहाँ से कोई वापस नहीं आता। मुझे उसे फिर से ढूंढना था, उसे छूना था, उसके साथ रहना था...

फिर... समय एक डरे हुए जानवर की तरह सिकुड़ गया। मैं अब गिर नहीं रही थी—मैं घुल रही थी। मैं एक नदी थी जो बहना भूल गई थी। मैं एक आवाज़ थी जिसे फिर कभी नहीं सुना जाएगा।

मेरा पूरा अस्तित्व फिर से भर गया—लेकिन इस बार एक बर्फीले, लकवाग्रस्त डर से... पुनर्जन्म का डर। उसके बिना जीवन का डर। फीनिक्स का डर जिसे मेरी अपनी राख से उठना था।

---✶ ६ ✶---

अस्पताल के कमरे की वास्तविकता में, समय खिंच गया। सेकंड—गाढ़ा राल, चेतना की त्वचा पर धीरे-धीरे टपक रहा था। मेरे सीने में दर्द मेरे दिल की लय के साथ धड़क रहा था—जैसे एक स्टील का हथौड़ा हर रेशे पर प्रहार कर रहा हो। हवा एक ब्लेड थी, और साँस लेना—एक लड़ाई।

मैंने अपने शरीर पर नज़र डाली। टूटा हुआ। मेरा पैर—गतिहीन। मेरी बांह—नसों द्वारा छेदी गई। मेरा पेट और सीना—ऐंठन में जकड़े हुए। मेरा सिर—धड़क रहा, भारी, एक आंतरिक चीख से फटा हुआ। लेकिन सबसे दर्दनाक चीज़ थी नज़रे।

मेरे बगल में—ईथन। उसकी छोटी उंगलियाँ कांप रही थीं, मेरे हाथ से चिपकी हुई थीं। उसकी आँखें—चौड़ी, चिंता से भरी हुई—मुझसे कभी नहीं हटीं। वह सब कुछ नहीं जानता था, लेकिन वह सब कुछ महसूस कर रहा था। उसकी माँ अब पहले जैसी नहीं थी।

मैं मुस्कुराना चाहती थी। उसे गले लगाना चाहती थी। कहना चाहती थी, "यह गुज़र जाएगा।" लेकिन मैं अपने शरीर में फंसी हुई थी। मैं एक परछाई थी।

मेरे दिल का दर्द मेरी हड्डियों के दर्द से ज़्यादा असहनीय था। मैंने उसके साथ क्या किया था? मैं उसे इसमें कैसे घसीट लाई? बिना टूटे मैं और कितना सह सकती थी?

---✶ ६ ✶---

डर। तीखा। बर्फीला। इसने सब कुछ जमा दिया। हर साँस के साथ हवा गाढ़ी हो गई। आतंक ने मेरी पसलियों को जकड़ लिया। मैं चीख नहीं सकती थी। मैं अपनी रक्षा नहीं कर सकती थी।

घबराहट ज़हर की तरह थी, जो मेरे दिमाग़ में फैल रही थी। क्या मैं यहाँ मर जाऊँगी? बिल्कुल अकेली? और इससे भी बुरा: अगर मैं मर गई... तो मैं उसे अकेला छोड़ जाऊँगी। ठंडक भरा डर जड़ पकड़ गया। यह मेरा स्थायी साथी बन गया। और मैं रही—लक्ष्यहीन, निहत्थे—केवल एक उग्र, अवज्ञाकारी धड़कन के साथ।

मेरा बेटा। मेरा सूरज। उसकी आँखें बिना आवाज़ के रो रही थीं। वह मेरे ख़िलाफ़ खुद को दबा रहा था—बेताब, ज़बरदस्ती—मानो उसे डर हो कि वह मुझे फिर से खो देगा। मैं उसे गले नहीं लगा सकी। मेरी बाहें हिल नहीं रही थीं। मेरा शरीर—एक जेल।

और वह... वह मेरे कारण रो रहा था। एक छोटा, निर्दोष जीव। और यह घाव—उसका था। मेरे कारण।

मैं उसका सहारा थी। और अब—एक खामोश परछाई। मैंने खुद को देखा। पट्टियाँ। पट्टियाँ। घाव। एक दिल जो धड़कता था... बिना दिशा के।

मेरे सीने में—एक उग्र रोष। विश्वास नहीं। आशा नहीं। गुस्सा। खामोश, गहरा। सबसे पहले—खुद पर। क्योंकि मैं उसे सांत्वना नहीं दे सकी। फिर—दुनिया पर। क्योंकि इसने मुझसे सब कुछ छीन लिया था: एलेक्स, मेरा जीवन, मेरी ताक़त। मैं गुस्से से कांप रही थी। एक आंतरिक ज्वालामुखी जो फट नहीं सकता था। केवल मेरे आँसू बोलते थे। हर बूँद—एक चीख। हर आँसू—एक याद। हर पल—दर्द।

लेकिन मुझे सहना था। उसके लिए। बच्चे के लिए। उस लड़के के लिए जिसकी आँखें आतंक में चीख रही थीं। उसे मेरी ज़रूरत थी। और मैं... मुझे जीवित रहना था।

मैं वापस आ गई। नर्क की तलहटी से। एक माँ बनने के लिए।

ईथन। उसका नाम एक प्रार्थना था। खामोश। उत्कट। वह मेरी निरंतरता था। मुझे इस दुनिया से जोड़ने वाला एकमात्र धागा। मैंने उसे फिर से देखा—मेरे बगल में सिकुड़ा हुआ, लाल आँखें, उसका दिल बिना आवाज़ के प्यार की ताल पर धड़क रहा था।

"मैं वापस आऊँगी," मैंने फुसफुसाया। "मैं तुम्हारी रक्षा करूँगी। जैसे उसने मेरी रक्षा की।" और इस बार... मुझे इस पर विश्वास था।

---✶ ❦ ✶ ---

अपराध बोध ने मुझे कभी भी खाना बंद नहीं किया। मैंने लड़ने का चुनाव किया। मैंने झुकने का फ़ैसला नहीं किया। मैंने जोखिम लिया। और अब—मैंने उसे खो दिया। कोई बहाने नहीं थे। कोई स्पष्टीकरण नहीं था जो इस अपराध बोध को मिटा सके। कोई माफ़ी नहीं थी जो मुझे इससे मुक्त कर सके। अपराध बोध। इसने मुझे एक बर्फीले, लोहे के शिकंजे में जकड़ लिया, और ज़्यादा बेरहमी से दबाया। जितना ज़्यादा मैंने इससे लड़ा, उतना ही ज़्यादा मैं इसकी पकड़ में डूबती गई।

एनेस्थीसिया के तहत भी, विचार कभी नहीं रुके। पागल पक्षियों की तरह, वे मेरे दिमाग़ की दीवारों से टकराते थे, फड़फड़ाते, खरोंचते, कभी बाहर निकलने का रास्ता नहीं ढूंढ पाते थे।

अर्ध-निद्रा में—या शायद पहले से ही प्रलाप में—तुम मेरे बगल में थे। स्पष्ट। वास्तविक। मुस्कुराते हुए। तुम्हारा हाथ मेरे हाथ से छुआ। मैंने तुम्हारी गरमाहट महसूस की। मैंने तुम्हारी आवाज़ सुनी। वहाँ, उस अवास्तविक लेकिन दर्दनाक रूप से सच्चे पल में, हमने बात की:

"मैं धमकियों के आगे नहीं झुकी—तुमने मेरी रक्षा की।"

"मैंने न्याय के लिए लड़ाई लड़ी—तुम मेरा सहारा थे।"

"मैं अदालत के सामने खड़ी हुई—तुम मेरे साथ खड़े थे।"

"मैंने सब कुछ जोखिम में डाला—तुमने मेरे साथ जोखिम लिया।"

"मैंने उस शापित कार को चलाया—तुमने अपनी जान गंवा दी।"

---✶ (✶ ---

एक आभासी संवाद। दर्दनाक। फाड़ देने वाला:

"क्यों? तुम क्यों, मैं क्यों नहीं?"

"क्योंकि मैंने तुमसे अपनी ज़िंदगी से ज़्यादा प्यार किया। और मुझे इसका कोई पछतावा नहीं है।"

"लेकिन मैं... मैं दोषी हूँ।"

"नहीं। तुम बहादुर हो। तुमने लड़ाई लड़ी। दोष तुम्हारा नहीं है। तुमने मुझसे बिना शर्त प्यार किया—अंत तक।"

"लेकिन मौत ने तुम्हें क्यों ले लिया और मुझे इस नर्क में छोड़ दिया? मुझे इस यातना में क्यों तड़पना पड़ा? मैं अभी भी एक बच्चा हूँ—बिना हाथ के, बिना रक्षा के, तुम्हारे बिना अकेली और बुरी तरह से खोई हुई हूँ। कृपया, वापस आ जाओ... मेरे पास वापस आ जाओ..."

मैंने खुद ही सज़ा सुनाई—हमेशा के लिए दोषी। मुझे किसी और अदालत की ज़रूरत नहीं थी। मैंने खुद पर आरोप लगाया। मौत की सज़ा सुनाई। और इसे अंजाम दिया—हर दिन, हर सेकंड। जो कुछ हुआ वह मेरी गलती थी। मैं वह भोली थी जिसने न्याय के अपने सिद्धांतों को नहीं छोड़ा। मैं धमकियों के बावजूद उस लड़ाई में बनी रही। मुझे परिणाम पता थे। मुझे जोखिम पता था। लेकिन मैंने उस खाई की गहराई को नहीं समझा था।

मैं किस लिए लड़ रही थी? मैंने किसे हराया? तुम्हारी ज़िंदगी कौन लौटाएगा? तुम क्यों, मैं क्यों नहीं? क्या न्याय को मेरे पक्ष में नहीं होना चाहिए था? क्या मैंने सही काम नहीं किया था?

और अब—मेरे पास क्या है? केवल ये शापित परिणाम, जो हर साँस के साथ मुझे घोंट रहे हैं।

---✶ (✶ ---

अपराध बोध काली बर्फ़ की तरह था, जो मेरे अंदर फैल रहा था, हर विचार, हर भावना को खा रहा था। मैं अपनी सज़ा का इंतज़ार कर रही थी। मैंने खुद को फटकार, और तीखे आरोपों से सज़ा दी। मैंने तुम्हें खो दिया। मैंने खुद को खो दिया। मेरा अब कोई अस्तित्व नहीं था। मैं बस एक परछाई थी—उस जीवन का एक पीला प्रतिबिंब जिसे हमने खो लिया था।

डर, अपराध बोध और शक्तिहीन रोष से जलकर, मेरी आत्मा धीरे-धीरे राख में जल गई। मैं यह जानती थी। मैंने इसे महसूस किया। दर्द एक अथाह झरने की तरह मुझसे निकल रहा था। मैं केवल अपनी आँखें बंद करना चाहती थी। हार मान लेना चाहती थी। पूर्ण अँधेरे में सरक जाना चाहती थी।

मैंने धीरे-धीरे अपनी पलकें बंद कर लीं। मेरी आत्मा मेरे शरीर से ऊपर उठ गई—हल्की, भारहीन। मैंने मौत के ठंडे हाथ को मुझे खींचते हुए महसूस किया। और मैं अब डरी हुई नहीं थी।

यहाँ, यह अजीब तरह से शांतिपूर्ण था। कोई दर्द नहीं। कोई रोष नहीं। अँधेरे ने मुझे निगल लिया—शांत, सर्वव्यापी, गर्म।

लेकिन गहराई में मैं जानती थी... मेरा समय अभी नहीं आया था। मैं बाईस साल की थी। यह पल अंत नहीं था। मुझे इससे गुज़रना था। दर्द का अनुभव, दुख के सबक इकट्ठा करने थे।

लेकिन तब... यह केवल अँधेरा था। केवल दर्द। केवल अपराध बोध। केवल दुख।

---✶ ⸙ ✶---

खुद के साथ संघर्ष के लंबे महीने शुरू हुए। दर्द कम नहीं हुआ। और सर्जरियाँ मेरा इंतज़ार कर रही थीं। और अस्पताल के दिन। और नींद से भरी रातें। एकमात्र चीज़ जिसने मुझे आगे बढ़ाया, वह थी मेरे छोटे बेटे की छवि—उसकी आँखें, उसके छोटे हाथ, उसका अस्तित्व, जो हमेशा के लिए हर उस चीज़ से प्रभावित हो गया था जिससे मैं उसे गुज़ार रही थी। उसके लिए मेरा प्यार, उसके जीवन के लिए मेरी ज़िम्मेदारी, और जलता हुआ अपराध बोध मुझे जगाए रखते थे।

महीने बीत गए। मौसम बदल गए। और तुम चले गए थे।

ताज़ा नुक़सान का तीखा दर्द एक ठंडी, लगातार खालीपन में बदल गया था। मेरी आत्मा का बर्फीला घाव ठीक नहीं हुआ। यह केवल चौड़ा होता गया, मेरे दिल को एक अदृश्य शिकंजे की तरह जकड़ता रहा। बहुत कोशिश के बाद, मैं फिर से अपने पैरों पर खड़ी हुई। मैंने अपनी बिखरी हुई ज़िंदगी के टुकड़ों को इकट्ठा करने की कोशिश की। मैंने थकान तक काम किया। मैंने पढ़ाई की। मैंने अभिनय किया। मैं हर खाली पल से भागती थी जो मुझे मेरे विचारों के साथ अकेला छोड़ सकता था। केवल पूरी शारीरिक थकान ने मुझे एक संक्षिप्त नींद दी—मेरे आंतरिक नर्क से एक अस्थायी बच निकलना।

---✶ ⸙ ✶---

हर शाम, जब ईथन सो जाता था, तो मैं खुद के साथ अकेली रह जाती थी। मैं उसकी बिस्तर के पास रात की बत्ती के नीचे बैठती, उसका छोटा हाथ अपने हाथ में पकड़े, उसके सुनहरे बालों पर हाथ फेरती—जो तुम्हारे बालों की तरह थे। मैं लिखती थी। लंबे पत्र, दर्द और आँसू से भीगे हुए। पन्ने गीले हो जाते थे, धुंधले दाग़ छोड़ जाते थे, जैसे मेरी आत्मा के घुलते हुए निशान हों।

मेरे विचारों में, तुम्हारी हर मुस्कान जीवित हो उठती थी। मुझे तुम्हारी आवाज़, तुम्हारी नज़र, तुम्हारे दुलार याद आते थे। मुझे तुम्हारी उंगलियों की हर हरकत, तुम्हारी कोमल फुसफुसाहट, तुम्हारा देखभाल करने वाला हाथ याद था जो मुझे हमेशा तूफानों से बचाता था।

मुझे तुम्हारे शब्द याद थे: "मैं तुमसे प्यार करता हूँ। तुम मेरी ज़िंदगी हो। हम हमेशा साथ रहेंगे..."

लेकिन तुम अब वहाँ नहीं थे। मेरे सीने में केवल खालीपन धड़क रहा था। समय कोई सांत्वना नहीं लाया। यह ठीक नहीं हुआ। इसने केवल तीखे दर्द को एक ठंडे, भारी पत्थर में बदल दिया जिसे मैं हर दिन अपने अंदर लिए रहती थी।

मेरी आत्मा मर चुकी थी। खाली।

जीवित रहना एक यांत्रिक आंदोलन बन गया था—बिना भावना के, बिना चमक के। मैं उस पुरानी बुद्धिमत्ता को दोहराती रहती थी: "यह भी गुज़र जाएगा।" लेकिन यह नहीं गुज़रा। यह रहा।

वह रोष जिसने एक बार मुझे फाड़ दिया था, धीरे-धीरे खामोश खालीपन में बदल गया। लेकिन अपराध बोध बना रहा—जलता हुआ, शाश्वत।

---✶ ⚘ ✶ ---

हर दिन मैं उठती और अपनी खुद की सिसिफ़स की चट्टान को फिर से धकेलती। मैं जितना ऊँचा चढ़ती, वह उतनी ही बेरहमी से वापस नीचे लुढ़क जाती। सबसे क्रूर सज़ा—देवताओं से नहीं बल्कि खुद ज़िंदगी से: तुम्हारे द्वारा किए गए हर प्रयास को निरर्थकता की दीवार से टकराते हुए देखना। यह जानना कि तुम इस चक्र से कभी बच नहीं पाओगे।

धीरे-धीरे, मुझे यह संदेह होने लगा कि क्या जीवन एक उपहार भी था। ज़्यादा से ज़्यादा, यह एक परीक्षा की तरह लग रहा था। एक कर्मिक सज़ा। एक अंतहीन संघर्ष जिसमें तुम्हें नियति के सभी वारों को सहना होता है। गिरना। उठना। लड़ना—इसलिए नहीं कि तुम विश्वास करते हो, बल्कि इसलिए कि तुम्हारे पास कोई विकल्प नहीं है।

मैंने विश्लेषण करना और जवाब तलाशना शुरू कर दिया—कि क्या जीवन केवल जीवित रहना था।

हार मानने के बजाय, मैंने खुद नियति का विरोध करने की कोशिश की। उससे लड़ने की, उसे मात देने की, जब मैं कर सकती थी तो उसे चकमा देने की। उसे अपने नियमों से खेलने के लिए मजबूर करने की।

---✶ ⚘ ✶ ---

लेकिन तुम उसे कैसे हराते हो—सर्वशक्तिमान को? तुम अपने खुद के अपराध बोध को कैसे हराते हो?

मुझे उसकी याद आती थी। पागलपन की तरह। मैं अपने चारों ओर उसकी मौजूदगी महसूस करती थी—कभी-कभी ऐसा लगता था कि वह बहुत पास है, उसकी परछाई को छूने जितना नज़दीक। मैंने उसकी साँस सुनी, उसकी खुशबू महसूस की। मैं जानती थी कि वह मेरा अदृश्य संरक्षक देवदूत था। मैं जानती थी कि मेरे सबसे अँधेरे पलों में, वह मेरे बगल में होगा।

लेकिन फिर भी... खालीपन बना रहा। संदेह एक परजीवी की तरह मेरे अंदर घुस गया था।

हाँ, मैं जानती थी कि कभी-कभी संदेह उपयोगी होता है। यह तुम्हें नए जवाब, नए रास्ते खोजने पर मजबूर करता है। यह ज्ञान का इंजन है।

लेकिन क्या होता है जब तुम अपने अस्तित्व के बहुत से अर्थ पर संदेह करना शुरू कर देते हो? जब तुम अब विश्वास नहीं करते कि कोई विकल्प है? जब तुम निराशा की खाई में और भी गहरे डूबते जाते हो, बिना रोशनी की चमक देखे उसकी तलहटी खोदते हो?

मैं डूब रही थी। मेरी आत्मा बिना दिशा के, बिना कंपास के, अपने अंतहीन दर्द में बह रही थी। मैं जानती थी कि यह डिप्रेशन था। मैं जानती थी कि मुझे संतुलन ढूंढना था। लेकिन मुझे संदेह था कि मैं कर सकती हूँ।

मुझे रास्ता कौन दिखा सकता था? इस धुंध में मुझे दिशा कौन बता सकता था?

प्रश्नों ने मुझे एक हिमस्खलन की तरह दफ़न कर दिया। उन्होंने मुझे घोंट दिया। मैं हमेशा के लिए हार मानने की कगार पर थी।

कठिनाई के कारण नहीं। दर्द के कारण नहीं। बस इसलिए कि मुझमें कोई ताक़त नहीं बची थी।

लेकिन गहराई में... राख बची थी। जिससे, किसी तरह, मुझे अभी भी उठना था।

---✶ ६ ✶ ---

दर्द में पुनर्जन्म

मैं इस दुनिया के लिए मर चुकी थी। हाँ, मैं मर चुकी थी।

मौत बातचीत नहीं करती, मोहलत नहीं देती, सौदेबाजी नहीं करती। यह बस अपनी ठंडी, हड्डी वाली उंगलियों को फैलाती है और बिना किसी समारोह के उस पर दावा कर लेती है।

लेकिन इसने अब एक खुला, बहता हुआ घाव नहीं छोड़ा। इसने एक नई शुरुआत के लिए जगह छोड़ी। एक नए जन्म के लिए।

अंतहीन, यातना भरी रातों में, आँसू मेरे चेहरे पर बर्फीली नदियों की तरह बहते थे, जलते हुए, गहरे निशान छोड़ जाते थे। जैसे एसिड के दाग़। मैं रोई। दम घोंटने वाले अँधेरे में, बिना आवाज़ के, शांत, अस्वीकार्य आतंक में जिसने मुझे एक लकवाग्रस्त ज़हर की तरह जमा दिया।

दर्द का एक गट्ठा। यह बढ़ा। यह मेरे गले में सूज गया। इसने मुझे घोंट दिया।

इसने मेरी साँस चुरा ली।

और मेरी नींद में... मैंने एक अनाम हाथ देखा, जो अंतहीन अँधेरे से पहुँच रहा था, मेरे सीने को फाड़ रहा था। इसने मेरे खून से लथपथ दिल को बाहर निकाला। वह, आखिरी बार धड़कता हुआ, मेरी आँखों के सामने सिकुड़ गया, कुछ भी नहीं रह गया। वह राख के दानों में बिखर गया।

डर। अपराध बोध। दम घोंटने वाली नफ़रत। कड़वी आत्म-दया। शक्तिहीन रोष। तीखी पीड़ा। कुल लाचारी।

कोई भावना नहीं है, दुख का कोई रंग नहीं है जिसे मैंने नहीं जाना है। कुछ भी नहीं है जिसने मुझे फाड़ नहीं दिया है।

लेकिन अब... अब वे केवल यादें थीं। घाव नहीं। बस सबक, मेरी आत्मा में खुदे हुए।

और फिर कभी... फिर कभी मैंने प्यार नहीं किया। मैं प्यार में नहीं पड़ी।

मेरे पास दिल नहीं था! इसे फाड़ दिया गया था, धूल में कुचल दिया गया था, राख में बदल दिया गया था। उड़ा दिया गया था। लेकिन पुनर्जन्म हुआ। राख से। एक फीनिक्स की तरह।

फिर दुनिया मेरे लिए ग़ायब हो गई। सब कुछ भूरा हो गया। बेजान। मृत। किसी भी रंग से रहित।

प्यार... वह शब्द एक निषिद्ध मंत्र बन गया, मेरी आत्मा के शब्दकोश से, मेरे हर सेल से मिट गया। केवल पिछले दर्दों की ब्रह्मांडीय गूँज, और शाश्वत, असीम अकेलापन जो मुझे एक बर्फीली चादर की तरह लपेटे हुए था, बचा था।

मैं इस दुनिया के लिए मर गई, और यह दुनिया मेरे लिए मर गई।

और उस मौत में, मैंने एक भयानक आज़ादी की खोज की—महसूस न करने की आज़ादी। प्यार न करने की आज़ादी। कुछ भी न होने की आज़ादी। बस जीवन की एक परछाई होने की जो जल्द ही हमेशा के लिए फीकी पड़ जाएगी।

लेकिन अब... वह मौत जन्म में बदल गई। एक प्रकाश के विस्फोट में जिसने मुझे भस्म कर दिया।

---✶ ६ ✶ ---

इच्छाशक्ति

यह एक चमक नहीं थी। यह मेरी आत्मा की गहराई में वह ज़बरदस्त अंगारा था—जो एक धड़कते हुए कोर के रूप में वहाँ रहा। इच्छाशक्ति ने मुझे कभी पूरी तरह से नहीं छोड़ा था। यह वहाँ थी, मेरे दिल के कोनों में बसी हुई, मुझे फिर से जीवन में वापस लाने के लिए पल का इंतज़ार कर रही थी।

ईथन की आँखों में, मैंने अपनी ताक़त पाई। उसकी बड़ी, हरी, मासूम आँखों में। मेरे लिए पहुँचने वाले उसके छोटे हाथों में। उसकी नाजुक आशा में कि उसकी माँ फिर से उठेगी।

उसे मेरी ज़रूरत थी। वह मुझ पर भरोसा करता था। वह मेरी पूरी दुनिया था।

मैं आगे बढ़ूँगी। मैं लड़ूँगी। मैं सब कुछ फिर से बनाऊँगी जो जीवन ने मुझसे छीन लिया था—भले ही वह अंगारों से गढ़ा गया हो।

मैं इस अपराध बोध को अपनी खुद की सूली की तरह ढोऊँगी। लेकिन मैं उसकी रोशनी को भी ढोऊँगी। यह मुझे रास्ता दिखाएगी। मैं साँस लूँगी।

अध्याय 33: पुनर्जन्म की ज्वाला

पंद्रह साल। दुर्घटना के बाद मुझे पेशेवर और सामाजिक ऊँचाइयों तक पहुँचने में इतना समय लगा, जिनका मैंने सपना देखने की हिम्मत भी नहीं की थी।

मैं लंबे समय तक दर्पण के टुकड़ों की भूलभुलैया थी। हर काँच का टुकड़ा उस शापित दिन को दर्शाता था, जब मेरा जीवन दो हिस्सों में बँट गया था। मैं सिर्फ़ अतीत के खंडहरों में ज़िंदा नहीं बची थी, बल्कि मैंने धीरे-धीरे, व्यवस्थित रूप से टुकड़ों को इकट्ठा किया। हर जागती रात में भूत अँधेरे में नाचते थे, आँसुओं की गंध में लिपटे हुए। हर पेशेवर कठिनाई – जैसे ब्रुसेल्स में वह प्रोजेक्ट, जिसने लगभग मुझे ख़त्म कर दिया था – मुझे तोड़ने से पहले, मुझे और मज़बूत बनाने के लिए फिर से गढ़ती थी।

दार्शनिक ग्रंथों के हर पृष्ठ में, जो मुझे अर्थ की गहराई में डुबोते थे – केहो, फ़्रैंकल, कामू, सार्त्र, हाइडेगर – मैंने ज्ञान की चुप्पी में जवाब ढूँढे। गूढ़ शिक्षाओं और प्राचीन रहस्यवादी प्रथाओं में हर डुबकी – तिब्बती मंत्र, सूफ़ी नृत्य, शमां अनुष्ठान – यह सब मेरे पुनर्जन्म का हिस्सा था। मैंने हर धर्म, हर आध्यात्मिक अभ्यास को खंगाल डाला, तैयार जवाबों को ढूँढने के लिए नहीं, बल्कि सच्चाई और आंतरिक शांति खोजने के लिए।

मैंने फिर से साँस लेना सीखा, अपने अस्तित्व के हर कोशिका में छिपी अविनाशी ताक़त को फिर से खोजना सीखा। मैं वास्तविकता के नियमों से ऊपर उठ गई – भूलने से नहीं, बल्कि एक दर्दनाक पुनर्विचार और एक हठी, अडिग इच्छाशक्ति से, जो डर को नहीं जानती थी। यह मेरा जीवन-बल था।

मैं, मेलिना, अलग थी। मैं सिर्फ़ ज़िंदा नहीं बची थी, बल्कि मुझे नए सिरे से बनाया गया था।

---✶ ʢ ✶---

मुलाक़ात: चक्र पूरा हो रहा है

रिसेप्शन का निमंत्रण बिजली के झटके की तरह आया – एक भारी, मलाईदार कागज़ का शानदार लिफ़ाफ़ा, जिस पर एक सुनहरा प्रतीक नाच रहा था। यह उस महिला की तरफ़ से था, जिसके पति ने मेरे जीवन से सिर्फ़ साल नहीं, बल्कि एक पूरा ब्रह्मांड छीन लिया था।

मेरी हथेलियाँ पसीने से भीग गईं। पुराना "मैं" सिकुड़ जाता, छिप जाता, बिखर जाता। नया "मैं" सबसे सुंदर काली पोशाक पहनकर आया, जो कभी उसकी थी – एक भारी रेशम की आकृति, जो मेरे शरीर को दूसरी त्वचा की तरह ढँक रही थी, ताक़त का वादा करते हुए।

मैं स्वादहीन विलासिता के उस चिल्लाते, सुनहरे नख़लिस्तान में दाख़िल हुई। क्रिस्टल के झूमर बर्फ़ीले झरनों की तरह लटके हुए थे, जो हज़ारों ठंडी चिंगारियाँ बिखेर रहे थे। हवा महँगे इत्रों और झूठी मुस्कानों की मीठी गंध से भरी थी, जिनके पीछे नुकीले दाँत छिपे थे। इस ठंडी दिखावट के बीच, मैं अब वह भूत नहीं थी, जो

अपने अतीत में दफ़न थी, बल्कि एक ऐसी महिला थी, जिसे मुश्किलों की आग से गढ़ा गया था।

मेरी नज़र उसकी नज़र से मिली। शार्लोट बूढ़ी हो गई थी। उसकी आँखों के चारों ओर की महीन झुर्रियाँ केवल उस ठंडक को रेखांकित कर रही थीं, जो अभी भी एक ब्लेड की तरह चुभ रही थी। उसका हर इशारा, हर हरकत गणना की गई थी, हर शब्द — तोला गया था। मुझे पता था कि मैं यहाँ एक खून बहने वाले घाव को हमेशा के लिए बंद करने के लिए आई हूँ। मेरी आंतरिक आग शांत, लेकिन मज़बूत जल रही थी, जो मेरे अस्तित्व के केंद्र में केंद्रित थी।

उसकी आवाज़ शांत थी, बिना किसी घबराहट, बिना किसी भावना के। एक अच्छी तरह से कैलिब्रेटेड मशीन की तरह।

"मेलिना। मुझे उम्मीद नहीं थी कि तुम आओगी।"

"मुझे तो आपके निमंत्रण की उम्मीद थी।" मैंने एक हल्की मुस्कान के साथ जवाब दिया। आवाज़ में स्टील की एक महीन, लगभग अगोचर चमक थी। "क्या ऐसे ही चक्र पूरे नहीं होते?"

मैंने माफ़ कर दिया। आसानी से नहीं, बल्कि बहुत दर्दनाक कोशिश से। मैंने दर्द को माफ़ कर दिया, अंतहीन हानियों को, उस अनाथ के अकेलेपन को, जिसे मैंने अकेले पाला था। मैंने एलेक्स को माफ़ कर दिया – उसे सही ठहराने के लिए नहीं, बल्कि ख़ुद को उस नफ़रत के बोझ से आज़ाद करने के लिए, जो मेरा दम घोंट रही थी। यह माफ़ी दूसरों के लिए दया का संकेत नहीं थी, बल्कि आत्म-मुक्ति का एक कार्य था, ख़ुद के लिए एक उपहार था। यह एक कड़वी, जलती हुई दवा की तरह थी, जिसने मेरी आत्मा को पुराने ज़हरों से साफ़ कर दिया, पीछे एक अजीब, मुक्तिदायक खालीपन छोड़ दिया, जहाँ कभी नफ़रत का तूफ़ान उठता था।

यह मेरी आत्मा की शांत जीत थी – बुराई का सामना करने की मुश्किल से जीती हुई हिम्मत की परेड, चिल्लाते हुए अहंकार का, बिना हिले-डुले। मैंने उस शापित जगह को सिर ऊँचा करके छोड़ दिया, दर्दनाक अतीत को पीछे छोड़ दिया, इसलिए नहीं कि मैं भूल गई थी, बल्कि इसलिए कि मैंने सबसे महत्वपूर्ण सबक़ सीखा था: उसके बावजूद कैसे जीना है, जब बिजली मेरे दुनिया को हिला रही हो, तो बारिश में कैसे नाचना है, बिना टूटे।

---✶ ६ ✶---

योद्धा का आह्वान

एक हफ़्ते बाद फ़ोन की घंटी बजी, मेरी नई मिली शांति को भेदते हुए। यह एक छिपा हुआ नंबर था।

"क्या आपको लगता है कि सब कुछ ख़त्म हो गया, मेलिना? आप ग़लत हैं।"

देर से आए "माफ़ करना" के बजाय, एक ख़तरे की लहर फिर से उठी, पहले से ज़्यादा अशुभ, मेरी साँसों में चुभती हुई। अस्तित्व की इस भयंकर, आदिम इच्छा के क्षण में, बुराई की स्पष्ट सतह के नीचे, मेरे अंदर एक प्राचीन प्रवृत्ति फट गई। जैसे

हज़ारों साल का खून, लड़ाइयों और अस्तित्व की कहानियों से भरा हुआ, बोलने लगा, आदिम ज्ञान की कानाफूसी करने लगा, ताक़त का एक आंतरिक स्रोत। यह कोई बाहरी प्रतीक नहीं था, बल्कि न्याय के लिए एक असीम प्यास थी, जो एक बिना शर्त प्यार से पैदा हुई थी, जो सीमाओं को नहीं जानता था। यह कोई विचार नहीं था, बल्कि आंतरिक शक्ति का एक विस्फोट था, जिसने इस दुनिया के क्षणिक, सीमित न्याय को नकार दिया और कुछ उच्च की लालसा की। मुझे एलेक्स, उसकी आवाज़, उसकी मुस्कान, उसके सपने याद हैं। यह अब मेरी प्रेरणा थी। सिर्फ़ बदला नहीं, बल्कि एक परिवर्तनकारी शक्ति।

आधारभूत समर्थन के लिए इस लड़ाई में, जो समय के पार खिंचे हुए एक अदृश्य धागे से चल रही थी, मैंने उस धागे को महसूस किया, जो मुझे टेम्पलर्स की भावना से जोड़ता था। छाया के ख़िलाफ़ लड़ाई के लिए उनकी बुद्धिमत्ता, अँधेरे के सामने उनका अडिग विश्वास और निडरता ने मेरे पूरे अस्तित्व को हिला दिया। सिर्फ़ एक ऐतिहासिक कहानी के रूप में नहीं, बल्कि कार्रवाई के लिए एक जीवित, धड़कते हुए आह्वान के रूप में। उनका दर्शन – कि सच्ची लड़ाई केवल बाहरी दुश्मनों से नहीं है, बल्कि आंतरिक राक्षसों, अज्ञानता और डर से है – मेरे अंदर गहराई से गूँजा। उनका मानना था कि हर इंसान अपने अंदर दिव्यता का एक टुकड़ा रखता है, जिसे संवर्धित और संरक्षित किया जाना चाहिए।

मैंने आत्मा की इस अदृश्य सेना में शामिल होने के लिए एक गहरा, अपरिहार्य आह्वान महसूस किया, ऑर्डर की एक महिला बनने के लिए – न केवल प्रकाश के आंतरिक स्रोत और ग्रेल की बुद्धिमत्ता की रक्षक, बल्कि एक योद्धा भी, एक नाइट जो समाज को खा रही बुराई के ख़िलाफ़ लड़ाइयों में ताक़तवर हो। अपने निजी तूफ़ान से गुज़रते हुए, मैंने इस गुप्त ऑर्डर को समर्पित किया।

मैं जानती थी, इच्छाशक्ति हम में से हर एक में गहरी छिपी हुई है – एक अविनाशी ताक़त, जिसे कुछ भी और कोई भी तोड़ नहीं सकता। यह तथ्य कि हम इंसान हैं – जुझारू, विकसित होते हुए, आश्चर्यजनक रूप से अनुकूलनीय – हमें सच्चे इंसान बनाता है, जो अपने भाग्य के निर्माता हैं। यह मानवीय आत्मा की ज्वाला है।

मेलिना का जागरण... शुरुआत से पहले का आखिरी सेकंड: 00:00:01।

अध्याय 34: तूफ़ान के दिल में

बेसल में मुलाक़ात ने मुझे अपने अंदर समा लिया। यह सिर्फ़ उत्तेजना नहीं थी। यह वह शांत सदमा था, जब दुनिया टुकड़ों में बिखर जाती है। बस एक ही, बेरहमी से साफ़ ध्यान रह गया – उसकी आँखें। वे मेरी आँखों में धँस गईं। हवा मेरे फेफड़ों में पत्थर की तरह अटक गई। हर साँस मौत की घड़घड़ाहट बन गई, एक ऐसी चीज़ के लिए ठहरी हुई उम्मीद, जिसका नाम लेने की भी मैंने हिम्मत नहीं की थी।

मैं उसकी अथाह नज़र में डूब गई। वहाँ, उस गहराई में, मैंने सिर्फ़ एक प्रतिबिंब नहीं, बल्कि अपनी ही आत्मा का एक दर्दनाक रूप से साफ़ अनुमान देखा – उन रहस्यों का, जिन्हें स्वीकार करने की मैंने कभी हिम्मत नहीं की थी। यह एक दर्पण की तरह था, लेकिन उसमें छवि मेरी नहीं थी, बल्कि उस लापता हिस्से की थी, जिसके लिए मेरा दिल चुपचाप शोक मना रहा था। यह एहसास एक बर्फीली सुई की तरह मुझे भेद गया – यह कोई इत्तेफ़ाक़ी मुलाक़ात नहीं थी। यह एक वापसी थी। किसी आदिम चीज़ की तरफ़। एक ऐसे जुड़ाव की तरफ़ जो समय से परे, स्थान से परे मौजूद था।

हक़ीक़त एक तेज़ थप्पड़ की तरह अंदर घुस आई। संगीत शांत हो गया। बत्तियाँ काँपने लगीं, बुझने की धमकी देते हुए। मुझे चले जाना चाहिए था। तुरंत। हमेशा के लिए भाग जाना चाहिए था, इससे पहले कि जादू फीका पड़ जाए, इससे पहले कि मैं फिर से उसकी आँखों में देखने की अनुमति दूँ। उसने मुझे शारीरिक रूप से रोकने की कोशिश नहीं की, लेकिन उसकी नज़र – भारी, ज़बरदस्त, लगभग अधिकार जताने वाली – ने मेरा पीछा किया। उसने आँखें सिकोड़ीं। मुश्किल से, एक शिकारी की पल भर की चमक की तरह। लेकिन मैंने इसे महसूस किया। एक स्पर्श की तरह। मेरी त्वचा पर। एक तार में बिजली जैसा तनाव मेरे अंदर से गुज़रा। एक ही समय में एक चेतावनी और एक निमंत्रण। मुझे एहसास हुआ कि यह कुछ... और था। कुछ ऐसा जो मेरी आत्मा की गहराई तक मुझे डरा रहा था। लेकिन आकर्षित भी कर रहा था। एक अमानवीय, लगभग दर्दनाक ताक़त के साथ। मैंने इसे पहचान लिया।

--- ✶ ☾ ✶ ---

फ्लैशबैक: निमंत्रण

आधी रात के बाद, नींद में, मेरा फ़ोन तकिए के नीचे बज उठा। एक संदेश। नथानियल की तरफ़ से।

"कल, दोपहर में। राइन के दक्षिणी किनारे पर एक छोटा सा कैफ़े, मिट्टलर ब्रुके पुल के पास। मेरे पास अभी भी कुछ सवाल हैं, जिनका जवाब सिर्फ़ तुम दे सकती हो।"

मेरा दिल एक डरी हुई चिड़िया की तरह मेरे सीने में उछल पड़ा। चेतावनी? निमंत्रण? या... सज़ा? लेकिन मैं जानती थी कि मैं विरोध नहीं कर सकती। वह जो चुंबकीय आकर्षण फैला रहा था, वह एक काले, प्राचीन जादू की तरह था। और साथ ही – कुछ अशुभ की वह अजीब सी पूर्वसूचना, जो हर खुशी, हर उम्मीद को कम कर रही थी।

मुझे ख़ास महसूस हुआ। सिर्फ़ देखा नहीं गया, बल्कि महसूस किया गया। इस चेहरों के अंतहीन महासागर में अलग, अद्वितीय। एक दूसरे को स्वीकार करना एक छिपी हुई दुनिया का अचानक खुल जाना था, जिसके बारे में मुझे पता भी नहीं था कि वह मौजूद है। मेरे आत्मविश्वास के बाहरी रूप के पीछे हमेशा एक कमज़ोर लड़की

छिपी रहती थी, जो बेताबी से एक सच्चे, गहरे जुड़ाव की लालसा रखती थी। वह समझना चाहती थी।

भ्रम मीठा था, लगभग नशीला। "तुम इस छिपी हुई दुनिया में घुसने में कामयाब रही, मेरे सबसे गहरे सपनों, मेरे सबसे गहरे डर को बिना मेरा न्याय किए समझने में कामयाब रही। साथ में, हम सभी बाधाओं को ऐसे कदमों में बदल देंगे, जो हमें समझ, बिना शर्त प्यार के एक उच्च स्तर तक ले जाएँगे। हमारी मुलाक़ात होनी तय थी।" लेकिन इस नियति के साथ एक छाया भी थी। मुझे लगा कि यह रिश्ता अलग है। ज़्यादा मज़बूत। मैंने जो कुछ भी अनुभव किया था, उससे ज़्यादा ख़तरनाक।

नथानियल एक ऐसी शक्ति फैला रहा था, जो एक ही समय में मुझे आकर्षित कर रही थी और पागलपन की हद तक डरा रही थी। और सात साल का सवाल... वह हम दोनों के बीच एक अदृश्य, लेकिन महसूस होने वाले ख़तरे की तरह लटका हुआ था। यहाँ मैं हूँ। मैं, जो ज़िंदगी भर भागती रही। अब मैं उसकी तरफ़ चल रही हूँ। क्यों? मैं क्यों नहीं रुक सकती? उस पल में, जब मैं संदेश देख रही थी, मुझे पता था कि मैं एक चौराहे पर हूँ।

मैं एक ऐसे चुनाव के सामने खड़ी थी, जो मेरा पूरा भविष्य तय करने वाला था। लेकिन वास्तव में, मैंने पहले ही चुन लिया था। "या तो मैं उड़ जाऊँगी या बिखर जाऊँगी।" और मैंने उड़ने का फ़ैसला किया। मुझे पता था कि मुझे चोट लग सकती है, कि मैं सब कुछ खो सकती हूँ। लेकिन मुझे विश्वास था कि इस प्यार, इस रिश्ते की ताक़त किसी भी ख़तरे से ज़्यादा बड़ी है।

मैंने बस जवाब दिया:

"मैं आऊँगी।"

यह छोटा सा जवाब एक ही समय में समर्पण और वादा था। आकर्षण की शक्ति, अपनी ही, लंबे समय से दबी हुई इच्छा के आगे समर्पण। अज्ञात से मिलने का वादा। जैसे ही मैंने "भेजें" दबाया, मैंने महसूस किया कि मेरा जीवन हमेशा के लिए बदल रहा है। मैं? हार मान लूँ? मेरे अंदर कुछ टूट गया। या... आज़ाद हो गया? मेरे अंदर कुछ गहरा दरक गया। मुझे पता था कि मेरा समय ख़त्म हो रहा है... और उसके साथ – नियंत्रण का भ्रम भी।

---✶ ६ ✶ ---

आंतरिक तूफ़ान

बाक़ी रात बेचैनियों में बीती। मैंने ख़ुद को इकट्ठा करने, अपने विचारों और भावनाओं को व्यवस्थित करने की कोशिश की। मैं सब कुछ और कुछ भी नहीं बनना चाहती थी।

मैं मज़बूत, आत्मविश्वासी होना चाहती थी, लेकिन सच्ची, कमज़ोर भी। मैं उसे अपने सभी चेहरे, अपनी सभी भूमिकाएँ दिखाना चाहती थी। मैं बहु-परत वाली, बहुत बदलती हुई हूँ... मैं उसे पागल भावनाओं के भँवर में ले जा सकती हूँ, या उसका शांत आश्रय बन सकती हूँ। मैं वह घातक महिला हो सकती हूँ, जिसकी निकटता से उसका

खून खौल जाएगा, या वह कोमल माँ, जिसका आलिंगन हर दर्द को शांत कर देगा। एक बहादुर साहसी, या एक शांत दर्शक। उसकी प्रेरणा, या एक बुद्धिमान सलाहकार। मेरे अंदर अनगिनत भूमिकाएँ छिपी हैं, और मैं उसे सच में खुश करने के लिए हर एक भूमिका निभाने के लिए तैयार हूँ।

क्या तुम उस आँखों में खोना चाहते हो, जो अतृप्त जुनून से भरी हैं, या मेरे आलिंगन की शांत गर्मी में डूबना चाहते हो? क्या तुम मेरे साथ सुबह की पहली किरण तक नाचना चाहते हो या सोफ़े पर एक साथ सिमटकर अपने भविष्य के बारे में सपने देखना चाहते हो? तुम मुझे क्या बनाना चाहते हो? चुनाव तुम्हारा है। मैं कुछ भी बनने के लिए तैयार हूँ... तुम्हारे लिए।

लेकिन क्या वह... इसके लिए तैयार था? क्या वह आत्मा की गहराई की तलाश कर रहा था? या बस एक और खेल? सवाल मेरे दिमाग़ में नाराज़ मधुमक्खियों के झुंड की तरह घूम रहे थे, लेकिन एक बात निश्चित थी – मैं इस मुलाक़ात में जाऊँगी, हर चुनौती का सामना करने के लिए तैयार, इस रिश्ते के लिए लड़ने के लिए, लेकिन सच्चे रूप से जीने के लिए।

इस समर्पण ने मुझे डरा दिया। मेरा दिल पागलपन की तरह धड़क रहा था। मेरा दिमाग़ एक नाराज़ तूफ़ान की तरह था, जो हर परिचित चीज़ को उड़ा ले जा रहा था। प्यार, वह अदम्य शक्ति, मेरे अस्तित्व की नींव को हिला रही थी। मैंने उसे अस्वीकार करने की शांति में जकड़ने की कोशिश की। लेकिन उत्साह और नशीला रोमांच पहले ही मेरी आत्मा के हर कोने में भर गया था, हर विरोध को मिटा रहा था।

मुझे एक ही समय में हल्का और भारहीन महसूस हो रहा था, लेकिन अज्ञात के बोझ से भी दबा हुआ था। मैं एक पेंडुलम की तरह थी, जो खुशी के आसमान में उड़ने की अदम्य इच्छा और दर्दनाक गिरने के डर के बीच लाचार होकर झूल रहा था। अज्ञात आनंद का अदम्य आह्वान मुझे बिना हिचकिचाहट के कूदने के लिए मजबूर कर रहा था, लेकिन संभावित दर्द का बर्फीला डर हर हरकत को लकवाग्रस्त कर रहा था। मैं अपने ही फटे हुए दिमाग़ में एक कैदी थी, एक दर्दनाक दुविधा का सामना कर रही थी: पूरी तरह से जीना, लेकिन घायल होने का जोखिम उठाना, या उदासीनता की झूठी सुरक्षा से संतुष्ट होना।

"इंसान आज़ाद होने के लिए अभिशप्त है।"

सार्त्र।

लेकिन यह आज़ादी... यह भारी है। क्या यह सिर्फ़ एक छलाँग है? गहरे पानी में? या... एक उड़ान?

---✶ ? ✶---

कैफ़े में मुलाक़ात

और मेरे अंदर इस अराजकता के बावजूद, मैं चल रही थी। मेरे पैर, जैसे एक अदृश्य शक्ति द्वारा निर्देशित, मुझे कैफ़े तक ले जा रहे थे। बेसल की हवा ठंडी थी और उसमें राइन की गंध, किसी सड़क के कैफ़े के धुएँ के साथ मिली हुई थी। हर मीटर

तर्क और दिल के बीच, सावधानी और लालसा के बीच एक लड़ाई थी। मैं राहगीरों को देख रही थी, उसकी तलाश कर रही थी, जिसका चेहरा मुझे एक चुंबक की तरह खींच रहा था। मैंने कल्पना की कि मैं उसे कैसे देखूँगी। वह कैसे मुस्कुराएगा, कैसे उसकी आँखें उस तीव्रता के साथ मुझे भेदेंगी, जो एक ही समय में मुझे डराती और मंत्रमुग्ध करती थी। हम एक दूसरे को कैसे छुएँगे और कैसे हमारे चारों ओर सब कुछ फीका पड़ जाएगा, जैसे कि दुनिया हमारे बाहर मौजूद रहना बंद कर देगी।

लेकिन साथ ही मैं डर रही थी। मुझे निराशा, अस्वीकृति, और कुछ ऐसा करने का डर था, जो मुझे बर्बाद कर देगा। मुझे डर था कि यह अदम्य लगाव सिर्फ़ एक भ्रम है, कि नथानियल वह नहीं है जो मैं उसे समझती हूँ। जैसे-जैसे मैं कैफ़े के क़रीब पहुँची, मुझे एहसास हुआ कि मैं सिर्फ़ एक मुलाक़ात की तलाश नहीं कर रही थी। मैं सच्चाई की तलाश कर रही थी। मैं जवाबों की तलाश कर रही थी। मैं ख़ुद की तलाश कर रही थी। और मैं किसी भी सच्चाई का सामना करने के लिए तैयार थी, चाहे वह कितनी भी दर्दनाक क्यों न हो। क्योंकि कभी-कभी, ख़ुद को ढूँढने के लिए, आपको जलकर राख हो जाने का जोखिम उठाना पड़ता है।

और फिर... मेरे अंदर यह फ़ैसला फट गया। मैंने सब कुछ दाँव पर लगाने का फ़ैसला किया। अपनी आदिम प्रवृत्ति पर भरोसा करने के लिए, उस अदम्य आंतरिक शक्ति पर, जो मुझे आगे धकेल रही थी। क्योंकि प्यार साँस लेना है, एक दूसरे से जुड़ना है, पहचानना है – इसे अपने अंदर ढूँढने के चुनाव का सार। यह आह्वान स्थान और समय के दूसरे आयाम से आ रहा था – और मैंने इसे गहराई से महसूस किया।

"वहाँ मेरा क्या इंतज़ार है – नरक या स्वर्ग?!" मैंने हवा में फुसफुसाया, जब मैं इस भाग्यशाली किनारे पर खड़ी थी, अज्ञात में छलाँग लगाने के लिए तैयार थी। हड्डियों तक, अपनी आत्मा की गहराई तक – मैं डर रही थी... मैं, मेलिना। प्यार का नाइट। मैं काँप रही थी।

---✶ ✶---

नथानियल की नज़र से...

"क्या वह आएगी?" – यह विचार नथानियल को भेद गया, जब वह सामने की खाली कुर्सी को देख रहा था। सूरज छोटे से कैफ़े में लंबी परछाइयाँ डाल रहा था, और तेज़ एस्प्रेसो और मीठे क्रोइसैन की सुगंध हवा में भर गई थी। कहीं से, शायद पास के किसी सड़क के संगीतकार से, सैक्सोफ़ोन की एक दूर, उदास धुन सुनाई दे रही थी। सब कुछ तैयार था। उसने सब कुछ योजना बनाई थी।

"यह महिला कौन है?" – वह ख़ुद से पूछ रहा था, जबकि उसकी छवि उसके दिमाग़ में तैर रही थी, जो परेशान पानी में प्रतिबिंब की तरह बदल रही थी। – "तूफ़ान और आश्रय, घातक और माँ, साहसी और प्रेरणा... तुम सच में कौन हो, मेलिना? और तुम मेरे लिए क्या बनने को तैयार हो?"

उसे उससे मिलने की उम्मीद नहीं थी। अब नहीं। इस तरह नहीं। वह शक्तिशाली आकर्षण... जिसने उन्हें दो अकेले ग्रहों की तरह एक-दूसरे की तरफ़ खींच लिया, जो अपनी कक्षा से भटक गए थे।

उसने एक पल के लिए आँखें बंद कर लीं, जबकि उसकी नज़र पहले ही उसे जिज्ञासा से भेद रही थी – अतृप्त, लेकिन इतनी कमज़ोर, जैसे एक टूटी हुई सतह। "मैं, जिसने हमेशा ख़ुद को एक होशियार, सतर्क महिला समझा।" वह उससे संवाद कर रही थी। शब्दों से नहीं, मुस्कान से नहीं, बल्कि अपनी साँसों से... किसी दिव्य क्षण की तरह, वे उसमें गूँज रहे थे। "तुम्हारी नज़र से जली एक चिंगारी ने मेरे दिल में एक अदम्य आग जला दी, जिसने बेरहमी से मेरी सभी सुरक्षा को पिघला दिया।"

वह इसका आदी नहीं था। वह भी नहीं। नियंत्रण, तर्कसंगतता, दूरी – वे हमेशा उसकी ढाल थे। लेकिन उसके साथ... उसके साथ सब कुछ बदल गया। उसके साथ ढालें पिघल गईं।

"मुझे आश्चर्य और घबराहट के साथ पता चला कि मैं भावनाओं में सक्षम हूँ... सिर्फ़ सामान्य भावनाओं में नहीं, बल्कि एक भँवर में, जिसने हर उस चीज़ को पलट दिया, जिस पर मैंने कभी विश्वास किया था।"

भँवर। बिल्कुल सही। वह एक भँवर थी। और वह – भी। दो तत्व, एक दूसरे से टकराने के लिए अभिशप्त।

"और अज्ञात के जमा देने वाले डर के बावजूद, अपनी गहराई में मैंने एक अजीब, अतृप्त इच्छा महसूस की, ख़ुद को दूर ले जाने देने की... तुम्हारे द्वारा।"

उसने उसके हाथ को देखा, जिसने एक पल पहले उसके हाथ को छुआ था – सिर्फ़ एक सेकंड के लिए, लेकिन एक निशान छोड़ने के लिए काफ़ी था। वह बिजली जो गुज़री थी। अपरिहार्य। घातक? या... मुक्त करने वाली?

"क्यों? अब क्यों? जब सब कुछ किनारे पर है..."

यह सवाल उसके ऊपर भी लटका हुआ था। सब कुछ किनारे पर था। बदल रहा था। अप्रत्याशित रूप से। बेकाबू। सालों में पहली बार।

"मैं, जिसने प्यार को नकार दिया था। अब..."

उसने महसूस किया कि उसके अंदर कुछ टूट रहा है। या आज़ाद हो रहा है? वह उसे देख रहा था – कमज़ोर, सुंदर, अराजक। और इतना सच्चा। वह एक रहस्य थी। और वह... वह बस एक इंसान था, जिसने पहली बार महसूस किया कि कैसे उसके दिल की बर्फ़ पिघल रही थी, जिससे कच्चा, असुरक्षित मांस सामने आ रहा था।

आग। वह आग थी। और वह जल रहा था। लेकिन क्या यह विनाश था, या शुद्धिकरण?

---✶ ६ ✶---

अनछुआ प्यार। मेलिना...

नथानियल मुस्कुराया, लेकिन उस मुस्कान में कुछ रहस्यमय था, कुछ ऐसा जो मैं समझ नहीं सकती थी – जैसे वह हज़ारों अनकहे रहस्य छुपा रहा था, और उसकी आँखें चमक रही थीं। वह थोड़ा आगे झुका।

"क्या तुम भी इसे महसूस करती हो, मेलिना? वह शक्ति, जो हमें जोड़ती है। हमसे बड़ी। यह हमेशा से वहाँ थी, बस हमारे इसे ढूँढने का इंतज़ार कर रही थी।"

उसने अपना हाथ बढ़ाया और मेरे हाथ को छुआ, अपने अंगूठे को मेरी उंगली की हड्डी पर फेरते हुए। एक धड़कता हुआ झटका मेरे अंदर से गुज़रा, जैसे मैंने एक नंगे तार को छू लिया हो। मेरे पूरे शरीर में एक सिहरन दौड़ गई। यही है। अपरिहार्य। घातक?

"मैं चाहता हूँ कि तुम समझो कि मैं दूसरों जैसा नहीं हूँ," उसकी आवाज़ धीमी थी, लेकिन एक सज़ा की तरह कठोर। "मैं खेल नहीं खेलता। मुझे कुछ सच्चा चाहिए। मुझे तुम चाहिए। तुम पूरी। तुम्हारे सभी चेहरों और परछाइयों के साथ।"

उसके शब्द एक शपथ की तरह थे, एक ऐसे वादे की तरह थे जो एक ही समय में मुझे एक अदम्य, लगभग वर्जित शक्ति से डरा रहा था और आकर्षित कर रहा था। मुझे पता था कि मैं कुछ बड़ा, एक खाई के किनारे पर थी, जो मुझे अपनी ओर खींच रही थी। और मुझे एक फ़ैसला लेना था। पीछे हटना और अपनी जानी-पहचानी सुरक्षा, अपने झूठे नियंत्रण की तरफ़ लौटना, या भावनाओं के इस रसातल में कूदना और ख़ुद को दूर ले जाने देना... उसके द्वारा।

लेकिन मैं ऐसा नहीं कर सकती थी। मैं विरोधाभासी भावनाओं से लकवाग्रस्त हो गई थी, जैसे एक जाल में फँसी हुई जंगली बिल्ली। मेरा गला कस गया। मैं साँस नहीं ले सकती थी, हवा सीसे में बदल गई थी। मेरे अस्तित्व का हर हिस्सा भागने के लिए चिल्ला रहा था।

मैं अचानक खड़ी हो गई, कुर्सी मेरे पीछे से खिसक गई, नथानियल मुझे आश्चर्य से देख रहा था, उसका चेहरा उलझन में जम गया था।

"मुझे जाना होगा," मैंने फुसफुसाया, मेरी आवाज़ सिर्फ़ एक साँस थी, मुश्किल से सुनाई दे रही थी। अचानक, बिजली की तरह, मैंने उसकी नज़र को अपनी पीठ पर महसूस किया – सिर्फ़ एक नज़र नहीं, बल्कि एक अधिकार जताने वाली पकड़, जो मुझे पीछे खींच रही थी। उस पल में, जब मेरे पैर मुझे दूर ले जा रहे थे, मैंने अपनी ही आंतरिक आवाज़ सुनी – मेरा एकमात्र हिस्सा जो अभी भी लड़ रहा था, वह काँप रहा था और फुसफुसा रहा था: "नहीं, जाओ मत!" लेकिन मैं पहले ही जा चुकी थी। मेरे आंतरिक डर और बाहरी भागने के बीच का अंतर एक खाई की तरह था।

मैंने उसे नहीं देखा। मैं नहीं देख सकती थी। मैं पीछे मुड़ी नहीं, तेज़ी से चली, लगभग भाग गई, उसे पीछे छोड़ गई, सब कुछ पीछे छोड़ गई। मुझे नहीं पता था कि मैं क्या कर रही थी, लेकिन मुझे पता था कि मुझे इस जगह से चले जाना चाहिए, इससे पहले कि मैं कुछ ऐसा करूँ जिसका मुझे अफ़सोस होगा। इससे पहले कि मैं पूरी तरह से हार मान लूँ। इससे पहले कि मैं गिर जाऊँ... मैं खो गई थी।

------------------ ❧ --------------------

अध्याय 35: प्यार का झरना

मेरी क़दमों की गूँज बेसल की सुनसान गलियों में सुनाई दी, जब मैं होटल के दरवाज़े की तरफ़ जा रही थी। चाबी ताले में खरोंच गई। कमरा ठंडा था, हवा में दबी हुई आहों का भार था। मैं बिस्तर तक नहीं पहुँची। मैं दरवाज़े के पास बैठ गई, मेरी पीठ ठंडी लकड़ी से लगी थी। मेरा दिल पागलपन की तरह धड़क रहा था, मेरा पेट एक गाँठ में सिकुड़ गया था – संदेह का एक तूफ़ान मेरी आत्मा को फाड़ रहा था। और फिर... एक खालीपन। एक जमा देने वाला, अज्ञात खालीपन। एक कटे हुए अंग की तरह, जिसका प्रेत दर्द हमेशा के लिए रहता है, लेकिन... इस बार दर्द एक चुभने वाला मुक्ति थी।

"या तो मुझे हुक से उतार दो, और मेरी साँसें रोक दो, या मुझे आज़ादी से तैरने दो," मेरे ही दिमाग़ में एक आवाज़ ने फुसफुसाया। यह मेरी आवाज़ थी, लेकिन ऐसा लगा जैसे वह मेरे बाहर से आ रही हो।

कोई डर नहीं था, कोई संदेह नहीं था। बस उड़ने की एक नशीली, लगभग पापपूर्ण भावना थी। मैं किनारे पर नाच रही थी। अगला हर कदम मुझे खाई में खींच सकता था। लेकिन निराशा के इस भँवर में एक अजीब, अवर्णनीय आज़ादी भी छिपी थी। अज्ञात। मैं एक भूलभुलैया में खो गई थी, जिसे मैंने ख़ुद बनाया था, और अब मैं उसके रहस्यमय गलियारों में बिना किसी उद्देश्य के घूम रही थी। कमी... वह जानी-पहचानी उदासी नहीं थी। यह एक क्रूर, लगभग दर्दनाक मुक्ति थी। मैं याद में जलने के लिए अभिशप्त थी।

कम से कम मैं जल तो रही थी। मैं अब बर्फ़ नहीं थी।

---✶ ʕ ✶ ---

दर्पण प्रतिबिंब

तुम्हारी आँखों में, नथानियल... वहाँ एक शांत उदासीनता थी। एक दूरी, जैसे तुमने अपने और दुनिया के बीच एक अभेद्य दीवार बना ली हो। लेकिन उस छोटे, क्षणिक पल में, मैंने तुम्हारी नज़र की गहराई में एक मुश्किल से perceptible काँप महसूस की। सच्ची निकटता का एक अनिश्चित, अनसुलझा डर। एक बच्चे की तरह, जो एक अंधेरे, परियों की कहानियों वाले बुरे जंगल में खो गया हो। तुम, नथानियल। मेरी परछाई। तुम्हारा डर। मेरा डर।

कौन किसे ज़्यादा डराता है? तुम्हें मुझसे क्यों मिलना पड़ा?

"तुम्हें मुझे दिखाना चाहिए था कि तुम सच में कौन हो, नथानियल! मेरे लिए यह कोई खेल नहीं था — और तुमने इसे बिल्कुल ऐसे ही शुरू किया, यह महसूस किए बिना कि तुम मेरी आत्मा में कितनी गहराई तक घुस जाओगे। तुम्हें हल्केपन से क़रीब आने का जोखिम नहीं उठाना चाहिए था, क्योंकि तुम्हें अभी तक पता नहीं था कि यह

मुलाक़ात नियति थी। यह तुम में ऐसे निशान छोड़ेगी, जो पहले से कहीं ज़्यादा गहरे और स्थायी होंगे। मुलाक़ातें इत्तेफ़ाक़ नहीं होतीं — वे भाग्य का काम होती हैं, आत्माओं की पहचान होती हैं, हमारे डीएनए में उलझे हुए फ़ोटोन की, जो अतीत के निशान को वहन करते हैं और एक नए अनुभव की नींव रखेंगे, यह इस पर निर्भर करता है कि क्या हम प्यार को ढूँढ पाएँगे। यह एक क्वांटम उलझाव है, जो हमें जीवन के माध्यम से ले जाता है, हमें बिखेरता है, सिर्फ़ फिर से इकट्ठा करने के लिए। सात साल... अब क्यों? जब मैं पहले से ही किनारे पर खड़ी हूँ? और तुम — ऐसा लगता है, तुम भी।"

---✶ ६ ✶---

बीते युगों की गूँज। मेलिना:

बेसल में प्रदर्शनी हॉल, एक अस्थायी नीलामी घर में बदल गया, खचाखच भरा हुआ था। अँधेरा दीवारों पर नाच रहा था, जिसे स्पॉटलाइट की तेज़, बेरहम किरणें काट रही थीं, जो काँच के डिस्प्ले पर फिसल रही थीं। हवा में तनाव, उम्मीद और भूले हुए अतीत की भारी, लगभग धूल भरी गंध थी, जो नाक में चुभ रही थी। एक धीमी फुसफुसाहट, जो गिलासों के हल्के खनखनाने और बर्तनों की खनक से टूट रही थी, जगह को भर रही थी।

शहर के गोधूलि के पार, उम्मीद फैल रही थी – घनी, महसूस होने वाली। एक अदृश्य घूँघट की तरह, जैसे वह भी हमारी मुलाक़ात, इस नीलामी को रहस्यमयता देना चाहती थी, जिसे नथानियल ने आयोजित किया था। यहाँ सब कुछ इतिहास की साँस ले रहा था, लेकिन मैंने कुछ और भी महसूस किया – एक स्पंदन, धड़कन, जो मुझे अदम्य रूप से आकर्षित कर रहा था। नथानियल ने मुझे एक निजी संग्रह से प्राचीन कलाकृतियों के एक विशेष शो और नीलामी में आमंत्रित किया था – रहस्यमय प्राचीन अनुष्ठानों से संबंधित अवशेष। मेरे जाने से एक दिन पहले। मैंने मना नहीं किया। मेरे पास इस एकमात्र पल को छोड़ने की ताक़त नहीं थी। और वह पागल साहसीपन... जो हमेशा मुझे खाई की तरफ़ खींचता था। या शायद... रोशनी की तरफ़?

नथानियल पोडियम के बगल में खड़ा था, उसकी परछाई दीवार पर लंबी और अशुभ खिंच रही थी। स्पॉटलाइट चमकी और उसने केंद्रीय कलाकृति को रोशन किया – एक लकड़ी का कप, जिसे एक नया खोजा गया और फिर से बेचा जा रहा ग्रेल घोषित किया गया था। उसके किनारे पर एक हल्की दरार एक प्राचीन निशान की तरह लग रही थी। दर्शक शांत हो गए। मैंने श्रद्धा की एक सामूहिक आह महसूस की, जिसमें संदेह की फुसफुसाहट मिली हुई थी। वह कप को घूर रहा था, और मेरी जलती हुई नज़र उसके प्रोफ़ाइल पर टिकी हुई थी। उसकी चीकबोन्स एक शांत जवाब में तनी हुई थीं, उसकी गर्दन पर नसें हल्की धड़क रही थीं। हमारे बीच का तनाव इतना घना था कि उसे चाकू से काटा जा सकता था। हवा अनकहे शब्दों से काँप रही थी। मैं और बर्दाश्त नहीं कर सकती थी। निराशा एक ज्वार की लहर की तरह उठ रही थी। आख़िरकार मैंने चुप्पी तोड़ी, मेरी आवाज़ मुश्किल से टूट रही थी:

"नथानियल..."

उसने कप से नज़रें नहीं हटाईं। वह पत्थर की तरह खड़ा रहा। उसकी आँखों में मैंने लकड़ी के रेशों का, सतह पर हर दरार का प्रतिबिंब देखा – जैसे वह उनमें अनंत काल के जवाब की तलाश कर रहा था। वह आकर्षक उत्साह में लीन था, उसकी आँखों में उस चमक में, कि शायद यह बर्तन अमरता की कुंजी है, जिसे वह सदियों से खोज रहा था। इस उम्मीद, इस लगभग पागल जुनून ने उसे अपनी कुछ सुरक्षा हटाने के लिए उकसाया।

"मुझे पता है तुम क्या कहोगी, मेलिना। कीमत के बारे में? या यह कि यह यहाँ सबसे क़ीमती चीज़ नहीं है?"

"नहीं, तुम नहीं जानते!" मैं थोड़ा आगे झुकी, महसूस करते हुए कि मेरा अपना खून मेरी कनपटी में धड़क रहा था। मेरी आँखों में एक ज्वाला जल रही थी, जिसमें कमज़ोरी, लगभग पीड़ा मिली हुई थी, जो मेरी आत्मा को खा रही थी। "मैं... मैं प्यार में पड़ गई थी।"

शब्द हवा में लटक गए, भारी और अपरिवर्तनीय, एक प्राचीन मंत्र की तरह। मैंने महसूस किया कि एक ठंडी सिहरन मेरी रीढ़ की हड्डी से गुज़री। उस पल में, जैसे पूरा हॉल शांत हो गया हो। कप के ऊपर की स्पॉटलाइट हल्की सी चमकी। मैंने सैकड़ों आँखों की फुसफुसाहट सुनी, जो हमारी तरफ़ मुड़ी हुई थीं। मैं उजागर थी, मैं सबके सामने नग्न थी। नथानियल जम गया।

"अप्रत्याशित, है ना?" उसने धीरे से, लगभग फुसफुसाते हुए कहा, उसकी आवाज़ सूखी हुई थी, एक सूखे कुएँ की तरह, जिसमें लंबी यात्राओं की गूँज थी। उसके शब्द हॉल के दबे हुए माहौल में खो गए, जो इकट्ठा हुई भीड़ के शोर में समा गए। "एक टूटते तारे की तरह..."

उसने थोड़ा ढीला छोड़ा, उसके कंधे मुश्किल से दिखाई देने वाले रूप से ढीले हो गए, लेकिन वह सीधा देखता रहा, जैसे कि पवित्र कप इस अचानक, चौंकाने वाली स्वीकारोक्ति से उसका एकमात्र आश्रय था।

एक सेकंड के लिए, चुप्पी में, मैंने उसकी थकान को पकड़ लिया। एक ढीलापन, जिसने मुझे बताया कि वह भी उतना ही हमेशा छिपने से थका हुआ था जितना मैं थी। एक छोटी सी चमक, एक थकी हुई मुस्कान की तरह, उसके होंठों को टेढ़ा कर गई। "यही... तुम फिर से अपनी सच्चाई से सब कुछ बर्बाद कर रही हो..." – उसने यह नहीं कहा, लेकिन मैंने उसकी आँखों में पढ़ लिया। और मैंने आधी मुस्कान के साथ जवाब दिया, यह समझते हुए कि उस पल में वह ख़ुद से लड़ रहा था।

"हाँ!" मेरी आवाज़ ने अँधेरे को काट दिया, शुद्ध, अपरिवर्तनीय भावना से भरी हुई। "इसने मेरी सारी बेचैनी को रोशन कर दिया, नथानियल। मैं इसे समझा नहीं सकती। यह बस हुआ। इसने मुझे जीत लिया... बिना किसी चेतावनी के, एक सुनामी की तरह।"

उसने आख़िरकार मेरी तरफ़ देखा। एक छोटे, चुभने वाले पल के लिए, जिसने हमारे बीच की सारी दूरी को फाड़ दिया। उसकी आँखें, दो कुओं की तरह, उदासी और गहरी, लगभग दर्दनाक समझ का मिश्रण दर्शा रही थीं, जो मेरी आत्मा की गहराई तक मुझे भेद रहा था।

"मैं जानता हूँ कि जीतना क्या होता है, मेलिना।"

"लेकिन... तुम?" मैंने उसे उम्मीद और डर के मिश्रण से देखा। एक साँस मेरे गले में अटक गई। "कृपया, बताओ। इस बार मुझे मेरे पागलपन में अकेला मत छोड़ो।"

नथानियल ने भारी साँस ली, अपनी नज़र को वापस कप की तरफ़ मोड़ा, जैसे वह उसकी प्राचीन, लेकिन झूठी विशालता में मुक्ति की तलाश कर रहा था, जो केवल चुप्पी प्रदान करता था।

"तुमने मुझे दिखाया कि कमज़ोर होना क्या है, मेलिना। बिना शर्त भरोसा करना। निस्वार्थ रूप से प्यार करना। तुमने मुझे रोशनी दिखाई... इतने लंबे समय के बाद, जिसमें मैं परछाइयों में लीन था।"

उसकी आवाज़ सूखी हुई थी, जिसमें एक आंतरिक लड़ाई भरी हुई थी, जो उसकी सुरक्षा को फाड़ रही थी। मैं साँस रोककर उसे देख रही थी, उसके हर शब्द का इंतज़ार एक सज़ा की तरह कर रही थी, जो मेरी किस्मत का फ़ैसला करेगा।

"मैं जानता हूँ कि यह नाजुक है... हथेली में एक तितली की तरह। सुंदर... और क्षणिक," नथानियल ने जारी रखा। "लेकिन उस छोटे से पल के लिए... जब उसके पंख फड़फड़ाते हैं... असीम खुशी होती है।"

वह एक लंबी साँस लेने के लिए रुका, जैसे कि वह सबसे महत्वपूर्ण बात कहने के लिए ताक़त इकट्ठा कर रहा था।

"तुमने मुझे दिखाया कि जीवन जीने लायक है... सब कुछ के बावजूद। यही है। यह कहा गया है।"

एक स्वीकारोक्ति। सिर्फ़ मेरे लिए नहीं। उसके लिए भी। और मैं एक उत्प्रेरक थी। कौन किसे बचा रहा था?

साइड से, नीलामकर्ता की आवाज़ सुनाई दी, जो कप के लिए अंतिम बोली की घोषणा कर रहा था, उसकी आवाज़ हॉल में गूँज रही थी: "...एक मिलियन और आठ सौ हज़ार! अंतिम बार!"

नथानियल ने हाथ उठाया। उसकी नज़र कप पर टिकी रही। उसकी जबड़े की हर मांसपेशी कस गई।

"दो मिलियन!" उसने दृढ़ता से कहा, उसकी आवाज़ ने हवा को एक ब्लेड की तरह काट दिया।

हथौड़े की आवाज़ सुनाई दी – एक तेज़, निर्णायक आवाज़। "बिक गया! श्री... नथानियल को।"

वह मेरी तरफ़ मुड़ा। अपने हाथ में उसने अपनी नई अधिग्रहण का पत्थर जैसा प्रमाण पकड़ा हुआ था, जिसकी कीमत लाखों थी। उसकी आँखें काली थीं, लगभग

अभेद्य। मैंने धीरे-धीरे अपना हाथ उसकी तरफ़ बढ़ाया, जो दस्तावेज़ को कसकर पकड़े हुए था। मेरी उँगलियाँ हल्के से उसकी उँगलियों को छू गईं, एक हवा के झोंके की तरह। मैंने अपनी उँगलियों के सिरे से उसकी कमीज़ का ठंडा रेशम महसूस किया, और एक हल्का विद्युत आवेग मेरी बाँह से गुज़रा।

"नथानियल!" मैंने फुसफुसाया, मेरी आवाज़ शोर से मुश्किल से सुनाई दे रही थी। "यह असली ग्रेल नहीं है। मैं यह जानती हूँ। मैंने उसे देखा है।"

मेरे शब्दों ने उसे बिजली के झटके की तरह मारा। उसका चेहरा विकृत हो गया। यह सिर्फ़ उलझन नहीं थी, बल्कि आंतरिक संघर्ष का एक विस्फोट था। उसकी आँखें सिकुड़ गईं, उसकी पुतलियाँ फैल गईं, उसकी नज़र ने मेरी नज़र को भेद दिया। उसकी आँखों में ग़ुस्सा और निराशा नाच रही थी। मैंने देखा कि कैसे उसके दिमाग़ में खोज में विश्वास मेरी बेरहम निश्चितता के ख़िलाफ़ लड़ रहा था। ठंडक। संगमरमर के फर्श पर ठंड दौड़ गई, जैसे मेरे शब्दों ने एक अदृश्य बाधा को तोड़ दिया हो।

"तुम्हें कैसे पता? तुम इतनी निश्चित कैसे हो, मेलिना?" उसकी आवाज़ ठंडी थी, स्टील की तरह, लेकिन एक मुश्किल से दिखाई देने वाले काँप, लगभग एक फुफकार के साथ। "तुम... ग्रेल के बारे में क्या जानती हो? यह मेरा पूरा जीवन है!"

उसका सवाल सिर्फ़ जिज्ञासा नहीं था। यह एक आरोप था। एक उलझन। मैंने उसे बेख़बर पकड़ा था, उसके नियंत्रण के क्षेत्र से बाहर। और नथानियल के लिए नियंत्रण खोने से ज़्यादा डरावना कुछ नहीं था। अब वह मुझमें उस महिला को नहीं देख रहा था, जिससे उसे प्यार हो गया था, बल्कि एक रहस्य, उसकी सबसे पोषित खोज के लिए एक संभावित ख़तरा देख रहा था। हमारे बीच की हवा भारी हो गई, जिसमें अनकहे संदेह भर गए।

"मैं जानती हूँ कि वह कहाँ है।"

एक पल के लिए समय रुक गया। मेरी साँस भी हवा में घुल गई। उसकी आँखें – दो असीम खाई – सच्चाई को सोख रही थीं। मैंने देखा कि कैसे उसका स्टील जैसा संकल्प टूट रहा था, और उसके नीचे एक गहरी, लगभग बचकानी कमज़ोरी झाँक रही थी। हिचकिचाहट ने उसे एक काले कोहरे की तरह घेर लिया। वह थोड़ा पीछे हटा, जैसे उसे डर था कि वह मेरे सामने बिखर जाएगा।

फ़्लैशबैक: उस पल में, दूसरे समय की एक छवि तैर गई, मेरे दिमाग़ में चमक गई – महल की लाइब्रेरी में एक रात, जब हमारे हाथ टेम्पलर्स की पांडुलिपि के पन्नों पर लगभग छू गए थे... और मैंने उसमें अनिश्चितता की वही काँप महसूस की थी।

उसी पल, हॉल के प्रवेश द्वार से आवाज़ें सुनाई दीं। एक धीमी बड़बड़ाहट, जिसके बाद हँसी सुनाई दी, जो शांत माहौल में झूठी और कठोर लग रही थी।

"श्री मॉर्टन! खेप में एक समस्या है!" "माफ़ कीजिए, लेकिन हमें अभी... एक विशेषज्ञ की रिपोर्ट मिली है, जो कप की उत्पत्ति पर संदेह पैदा करती है।" – भीड़ से एक आदमी की आवाज़ सुनाई दी।

एक सहायक के हाथ में एक लिफ़ाफ़ा दिखाई दिया, जो नथानियल की तरफ़ दौड़ रहा था। मेरी उँगलियाँ, एक आवेग से प्रेरित होकर, उसे पकड़ गईं, इससे पहले कि नथानियल प्रतिक्रिया कर पाता। मैंने उसे एक तेज़ हरकत से फाड़ दिया। मैंने उसे दस्तावेज़ दिया।

"यह रहा।" मेरी आवाज़ कठोर थी, बिना किसी काँप के। "सबूत। कभी-कभी, जिसे हम सच्चाई मानते हैं, वह बस एक चमकदार भ्रम होता है।"

नथानियल का चेहरा पीला पड़ गया। एक पल पहले उसकी आँखों में जो आत्मविश्वास था और अब जो घबराहट उसे घेर रही थी, उसके बीच का विरोधाभास दर्दनाक रूप से दिखाई दे रहा था। उसने कागज़ की तरफ़ नीचे देखा, उसकी उँगलियाँ उस पर काँप रही थीं। हमारे चारों ओर सभी हमारी तरफ़ मुड़ गए थे, उनकी आँखें हम पर टिकी हुई थीं। फुसफुसाहट एक साफ़ सुनाई देने वाले शोर में बदल गई।

"नथानियल! दोस्त!" एक जानी-पहचानी आवाज़ सुनाई दी, जो झूठी गर्मजोशी से भरी हुई थी। "तुम यहाँ कब से हो? हमने तुम्हें नहीं देखा।"

एक बूढ़ा जोड़ा, सुरुचिपूर्ण ढंग से कपड़े पहने हुए, मुस्कुराते हुए हमारी तरफ़ आ रहा था। उनके चेहरे शिष्टाचार के मुखौटे थे। मैं उन्हें नहीं जानती थी, लेकिन मुझे तुरंत लगा कि वे संग्रहकर्ताओं और संरक्षकों की उस दुनिया का हिस्सा थे, जहाँ मुस्कान चाकुओं से ज़्यादा तेज़ होती थी।

एक पल में सब कुछ बिखर गया। जादू, अंतरंगता, स्वीकारोक्ति – साधारण वास्तविकता के हज़ारों टुकड़ों में टूट गए। नथानियल फिर से अगम्य हो गया, अपनी स्पष्ट अप्रवेश्यता की सुरक्षा में लिपट गया। हमारे बीच एक दीवार खड़ी हो गई, जो किसी भी कोहरे से ज़्यादा घनी थी। मैंने अपने मुँह में हवा का कड़वा स्वाद महसूस किया, जैसे मैंने राख निगल ली हो। संगमरमर के फर्श की ठंड मेरे पतले जूतों से रिस रही थी।

नथानियल ने धीरे-धीरे अपना हाथ मेज़ से हटाया, दस्तावेज़ और अपनी नई अधिग्रहण के पत्थर जैसे प्रमाण को छोड़ दिया। उसने अपनी पहचान वालों की तरफ़ मुड़ने से पहले, आख़िरी बार मेरी तरफ़ देखा।

"रुको! मेलिना!" उसकी आवाज़ धीमी थी, लगभग गला घोंटी हुई। उसने मेरी तरफ़ हाथ बढ़ाया, लेकिन उसकी उँगलियाँ हवा में लटक गईं, मेरे हाथ से बस कुछ सेंटीमीटर दूर। "वह कहाँ है? असली कहाँ है? मुझे बताओ!"

मैं मुड़ी और चली गई। बिना एक शब्द कहे, बिना पीछे मुड़कर देखे। तब मुझे एहसास हुआ – हम कभी भी एक ही आयाम से नहीं होंगे। और शायद इसीलिए मुझे उससे प्यार हो गया था। मैंने उसे वहाँ छोड़ दिया, उसके भ्रम के मलबे के बीच, और असली ग्रेल के अनसुलझे रहस्य के बीच।

अध्याय 36: प्रस्थान और रहस्योद्घाटन

आंतरिक तूफ़ान

उस लंबी रात को, मेरे जाने से पहले, मैं अपने विचारों और भावनाओं के साथ अकेली थी... मैं बिना किसी डर के, उस अँधेरे से भागते हुए, जो मुझे इतने लंबे समय से घेरे हुए था, एक उज्ज्वल प्रकाश के सागर में डूब गई।

भले ही तुम मेरे लिए एक क्षणिक सपना ही थे, तुमने मुझे दिखाया कि जीवन को पूरी तरह से जीना कितना सार्थक है। भले ही मेरे पास तुम्हें देने के लिए सिर्फ़ एक रात थी, न कि सात साल, जो मैं तुम्हें अपनी पूरी आत्मा से देना चाहती थी।

लेकिन कभी-कभी... रातें मेरे रहस्यों का ठिकाना होती हैं। हॉल में हुई तनावपूर्ण बातचीत की याद मेरी बेचैन नींद में आती रही। यह केवल छवियों की एक श्रृंखला नहीं थी, बल्कि एक तूफ़ानी भावनात्मक यात्रा थी, जो मेरी आत्मा में घूम रहे चौंकाने वाले खुलासों और संदेहों का सीधा प्रतिबिंब थी। सपना एक धुँधली बंजर भूमि में एक अंतहीन यात्रा का एहसास था – एक प्राचीन, जानी-पहचानी उदासी, जो भाग्य की तरह भारी थी।

---✶ ⸮ ✶ ---

फ्लैशबैक: तुम मेरे सामने खड़े थे, एक रोमन सैनिक, जिसे एक दूर, कष्टप्रद अभियान पर भेजा गया था। हर रात मैं तुम्हारा इंतज़ार करती थी, और तुम्हारी अनुपस्थिति मुझे धीरे-धीरे मार रही थी, मुझे अंदर से खा रही थी। मुझे नहीं पता था कि तुम जीवित हो या नहीं, क्या तुम कभी वापस आओगे। यह जानने का एकमात्र तरीक़ा, साँस लेने का एकमात्र तरीक़ा, मेरे सपनों में तुम्हें ढूँढना था, तुम्हारी उपस्थिति को महसूस करना – सितारों की तरह दूर, लेकिन मेरी अपनी धड़कन की तरह वास्तविक। केवल इस स्पर्श के माध्यम से मैं सुनिश्चित हो सकती थी कि तुम जीवित हो, और मैं साँस ले सकती थी, तुम्हारा इंतज़ार कर सकती थी।

वेसुवियस फट गया, आसमान और ज़मीन को फाड़ते हुए, सब कुछ लावा और राख से ढक गया। मैं बच नहीं पाई। और यह शाश्वत, शापित जुदाई, अब अनंत काल में तैर रही थी।

अब, वर्तमान में, भेदने वाली अनुपस्थिति ने मुझे घेर लिया। मेरा गला सूख गया था। मेरे हाथ काँप रहे थे। यह कमी... सिर्फ़ उदासी नहीं थी। यह शारीरिक, विकृत, मृत्यु की उपस्थिति की तरह थी।

---✶ ⸮ ✶ ---

दर्पण जैसा रहस्योद्घाटन: नथानियल की आवाज़...

वह चुप था। नहीं, वह सिर्फ़ चुप नहीं था – वह डूब रहा था। उसकी नज़र, वह भेदने वाली हरी नज़र जो एक ब्लेड की तरह काटती थी, अब... सिर्फ़ डर से नहीं, बल्कि एक आदिम दर्द से धुँधली थी, जिसे वह अपनी धड़कन से बेहतर जानता था। मैंने उसे उस खाई में देखा, जो उसे निगल रही थी, संदेह की भूलभुलैया में उसे तोड़

रही थी, जो मुझे दर्दनाक रूप से परिचित थी। उसने इस पैटर्न को कितनी बार देखा था? एक दोहराने वाला पैटर्न, जो लोगों की आत्माओं पर एक जीवित नक्शे की तरह लिखा जाता था, जब वे ख़ुद से दूर जाते थे। अज्ञात के सामने। मेरे सामने।

अनिश्चितता के दुख, अस्पष्टता के दुख को, जिसे मैंने ख़ुद इंजेक्ट किया था – वह हमारे बीच की हवा में धड़क रहा था, एक मरते हुए दिल की धड़कन की तरह वास्तविक था। मैं न केवल उसकी पलकों के काँपने, उसके होंठों के मुश्किल से दिखाई देने वाले सिकुड़ने को देख रहा था, बल्कि उसके गिरने को भी देख रहा था। मैं हर सर्पिल को महसूस कर रहा था, जो उसे उसके अपने ही इनकार में और गहरा खींच रहा था। उसका आंतरिक तूफ़ान, उसकी निराशा गर्मी की लहरों की तरह फैल रही थी, हवा को जला रही थी। लेकिन उसी पल... मैंने कुछ और भी महसूस किया। कुछ मुश्किल से महसूस होने वाला, भविष्य की फुसफुसाहट की तरह।

उसके सबसे अंधेरे, सबसे निराशाजनक क्षण में – जब मैं पूर्ण पतन, मेरी चीरफाड़ के पूर्व-घोषित अंत की उम्मीद कर रहा था – कुछ अप्रत्याशित हुआ। मैंने आँखें सिकोड़ीं। यह दिलचस्प था। मैंने अपने अंदर उसके बदलाव को महसूस किया। अपेक्षित पीड़ा के बजाय, एक और डूबी हुई आत्मा के बजाय, मैंने आंतरिक शक्ति के खिलने का एक कमज़ोर, लगभग अदृश्य, लेकिन निर्विवाद एहसास महसूस किया। वह केवल अँधेरे को नहीं भेद रही थी। वह उठ रही थी। उसने ख़ुद की तरफ़ वापस जाने का रास्ता रोशन किया। अपनी प्रामाणिकता की तरफ़, जिसे मैं एक विलुप्त प्रजाति मानता था।

इस अथाह खाई में, जिससे बहुत से लोग बाहर नहीं आते थे, वह, शायद, उस एकमात्र, सच्चे प्यार को खोज रही थी – अपने अस्तित्व के लिए प्यार, जो हर चीज़ का आधार है।

मुझे एक गहरी, लगभग अस्वीकार्य जिज्ञासा महसूस हुई। यह वह प्रतिक्रिया नहीं थी जिसकी मैंने उम्मीद की थी, यह मुझे मेरी हड्डियों तक मोहित कर रही थी। वह बाहर, मुझसे बचाव नहीं ढूँढ रही थी। वह इसे ख़ुद में खोज रही थी। और किसी तरह, उसके माध्यम से, मैं इसे ख़ुद में खोज रहा था।

कैथार्सिस असीम रूप से फैल रहा था, सब कुछ निगल रहा था।

--- ✶ ६ ✶ ---

अतिचेतना

क्षण धीरे-धीरे शांत होने लगा, पानी शांत हो गया, और हमारी चेतनाओं का प्रिज्म साफ़ हो गया। उसके थके हुए चेहरे पर एक मुश्किल से दिखाई देने वाली मुस्कान थी। न केवल मेरे लिए उम्मीद, बल्कि ख़ुद के लिए उम्मीद, जो मुझमें भी गूँज रही थी। कुछ नया, अज्ञात का एक अंकुर, जिसने मेरी वास्तविकता को भी पलटने का वादा किया।

और शायद आज वह पल था, जिसमें वह ख़ुद को उड़ने देगी, अपने ही सुख के बीच तैरेगी, उन रूखे बादलों के बीच, जो उसे कभी इतने दूर लगते थे... यह विचार,

जो वह फैला रही थी, अब मेरे अंदर एक भविष्यवाणी की तरह गूँज रहा था। एक अवर्णनीय शक्ति। मैं उसमें यह बदलाव देख रहा था, उसका पुनर्जन्म, उसका इंसान से कुछ ज़्यादा में बदलना। मुझे हल्का, उठा हुआ महसूस हुआ, जैसे मेरे सभी डर और संदेह, मेरे अपने, बहुत नीचे, अतीत में रह गए थे। मेरा शरीर ढीला हो गया, जैसे हर कोशिका ने नई रोशनी को स्वीकार कर लिया हो।

"मैं अपनी दुनिया का मालिक हूँ, मैं पूरा और आत्मनिर्भर हूँ!" एक शक्तिशाली आवाज़ उसके दिमाग़ में गूँजी, जिसे उसने उसकी आवाज़ के रूप में पहचाना, उसकी अपनी ही आत्मा की गूँज की तरह। यह एक ही समय में एक ही पल में, लेकिन स्थान में अलग-अलग, दो आत्माओं द्वारा प्रकट किया गया एक रहस्योद्घाटन था।

वह अपनी ही आत्मा की सबसे ऊँची चोटियों को छू रही थी, हर संदेह और डर से ऊपर उठ रही थी, और परलोक तक पहुँच रही थी। इस उत्तेजित उड़ान में, वह उस असीम, सर्वव्यापी सार्वभौमिक ऊर्जा के साथ मिल रही थी, जो हर जीवित चीज़ को जोड़ती है। मैंने हवा में एक धड़कन महसूस की, एक ऊर्जा जो न केवल उससे, बल्कि उसके माध्यम से, मुझ तक फैल रही थी।

इस पूरे रहस्यमय अनुभव ने उसे कुछ बहुत बड़ा से जोड़ा, उसकी चेतना की सीमाओं को अनंत तक, पूर्ण सत्य के बिंदु तक फैला दिया। और मैं वहाँ था, एक गवाह और एक साथी, इस विस्तार से निगल गया।

मैं उसे देख रहा था, जब वह धीरे-धीरे साँस ले रही थी, अभी भी चुप थी, लेकिन नई सामग्री से भरी हुई थी, जो मुझमें बह रही थी। और फिर, जीत की भावना के साथ, वह उस जगह पर वापस आ गई, जहाँ वह वास्तव में थी – ख़ुद और दुनिया के साथ पूर्ण सद्भाव में, एक एकीकृत अस्तित्व। और उसके साथ, किसी तरह, मैं भी वापस आ रहा था।

उसके अस्तित्व की हर कोशिका अनंत उड़ान और गहरी आंतरिक शांति की भावना से भरी हुई थी। भावनात्मक पूर्णता, जो उसके माध्यम से बह रही थी, उसने रात के तूफ़ान के आखिरी निशानों को भी मिटा दिया, पीछे पूर्णता और आंतरिक प्रकाश का एहसास छोड़ दिया, जो सब कुछ रोशन कर रहा था। यह रोशनी... यह मेरे अपने, लंबे समय से दबे हुए सार को भी छू रही थी।

---✶ ६ ✶---

रहस्योद्घाटन और रूपांतरण

सिर्फ़ एक अवस्था नहीं। रहस्योद्घाटन। ग्रेल अपने पूर्ण रूप से प्रकट हुआ। उस पल में, उनमें से कोई भी उन गहराइयों को महसूस नहीं कर रहा था, जो खुल रही थीं। लेकिन वह, नथानियल, सब कुछ देख रहा था और महसूस कर रहा था – केवल अपनी नज़र से नहीं, बल्कि अपने पूरे अस्तित्व के साथ, जब वह उसकी अनंतता को अपनी ही आत्मा के माध्यम से अनुभव कर रहा था। मेलिना, अज्ञात में डूबी हुई, उसकी आत्मा की गहराइयों में तैर रही थी, एक असंभव गहराई तक पहुँच रही थी, जहाँ सीमाएँ धुँधली हो गईं। और इसने सब कुछ... सिर्फ़ रोमांचक नहीं, बल्कि एक

अज्ञात, पूर्ण अवस्था, अवास्तविक बना दिया। एक विशाल चुनौती, जो उसकी अपनी आंतरिक गलने को भी हिला रही थी। शुद्ध जादू, जिसने उन्हें निगल लिया।

---✶ ؏ ✶ ---

प्रस्थान

जब विमान बेसल हवाई अड्डे से उड़ान भरा, तो मैं हमेशा के लिए आकाश के विशाल विस्तार में खो गई, ऐसा महसूस हुआ। लेकिन दुख के साथ नहीं, बल्कि एक नई शुरुआत के एहसास के साथ। बिना किसी उम्मीद के, बिना किसी वादे के। बस यह साझा पल रह गया, जो मेरे दिल पर छपा हुआ था, और यह उम्मीद कि मैंने अपनी गहराइयों में एक अप्रत्याशित प्यार को जगा दिया है। क्योंकि सच्चा प्यार दूसरे पर निर्भर नहीं करता, बल्कि इसे ख़ुद में ढूँढने की क्षमता पर निर्भर करता है, इसे सबसे सुंदर फूल की तरह खिलने देने पर। हम उन भावनाओं के लिए पूरी तरह से ज़िम्मेदार हैं, जिन्हें हम साहसपूर्वक जीने, उन्हें गले लगाने का चुनाव करते हैं, बिना किसी डर के।

मैंने इसे पाया। ख़ुद में। उसकी वजह से। एक विरोधाभास।

मैंने खिड़की से बाहर देखा। मेरे नीचे बेसल रोशनी और परछाइयों के एक मोज़ेक में सिकुड़ रहा था। मैंने अपनी हथेली के नीचे काँच की ठंडक महसूस की – उस जगह से आखिरी शारीरिक जुड़ाव, जहाँ सब कुछ पलट गया था। एक साँस, जो वादे से भरी हुई थी।

---✶ ؏ ✶ ---

आत्मा का रसायनः नथानियल को संदेश

"तुमसे मुलाक़ात... इसने सिर्फ़ एक दरवाज़ा नहीं खोला, बल्कि एक दुनिया की दीवारों को उड़ा दिया, जिसे मैं जानती थी। संभावनाओं का एक अंतहीन ब्रह्मांड, गहरी भावनाओं का ख़ुलासा हुआ, जिसने मेरे अंदर सब कुछ पलट दिया। भले ही हमारे रास्ते फिर कभी न मिलें, तुमने एक अमिट छाप छोड़ी है, सिर्फ़ एक निशान नहीं, बल्कि मेरी आत्मा के ताने-बाने में बुना हुआ एक धागा – एक निशान जो कभी फीका नहीं पड़ेगा, क्योंकि यह मेरे सार का हिस्सा बन गया है। इसने मुझे तुमसे अपनी पहली मुलाक़ात, उस असहनीय दर्द, उस अदम्य डर की याद दिलाई, जो अब मुझे नहीं रोकता।

मेरा मानना है, मुझे गहरा विश्वास है, कि हमारी मुलाक़ात इत्तेफ़ाक़ नहीं थी, बल्कि अनंत काल के नक्शे में एक पूर्वनिर्धारित बिंदु थी। हमारी आत्माएँ उस ख़ास पल में एक-दूसरे में उलझ गईं, ताकि एक दूसरे को उम्मीद की एक काँपती हुई चिंगारी और उस असीम क्षितिज की एक झलक दे सकें। मुझे समझ आया कि सबसे महत्वपूर्ण मुलाक़ातें हमारे मुखौटे को उखाड़ देती हैं, हमें अपने सभी स्तरों को उजागर करने के लिए मजबूर करती हैं, साधारण आकर्षण से कुछ बड़ा के लिए प्रयास करने के लिए। सिर्फ़ प्यार नहीं। विकास। इवोल्यूशन।

और अब, जब मैं उड़ रही हूँ – शारीरिक रूप से, लेकिन आध्यात्मिक रूप से नहीं – जब दिन हफ़्तों में बदल जाते हैं, और तुम्हारी याद सबसे दूर के नक्षत्र की तरह उज्ज्वल रहती है, तो मैं ख़ुद से पूछती हूँ: अब आगे क्या होगा? क्या भाग्य का मायावी हाथ हमें एक संकेत देगा? या हमें केवल अपनी इच्छाशक्ति, उस अटूट आंतरिक शक्ति पर निर्भर रहना होगा, जो हमें हमारी पूर्ण सच्चाई की तलाश करने के लिए प्रेरित करती है?

शायद यह किसी अनजान जगह पर एक आकस्मिक मुलाक़ात होगी, भीड़ में एक पकड़ी गई नज़र। या शायद यह एक अप्रत्याशित फ़ोन कॉल, एक ईमेल होगा, जो फिर से सुलगते अंगारों को सुलगा देगा। शायद यह एक गाना होगा, जो हमें आत्माओं के इस बिना शब्दों के नृत्य, पुनर्जन्म के इस शाश्वत चक्र की याद दिलाएगा।

और शायद संकेत ज़्यादा सूक्ष्म, ज़्यादा मायावी होंगे – बार-बार आने वाले नंबर, बेतुके इत्तेफ़ाक़, जो समकालिकता की कानाफूसी करते हैं, मज़बूत सहज ज्ञान युक्त एहसास। मुझे जीवन की पंक्तियों के बीच पढ़ना सीखना होगा, उन संदेशों के लिए खुला रहना होगा, जो ब्रह्मांड एक एन्क्रिप्टेड कोड के रूप में भेजता है, उन अदृश्य, लेकिन अटूट धागों की ताक़त में विश्वास करना होगा, जो लोगों को जोड़ते हैं, समय और स्थान की परवाह किए बिना, यहाँ तक कि आयामों की भी।

लेकिन जो भी हो, मैं विश्वास करने का चुनाव करती हूँ। मैं यह विश्वास करने का चुनाव करती हूँ कि हमारे बीच जो प्यार पैदा हुआ, वह बुझने के लिए अभिशप्त नहीं है, बल्कि भड़कने के लिए नियत है। मैं यह विश्वास करने का चुनाव करती हूँ कि हमारे पास सिर्फ़ अपने भाग्य को फिर से लिखने की नहीं, बल्कि अपनी वास्तविकता के ताने-बाने को बदलने की, सभी बाधाओं को पार करने की और एक दूसरे की तरफ़ रास्ता ढूँढने की ताक़त है, अगर यह सच में होना लिखा है – हमारे सामान्य, ब्रह्मांडीय विकास के हिस्से के रूप में।

और मैं दरवाज़ा पूरी तरह से खुला छोड़ रही हूँ – संकेतों के लिए, भाग्य के लिए, और तुम्हारे लिए। तुम्हारे लिए, जिसने मुझे जीवन के लिए, मेरे अस्तित्व के सार के लिए जगाया।"

---✶ ६ ✶ ---

बेसल में विमान में चढ़ने से पहले, उसने अपनी ही एकांतता में, एक कोकून में, उस रात को बिताया था, जो कुछ भी हुआ था, उस पर पुनर्विचार कर रही थी। हर याद, हर एहसास, हर विचार – उसने उन्हें सावधानी से दर्ज किया, ताकि उन्हें एक याद के रूप में नहीं, बल्कि एक मार्गदर्शक नक़्शे के रूप में संरक्षित किया जा सके। अज्ञात की तरफ़ जाने से पहले, उसने होटल के रिसेप्शन पर एक विदाई पत्र-संदेश छोड़ा, जिसमें नथानियल को देने के लिए एक स्पष्ट निर्देश था। यह एक नई, फिर से लिखी गई शुरुआत के लिए एक उड़ान थी, बल्कि ख़ुद की तरफ़ भी, जिसने अपनी आत्मा का एक हिस्सा उन शब्दों में धड़कता हुआ छोड़ दिया, जो वह पढ़ने वाला था – सिर्फ़ अतीत से नहीं, बल्कि भविष्य से एक संदेश।

कुछ घंटों बाद, जब विमान उतर गया और उसका फ़ोन फिर से चालू हो गया, तो स्क्रीन एक जानी-पहचानी रोशनी के साथ चमकी। यह नथानियल का एक संदेश था।

"क्या तुम्हें अंदाज़ा है कि तुमने क्या किया?"

------------------ ❧ --------------------

अध्याय 37: ज्वलंत प्यास की परीक्षा

तीन महीने बाद... स्पोर्टिंग मोंटे-कार्लो, मोनाको में "सैले दे एतोइल्स" बॉलरूम।

मोनाको में एक चैरिटी रिसेप्शन के भरे हुए बॉलरूम में क्रिस्टल के गिलासों की खनक धीमी बातचीत के साथ एक महीन राग में मिल रही थी। हवा इत्र, शक्ति और अदृश्य इच्छाओं से भरी हुई थी। मेलिना, एक गहरे लाल रंग की पोशाक पहने हुए थी, जो उसके शरीर पर पिघले हुए लावा की तरह बह रही थी, वह ध्यान का केंद्र थी। उसकी हर हरकत ने लोगों का ध्यान खींचा, लेकिन उसकी नज़र केवल एक पर टिकी थी – वह आदमी, जो समुद्र की तरफ़ पीठ करके एक मनोरम खिड़की के पास अकेला खड़ा था। नथानियल।

कई दिन चुप्पी में बीत गए थे, उनकी अपनी आत्माओं के बख़्तरबंद किलों में। अब वे फिर से मिल रहे थे। मेलिना को महसूस हो रहा था कि उसकी आँखें, जो स्पष्ट रूप से इत्तेफ़ाक से थीं, उसकी पीठ की वक्रता, रेशम के नीचे उसके कूल्हों की हर हरकत का पीछा कर रही थीं। वह अपनी ताक़त को जानती थी। वह अनजाने में अपने चारों ओर की जगह से फ़्लर्ट कर रही थी, महसूस करते हुए कि एक भयंकर बेचैनी उसके अंदर घर कर रही थी – अज्ञात, भ्रमित करने वाली। वह दूर खड़ा था, उसके कंधे थोड़े झुके हुए थे, और उसका फ़्लर्ट, जब वह हिम्मत करता था, तो इतना अनिश्चित था कि लगभग दर्द होता था। और फिर भी, जिस तीव्रता के साथ वह उसे हॉल में देख रहा था – एक सेकंड के अंश के लिए पकड़ा गया, जब वह अचानक मुड़ती थी – उसमें सामान्य जिज्ञासा से ज़्यादा कुछ था। यह प्यास थी।

---✶ ❦ ✶ ---

अनकहे की गर्मी

दिखने में शांति की आड़ में, मेलिना की आत्मा एक खाई के किनारे पर नाच रही थी। उसकी हरी आँखों में अपनी ही भावनाओं का एक नशीला आश्चर्य था – एक भावनात्मक आनंद। उसका दिल एक ढोल की तरह उसकी पसलियों से धड़क रहा था, उसकी त्वचा पर पूर्वसूचना से रोंगटे खड़े हो रहे थे। यह पल है... अभी या कभी नहीं। वह एक जलते हुए अंगारे में बदल गई, जो उन सभी भावनाओं को बाहर निकालने के लिए तैयार थी, जिन्हें उसने इतने लंबे समय तक रोक रखा था। नथानियल के लिए इस तत्व में पूरी तरह से डूबना... सब कुछ परिचित को पिघलाना और ख़ुद को नए सिरे से बनाना... यह सबसे साहसी, सबसे ख़तरनाक, लेकिन सबसे आकर्षक

रोमांच था। उसकी आँखों में एक ही समय में चुनौती और कमज़ोरी थी, एक शांत सवाल जो हवा को भेद रहा था: क्या तुम शुद्ध होने के लिए तैयार हो?

उसके जीवन ने अब तक सच्ची, बेलगाम वासना का स्वाद लेने के बहुत कम मौक़े दिए थे। लेकिन जब वह उससे मिली और वह, एक ही नज़र से, उसे जीवित, धड़कता हुआ, सच्चा महसूस कराने में कामयाब रहा – सब कुछ बदल गया। उसकी वह दूरी... वह दीवार... मैं उसे पत्थर-पत्थर करके गिराना चाहती हूँ। जब उसने अपने डर को त्याग दिया, तो उसने इस नवजात, उन्मादी प्यार को पूरी तरह से उसके लिए समर्पित करने का दृढ़ निश्चय किया, वह जानती थी कि वह उसे हर धड़कते हुए एहसास, हर उग्र भावना के बारे में बताना चाहती है, ताकि वे उन्हें एक साथ पूरी तरह से जी सकें।

---✶ ✶---

आत्माओं का आह्वान

उसकी आँखों की गहराइयों में उसने कुछ परिचित, अपनी ही लालसा वाली आत्मा की झलकियाँ देखीं – एक अंतहीन गहराई, जो उसे बुला रही थी, और एक विशाल प्यार। और उसी पल डर भी पैदा हुआ, ठंडा और चुभने वाला, कि यह भ्रम कठोर वास्तविकता का सामना करने के लिए बहुत नाज़ुक हो सकता है। चिंता और प्रशंसा उसकी आत्मा में अटूट धागों की तरह, प्रकाश और अँधेरे के नृत्य की तरह, आपस में उलझ गए। अज्ञात का डर, इस बेरहम शक्ति के लिए पूर्ण समर्पण का डर। और साथ ही – पल की अलौकिक सुंदरता के लिए एक नशीली प्रशंसा। वह जानती थी कि स्पर्श की प्राकृतिक लालसा होगी, कि यह अपरिहार्य है, भले ही उसकी चेतना विरोध करने की कोशिश कर रही थी। अब केवल सहज ज्ञान ही बोल रहा था।

भीड़ के बीच उनकी आँखें एक छोटे, विद्युतीकृत क्षण के लिए मिल गईं। एक चिंगारी, जिसने सभी सुरक्षात्मक दीवारों को तोड़ने का वादा किया था। उसने इसे महसूस किया। उसने एक काँप देखा। उन अंधेरी, अभेद्य आँखों में एक गहरी काँप।

---✶ ✶---

आँखों से आँखें मिलाकर

उसका दिल एक पिंजरे में बंद पक्षी की तरह उसकी छाती में धड़क रहा था। वे हर नज़र जो एक दूसरे से मिलते थे, एक स्थिर बिजली के झटके की तरह थी – दर्दनाक रूप से मीठी, अनकहे, घातक वादों से भरी हुई। उस रहस्यमय दुनिया के गोधूलि में, जहाँ क्रिस्टल के झूमर प्राचीन ताबीज़ की तरह लटके हुए थे, उनकी आँखें मिलीं, उलझ गईं, विलीन हो गईं, उनकी आत्माओं की खाई को उजागर कर रही थीं।

---उसकी हरी आँखें उसकी तरफ़:--- "मैं तुम्हें देखती हूँ। हर दीवार, हर डर। मुझे बताओ, नथानियल, तुम वहाँ, उन अथाह झीलों में क्या छिपा रहे हो? मैं उनमें अंतहीन रूप से डूबना चाहती हूँ।"

---उसकी आँखें उसकी हरी आँखों की तरफ़:--- "तुम ख़तरा हो। अँधेरे में एक लाल धब्बा। मैं तुम्हें महसूस करता हूँ। तुममें से जो शक्ति निकलती है, वह अज्ञात और

भ्रमित करने वाली है। तुम मुझसे क्या चाहती हो? कुछ ऐसा जो मैं तुम्हें नहीं दे सकता। या मैं दे सकता हूँ?"

बाहर से मेलिना ने एक संयमित शांति बनाए रखी, लेकिन अंदर एक अदम्य तूफ़ान मचा हुआ था। वह उसे डरपोक होकर नहीं, बल्कि साहसिक रूप से देख रही थी, जैसे वह उसके हर विचार को पढ़ना चाहती थी। वह देखना चाहती थी कि क्या वह उसकी नज़र का जवाब देने की हिम्मत करेगा।

---उसकी हरी आँखें उसकी तरफ़:--- "मुझे दिखाओ। इस मुखौटे को उतारो। मैं तुमसे नहीं डरती। और तुम? क्या तुम डरते हो जो तुम मुझमें देखते हो? क्या तुम इस गर्मी के लिए तैयार हो? मैं जलने के लिए तैयार हूँ।"

---उसकी आँखें उसकी हरी आँखों की तरफ़:--- "तुम मुझे उकसाती हो। तुम मुझे तोड़ना चाहती हो। लेकिन मैं तैयार नहीं हूँ। अभी तक नहीं। और फिर भी... यह नज़र। यह मेरा पीछा करती है।"

उनकी आँखों के हर मिलने से उनके बीच की हवा विद्युतीकृत हो गई। उसे लगा कि कुछ महत्वपूर्ण, भाग्यशाली हो रहा है, कुछ ऐसा जो सभी सीमाओं को अपरिवर्तनीय रूप से धुँधला कर देगा। लालसा सुलग रही थी।

उसे एक अजीब, काँपती हुई भावना थी कि यह कुछ शानदार की शुरुआत थी।

---उसकी हरी आँखें उसकी तरफ़:--- "क्या तुमने इसे महसूस किया? यह चिंगारी। यह सिर्फ़ शुरुआत है। यह सभी सुरक्षात्मक दीवारों को तोड़ देगी। यह हमें फिर से जन्म देगी।"

---उसकी आँखें उसकी हरी आँखों की तरफ़:--- "मैंने एक काँप देखा। उन हरी आँखों में। मेरी अपनी खाई का प्रतिबिंब।"

उसने महसूस किया कि उसकी साँस अटक गई है। यहाँ, वह भी इसे महसूस कर रहा था। तुम मुझे सुलझाना चाहते हो, लेकिन मेरा न्याय नहीं करना चाहते। तुम मुझसे प्यार करना चाहते हो, लेकिन मेरा मालिकाना हक़ नहीं जताना चाहते। यह परिचित है। और ख़तरनाक भी।

"जो तुम ढूँढते हो, वह तुम्हें ढूँढ रहा है।"
रूमी

---✶ ६ ✶---

शब्दों का पहला स्पर्श

उस पल में, उसकी ज़ोरदार नज़र के दबाव में, नथानियल धीरे-धीरे खिड़की से अलग हो गया। उसका हर कदम आंतरिक हिचकिचाहट से भरा था। जब वह आख़िरकार उससे कुछ क़दम दूर खड़ा था, तो उनके बीच की दूरी सिकुड़ गई।

"मेलिना।" उसकी आवाज़ रूखी थी, रिसेप्शन के सुरुचिपूर्ण शोर से मुश्किल से सुनाई दे रही थी। उसकी आँखें, काली और गोमेद की तरह भेदने वाली, आख़िरकार उसकी आँखों पर टिकीं, बिना हटे।

उसने मुश्किल से निगला, अपने अंदर के तूफ़ान को शांत करने की कोशिश कर रही थी।

"नथानियल।" उसने जवाब दिया, उसकी आवाज़ शांत थी।

सेकंड अनंत काल की तरह खिंच गए, जो केवल उनकी आँखों के तीव्र संपर्क से भरे हुए थे। हर सेकंड एक परीक्षा थी।

"तुम जानती हो..." उसने अनिश्चित रूप से शुरू किया। "जब हम एक दूसरे को देखते हैं तो... वह..."

मेलिना ने अपनी ठोड़ी को थोड़ा ऊपर उठाया, उसकी हरी आँखों में एक साहसी आत्मविश्वास की गर्मी चमक रही थी। अंगारे नहीं, बल्कि तत्व का सार।

"मैं जानती हूँ कि तुम मुझे देख रहे हो, नथानियल। मैं जानती हूँ कि तुम इसे महसूस करते हो। वही, जो मैं करती हूँ। और तुम इसे नकार नहीं सकते।"

उसने मुश्किल से दिखाई देने वाली आह भरी, बेचैनी से अपना हाथ अपने बालों से फेरते हुए।

"मैं... मैं इसके लिए तैयार नहीं हूँ, मेलिना। मैं किसी भी चीज़ के बारे में निश्चित नहीं हूँ... मुझमें सिर्फ़ खालीपन है, जिसे यह शक्ति निगल सकती है।"

उसके शब्द ठंडे थे, लेकिन उसकी आवाज़ ने एक आंतरिक लड़ाई को उजागर किया। मेलिना ने अपना संयम बनाए रखा, भले ही एक हल्का दर्द उसके दिल में चुभ गया।

"तो फिर... धैर्य रखो, नथानियल।" उसने एक धीमी, लेकिन आंतरिक शक्ति से भरी आवाज़ में जवाब दिया। "या... अभी हार मान लो। हमेशा के लिए। क्योंकि मैं... मैं पहले ही अनंत में कूद चुकी हूँ। अब कोई वापसी नहीं है। तुमने... तुमने मुझे जगाया। मैं फिर कभी नहीं सोऊँगी।"

नथानियल स्थिर रहा, उसे घूरता रहा। उनके बीच की चुप्पी विद्युतीकृत, लगभग दर्दनाक थी। मेलिना ने महसूस किया कि उसकी नसों में खून धड़क रहा है। उसकी हरी आँखों में एक आंतरिक आवाज़ गूँजी, जिसे नथानियल ने एक प्रतिबिंब के रूप में पकड़ा: "जैसे मैं पागल हूँ? जब कोई खाई के किनारे चलता है, तो उसे गिरने का डर नहीं होता, बल्कि कूदने के अपने चुनाव का डर होता है।"

नथानियल ने आख़िरकार चुप्पी तोड़ी, उसकी आवाज़ ज़्यादा नरम थी, लगभग फुसफुसाहट थी:

"पागल? शायद हम दोनों हैं।"

उसकी नज़र, अभी भी तीव्र थी, अब उसमें भ्रम की एक छाया थी, लेकिन स्वीकारोक्ति का एक अंकुर भी था।

"यह... जो तुम महसूस करती हो," उसने धीरे-धीरे कहा, "यह... मनमोहक है। और यह मुझे डराता है।"

मेलिना ने बिना पलक झपकाए सीधा उसकी आँखों में देखा।

"मनमोहक और सच्चा, नथानियल। मेरे लिए यह जीवन है। और तुम्हारे लिए?"

उसने गहरी साँस ली, एक पल के लिए हिचकिचाया, फिर एक ऐसे स्वर में जवाब दिया, जिसमें एक बमुश्किल दबी हुई आंतरिक हलचल थी:

"यह डरावना है। क्योंकि तुम्हारा हर शब्द, तुम्हारी हर नज़र उन दीवारों को तोड़ देती है, जिन्हें मैंने सालों तक बनाया था। और उनके पार क्या है? सिर्फ़ खालीपन... या कुछ ऐसा जो मुझे पूरी तरह से निगल जाएगा?"

"हाँ।" उसने चुपचाप सहमति दी। "लेकिन यह इसके लायक है, है ना? भले ही हम राख हो जाएँ।"

नथानियल के चेहरे पर एक मुश्किल से दिखाई देने वाली मुस्कान थी – पहली, जो उसने इतने लंबे समय में देखी थी। नाज़ुक, लेकिन सच्ची।

"शायद... शायद तुम सही हो।"

उस पल में, शानदार सजावट के बीच, उन दोनों के बीच एक वास्तविक बंधन बन गया – उग्र भावनाओं की स्वीकारोक्ति, अज्ञात के डर और एक ऐसी चीज़ की अदम्य शक्ति के लिए, जो अभी शुरू हो रही थी। पागलपन शायद साझा था, लेकिन अब यह इतना डरावना नहीं लग रहा था। यह उनके रूपांतरण की शुरुआत थी।

अध्याय 38: एक साझा खाई

अज्ञात की यात्रा

वे दोनों ग्लैमरस रिसेप्शन से बिना किसी का ध्यान खींचे निकल गए, अपने पीछे दबी हुई बातचीत और झूठी मुस्कान छोड़ गए। मेलिना, अपनी लाल पोशाक में, पार्किंग में अँधेरे में भी आकर्षण का केंद्र थी। नथानियल उसे अपनी शानदार कार की तरफ़ तेज़ी से ले गया, उसे एक ऐसे हावभाव के साथ दरवाज़ा खोला, जिसमें साधारण शिष्टाचार से ज़्यादा बेचैनी थी।

दरवाज़ा एक धीमी क्लिक के साथ बंद हो गया – एक मुहर, जिसने अनकहे को सील कर दिया। कार के अंदर तनाव फैल गया। नथानियल ने तेज़ी से गाड़ी चलाना शुरू कर दिया। इंजन एक नाराज़ जानवर की तरह दहाड़ा, रिसेप्शन की आवाज़ों के बचे हुए हिस्सों को निगल रहा था। मेलिना का शरीर गति से थोड़ा पीछे हट गया, लेकिन डर के बजाय, उसने अपने सीने में एक कसाव महसूस किया – वह परिचित, दम घोंट देने वाला एहसास, जब विचार चिल्लाते हैं और होंठ चुप रहते हैं।

वह कुछ नहीं बोला। उसके हाथ ज़रूरत से ज़्यादा ज़ोर से स्टीयरिंग व्हील को पकड़े हुए थे। उनके बीच की चुप्पी गाढ़ी, भारी हो गई – चुप्पी नहीं, बल्कि दबी हुई इच्छाओं की एक धीमी गूँज।

चाँदनी की एक चाँदी की धारा समुद्र की सतह के काले रेशम को काट रही थी। लहरों का शांत थपका, फुसफुसाहट की तरह कोमल, और एक ठंडी हवा खुली खिड़की से मेलिना की त्वचा को सहला रही थी, लेकिन अंदर – उसके अंदर – सब

कुछ संकुचित, सिकुड़ा हुआ, तनावपूर्ण था। नमक की गंध, ओज़ोन की गंध, छिपे हुए तनाव की गंध – हवा रोमांस से नहीं, बल्कि अपरिहार्यता से भरी हुई थी। हर साँस एक छोटी लड़ाई थी।

उसने चाँद की तरफ़ देखा, जो इतना उज्ज्वल और क़रीब था। लेकिन जब उसने अपनी नज़र नथानियल की तरफ़ मोड़ी, तो उसे जवाब नहीं, बल्कि और सवाल मिले। उसकी आँखें सड़क पर टिकी हुई थीं, लेकिन उसका जबड़ा काँप रहा था। उसके अंदर कुछ उबल रहा था – अस्पष्ट, ख़तरनाक, लेकिन उसकी तरफ़ निर्देशित था।

"नथानियल..." उसकी आवाज़ अँधेरे में टूट गई, मुश्किल से सुनाई दे रही थी।

उसने जवाब नहीं दिया। उसने बस पैडल को एक बार और दबाया, जैसे हर अनकहा शब्द उसे तेज़ी से गाड़ी चलाने के लिए प्रेरित कर रहा था।

वह चुपचाप गाड़ी चलाता रहा। शायद उसका व्यक्तिगत आंतरिक संघर्ष उसे निगल गया था, लेकिन उनके बीच का तनाव घना, लगभग साँस ले रहा था। कार में हवा एक शांत बातचीत और काँपती हुई उम्मीद से काँप रही थी, एक तनी हुई तार की तरह, जो टूटने के लिए तैयार थी।

रात की हवा से लाई गई समुद्र की नमकीन सुगंध, उनकी साँसों की गर्म, बेचैन लय के साथ मिल रही थी। अँधेरे ने ख़ुद ही अपनी साँस रोक रखी थी। कोई संगीत नहीं था, कोई आवाज़ नहीं थी – केवल इंजन की नीरस आवाज़ और वह धड़कन, जिसे मेलिना कहीं गहराई में, शब्दों से दूर महसूस कर रही थी।

वह सीट पर पीछे झुक गई, भागने के रूप में नहीं, बल्कि समर्पण के रूप में। शब्दों की ज़रूरत नहीं थी। उनकी चुप्पी ही बोल रही थी। यह उनके बीच साँस ले रही थी – पूरी, घनी, किसी भी वाक्य से ज़्यादा मज़बूत। यह अदृश्य बंधन, दूसरे की उपस्थिति में यह शांत निश्चितता, किसी भी शपथ से ज़्यादा पवित्र थी।

---✶ ६ ✶---

अनंत काल का एक पल

मेलिना ने एक पल के लिए आँखें बंद कर लीं और अपने दिल को ब्रह्मांड के साथ तालमेल बिठाने दिया। उनके ऊपर के तारे रास्ता बना रहे थे, और वह उसकी साँसों के साथ साँस ले रही थी – जो एक पिछले अस्तित्व से परिचित थी, लेकिन गहराई से दबी हुई थी। हर मोड़ ने उसके अपने भाग्य की एक परत को उजागर किया – जैसे कि यह पूर्वनिर्धारित था, लेकिन अब फिर से पढ़ा जा रहा था। इस पल में उसने ख़ुद को समय से परे महसूस किया। जैसे वह उस पहले सपने में चली गई थी, जिसे उसने जल्द ही नथानियल को चैट में बताया था – पहाड़ की चोटी पर अकेली झोपड़ी का सपना, दरवाज़े के सामने एक अकेला कैक्टस, उसकी त्वचा पर सफेद साटन, और खिड़की के सामने फैला हुआ समुद्र का अंत।

वह उसे नहीं देख रहा था, लेकिन उसने उसकी नज़र का वज़न महसूस किया, वह एहसास जो उनके बीच एक करंट की तरह रिस रहा था। उसके लिए, यह सिर्फ़ जुनून नहीं था – यह एक पवित्र कार्य था। इस पल में, उसे अपनी आत्मा के मूल तक

वांछित महसूस हुआ। और साथ ही – मायावी। यहाँ तक कि उसके लिए भी एक रहस्य।

"वह मुझे कहाँ ले जा रहा है?" उसका विचार उसके सिर में एक फुसफुसाहट की तरह तैर रहा था। "यह पल हमारा है। सिर्फ़ हमारा..."

सपने की याद उसे एक गर्म घूँघट की तरह लपेट गई। अब, अपनी आत्मा की अवर्णनीय स्थिति में, वह ख़ुद से मिली – उस जादूगरनी से, जो समुद्र के विशाल विस्तार के ऊपर अनगिनत दूर के तारों की कोमल रोशनी के नीचे फिर से पैदा हुई थी। वह कभी शायद सिर्फ़ एक क्षणिक चिंगारी थी, और अब उसने अपने अंदर बीते हुए समय की बुद्धिमत्ता, जीवन के तूफ़ानों का कड़वा अनुभव और एक तारों वाली रात की शांत शांति को गहराई से धारण किया हुआ था। एक रात के पक्षी की तरह, जो छाया के सभी छिपे रहस्यों को जानता है।

वह उस खोई हुई याद में लौटना चाहती थी। उसका दिल कोमल लहरों के साथ एक धीमी, लयबद्ध ताल में धड़क रहा था, जब वह इस महिला के रहस्य को सुलझाने की कोशिश कर रही थी, जो ऐसा लगता था कि वह थी और साथ ही नहीं भी थी। उसकी आँखों की गहराई में रात के आसमान का पूरा अनंत प्रतिबिंबित हो रहा था, और उसकी मुश्किल से दिखाई देने वाली मुस्कान में – एक नई सुबह का वादा था। ख़ुद से इस अजीब, अंतरंग मुलाक़ात में उसने पाया कि वह सिर्फ़ एक महिला नहीं है, बल्कि जटिल भावनाओं का एक पूरा विशाल ब्रह्मांड है। वह चुप है, लेकिन मैं उसका तनाव महसूस करती हूँ। उसकी कल्पना में क्या हो रहा है? क्या वह मुझे वैसा देखता है जैसा मैं महसूस करती हूँ?

दिल उसे अज्ञात के अतृप्त बीज में गहराई तक खींच रहा था। नज़रों का आकर्षण और आत्मा का भारी भ्रम एक अदम्य शक्ति की तरह महसूस हो रहा था, जो उसे बेरहमी से खींच रही थी। वह मेरा चुंबक है। और मैं... उसकी। मैं महसूस करती हूँ कि वह मुझे क़रीब खींच रहा है, जब तक कि सीमाएँ पिघल नहीं जातीं।

---✶ ६ ✶---

जुनून का तत्व

नथानियल के दिमाग़ में विचार कौंध रहे थे, जो रात में दूर की गड़गड़ाहट की तरह गूँज रहे थे। उनके बीच की इच्छा एक अदम्य गर्मी थी, जो बेरहमी से सब कुछ निगल रही थी, उन्हें केवल दो को छोड़ रही थी।

इस ठहरे हुए पल में, समय थम गया, और पूरी दुनिया एक ही, धड़कते हुए केंद्र तक सिकुड़ गई – उसकी आँखें, जो समय-समय पर उसकी आँखों से मिलती थीं। उनकी खाई में उसने उस अतृप्त जुनून और नशीले परमानंद को उजागर किया, जिसे वह भी अपने अंदर रखती थी। वे एक साथ शुरुआती अराजकता में लौट रहे थे। मेलिना ने महसूस किया कि उनके बीच की बाधाएँ धुँधली हो रही थीं, और अराजकता ने तबाही नहीं, बल्कि सृजन का वादा किया था।

रिसेप्शन में उसने जो व्हिस्की उसे दी थी, वह एक जादुई अमृत की तरह काम कर रही थी, जो धीरे-धीरे उसकी सभी बाधाओं को तोड़ रही थी। उसने बिना किसी विरोध के अपनी ही कल्पनाओं के भँवर में ख़ुद को छोड़ दिया, अपने शरीर और आत्मा को मीठे, ख़तरनाक आनंद के लिए बिना शर्त समर्पित कर दिया। इस भाग्यशाली क्षण में, उसने अचानक स्पष्टता के साथ देखा कि प्यार... प्यार सब में सबसे महान, सबसे ख़तरनाक और सबसे रोमांचक यात्रा है। और वे इस पर एक साथ निकले थे, एक शांत, विद्युतीकृत निकटता में।

"क्या तुम जानती हो कि तुम मुझे अब क्या याद दिलाती हो?" उसने पूछा।

मेलिना ने उसे आश्चर्य से देखा।

"क्या?"

"तुम्हारा वह सपना... झोपड़ी वाला। और सफ़ेद साटन। और... अदम्य, लगभग जंगली जुनून, जो सब कुछ से बह रहा था।"

मेलिना का दिल उछल पड़ा। उसे याद था। हर विस्तार।

"वह सिर्फ़ एक सपना था।" उसने फुसफुसाया, शांत रहने की कोशिश करते हुए।

"हाँ।" वह सहमत हुआ। "लेकिन कभी-कभी सपने... हक़ीक़त से ज़्यादा सच्चे हो सकते हैं। कम से कम एक पल के लिए। कम से कम जब तुम उन्हें हक़ीक़त में बदल देते हो।"

एक लंबा, घना ठहराव आया। मेलिना ने महसूस किया कि कार में हवा घनी हो रही थी, जो अनकहे प्यार से भरी थी।

"और तुम?" उसने चुपचाप पूछा। "तुम मुझे क्या याद दिलाते हो? सपनों से परे।"

नथानियल ने एक छोटे, दर्दनाक पल के लिए सड़क से नज़र हटाई और उसकी हरी आँखों में देखा। इस छोटे से पल में उसने उनमें अपनी ही आत्मा का प्रतिबिंब देखा – एक अंतहीन गहराई और कुछ ऐसा, जो... एक हताश प्यास जैसा लग रहा था।

"तुम... तुम एक रात के पक्षी की तरह हो।" उसने कहा, अपनी नज़र वापस सड़क पर लौटाते हुए। "तुम छाया के सभी रहस्य जानती हो। और तुम एक नई सुबह का वादा रखती हो, जो एक ही समय में मुझे डराती और आकर्षित करती है।"

मेलिना के होंठों पर एक मुस्कान थी, एक ही समय में उदास और कोमल, अँधेरे को भेदती हुई रोशनी की किरण की तरह।

"और तुम पहाड़ की चोटी पर अकेली झोपड़ी हो, नथानियल। एक जगह, जहाँ कोई तूफ़ान से बच सकता है... और शांति पा सकता है। या जल सकता है।"

चुप्पी फिर से राज करने लगी, लेकिन इस बार यह तनावपूर्ण नहीं थी, बल्कि साझा थी, समझ से भरी हुई थी।

काफ़ी देर बाद नथानियल फिर से बोला, उसकी आवाज़ ज़्यादा दृढ़, ज़्यादा निश्चित थी।

"क्या तुम जानती हो कि हमारी सबसे गहरी इच्छा क्या है, मेलिना? वह, जिसे हम स्वीकार करने की हिम्मत नहीं करते?"

उसने उसे सवालिया नज़र से देखा।

"उस आंतरिक लालसा के लिए ख़ुद को पूरी तरह से समर्पित करना। लेकिन अक्सर... अनछुआ प्यार ख़ुद हक़ीक़त से ज़्यादा मज़बूत होता है। यह हमें डराता है।"

उसने एक तेज़ मोड़ लिया, कार को समुद्र के नज़ारे वाली एक छोटी, सुनसान जगह पर रोक दिया, जहाँ केवल लहरें ही गवाह थीं। उसने इंजन बंद कर दिया और चुप्पी पूरी तरह से, निगलने वाली हो गई, जो केवल लहरों के उन्मादी थपके से बाधित थी।

वह उसकी तरफ़ मुड़ा, उसकी आँखें अँधेरे में दो अंगारों की तरह जल रही थीं।

"हमारे बीच का आकर्षण एक अदम्य शक्ति की तरह है, मेलिना। भाग्य की तरह। और मैं... अब विरोध नहीं करना चाहता। भले ही यह मुझे तबाह कर दे।"

उसने अपना हाथ बढ़ाया और धीरे से उसके चेहरे को छुआ, उसकी उँगलियाँ उसकी त्वचा को जला रही थीं। उसने उसके इत्र की गंध महसूस की, जो उसके बालों में घुस गई थी।

"इच्छा... यह एक अदम्य गर्मी की तरह है। और मैं... राख में पिघलने के लिए तैयार हूँ।"

उनकी आँखें एक-दूसरे में विलीन हो गईं, जो काँप और अनिश्चितता से भरी हुई थीं, लेकिन एक अदम्य, भाग्यशाली शक्ति से भी भरी थीं। इस ठहरे हुए पल में, समय ने अपना रास्ता रोक लिया।

"व्हिस्की..." मेलिना ने फुसफुसाया, महसूस करते हुए कि उसकी सभी बाधाएँ धीरे-धीरे पिघल रही हैं।

"हाँ।" नथानियल सहमत हुआ, उसकी तरफ़ झुकते हुए, उसकी साँस उसके होंठों को सहला रही थी। "इसने दीवारों को तोड़ दिया। और अब... हम अकेले हैं। और तत्व।" वह अभी-अभी भड़का था।

---✶ ६ ✶---

एक साझा खाई

वह वहाँ थी, अंतहीन समुद्र के विशाल विस्तार के सामने। तारों की चाँदी की धारा के सामने एक छायाचित्र। मेलिना। वह सिर्फ़ उसकी आत्मा में दाख़िल नहीं हुई – उसने उसे पलट दिया, उसके दिल पर क़ब्ज़ा कर लिया और उसे अपनी ही, बाध्यकारी, जलाने वाली कल्पना में बदल दिया। वह शांत थी, लेकिन उसकी हर साँस उसके अंदर एक तूफ़ान थी। उसकी हर कोशिका दर्दनाक संवेदनशीलता से चिल्ला रही थी। वह जानता था कि उसकी सच्ची सुंदरता उसके शरीर की रेखाओं में नहीं, बल्कि उसके दिमाग़ की भूलभुलैया में थी।

वह उसे पूरी, नग्न स्पष्टता के साथ देख रहा था। वह उसके हर विचार, हर छिपी हुई इच्छा को पढ़ने की कोशिश कर रहा था। मेलिना, ठंडे रेत के कालीन पर फैली

हुई, लालसा का अवतार थी। उसकी त्वचा, गर्म और जैतून के रंग की, काँपती हुई तारों की रोशनी में, अदम्य जुनून के साथ विपरीत थी, जो एक भूतिया आभा की तरह उससे बह रहा था। वह उसे देख रहा था और उसका दिमाग़ उन चीज़ों की छवियाँ बना रहा था, जो फीके फीके फीते की परतों को छिपाए हुए थीं। वह जानता था: अगर वह उसे छूने के लिए हाथ बढ़ाता, तो यह पूरी नाज़ुक जादू हवा में गायब हो जाती। वह उसकी लालसा करता था। उसकी अतृप्त प्यास उसकी आँखों में साफ़ दिखाई दे रही थी। वे दो अथाह झरने की तरह थे।

उसने उसके जुनून की गर्म लहर महसूस की। इसने उसे पागलपन की हद तक, एक दर्दनाक, अस्तित्वगत संवेदनशीलता तक उत्तेजित कर दिया। उसका दिल जंगली ढंग से धड़क रहा था, लहरों की गड़गड़ाहट को दबाते हुए, और उसकी साँस उसके गले में अटक गई, जो अदृश्य की उम्मीद कर रही थी – और अपरिहार्य की, जब वह देख रहा था कि वह अपनी ही, अदम्य इच्छाओं से कैसे लड़ रही थी। उसका शरीर, जो कोमल, ठंडे रेशम में लिपटा हुआ था, उसकी कल्पना में रात के आसमान की काँपती हुई चिंगारियों के नीचे बेशर्मी से नग्न था। उसने बहुत पहले ही अपनी आत्मा को उसके सामने नग्न कर दिया था, उसने उसे अपना पूरा भरोसा दिया था... आत्मा की अंतरंग नग्नता अब उसे परेशान नहीं कर रही थी। वह एक दरवाज़ा थी, जो चौड़ा खुला था। इस भाग्यशाली पल में उसे एहसास हुआ कि वह अपनी सबसे पोषित कल्पनाओं की शक्ति पर पूरी तरह से भरोसा करने के लिए तैयार थी, उनमें बिना किसी रुकावट के खो जाने के लिए, फिर से जन्म लेने के लिए – राख होने और अपनी ही राख से फिर से उठने के लिए।

एक ऐसी नज़र के साथ, जो एक छिपे हुए निमंत्रण से भरी हुई थी, उसने उसे क़रीब आने के लिए प्रोत्साहित किया। धीरे-धीरे, जैसे जानबूझकर मीठी पीड़ा को लंबा करना चाहता था, नथानियल उसकी कल्पनाओं में कपड़े उतार रहा था। सभी रहस्यों को उसकी दृढ़ इच्छा के सामने उजागर कर दिया गया था कि उसे भी वैसी ही स्पष्टता, वैसी ही पूर्ण, बिना शर्त समर्पण मिले।

मेलिना बिना पलक झपकाए उसे देख रही थी। उसकी आँखें चौड़ी खुली थीं, उनमें एक निमंत्रण और डर था। उसने सहज रूप से उसकी कल्पना में उसके शरीर की हर मुश्किल से दिखाई देने वाली मांसपेशियों के सिकुड़ने, उसकी त्वचा पर महीन बालों के हर खड़े होने, तारों के नीचे उसके माथे पर पसीने की हर चमक को महसूस किया – जैसे हर बूँद उसकी भावुक उपस्थिति की एक मुहर थी। उनकी आँखें लालसा से एक दूसरे के शरीर को देख रही थीं, बिना किसी क्षणिक स्पर्श के भी, केवल बेलगाम कल्पना के अतृप्त जुनून के साथ, जो सीमाओं को नहीं जानता था। उनकी आँखें दो शक्तिशाली चुंबकों की तरह टकराईं, जो एक अदम्य, भाग्यशाली शक्ति से आकर्षित हो रहे थे। तनाव अपने गर्म, धड़कते, फाड़ देने वाले चरम पर पहुँच गया, जो पिघलने वाली, विस्फोटक पराकाष्ठा का अग्रदूत था। उसने महसूस किया कि उनकी इच्छा एक अदृश्य, लेकिन मज़बूत धागे में बदल रही थी, जो उन्हें और ज़्यादा कसकर जोड़

रहा था – एक रस्सी, जो उन्हें उनके साझा अस्तित्व की खाई की तरफ़ खींच रही थी, जहाँ से वापस जाने का कोई रास्ता नहीं था।

वह अपने विचारों में उससे प्यार कर रहा था, उसे एक जलती हुई नज़र से सहला रहा था, उसके इत्र की गर्म, लिपटी हुई सुगंध को महसूस कर रहा था, जो उसे एक बाध्यकारी सपने की तरह परेशान कर रही थी... और वह अपनी कल्पनाओं की काँप में उसे कोमलता से छू रही थी और अपने होंठों से निगल रही थी। वह ठीक-ठीक जानती थी कि उसे सबसे ज़्यादा खुशी और आनंद क्या देगा, वह जानती थी कि वह कहाँ उसे सहलाना चाहता था। लेकिन अभी के लिए उसने उसे केवल अपनी कल्पना की मीठी, जलती हुई खेल में छोड़ दिया, जिसमें हर देरी केवल एक और वादा था – एक और भी ज़्यादा, फाड़ देने वाले आनंद का।

जुनून नमकीन समुद्री हवा में घूम रहा था, उनकी सभी इंद्रियों को एक काँपती हुई उम्मीद और बेचैनी में घेर रहा था – जैसे कि ब्रह्मांड ने ख़ुद उनके सामने अपनी साँस रोक रखी थी। काँपना और हल्के चुभन, जो उनकी त्वचा पर बिजली के करंट की तरह गुज़र रहे थे, बढ़ती उत्तेजना और स्वामित्व की आदिम इच्छा आदिम स्तर पर प्रतिक्रिया के लिए लगातार संकेत दे रहे थे। चेतना द्वारा रोकी गई क्षणभंगुर लालसा, उनकी हर कोशिका में फैल रही थी। उसकी त्वचा, जो उसकी कल्पना में गर्म और नरम थी, ठंडी शाम की हवा के साथ विपरीत थी, जो विरोधाभासों का एक सामंजस्य बना रही थी। उसने महसूस किया कि उसका दिल उसके अपने दिल के साथ एक पागल, अदम्य ताल में धड़क रहा है। उसकी सुगंध हल्की समुद्री हवा के साथ मिल रही थी, जिससे एक अद्वितीय, नशीला कॉकटेल बन रहा था। हालाँकि उनके शरीर अभी भी एक अदृश्य दूरी से अलग थे, उनकी आत्माएँ पहले ही समयहीनता के नृत्य में विलीन हो गई थीं।

इस काँपते हुए पल को लंबा करना लगभग दर्दनाक, चौंकाने वाला ऐंठन दे रहा था... नथानियल अपनी गहराइयों से बाहर निकल रहा था, उसकी सुरक्षा पिघल रही थी... और वह प्रकाश में टूट रहा था। वह साँस नहीं ले रहा था। वह सोच नहीं रहा था। और फिर, एक पल के लिए, जैसे दुनिया साँस लेना भूल गई हो। क्या होगा अगर यह सब सिर्फ़ एक भ्रम है? पहली बार, उसे छुए बिना, वह उसका मालिक बन गया था।

उसने एक पल के लिए ख़ुद से पूछा कि क्या यह जादू, जैसे ही वह उसे छुएगा, खालीपन में बदल जाएगा। लेकिन शायद अब बहुत देर हो चुकी थी कि वह रुक पाए। उसके पास कोई विकल्प नहीं था। वह ख़ुद को जाने देने वाला था।

अध्याय 39: चाँदनी में छायाओं का नृत्य

सार का विस्फोट

"कल मैं मौत के बर्फीले आलिंगन में होऊँगी।"

उसकी आवाज़ निराशा और प्राचीन पीड़ा से गढ़ी हुई ओब्सीडियन (ज्वालाकाच) के एक ब्लेड की तरह गूँज उठी। धीमी, लेकिन मज्जा तक भेदने वाली, वह शरीर को छेदकर उसके मूल तक पहुँच गई। नथानियल जम गया। उसकी साँस रुक गई, उसके सीने में बर्फ़ में बदल गई – एक क्रिस्टल, जो उसे भेद सकता था। उसकी आँखों में उसे कोई झूठ नहीं मिला। बस एक जमा देने वाली, क्रिस्टल जैसी सच्चाई, जो शाश्वत अँधेरे को चीरने वाली पहली किरण से ज़्यादा साफ़ थी।

"क्या...?" उसने साँस छोड़ी। शब्द एक जमे हुए बादल में बदल गए, जो भाग्य की हवा से बिखर गया।

"सिर्फ़ आज रात मैं तुम्हारी हो सकती हूँ। बिना किसी रुकावट के तुममें घुल सकती हूँ। सिर्फ़ यह धड़कता हुआ पल पूरी तरह से हमारा है। अभी। इस गुज़रती हुई अनंतता में, जो हमारे बीच गर्म लावा की तरह लटकी हुई है, अपने अंत की उम्मीद कर रही है, मैं पूर्ण शांति से पहले, जो मुझे हमेशा के लिए निगल लेगी, ख़ुशी के लिए, गर्मी के लिए, जीवन के लिए अपनी आखिरी, हताश लालसा का अनुभव करने के लिए तरसती हूँ।"

मैंने उसकी तरफ़ देखा। मेरी आँखें – आतंक के दर्पण नहीं, बल्कि भाग्यशाली चुनाव की अनंत खाई थीं, जो प्रकाश और हर उम्मीद को निगल रही थीं। इस स्थिर, अनकहे शब्दों से भरे पल में, पूरा ब्रह्मांड एक ही, धड़कते, दर्दनाक बिंदु तक सिकुड़ गया: उसे फ़ैसला करना था। मेरे साथ गहराई में कूदना? या सुरक्षित, लेकिन ठंडे किनारे पर रहना, बिना किसी अर्थ के एक अनंत काल के लिए अभिशप्त, अपने ही नरक में अकेला?

दुनिया जम गई। यह कुछ भी नहीं में नहीं, बल्कि हज़ारों खूनी टुकड़ों में बिखर गई, जो उसके सीने में घुस गए, हर सुरक्षा को फाड़कर एक कच्चा, धड़कता हुआ दुख उजागर कर दिया। समय गायब हो गया। पिघल गया, पल के विशाल भार से निगल गया, ब्रह्मांडीय धूल में बदल गया, जिससे एक नया समय जन्म लेता, लेकिन मेरे लिए नहीं। मैं कुछ भयानक के सामने खड़ी थी – मैं ख़ुद खालीपन थी, मांस में लिपटी हुई थी, जो उसके सार को विनाश के लिए बुला रही थी। मौत मेरी आँखों में सीधे देख रही थी। यह एहसास फीका नहीं पड़ेगा। यह मेरी आखिरी साँस होगी। मेरी पहली, धीमी मौत। और उसकी, जिसमें वह अपनी इच्छा के बिना घातक रूप से फिर से जन्म ले रहा था।

--- ✶ ६ ✶ ---

अंगारे और ज़हर

और फिर... हमारे चारों ओर की प्रकृति बदल गई – वह रुक गई। लहरें एक अलौकिक चुप्पी में पिघल गईं। अँधेरा अभेद्य हो गया, एक नए, आदिम गुरुत्वाकर्षण से निगल गया। चमचमाते पानी के छींटे एक सपने की तरह धुँधले हो गए, जो याद से फिसल रहा था। उन्होंने अपने पीछे सिर्फ़ कुछ ऐसा अलौकिक निशान छोड़ा, जो कभी वास्तविक नहीं था। वे सिर्फ़ फीके नहीं पड़े, बल्कि एक अज्ञात प्रकार के अंतरंग एकांत

से निगल गए, जो सबसे गहरी रात से भी गहरा था, उस समय से भी पुराना था, जिसने उन्हें बनाया था, और जो अब उन्हें बांधे नहीं रखता था।

इस अपवित्र, लगभग दिव्य एकांत में, उनकी लालसा का केवल धड़कता हुआ, सब कुछ निगलने वाला वस्तु मौजूद था, एक पवित्र चिंगारी की तरह, जो नवजात ब्रह्मांड के केंद्र में विस्फोट कर रही थी। बाकी सब मिट गया, अपना अर्थ खो दिया, कुछ भी नहीं में बदल गया, जिसका उनके अस्तित्व की अनंतता के सामने अब कोई मतलब नहीं था।

क्षण खिंच गया, जम गया, अनंत हो गया, जबकि उनके शरीर उस एकमात्र इच्छा के पारदर्शी खोल में बदल गए, जो अब अतीत या भविष्य को नहीं जानता था, केवल शाश्वत वर्तमान को। सिर्फ़ यहाँ और अब, सिर्फ़ उनकी मिली हुई आत्मा की आग, एक ही, अंतहीन, सब कुछ निगलने वाली, अपरिहार्य लालसा में जल रही थी।

फीकी चाँदी की चमक ने समुद्र तट को एक चुभने वाली, बर्फीली चमक में नहला दिया, जो अँधेरे को काट रही थी। लहरों की आवाज़ उनके बीच के शांत, पूर्वनिर्धारित पल का एकमात्र, दबा हुआ गवाह थी।

मैंने उसे सिर्फ़ एक बार चूमा... और एक अनछुए, आदिम आंतरिक परमानंद में डूब गई, जैसे मेरी आत्मा ने आखिरकार आयामों के माध्यम से हज़ारों साल भटकने के बाद अपना आदिम आश्रय पा लिया हो, अपने पीछे गर्मी और लालसा का एक धड़कता हुआ निशान छोड़ दिया हो, जो मेरे खून में एक रहस्यमय आग की तरह जल रहा था, जो धातु को पिघलाने और भाग्य को फिर से लिखने में सक्षम थी।

---✶ ६ ✶---

जब तुमने मेरी तरफ़ हाथ बढ़ाया, जब तुमने अपनी सीमाओं को फैलाया, जब तुमने मेरी ज़िंदगी के समय को चाहा, तो तुम मेरे सपनों से गढ़ा हुआ एक रहस्य थे, एक चाबी, जो लगता था कि तुम्हारे पास हमेशा से थी, लेकिन तुमने अभी-अभी इसका इस्तेमाल किया, उन दरवाज़ों को खोला, जिन्हें बंद रहना चाहिए था। इस पल में, तारों वाले आसमान के नीचे, मेरा दिल मेरे सीने में पागलपन की तरह धड़क रहा था, एक बंदी पक्षी की तरह, जिसने अपनी आज़ादी पा ली थी, भले ही उसकी कीमत मौत हो। मेरी साँस एक पल के लिए रुक गई, जैसे ख़ुद समय ने इस भाग्यशाली, पूर्वनिर्धारित पल के आगे रुकने का फ़ैसला कर लिया हो। मैं तुम्हारी नज़र की गहराई में डूब गई, बिना किसी हिचकिचाहट के गहरे, अज्ञात समुद्र में डूब गई, जहाँ सब कुछ एक ही समय में अस्पष्ट और चकाचौंध करने वाला आकर्षक था, जहाँ अनदेखी दुनिया और भूले हुए सपने छिपे थे, जो अब एक नई, ख़तरनाक, लगभग राक्षसी शक्ति के साथ धड़क रहे थे।

डर और संदेह की सभी गहरी परतों, मेरी दुनिया के सभी बंद तिजोरियों, निकटता से पूर्ण इनकार को – एक सही स्पर्श से हिला दिया गया, जिसने एक अदम्य, सब कुछ निगलने वाली आग को जला दिया। उसकी नज़र, उसका चुंबन वह स्पर्श था। मेरा चुंबन वह निकटता थी। हमारे अस्तित्व के भँवर में नाचती हुई उलझन वह

आदिम, अदम्य शक्ति है, जो हमें आगे बढ़ाती है, जो हमें और अधिक खोजने के लिए प्रेरित करती है, अपरिहार्य अज्ञात की तलाश करने के लिए, भले ही वह हमें एक अदृश्य सीमा की ओर ले जाए।

मैंने महसूस किया कि यह चिंगारी मेरे अंदर जल रही थी – एक सुगंधित, विदेशी चाय की तरह, जो निषिद्ध, प्राचीन जड़ी-बूटियों से बनी थी, जो एक सुखद, अविस्मरणीय स्वाद छोड़ जाती थी और मुझे एक और घूँट, एक और नशीले एहसास की लालसा कराती थी, भले ही मैं अपरिहार्य अंत को जानती थी। अब, जब हम समुद्र तट पर चुपचाप खड़े थे, तो मेरा दिल इस बाध्यकारी कंपन के साथ एक पागल, अदम्य ताल में धड़क रहा था, जो एक उग्र ज्वार की तरह फैल रहा था, जो सब कुछ निगल रहा था जो मैं अब तक थी, मुझे धूल में बदल रहा था। मेरी आँखें अनगिनत तारों की काँपती हुई रोशनी के नीचे चमक रही थीं, जो एक अचानक, अभिशप्त, लगभग पापपूर्ण खुशी से छिपी नहीं थी, और मेरी मुस्कान इतनी चौड़ी और मंत्रमुग्ध थी कि मैं उसे रोक नहीं सकती थी – एक मुखौटा, जो मेरे असली सार को प्रकट करने के लिए टूट

---✶ ६ ✶ ---

गया था।

रात जादू से भरी हुई थी। लेकिन जुदाई की एक तीखी, चुभने वाली, लगभग भविष्यवाणी वाली पूर्वसूचना से भी भरी हुई थी। मैं वहाँ सबसे क़ीमती चीज़ छोड़ रही थी - अपना दिल। जैसे उसने इसे धीरे से मेरे सीने से बाहर निकाल लिया हो, अपने पीछे तुम्हारे क़दमों का एक अलौकिक, धड़कता हुआ खालीपन छोड़ दिया हो, जो मेरे अस्तित्व की रेत पर हमेशा के लिए छप गया था, और तुम्हारे लिए एक दर्दनाक रूप से मीठी कमी, जो पूरी तरह से अतृप्त लालसा से भरी थी, जो मेरा पीछा किसी भी आयाम और पुनर्जन्म से परे भी करेगी। फिर भी, इस कमी में कुछ क़ीमती सुलग रहा था, राख में एक अंगारे की तरह, जो एक नई आग को भड़का सकता था, लेकिन तुमने मुझे सबसे क़ीमती उपहार भी दिया – नाजुक, लेकिन जीवित उम्मीद कि शायद, किसी दिन, कहीं, हमारे रास्ते फिर से मिलेंगे, भले ही किसी और आयाम में, किसी और जीवन में, किसी और समय में, किसी और वास्तविकता में।

मैंने नज़र उठाई। तारों की तरफ़ नहीं, बल्कि काली मखमली शून्यता की तरफ़, जो मुझे एक पुराने, अवांछित दोस्त की तरह बुला रही थी। वह खाली, शक्तिहीन थी, लेकिन उसने शांति का वादा किया। सिर्फ़ मिल्की वे की चाँदी की धारा, जो सुनसान समुद्र तट पर एक मरते हुए, शापित दुनिया की आखिरी, काँपती हुई नस की तरह फैली हुई थी, काँप रही थी। मेरे नीचे, लहरें एक अंतिम गीत फुसफुसा रही थीं – वही, जो मैंने अपनी नसों में सुना था, मेरे खून के साथ एक ज़हर की तरह घूम रहा था, और जो मेरा आखिरी भजन होगा। जैसे कि दुनिया ख़ुद पीछे हट रही थी, केवल हम दोनों को छोड़ रही थी, हमारे शापित, अपरिहार्य भाग्य में लिपटे हुए।

नथानियल मेरे बगल में खड़ा था। हम एक ही हवा में साँस ले रहे थे, लेकिन हमारे बीच एक खाई थी, जो समय से गहरी, सभी ब्रह्मांडों से चौड़ी थी। उसके होंठ मेरे होंठों को छू गए – एक पल के लिए, एक साँस की तरह। एक चुंबन नहीं। एक विस्फोट। एक बीज बोया गया। संभावना का नहीं, बल्कि अभिशप्त विनाश का। एक बीज, जो पहले ही उग चुका था, मेरी अपनी नश्वरता की जड़ों से उलझ गया था, और जिसकी शाखाएँ सुबह से पहले मेरा दम घोंट देंगी। इससे पहले कि मोक्ष आता। मैंने अपनी मौत उसकी आँखों में देखी – और वह सुंदर थी।

---✶ ❦ ✶---

"क्या तुम ग्रेल के बारे में जानना चाहते थे? वह, जिसे तुम पूरी ज़िंदगी ढूँढते रहे? वह, जिसके लिए तुम अपना बेशुमार धन देने के लिए तैयार हो?" मेरी आवाज़ अनंत काल की एक साँस की तरह लग रही थी, लेकिन हर शब्द हमारे बीच की शांत जगह में एक गड़गड़ाहट की तरह गूँजा। "हाँ, इसकी एक कीमत है – तुम्हारी आत्मा! और तुम पहले ही उसे चुका चुके हो। लेकिन यह तो बस शुरुआत है, नथानियल। असली खेल अभी शुरू होना बाकी है।"

------------------ ❦ ------------------

अध्याय 40: मेरे पास जो कुछ था, उसका अंत

तुम नहीं जानते थे, नथानियल! जब तुमने उस अभिमानी, लापरवाह हल्केपन के साथ मेरे जीवन के सात लंबे, दुखद साल – खून और आँसुओं से गढ़े हुए साल, पीड़ा और पुनर्जन्म से, अंतहीन अकेलेपन और शांत चीखों से – को व्यापार करना चाहा, तो तुम यह नहीं समझ पाए कि मेरे पास सिर्फ़ एक, लेकिन शाश्वत, ईश्वर-चुना हुआ पल था। यह रात। यह पल। यह मेरा पवित्र, अपरिवर्तनीय, पूर्ण खजाना था – हवा से ज़्यादा क़ीमती, चट्टान से ज़्यादा भारी, आकाशगंगा से ज़्यादा विशाल, एक दिव्य रहस्योद्घाटन से ज़्यादा गहरा। यह सब कुछ था जो मेरे पास कभी सच में था। और मैं इसे फिर कभी तुम्हें नहीं दूँगी – क्योंकि इसे हमेशा के लिए, अपरिवर्तनीय रूप से ले लिया गया था।

तुम नहीं जानते थे, नथानियल, कि तुम मुझसे अनंत काल छीन रहे थे। एक अनंत काल, जो एक अलौकिक आलिंगन में नहीं, बल्कि उस शापित, लेकिन दिव्य चुंबन में एकत्र हुआ था, जिसने मुझे शापित कर दिया था। यह अंत नहीं था – यह अंत की शुरुआत और शुरुआत का अंत था। कीमिया पूरी हो गई थी, और मैं बस उसकी बलि थी।

---✶ ❦ ✶---

आखिरी परमानंद

उस पल से हर सेकंड तुम्हारे साथ सिर्फ़ चुनाव का विस्फोट नहीं था, बल्कि उन सभी ज्ञात सीमाओं, उन सभी ब्रह्मांडों का विस्फोट था, जिन्होंने मुझे बनाया था।

तुम मुझे अपनी ट्रॉफी बना सकते थे, मुझे अपनी एक और विजय तक कम कर सकते थे, या इस अछूते, लगभग अलौकिक पल को एक पवित्र, शुद्ध सार के रूप में रख सकते थे। एक प्रलोभन – जो शारीरिक सुख और पारलौकिक संतुष्टि के बीच उस्तरे की धार पर लटका हुआ था।

यह एक घूमता हुआ नृत्य नहीं था, बल्कि निषिद्ध गहराइयों से एक फाड़ देने वाली, प्राचीन सुनामी थी, जो मुझे एक अपरिहार्य अंत की ओर ले जा रही थी।

हर स्पर्श – एक तितली की फुसफुसाहट की तरह कोमल, लेकिन आग की तरह जलता हुआ, जो नसों को हड्डियों और राख तक शुद्ध कर देता था। हर लालची नज़र – सच्चाई में डूबे हुए एक तीर की तरह भेदने वाली, जो भ्रम के घूँघट को फाड़ देती थी। हर फुसफुसाया हुआ शब्द एक चिंगारी था, जो मेरे अंदर एक अटूट, शाश्वत ज्वाला को जला रहा था – सिर्फ़ मेरे दिल में नहीं, बल्कि मेरे डीएनए, मेरे परमाणुओं में।

मैं अपने साथ अँधेरे में केवल इस जलाने वाले अनुभव के अंगारे ले जा सकती थी, जो मुझे अज्ञात सुख की भूलभुलैया से ले जा रहा था, जहाँ हवा निषिद्ध और बेहोश करने वाली हद तक नशीली थी। तुम्हारी आवाज़ इस उग्र अराजकता में एकमात्र, लेकिन दिव्य उम्मीद थी। तुम्हारी साँसों का झोंका – एक कोमल हवा, लेकिन मेरे अस्तित्व की नींव तक हिला देने वाली। वह परमानंद, जिसे हम एक साथ अनुभव कर सकते थे, मेरे डूबते हुए रात के आकाश का सबसे चमकीला तारा था।

हर मिनट, जिसे बेरहम समय, भाग्य, जीवन से खूनी ढंग से चुराया गया था, वह शुद्ध पागलपन था। नशीला और अक्षम्य रूप से निषिद्ध, किसी भी नैतिकता से परे। एक अटूट जुड़ाव का एहसास, जो आयामों, समय, और अस्तित्व से परे गुरुत्वाकर्षण रखता था। पूर्ण समझ। बिना शर्त स्वीकृति, जो सभी शब्दों, मानवीय अवधारणाओं और दिव्य नियमों से परे थी।

मैं तुम्हारे हाथ की याद अपने साथ ले जा सकती थी, जिसने मुझे एक पल के लिए शांत किया और सुरक्षा में लपेट लिया। तुम्हारा स्पर्श एक मलहम नहीं था, बल्कि मेरे घायल सार के लिए एक अमृत था, जो दुख को प्रकाश में, मौत को एक नई शुरुआत में बदल रहा था। हमारे मिले हुए शरीरों और आत्माओं का परमानंद कामुकता के एक गहरे एहसास की बस शुरुआत थी, जो एक पारलौकिकता, एक पूर्णता, एक शून्यता में बढ़ रहा था... और साथ ही यह एक रोमांच का अंत था, जो शायद कहीं और जारी रहेगा – समय, स्थान, और हर वास्तविकता से परे।

हर मिनट एक शांत वादा था, जो हमारी कोशिकाओं में लिखा गया था। स्वयं अनंत काल का वादा। कुछ ऐसा, जिसे मौत नहीं छीन सकती। कभी नहीं।

यहाँ तक कि देवताओं की याद से भी नहीं।

---✶ ६ ✶ ---

सच्चाई का पागलपन

"हाँ, यह पागलपन है! प्यार या तो पागल होता है, या वह प्यार नहीं होता।"

मिलान कुंडेरा

मैं धीरे-धीरे जीवन की अंतिम, सदियों पुरानी सीढ़ियों से नीचे उतरती हूँ।

हर कदम अपने पीछे एक अविस्मरणीय, ब्रह्मांडीय प्यार का एक कोमल, लेकिन शाश्वत निशान छोड़ जाता है – तुम्हारे लिए नहीं, बल्कि ख़ुद जीवन के लिए, उसकी दर्दनाक सुंदरता के लिए।

मेरा दिल धीरे-धीरे धड़क रहा है, जैसे वह अस्तित्व की आखिरी युगों पुरानी लय को संरक्षित करने की कोशिश कर रहा हो।

मैं तुम्हें शांति से देखती हूँ। बिना किसी अफ़सोस के। मेरी आँखों में उन भावनाओं की पूरी असीम गहराई झलकती है, जिन्हें हमने साझा किया था। जिन्होंने हमें हमेशा के लिए जोड़ा, शरीर और समय से परे – भले ही तुम यह न जानते हो।

सच्चा प्यार एक पुराना नक्शा निकला, जो आँसुओं और खून से बनाया गया था, जो तुम्हें दुनिया और अनंत काल से छिपे एक अनमोल खजाने की ओर ले जाता है।

पहली काँपती हुई नज़र के साथ, मैंने अपने अंदर गहराई से महसूस किया कि मैं पूर्वनिर्धारित रास्ते पर चल पड़ी हूँ?

मेरा दिल एक पागल, बेचैन लय में धड़कने लगा, जो इस यात्रा के रोमांच के साथ तालमेल बिठा रहा था। मेरी आंतरिक दुनिया बिना किसी शर्त के उन सभी आकर्षक संभावनाओं के लिए खुल गई, जो मुझे पतन के लिए बुला रही थीं। मैं बिना किसी हिचकिचाहट के शून्यता में कूद गई, आकाश में उड़ने की उम्मीद में। पूरी दर्दनाक उम्मीद तुम पर केंद्रित थी - एकमात्र व्यक्ति, जिसकी आत्मा मेरे अपने दर्पण के सामने पूरी तरह से नग्न हो सकती थी।

---✶ ६ ✶---

आत्मा की कामुकता: "हाँ, मैं तुमसे प्यार करती हूँ..."

मैं तुमसे वैसे प्यार करती हूँ, जैसा मैंने पहले कभी किसी और आदमी से नहीं किया। जैसा मैं फिर कभी प्यार नहीं करूँगी। हमारा प्यार एक उज्ज्वल, अदम्य ज्वाला है – जो सिर्फ़ जलती नहीं, बल्कि खुद मूल तक निगल जाती है, जला देती है। इसने अपने रास्ते में सब कुछ जला दिया – नींव तक, परमाणुओं तक। हर नज़र एक अंगारा है, हर शब्द एक चिंगारी है, हर स्पर्श एक ज्वालामुखी है।

लेकिन किसी भी उग्र आग की तरह, जल्दी या देर से यह शांत, ठंडी, अंतिम राख में बदल जाती है। और अपरिहार्य जुदाई के तीखे दुख के बावजूद, मैं असीम रूप से आभारी हूँ।

हर चुराए गए पल के लिए, जिसमें मेरी त्वचा जलती है। हर मुस्कान के लिए, जो आनंद से टेढ़ी हो गई। हर आँसू के लिए, जो एक ही समय में नमकीन और मीठा था। हर स्पर्श के लिए, जिसने मेरे धड़कते हुए शरीर में गहरा निशान छोड़ा।

तुमने मेरे अंदर उन तारों को छुआ, जिन्हें मैं भूल गई थी कि वे मौजूद हैं – वे तार, जो न केवल कोमलता से, बल्कि एक आदिम, जानवरों जैसी वासना से भी कंपन करते हैं। तुमने मुझे अज्ञातता की एक लंबी नींद से जगाया, हज़ारों साल की भूल से, मुझे जीवन की धड़कती, कच्ची वास्तविकता में वापस लाया। तुम्हारे माध्यम से मैंने

फिर से उस अलौकिक, लेकिन आवश्यक धागे को महसूस किया, जो मुझे दुनिया से जोड़ता है। तुमने मुझे विश्वास दिलाया कि मैं मायने रखती हूँ।

कि मैं अस्तित्व के जटिल, बेरहम, ब्रह्मांडीय ताने-बाने का हिस्सा हूँ – भले ही सिर्फ़ एक पल के लिए।

आह, मैं तुम्हारे सामने अपनी आंतरिक दुनिया के विशाल क्षितिज को खोलना कितना चाहती थी – तुम्हें अपनी छिपी हुई घाटियाँ और चमचमाती चोटियाँ, अंधेरी खाई और चमकदार आकाशगंगाएँ दिखाना। मैं तुम्हें उस जुनून के भँवर में खींचने के लिए कितना तरसती हूँ, जो मेरे खून में लावा की तरह जलता है। तुम्हें एक ऐसे प्यार का रहस्योद्घाटन करना, जो हमारे अस्तित्व को डुबो सकता है और उसे उस पदार्थ में बदल सकता है, जिससे एक नई दुनिया का जन्म हो – हमारे सपनों और लालसाओं से बुनी हुई।

लेकिन समय का बेरहम प्रवाह हमारा बेरहम विरोधी, न्यायाधीश और शांत जल्लाद है। यह कीमती पलों को चुरा लेता है, हमारी लालसाओं को विफल कर देता है, हमें उस पूर्णता का अनुभव करने का अवसर छीन लेता है, जिसके लिए हम पैदा हुए थे। वह उन सीमाओं का प्रहरी है, जिन्हें हम कभी नहीं चाहते थे। ऐसी सीमाएँ, जो दम घोंटती हैं। जो सपनों की क्षणभंगुरता और हर स्पर्श की क्षणभंगुरता की याद दिलाती हैं।

और इस कड़वी सच्चाई के बावजूद, उस चिंगारी की याद, जिसे तुमने मुझमें जलाया, हमेशा सुलगती रहेगी – एक असंभव, लेकिन हमेशा मौजूद, समानांतर वास्तविकता के एक पवित्र, अलिखित स्मारक की तरह।

---✶ ६ ✶---

आग से गुज़रना

मैं मर रही हूँ। मैं धीरे-धीरे इस दुनिया से जा रही हूँ। और हमेशा के लिए – तुमसे।

लेकिन मैं रो नहीं रही हूँ। मैं विरोध नहीं कर रही हूँ। मैं तुम्हें शांति से देखती हूँ। निराशा से भी गहरी स्वीकृति के साथ। आँखों में एक अटूट प्यार के साथ, जो हर अनछुए स्पर्श की कहानी कहता है।

मैं नहीं रह सकती। मेरे पास कोई विकल्प नहीं है। भाग्य ने बहुत पहले ही तय कर लिया है कि मैं कितना सहन कर सकती हूँ – और उस कड़वी पीड़ा से, जो मेरे अंदरूनी हिस्सों को फाड़ रही है, और उस नशीले प्यार से, जो मुझे फिर से जीवित करता है और जलाता है।

मेरे पास खोने के लिए और कुछ नहीं है। पाने के लिए और कुछ नहीं। सिवाय एक सुंदर, लेकिन भ्रमपूर्ण सपने के, जो एक अभिशाप में बदल गया है।

और एक शाश्वत उम्मीद। पीड़ा हर चीज़ से ज़्यादा मज़बूत है – यहाँ तक कि मौत से भी। क्योंकि यह एक अनुभव है, और मौत – सिर्फ़ एक अंत।

अध्याय 41: अधूरी कहानी

अंत की प्रस्तावना

"सिर्फ़ प्यार ही मौत से और मौत के डर से ज़्यादा मज़बूत है! सिर्फ़ प्यार ही जीवन को बनाए रखता है और चलाता है।"

आई.एस. तुर्गनेव

विचार – एकमात्र, काँपती हुई किरण, जो आने वाले अँधेरे को काट रही है।

मैं चली गई। अज्ञात की असीम दुनिया का दरवाज़ा एक गड़गड़ाहट के साथ खुल गया, जिसमें एक चुभने वाली, जमा देने वाली चुप्पी थी। मेरा दिल धड़क रहा था। यह जल रहा था – तुम्हारी यादों से घिरा हुआ था। ऐसी यादें, जो गर्म नहीं थीं। वे मुझे जला रही थीं, अपने पीछे सिर्फ़ खंडहर और धुआँ छोड़ रही थीं, जिनसे कुछ भी फिर से पैदा नहीं हो सकता था।

सभी कहानियों का अंत "और वे खुशी से रहने लगे" के साथ होता है। मेरी? अधूरी। एक खुला पन्ना, जो अनिवार्य की हवा से फटा हुआ था, इससे पहले कि आखिरी पंक्ति लिखी जाती। शब्द कड़वे, अटके हुए आँसुओं में बदल गए। वे मेरे गले को अंगारों की तरह जला रहे थे, लेकिन एक भी मेरे गालों पर नहीं गिरा। वे वहाँ जम गए थे, एक ऐसे जीवन के लिए सीसे के वज़न की तरह, जो कभी नहीं था। हर साँस – एक गहरा घाव, जो अंदर ही अंदर खून बहा रहा था।

---✶ ६ ✶ ---

अलौकिक क्षणभंगुरता

मैं चल रही थी। चाँदनी मुझे भेद रही थी, मेरे शरीर से जीवन का आखिरी हिस्सा भी चूस रही थी। यह मुझे अलौकिक, लगभग पारदर्शी बना रही थी, कोहरे के एक घूँघट की तरह, जिसे बिखरने के लिए अभिशप्त किया गया था। मैं पानी की वाष्पित होती बूँदों पर अवास्तविक रूप से हल्के से क़दम रख रही थी – एक ऐसी सतह पर, जो पानी नहीं थी, बल्कि एक अभेद्य काला दर्पण था, जो मेरे अपने विघटन को दर्शा रहा था, मुझे कुछ भी नहीं में बदल रहा था। चाँदी की पट्टी आगे नहीं बढ़ रही थी। यह ऊपर की ओर, एक शांत चुप्पी की तरफ़ मुड़ रही थी, जहाँ आवाज़ें सिर्फ़ मरती नहीं हैं – वे कभी मौजूद ही नहीं थीं।

मेरी आत्मा, जो सांसारिक जीवन की हर साँस से खून बह रहा था – हर कराह, हर खुशी, हर हानि – और मेरा शरीर, जो हर तूफ़ान, हर गड़गड़ाहट, भाग्य की हर फुसफुसाहट से चिह्नित था, पूर्णिमा के पूर्ण चंद्रमा के अदम्य आह्वान की तरफ़ बढ़ रहे थे। यह मुझे आकर्षित कर रहा था, मुझे एक घने आलिंगन में लपेट रहा था। जैसे कि मैं इसकी खोई हुई बच्ची थी, जो घर लौट रही थी – अनंत काल की कोख में, जहाँ से मैं आई थी।

मैंने महसूस किया कि पानी का थपका मेरे पैरों के नीचे विद्रोह कर रहा था। वह धीरे-धीरे रो रहा था, मुझसे रुकने, वापस लौटने की भीख माँग रहा था। लेकिन मैं पहले

ही एक अलौकिक छाया थी। भारहीन। उस शरीर के बोझ से मुक्त, जो अब मेरा नहीं था, बल्कि सिर्फ़ एक अस्थायी पात्र था। पानी मुझे रोक नहीं सकता था, न ही मुझे किनारे पर वापस ला सकता था। मैंने अपनी बिखरी हुई खुशी के टुकड़े वहाँ छोड़ दिए – एक टूटे हुए दर्पण के टुकड़े, जो केवल दर्द और विनाश को दर्शाते थे। मेरी खोई हुई दुनिया का भूतिया सिल्हूट दूर में सिकुड़ रहा था, एक बुझी हुई मोमबत्ती के धुएँ की तरह कुछ भी नहीं में घुल रहा था, इससे पहले कि वह पूरी तरह से जल भी पाती।

--- ✶ ६ ✶ ---

अनंत काल की आखिरी नज़र

पीछे एक आखिरी नज़र – एक चुभने वाला, फाड़ देने वाला जुदाई का दर्द। एक बेरहम चाकू से एक चीरा की तरह, जो आत्मा को काटता है। धुँधली दूरी में: तुम, नथानियल। अकेला, सुनसान समुद्र तट – हर शब्द, हर स्पर्श, हर चुंबन का एक शांत गवाह, जो समय से चुराया गया था। हमारा क्षणिक, लेकिन शाश्वत जादू। और सपने – अनजानी लालसाएँ, जिन्हें दुनिया का प्रकाश देखने के लिए अभिशप्त किया गया था। अब वे रात की हवा में घुल गए, आखिरी चमकते हुए जुगनुओं की तरह, जिनकी रोशनी फिर कभी नहीं देखी जाएगी। चाँदनी की धारा मेरा रास्ता बन गई। मैंने इसे पूर्वनिर्धारित महसूस किया। लेकिन मेरे दिल का एक हिस्सा हमेशा के लिए इस किनारे पर लंगर डाल गया – अतीत का एक शाश्वत संरक्षक। तुम्हारी याद एक[illegible] स्तंभ की तरह होगी, जिसकी रोशनी अभी भी मेरी गायब होती चेतना में काँप रही है, जो पूर्ण अँधेरे के सामने भी हार मानने से इनकार कर रही है।

मैं चल दी। एक अतृप्त लालसा के साथ – हमारे स्पर्श को हमेशा के लिए संरक्षित करने के लिए। इसे रेशम में लपेटने और अपनी आत्मा के सबसे गहरे कोने में छिपाने के लिए। कभी। एक दूर के सपने में। समय की रेत के माध्यम से। फिर से भाग्य को मिलाने के लिए – एक भ्रामक मृगतृष्णा, लेकिन मेरी एकमात्र उम्मीद, आखिरी चिंगारी की तरह जल रही थी। मैंने अपने हाथ पर तुम्हारे हाथ का क्षणिक स्पर्श महसूस किया, हमारी दोनों हथेलियाँ धीरे से एक दूसरे के ख़िलाफ़ दबाई गईं। गर्मी फैल गई। कभी। कहीं। जब तुम मुझे फिर से ढूँढोगे। दृष्टि से नहीं। बल्कि आत्मा के गहरे, सहज ज्ञान से, जो तुम्हें समय और स्थान से परे जानता है। दुख और आँसुओं से भरी एक लंबी खोज के बाद। या शायद, बिना खोज के। तुम बस मुझे महसूस करोगे। मैंने तुम्हारी आँखों में आखिरी बार देखा – जो एक कोमल, लेकिन विनाशकारी रोशनी से भरी थीं। काँपती हुई चिंगारियाँ। एक गहरा, परिचित दुख। मैंने इसे पहले दिन ही देख लिया था। हमारी आँखें मिल गईं – दो अंतहीन समुद्र, अनंत काल में एक दूसरे को गले लगा रहे थे। एक अनंत काल, जो एक ही समय में मोक्ष और अभिशाप का वादा करता था।

--- ✶ ६ ✶ ---

भगवान से पहले का खालीपन

फ़्लैशफ़ॉरवर्ड: मशीन की लयबद्ध, फीकी पड़ती हुई आवाज़ एक तेज़, चुभने वाली "बीप" में बदल गई। इसने हवा को गड़गड़ाहट की तरह काट दिया, जीवन के आखिरी भ्रम को भी फाड़ दिया। फिर... सायरन की चुभने वाली, चुप्पी को फाड़ देने वाली चीख। इसने हवा को काट दिया, वास्तविकता के ताने-बाने को ही, जो बिखर रहा था। एक तेज़, बेरहम रोशनी। मेरे ऊपर की बत्तियाँ। सफ़ेद। चकाचौंध करने वाली। सब कुछ एक अस्पष्ट कोहरे में। जल्दबाज़ी में, फुसफुसाती हुई आवाज़ें। अनजान डॉक्टर। एक अस्पष्ट शोर में विलीन हो रहे थे। मैंने अपने सीने में एक तेज़, जलता हुआ दर्द महसूस किया। जैसे मेरा दिल बाहर निकलने की कोशिश कर रहा हो। मुझसे अलग होने की। मेरी साँस मेरे गले में अटक गई। फिर – एक बर्फीली सिहरन। यह मेरी नसों से फैल गई, मेरी आखिरी ताक़त छीन ली। जीवन की आखिरी चिंगारी। और... सफ़ेदी।

सफ़ेदी। समयहीनता। शांति... शांति। लगभग आनंदमय। मैं जा रही हूँ। मैं अब यहाँ नहीं हूँ। मैं अब हर जगह हूँ। मैं वह हवा हूँ जिसमें तुम साँस लेते हो। तुम्हारे सपने में फुसफुसाहट। छवियाँ। प्यारी यादें। एक अटूट गर्मी। यह मेरे अंदर फैल रही थी। एक गहरी, सब कुछ निगलने वाली शांति। एक अजीब एहसास। पूर्ण आज़ादी। एक हल्की, भारहीन उड़ान... शून्यता में पूर्ण विघटन, जो सब कुछ है।

और उसके बाद... सिर्फ़ खालीपन। कमी नहीं। शुद्ध, बेदाग, आदिम शुरुआत। हर अस्तित्व से पहले। ख़ुद भगवान से पहले। ख़ुद अर्थ से पहले।

---✶ ६ ✶---

आत्मा की वसीयत। नथानियल के लिए:

जब हम इस दुनिया से जाते हैं, तो हम सिर्फ़ एक सूटकेस ले जाते हैं। कपड़ों से नहीं, बल्कि यादों से भरा हुआ। अच्छी और दर्दनाक। एक जटिल, अनसुलझी फीते में उलझी हुई, जो भाग्य, समय और हमारे चुनावों से बुनी गई है। मैंने हमेशा खुला और ईमानदार रहने की कोशिश की है। कोई अस्पष्टता नहीं छोड़ने के लिए, न ही दर्द के कड़वे निशान, जो एक पत्थर की तरह भारी होते हैं, जो तुम्हें हमेशा के लिए अतीत में लंगर डालते हैं।

हमारी मुलाक़ात नियति थी। एक इत्तेफ़ाक़ी प्रतिच्छेदन बिंदु नहीं, बल्कि एक गांगेय आवश्यकता। एक गुरुत्वाकर्षण, जिसने हमें एक दूसरे की तरफ़ खींचा, जो ख़ुद जीवन की तरह निर्विवाद और क्रूर था। तुम इस मुलाक़ात के लिए तैयार थे। मेरी विशिष्ट आध्यात्मिकता के लिए। मैं भी तुम्हारे लिए – एक दूसरे के माध्यम से ख़ुद का एक हिस्सा खोजने के लिए। अनंत काल का एक टुकड़ा, स्रोत से। हमें दुनिया की रचना के बाद से इसकी कमी थी। या शायद, यह हमेशा से वहाँ था। बस हमारे इसे उजागर करने का इंतज़ार कर रहा था। मुझे तुम्हारा हर शब्द याद है। हर हावभाव। हर नज़र। मुझे एक परिष्कृत स्मृति मिली है। एक तीखी भावना। एक मज़बूत सहज ज्ञान। ऐसे उपहार, जो अब मुझे दूसरे आयामों से जोड़ते हैं। अदृश्य धागों के साथ।

मैंने तुमसे वादा किया था...

मैंने तुम पर बिना शर्त विश्वास किया। मैंने तुम्हें बिना किसी सवाल के अपना भरोसा दिया – मेरी एकमात्र सच्ची संपत्ति, सोने से ज़्यादा क़ीमती, तारों से ज़्यादा चमकीली, सबसे शुद्ध हीरे से ज़्यादा दुर्लभ। मैं अपनी असली ख़ुद थी। बिना कुछ छिपाए। मैंने तुम्हारे सामने अपनी आत्मा के सबसे कमज़ोर, सबसे पवित्र कोनों को नग्न कर दिया। जो मुझसे भी, समय से भी, दुनिया से भी छिपे हुए थे। मुझे उम्मीद है, अब तुम्हें एहसास हो गया है कि मैंने उस रात तुम्हें ठीक-ठीक क्या दिया। एक अनमोल, अपूरणीय खजाना। इसने पूरे अनंत काल के निशान को वहन किया। और मेरी नश्वरता। एक ऐसा उपहार, जिसकी कोई बराबरी नहीं हो सकती थी।

यह बस हुआ? नहीं! इसे बनाया गया था – भाग्य से, समय से, हमारी आत्माओं से, सृष्टि की ज्वाला से गढ़ा गया था! मेरी आत्मा, तूफ़ान से हिल गई, विरोधाभासी भावनाओं से भरी हुई है। एक अटूट प्यार अभी भी मेरी पीड़ित उम्मीद को गर्म कर रहा है। अवशेषों में एक आखिरी अंगारा, शून्यता का अग्रदूत। और एक जलता हुआ गुस्सा। हर चुराए गए पल के लिए गहरा आभार। एक कड़वी शिकायत, जो मेरे हर तंत्रिका, मेरे अस्तित्व के हर हिस्से को खा रही है, एक ज़हर की तरह, जो धीरे-धीरे मारता है, लेकिन शुद्ध करता है।

मेरा दिल पागलपन की तरह धड़क रहा है। गर्म आँसू मेरे गालों पर बेकाबू ढंग से बह रहे हैं। वे दर्द को धोने की कोशिश करते हैं। लेकिन यह गहराई से, मेरे ही सार में निहित है। मुझे नहीं पता कि सच कहाँ है। यह एक धोखेबाज़ मृगतृष्णा की तरह है। मेरी आँखों के सामने नाचती है। अपना रूप बदलती है। कभी-कभी मैं इसे साफ़ देखती हूँ। दूसरी बार यह धुँधली हो जाती है। गायब हो जाती है। मुझे संदेह के घने कोहरे में छोड़ देती है। अकेली, बिना दिशा-सूचक के, अनंत काल में खोई हुई।

लेकिन इस मुलाक़ात ने मेरे अस्तित्व के सार को बदल दिया। हमेशा के लिए। इसने मुझे मेरे दिनों के अंत तक चिह्नित कर दिया। और उनके पार। दूसरे आयामों में। जहाँ वे हमें फिर से मिलेंगे। हर गुज़रते दिन मैं अपने बचे हुए समय को गिन रही हूँ। मैं ख़ुद को दर्दनाक रूप से याद दिलाती हूँ कि मैं "यहाँ और अब" क्यों हूँ। मैं अभी भी क्यों साँस ले रही हूँ। मैं अभी भी इस दुनिया का हिस्सा क्यों हूँ, भले ही मेरी आत्मा पहले ही परे है।

मैं जानती हूँ: हर सुबह जागकर, मुझे नए दिन के लिए धन्यवाद देना चाहिए, भले ही दुख हो। कम से कम एक अच्छा काम करने की कोशिश करने के लिए। कम से कम एक व्यक्ति को खुश करने के लिए। ख़ुद का सबसे अच्छा संस्करण बनने के लिए। अपने बचे हुए दिनों को सुंदर यादों से भरने के लिए। ऐसे लोगों से मिलना, जो मेरी दुनिया और ज्ञान को समृद्ध करेंगे। एक निशान छोड़ने के लिए। जब मैं जीवन से पूरी मुट्ठी भरती हूँ, तो मुझे इसे होशपूर्वक करना चाहिए। जोखिम का सावधानीपूर्वक मूल्यांकन करना चाहिए। मेरे हर चुनाव की ज़िम्मेदारी – मेरी आत्मा में उत्कीर्ण होती है।

हर चुनाव के हमेशा अपने अपरिहार्य, भाग्यशाली परिणाम होते हैं। यह लहरों की तरह फैलता है – बेरहमी से, एक के बाद एक, जब तक कि वे मुझे पूरी तरह से, बिना किसी रुकावट के, अपनी शून्यता में निगल न लें। कोई आसान फ़ैसले नहीं हैं। न ही कोई ऐसे हैं, जो कम से कम थोड़ा दर्द न लाएँ। यह संभव नहीं है कि हमारी यह मुलाक़ात बस चली जाए। भुला दी जाए। इसने हमारे जीवन में हमेशा के लिए अपना गहरा, अस्तित्वगत, अमिट निशान छोड़ दिया। एक प्राचीन चित्रलिपि की तरह, जो सुनहरे अक्षरों में लिखी गई है, ताकि तुम इसे अपनी मौत में भी ढूँढ सको और पहचान सको।

और कौन जानता है... लोग कभी-कभी फिर से मिलते हैं। बिल्कुल अप्रत्याशित, अज्ञात रास्तों पर। जो भाग्य और समय से बुने गए हैं। जो हमें अनंत काल की तरफ़ ले जाते हैं। और भूलने की तरफ़।

या एक नई शुरुआत की तरफ़।

अध्याय 42: भ्रमों का जलना

मकबरे में पीड़ा

मैं यरुशलम के "यीशु मसीह के पुनरुत्थान" मंदिर के मकबरे में घुटने टेक रही हूँ। मौत जैसा सफ़ेद, लेकिन अब उसी तरह से ठंडा नहीं। क्रिप्ट एक अशुभ शांति के साथ साँस ले रहा है। मेरे शरीर का हर हिस्सा संगमरमर के बर्फीले स्पर्श को महसूस कर रहा है – एक कफ़न की तरह, जो मुझे जीवन से अलग कर रहा है। सदियों पुरानी मोमबत्तियों की गंध पत्थर में समा गई है। यह मेरी नाक में घुसती है, मेरी जीभ से चिपक जाती है, अपनी कड़वी तीखेपन से मेरे श्लेष्म झिल्ली को जला देती है। धीमी रोशनी हर रंग, उम्मीद की हर चिंगारी को निगल जाती है। और मैं हवा में छोटे-छोटे धूल के कणों को नाचते हुए देखती हूँ, इससे पहले कि वे मुझ पर... ठहर जाएँ। जैसे मेरा जीवन हर पल धूल में बिखर रहा हो।

मैं प्रार्थना नहीं कर रही हूँ। मैं अपने अविश्वास के लिए माफ़ी माँग रही हूँ।

नथानियल से उस मुलाक़ात के बाद के महीने एक दर्दनाक इंतज़ार में घुल गए हैं। एक धीमी, बेरहम पीड़ा। पीनियल ग्रंथि में ट्यूमर मेरा अभिशाप है। एक सज़ा। मेरे ही सार में घुसा हुआ एक ब्लेड। कल हदासा क्लिनिक में ऑपरेशन है। एक आखिरी मौका। या अंत से पहले एक आखिरी देरी। यह अंत पहले से ही हवा में है। घना। वास्तविक। एक हाथ की तरह, जो मेरे गले को कस रहा है। लेकिन इस बार यह अकेला नहीं आ रहा है। यह दो दशक पहले के एक और अंत की याद दिलाता है, जो अभी भी मेरे अंदर खून बहा रहा है।

महीने। तब और अब के बीच। उसके और उसके बीच। एक एहसास जो मेरी उँगलियों से रिस रहा है – मेरी नसों में खून की तरह, जो अपने पीछे एक बर्फीला

खालीपन छोड़ जाता है। कलाई पर बहते पानी की तरह, जो गीले निशान छोड़ जाता है। हर बूँद एक बुखार की तरह चुभती है। यह लो, नथानियल। मैंने तुम्हें महसूस किया। एक चमक। एक शापित, छोटा सा पल। मैंने सोचा कि तुम कुंजी हो। उस... मुखौटे के पीछे की दुनिया के लिए। बिना शर्त निकटता के लिए। लेकिन यह बहुत छोटा था। जैसे मैंने खाई में बिजली की चमक देखी। और उसके बुझने से पहले मैं उसकी रोशनी को छू नहीं पाई। अब, जब मौत मेरे चेहरे पर साँस ले रही है, तो सब कुछ बेरहमी से साफ़ हो जाता है। हर कोशिका चिल्लाती है। हर याद त्वचा के नीचे धड़कती है – एक जलता हुआ अंगारा।

मैं आँखें बंद करती हूँ। गंदा, भूरा-सफ़ेद मेहराब गायब हो जाता है। मेरा सिर घूमता है। छवियाँ आपस में मिल जाती हैं – यादें, दुःस्वप्न, रहस्योद्घाटन। जगह फीकी पड़ जाती है। एक नामहीन कोहरा मुझे निगल लेता है। यह हवा को सोख लेता है। मुझे एक खनक सुनाई देती है। तीखी। मेरे अंदर बिखरते हुए काँच की तरह।

---✶ ⸮ ✶ ---

दुःस्वप्नः अवशेषों की एक लाइब्रेरी

मैं एक दूसरी जगह में गिर रही हूँ। अँधेरा – एक गाढ़ा तरल, जो मेरी पलकों पर बहता है, मेरी पुतलियों में घुस जाता है। मुझे कुछ नहीं दिख रहा। मैं डूब रही हूँ। मुझे पता है कि मैं कुछ असंभव की कगार पर हूँ।

मेरे नीचे एक विशाल लाइब्रेरी खुल रही है। कोई लोग नहीं हैं। सिर्फ़ अलमारियाँ – धूल भरी, भूली हुई, लंबे समय से बुझ चुकी उम्मीदों के कंकाल की तरह। चुप्पी एक रेत घड़ी की साँसों से खा गई है। यह मेरे कानों में खड़खड़ाती है। एक मरती हुई दुनिया की साँस की तरह।

और फिर प्यार की किताबें जलने लगती हैं। सिर्फ़ सुलगती नहीं हैं – वे एक शांत, पीले-नारंगी लौ में फट जाती हैं। पन्ने राख में सिकुड़ जाते हैं, जो उठकर मेरे फेफड़ों को भर देती है। जले हुए कागज़ की गंध मेरे गले को खरोंचती है। हवा का हर घूँट एक यातना है। राख मुझे अंदर से सुखा देती है।

खाँसी मुझे फाड़ देती है। मेरे सीने में – एक खालीपन। एक शून्यता, जो प्रकाश को निगल जाती है। एक काली खाई, जो मुझे अपनी ओर खींच रही है। मेरा पेट सिकुड़ जाता है।

---✶ ⸮ ✶ ---

धूल से पुनर्जन्म

मैं वापस आती हूँ। घुटने टेके हुए, मेरी नब्ज़ उछल रही है। दर्द मेरी कनपटियों में सूज रहा है। मुझे अभी भी कालिख की गंध आ रही है।

अपनी सभी हिचकिचाहटों और डर में... मैं ख़ुद बन गई थी। इससे भी बढ़कर – मेरा फिर से जन्म हुआ था। धीरे-धीरे, दर्दनाक ढंग से, लेकिन सच में। एक फ़ीनिक्स की तरह, जो अवशेषों से उठता है। मैंने अपने उस हिस्से से बात करना सीखा, जो

हमेशा भागता है। अपनी ही अपूर्णताओं को अपनी ताक़त का हिस्सा मानना सीखा। और ख़ुद को पूरा महसूस करना सीखा।

मैं किसी पूरक की तलाश में नहीं हूँ। न ही किसी उद्धारकर्ता की। मैं पूरी हूँ। मैं किसी ऐसे व्यक्ति के लिए तरस रही थी, जिसके साथ हम अपनी एकांतता साझा कर सकें। दो हिस्सों के रूप में नहीं, बल्कि दो ब्रह्मांडों के रूप में, जो एक दूसरे को छूते हैं, साथ में बढ़ सकें। कुंजी लापता टुकड़े को ढूँढना नहीं है, बल्कि यह महसूस करना है: हर टुकड़ा अपने आप में पर्याप्त है।

स्पष्टता के आखिरी पल में, मैं इसे समझ गई। मैं एक ब्रह्मांड हूँ। मैं बिना कुछ वापस माँगे प्रकाश दे सकती हूँ। एक सूखे पेड़ की तरह, जो ज़मीन में जड़ें डालता है और अपनी गहराइयों से ताक़त पीता है। मैंने दिखावे और घमंड की परतों को ख़ुद से गिरते हुए महसूस किया। उनका बोझ एक पहनी हुई त्वचा की तरह उतर रहा था।

मैंने अपनी हथेलियों के नीचे ज़मीन को महसूस किया – स्थिर, वास्तविक। सालों में पहली बार। इस एहसास ने मुझे बिजली की तरह मारा, जिसने खाई को रोशन कर दिया और यह उजागर कर दिया कि मैंने कितनी देर तक बाहर – ख़ुद से बाहर – खोज की थी।

मैं अपनी आंतरिक दुनिया की मालिक हूँ। मैं भूतिया भ्रमों के पीछे नहीं भागती। मैं अपनी आखिरी मिनटों में खुली आँखों से तैर रही हूँ। हर पल को सोख रही हूँ। ख़ुशी भविष्य में कहीं नहीं है। यह यहाँ और अब में एक धड़कन है। हर कोशिका में। मैं आज़ाद हूँ। इसलिए नहीं कि मैं अकेली हूँ। बल्कि इसलिए कि मैं पूरी हूँ।

हवा ठंडी है। साफ़ है। यह मेरे फेफड़ों को एक शांत जीवन-शक्ति से भर देती है।

"अब इस जीवन-शक्ति की किसे ज़रूरत है?" मैंने फुसफुसाया।

कोई जवाब नहीं।

बस चुप्पी। अंतहीन। सब कुछ निगलने वाली।

और सुकून देने वाली।

------------------ ❧ --------------------

अध्याय 43: राख से पुनरुत्थान

बचे हुए घंटे... बेरहम समुद्र के किनारे, तेल अवीव।

मैं एक लहर हूँ। मैं एक घाव हूँ।

मैं ख़ुद को एक विशाल, खुले घाव की तरह महसूस करती हूँ, जो दर्द से धड़क रहा है। यहाँ, इस तबाह जगह पर, मेरा जीवन टूट गया। और फिर... मैं एक लहर में बदल गई। ताकि फिर कभी न टूटू। ताकि फिर कभी न बिखरूँ।

हवा – नमक और ठंड, चुभने वाली और बेरहम। मैं बैठी थी। भीगी रेत से चिपकी हुई, एक छोड़ी हुई चीज़ की तरह। लेकिन अब मैं अकेली नहीं थी। मेरी हर साँस मेरे

सीने में टूटे हुए काँच की तरह थी, लेकिन अब यह फाड़ नहीं रही थी। यह साफ़ कर रही थी। मेरे सामने, राक्षसी रूप से उदासीन, समुद्र ने अपनी अंतहीन बाँहें खोल दीं। लहरें बेरहम नीरसता के साथ टूट रही थीं। वे मेरी खोपड़ी में गूँज रही थीं। वे फुसफुसा नहीं रही थीं, बल्कि दहाड़ रही थीं। हर दूसरे विचार, हर याद, हर उम्मीद को निगल रही थीं। मुझे महसूस हुआ... मैं एक लहर हूँ। धूल के कण से ज़्यादा, झाग से ज़्यादा। सिर्फ़ इस असीम, आदिम शक्ति में घुल नहीं गई थी, जो बिना किसी सवाल, बिना किसी अफ़सोस के बनाती और नष्ट करती थी। बल्कि इसका एक हिस्सा थी। इसका सार। इसके खून का खून।

हर लहर, जो उठती थी, ऐसा लगता था कि वह मेरा एक हिस्सा ले जा रही थी। उसे फाड़ रही थी। उसे निगल रही थी। काले चट्टानों पर गुस्से से टूट रही थी – अडिग, शाश्वत, प्राचीन देवताओं की तरह। और मैं? मैं वह शापित लहर थी, जो एक आखिरी, हताश प्रयास के साथ उठ रही थी। सिर्फ़ लाखों बूँदों में बिखरने के लिए। इस अनंतता का हिस्सा बनने के लिए। बिना कोई नाम छोड़े। निशान। फुसफुसाहट। मेरी वसीयत। घुल जाना। वाष्पित हो जाना। एक अदृश्य गूँज बन जाना। हवा में एक कंपन, जिसे सिर्फ़ समुद्र याद रखेगा। यहाँ तक कि एक साँस... क्या यह पर्याप्त है? क्या बस इतना ही पर्याप्त है कि मैं थी। कि मैंने महसूस किया। कि मैं जी।

लहरों की ठंडी लकीरें मेरे नंगे पैरों में घुस गईं। उन्होंने मुझे एक भूत की तरह बेसुध आलिंगन में लपेट लिया। समुद्री पानी के छींटे, सुईयों की तरह तीखे, मेरे चेहरे को चुभ रहे थे। वे मेरे आँसुओं के साथ मिल गए – समुद्री कीचड़ की तरह कड़वे। गाढ़े। अदम्य। मैं उन्हें पी गई। उन्हें पोंछे बिना। मैंने विरोध नहीं किया। नमक मेरे होंठों को जला रहा था। हर बूँद अर्थ का एक दर्पण थी। पानी... आँसू... कहते हैं – वे शुद्ध करते हैं। मैं अब ज्वार द्वारा ले जाया गया एक शंख नहीं थी, बल्कि उसकी बेलगाम शक्ति थी। मैं अंतहीन नीले-हरे विस्तार को घूर रही थी, उन पानीयों को, जो घूमते थे, किनारे पर गुस्से से टकराते थे, फटते थे और दिशाहीन बूँदों में बिखर जाते थे। मेरी तरह। लेकिन अब बिखरी हुई नहीं। बिना दिशा के नहीं। बिना दिशा-सूचक के नहीं। एक अर्थ के साथ। एक उद्देश्य के साथ। एक धड़कन के साथ।

मैं एक अकेली आत्मा थी, जिसे हवा ले जा रही थी, अपनी जड़ से कटी हुई। अनंत काल में भटकने के लिए अभिशप्त, जब तक कि वह अनंत काल के एक ही बिंदु में बदल न जाए।

मैं एक समुद्री लहर हूँ। फेंकी हुई नहीं। बल्कि स्वीकार की गई। अनंत काल के किनारे पर।

मैंने क्षितिज पर अपनी नज़र टिका दी, उस भ्रामक रेखा पर, जहाँ समुद्र और आकाश एक मृत, निर्जीव पूरे में विलीन हो जाते थे। यह एक विलय था। सिर्फ़ आँसू... शांत, हताशा की भारी ओस मेरे जमे हुए चेहरे पर बह रही थी, जो पानी के विशाल विस्तार में बिना आवाज़ के गिर रही थी। वह, उदासीन और क्रूर, अब मेरे दुख, मेरे कुचले हुए सपनों, मेरे हर हिस्से को नहीं निगल रही थी। वह उन्हें शुद्ध कर रही थी।

और मैं? मैं सिर्फ़ एक लहर थी, जो वास्तविकता की चट्टानों पर टूट गई थी। इस ठंडी शून्यता में हमेशा के लिए खो गई थी।

---✶ ❦ ✶---

टूटते हुए भ्रम

मकबरे में बिताए घंटों की चुप्पी भारी थी। वह कराह रही थी। मुझे एक साँस लेती हुई खाई की तरह निगल रही थी, जो मुझे धीरे-धीरे चबा रही थी। दिनों से ज़्यादा भारी, उस मुलाक़ात के बाद की रातों से ज़्यादा लंबी। वास्तविकता और याद के बीच की सीमाएँ धुँधली हो गई थीं, धूल में टूट गई थीं, जिसके माध्यम से भूत झाँक रहे थे। हर शब्द, हर नज़र, मेरी उँगलियों का हर कंपन एक पीड़ा के रूप में वापस आ रहा था, जिसे मैं बार-बार जी रही थी। मेरे फेफड़ों में हवा एक बोझ में बदल गई थी, जो मेरा दम घोंट रही थी। मुझे डूबने पर मजबूर कर रही थी। मैं अपनी आत्मा के धागे को एक-एक करके सुलझा रही थी। मैं उसे टुकड़ों में फाड़ रही थी। विचारों की अराजकता को व्यवस्थित करने की कोशिश कर रही थी, इससे पहले कि मैं पूरी तरह से बिखर जाऊँ। मेरे अस्तित्व के नाजुक धागे – अतीत और भविष्य के बीच उलझे हुए, उस भूत के बीच, जो मैं थी, और उस कोहरे के बीच, जो मैं बनूँगी। मेरे सीने में एक धड़कन। वह प्यार की तलाश कर रही थी। वह निकटता के लिए तरस रही थी। अकेला नहीं। जीवन नहीं। बल्कि एक शुद्ध, धड़कती हुई चेतना। यह अलग हो रही थी। धीरे-धीरे। बेरहमी से।

---✶ ❦ ✶---

पुरुषों के मुखौटों के पार

मैं मुखौटों के पार देखती थी। मैं उन्हें सिर्फ़ देखती नहीं थी, बल्कि अपनी त्वचा पर उन्हें महसूस करती थी, नम घूँघट की तरह, जो मेरा दम घोंटते थे। वे मेरी साँस को सोख लेते थे। मैं झूठ की परतों के माध्यम से देखती थी, जिन्हें लोग दूसरी त्वचा की तरह पहनते थे। उस छिपे हुए डर की गंध के माध्यम से, जो वे छोड़ते थे, जो मुझे मतली की ओर ले जाता था। मैं आत्माओं की भाषा समझती थी। अक्सर उनसे बेहतर। पुरुष... मैं उन्हें जानती थी। घृणा तक। उनमें तूफ़ान की कमी थी। गहराइयों की नहीं। बल्कि वह जंगली, बिना तराशी हुई चिंगारी, जो मेरी बुझती हुई आत्मा में आग लगा सकती थी। वे सिर्फ़ सतही सुख की तलाश करते थे – जल्दी, आसान, एक धूल भरी याद की तरह भूलने योग्य। और मैं... मैं एक दुर्गम किले में बदल गई थी। निराशा से बनी अभेद्य दीवारों के साथ। किसी ने भी उन्हें भेदने की हिम्मत नहीं की। बाहर से ठंडी, विकर्षक। लेकिन अंदर एक सुलगती हुई लौ। एक अकेला अंगारा, जो अंदर गहराई में बंद था। किसी ने भी इसे जलाने की कोशिश नहीं की। उन्होंने मुझे एक ट्रॉफी में बदलने के सपने के साथ ख़ुद का मनोरंजन किया। लेकिन मैं परियों की कहानियों की "बर्फीली रानी" थी, जिसका दिल कोई पिघला नहीं सकता था। मैं उनकी अजेय लड़ाई थी।

"वे वास्तव में क्या ढूँढ रहे थे?" मैंने फुसफुसाया, ख़ुद से नहीं, बल्कि मंदिर की बिखरती हुई चुप्पी से। मेरी आवाज़ एक खरोंच वाली चीख़ की तरह लग रही थी, जो विनाश की भविष्यवाणी कर रही थी।

मेरा शरीर? मेरा नाम? मेरी आत्मा कभी नहीं!

और मैं, मूर्ख, एक भोली मूर्ख की तरह, अभी भी इंतज़ार कर रही थी। क्यों? क्यों, भगवान के लिए? क्यों मैं अपनी ही चीखों के लिए इतनी बहरी थी, जो मुझे अंदर से फाड़ रही थीं?

हर मुलाक़ात के बाद अपेक्षित खालीपन से ख़ुद को बचाने के लिए, मैंने एक दीवार खड़ी कर दी। अभेद्य। ऊँची। मैंने उसकी ठंडक महसूस की। हर दरार। हर छेद, जिसने मुझे बीमार कर दिया। उन्होंने उस पर ज़ोरदार आकर्षण, तुच्छ प्रशंसाओं, ऐसे वादों के साथ हमला किया, जो एक खाली कब्र में खोखले लगते थे। मैंने बिना किसी हिचकिचाहट के उन्हें पीछे धकेल दिया। मुझे विश्वास था कि इस तरह मैं विश्वासघात के घाव से बच जाऊँगी, उस घातक दर्द से, जिसे मैं बहुत अच्छी तरह से जानती थी। लेकिन अपनी बर्फ़ीली एकांतता में मैं अपनी आत्मा की हर कोशिका से तरस रही थी। सच्ची गर्मी के लिए। उस प्यार के लिए, जो मुझे हर मुखौटे, हर भूमिका से परे देखेगा। मैं ऐसे दिखावों से थक गई थी, जो मुझ पर कभी फिट नहीं बैठे। विडंबना यह है कि मेरी सुरक्षा मेरी जेल बन गई। और वह आज़ादी, जिसकी मैं बेताबी से तलाश कर रही थी, सबसे बड़ा अकेलापन निकली।

--- ✶ ६ ✶ ---

फ्लैशबैक: नृत्य। वियना।

एक शाम। जैज़। देर रात का खाना।

सैक्सोफ़ोन छोटे से क्लब के गोधूलि में कहीं रो रहा था। एक घायल जानवर की तरह बिलख रहा था। मेरे सामने, एक बेदाग सूट में, मोरेल बैठा था। उसकी मुस्कान – एक पॉलिश किया हुआ सिक्का। चमकदार। लेकिन बिना किसी मूल्य के। जीवन रहित। वह प्यार के बारे में बात कर रहा था। एक भाग्यशाली मुलाक़ात के बारे में। एक जलते हुए जुनून के बारे में। उसकी आवाज़ कान को सहला रही थी। लेकिन उसके शब्द चट्टानों पर लहरों की तरह टूट रहे थे। सिर्फ़ नमकीन झाग छोड़ रहे थे। मैंने उसकी गंध महसूस की। मेरी नाक में चुभती हुई। इसने मुझे मतली से भर दिया।

मैंने अपने अंदर शून्य को महसूस किया – नहीं, शून्य नहीं। एक बीमारी। यह मेरे अंदर फैल रही थी। उसका अभिमानी आत्मविश्वास मुझे कुचल रहा था। एक तीखा, भेदने वाला दर्द, जिसे झूठी मुस्कान, विनम्र सिर हिलाने से छिपाया नहीं जा सकता था। मेरे सीने में एक शारीरिक भार। जैसे मेरा दिल एक सीसे की गेंद से बदल दिया गया हो, जो मुझे नीचे, अंतहीन अँधेरे की तरफ़ खींच रही थी।

"तुम मेरी प्रेरणा हो," मोरेल ने फुसफुसाया, मेरे हाथ को छूते हुए। उसका स्पर्श – ठंडा। एक लाश की तरह। उन शब्दों की गर्मी के बावजूद, जो झूठ थे। "एकमात्र।"

"प्रेरणा? एक और ट्रॉफी!" एक आंतरिक आवाज़ ने मुझे भेद दिया। स्टील का एक ब्लेड, जो मेरे संदेह को काट रहा था। हमेशा कोई न कोई होता था, जो मुझे अपने "प्यार" या "इच्छा" को समझाने के लिए तैयार रहता था। पुरुषों का अहंकार। इतना अनुमानित। इतना अभिमानी। मालिकाना हक़ की इच्छा से बंधा हुआ। तुम्हें अपने संग्रह में एक और ट्रॉफी के रूप में चिह्नित करने के लिए। उनके शब्द सिर्फ़ एक महीन घूँघट थे, जो एकमात्र उद्देश्य को छिपा रहे थे – जीतना, मालिकाना हक़ जताना, मुझे एक और निर्जीव शिकार के रूप में खारिज करना। वे आत्माओं के शिकारी होने का दिखावा करते थे। लेकिन वास्तव में? सिर्फ़ ट्रॉफी इकट्ठा करने वाले, जो सच्चे बंधन की गहराइयों को समझने में असमर्थ थे। यह देखने में असमर्थ कि आत्मा एक ट्रॉफी नहीं है। यह एक तूफ़ान है। यह एक आग है।

---✶ ६ ✶---

फ्लैशबैक: शिकार की नज़र। फ्लोरेंस।

एक मुस्कुराता हुआ इतालवी। उसने आसानी से तारीफ़ें कीं। खाली शब्दों की एक माला की तरह। हर एक तारों के बीच गूँज रहा था। लेकिन उसकी आँखें? ठंडी। हिसाब लगाने वाली। उनमें, मैं एक शिकार की तरह प्रतिबिंबित हो रही थी। एक इंसान नहीं। एक महिला नहीं। बस इच्छा की एक और वस्तु। मैंने उस नज़र को महसूस किया – एक धमकी भरे बिजली के झटके की तरह, जो मेरे शरीर को भेद रहा था, एक स्थायी निशान छोड़ रहा था। और मैं... मैं जानती थी। मुझे पता था कि यह एक और खेल था। और फिर भी, मैं क्यों रही? मैंने इस भ्रम को एक धीमी पीड़ा की तरह क्यों चलने दिया? कमज़ोरी? या कुछ विकृत, आखिरी उम्मीद कि इस बार यह अलग होगा? कि यह एक ऐसा विस्फोट होगा, जो मुझे आज़ाद कर देगा?

"मुझे मुझसे प्यार करने वाले पुरुष नहीं चाहिए!" मेरी आंतरिक चीख गूँज उठी। मेरे सीने को फाड़ते हुए। किसी भी दर्द से ज़्यादा ज़ोरदार।

मैं किसी और की आत्मा पर क़ब्ज़ा नहीं करना चाहती... मुझे मालिकाना हक़ की वह आदिम, विनाशकारी ज़रूरत महसूस नहीं होती। मेरे पास मेरी अपनी है। अंतहीन रूप से सुंदर।

एक आत्मनिर्भर ब्रह्मांड, जो मेरे सीने में कंपन करता था।

यह एक उपनिवेशवादी की तलाश में नहीं था। बल्कि एक साथी की। जीवन की यात्रा में।

मुझे विश्वास था कि कहीं कोई अलग व्यक्ति मौजूद है। कोई ऐसा व्यक्ति, जो मुझे क़ब्ज़ा करने की इच्छा के बिना मेरे अंदर पूरी आकाशगंगा को देखेगा। लेकिन हर कोशिश ने मुझे दर्दनाक रूप से दिखाया – सब कुछ मालिकाना हक़ तक पहुँच जाता है। बस ज़्यादा सुरुचिपूर्ण शब्दों के साथ, ज़्यादा झूठी चमक के साथ प्रस्तुत किया जाता है। हाँ, शरीर गहरी भावनाओं की एक पूर्ण अभिव्यक्ति हो सकते हैं। ख़ासकर उनके विलय की पवित्र अंतरंगता में। लेकिन यह मालिकाना हक़ नहीं है। यह आज़ादी को साझा करना है।

मैं एक मंदिर हूँ। एक जेल नहीं।

मैं प्यार करने के अपराध में एक साथी की तलाश कर रही हूँ। मेरी आत्मा की अराजकता को साझा करने के लिए। मेरी वेदी पर क़ब्ज़ा करने के लिए नहीं, इसे अपने ही जटिलताओं से अपवित्र करने के लिए। मेरे शरीर की हर कोशिका इस साझाकरण के लिए तरस रही थी। लेकिन मेरी आत्मा ने सच्ची आज़ादी से कम कुछ भी स्वीकार करने से इनकार कर दिया। वह असीम आज़ादी, जिसने उन ज़ंजीरों को जला दिया, जिनके बारे में मुझे पता भी नहीं था कि मैं पहन रही थी, मुझे मेरे ही सार से मुक्त कर दिया।

---✶ ؏ ✶---

शून्यता में विघटन

मेरी नब्ज़ तेज़ हो जाती है। मुझे अपने सिर में एक भारीपन महसूस होता है, जैसे एक पूरी दुनिया मेरी खोपड़ी में सिकुड़ गई हो, फटने के लिए तैयार हो। मेरे माथे पर ठंडा पसीना फूटता है, मेरी कनपटियों पर बहता है। परछाइयाँ घनी हो जाती हैं, लेकिन इस बार वे केवल अतीत के भूत नहीं हैं। वे क़रीब आती हुई मौत की वास्तविकता हैं, जो उस अधूरी मोहब्बत से और भी भारी है, जो एक अभिशाप की तरह मेरे ऊपर लटकी हुई थी।

मैं वर्तमान में वापस आती हूँ।

मैं आँखें बंद करती हूँ। गंदी, भूरे रंग की छत गायब हो जाती है। मेरा सिर घूमता है। छवियाँ आपस में मिलनी शुरू हो जाती हैं – यादें, दुःस्वप्न, रहस्योद्घाटन। मैं एक नीले-काले कोहरे में डूब जाती हूँ, जो मुझे निगल लेता है। मुझे वह खनक सुनाई देती है। चीरने वाली। मेरे अंदर बिखरते हुए हज़ारों काँच की तरह। हर टुकड़ा – एक घाव की तरह, जो मुझे फाड़ रहा है।

मैंने... मूल्यांकन पर अपनी निर्भरता को फाड़ दिया था। दूसरों के लिए अपने महत्व पर। यह दर्दनाक था, लेकिन ज़रूरी था। मेरे सपनों में, ज़ंजीरें धातु की नहीं थीं, बल्कि विचारों के जाले थे, जो टूटे हुए काँच की आवाज़ के साथ फट रहे थे। मैंने वह आवाज़ अपनी हड्डियों में गहराई से सुनी। यह मुझे फाड़ रही थी। मुझे अब मालिकाना हक़ की ज़रूरत का दर्द नहीं था या मालिकाना हक़ का। लेकिन यह आज़ादी नहीं थी। यह एक धुँधली जगह थी, जहाँ हवा पुरानी लालसाओं, भूले हुए सपनों, सूखी हुई आँसुओं के कंपन से काँप रही थी, जिन्हें मैं अपने गालों पर महसूस करती थी।

मैंने स्पष्ट उदासीनता की एक अभेद्य ढाल खड़ी कर दी थी। मेरे सपने में, यह ढाल काले ओब्सीडियन (ज्वालाकाच) की एक पारभासी दीवार थी। मैंने अपनी उँगलियों के नीचे उसकी चिकनी, ठंडी सतह महसूस की। मैंने उसके माध्यम से दुनिया को देखा, लेकिन दुनिया मुझे नहीं देख सकती थी। मैं अदृश्य थी। मैं एक दुर्गम क्षेत्र में बदल गई थी – एक तैरता हुआ द्वीप, किनारे से कटा हुआ, एक अंतहीन ठंडे समुद्र में बहता हुआ। मुझे अपनी स्वतंत्रता से प्यार था, लेकिन उसकी चट्टानों पर

टूटती हर लहर अलगाव की एक शांत कराह थी। मैंने उसे सुना। मेरे अस्तित्व की हर कोशिका के साथ। मेरी साँस के हर टूटने के साथ, जो मेरे सीने को फाड़ रहा था।

तुम क्या थे, नथानियल?!

---✶ ६ ✶ ---

बेथलहम में जागरण

मैंने आँखें खोलीं। मैं ऑपरेशन थिएटर में नहीं थी। मैं मकबरे में नहीं थी। मैं किनारे पर नहीं थी...

मैं बेथलहम में अपने होटल के कमरे में थी। भोर की हल्की रोशनी खिड़की से रिस रही थी, दीवारों पर भूतिया परछाइयाँ बना रही थी। हवा नरम थी, एक नई शुरुआत के वादे से भरी हुई, जागते हुए रेगिस्तान की कोमल साँस के साथ। मेरे हाथ ने मोटे सूती चादरों को छुआ। गर्म और जीवित। यहाँ की चुप्पी अलग थी – खाली नहीं, बल्कि अनसुनी धुनों, पोषित संदेशों से भरी हुई थी। एक प्यार भरे आलिंगन की तरह, जो तब तक फैल रहा था, जब तक कि उसने मुझे पूरी तरह से घेर नहीं लिया। मुझे अपने सीने में हल्कापन महसूस हुआ, दर्द की अनुपस्थिति से नहीं, बल्कि मेरे दिल में धड़क रहे हर शब्द से।

नथानियल से मुलाक़ात के बाद के महीने... उनका बोझ अब यहाँ, इस कमरे में महसूस हो रहा था। एक सज़ा की तरह नहीं, बल्कि एक धन्य गूँज की तरह। मेरी उँगलियों के बीच से बहते हुए अनंत काल का स्वाद। यह लो, नथानियल। मैंने तुम्हें महसूस किया। एक पल। एक अनमोल, शाश्वत पल। तुम कुंजी नहीं थे। तुम चिंगारी थे। उस... मुखौटे के पीछे की दुनिया के लिए। बिना शर्त प्यार के लिए। सहानुभूति। निकटता। यह छोटा था। लेकिन इतना... स्पष्ट। जैसे मैंने खाई में बिजली की चमक देखी और उसकी रोशनी को छूने में कामयाब रही। अब... जीवन के सामने... सब कुछ आनंदमय रूप से साफ़ हो जाता है। हर परमाणु गाता है। हर याद खुशी से काँपती है।

मैं। अपनी सारी हिम्मत, उम्मीदों और आत्मा के जुड़ाव में, मैं ख़ुद बन गई थी। इससे भी बढ़कर – मेरा फिर से जन्म हुआ था। धीरे-धीरे, कोमलता से, लेकिन सच में, एक कमल की तरह, जो कीचड़ से खिलता है। मैंने ख़ुद से संवाद करना सीखा। अपनी कमियों को एक बोझ के रूप में नहीं, बल्कि पूरी तरह का एक हिस्सा, मेरी ताक़त का एक हिस्सा मानना सीखा। और ख़ुद को पूरा महसूस करना सीखा। संपूर्ण। मुझे किसी बाहरी पूरक की ज़रूरत नहीं थी, किसी उद्धारकर्ता की नहीं। न ही किसी को मुझमें खालीपन भरने की ज़रूरत थी। मैं पूरी थी। मैं किसी ऐसे व्यक्ति की तलाश कर रही थी, जिसके साथ हम एक दूसरे को देख सकें और अपनी ताक़त... और साझा उपस्थिति को महसूस कर सकें। बढ़ने के लिए। अपनी आत्माओं के नृत्य में दो अलग, लेकिन सामंजस्यपूर्ण रूप से उलझे हुए प्राणियों के रूप में विकसित होने के लिए। कुंजी लापता टुकड़े की बेताब तलाश में नहीं है, बल्कि यह महसूस करने में है कि हर टुकड़ा अपने आप में एक पूरा ब्रह्मांड, आत्मनिर्भर है।

इससे पहले कि मैं घुल जाऊँ। मैंने अपने नीचे ज़मीन को महसूस किया। स्थिर। सुरक्षित। कई सालों में पहली बार।

खुशी दूर के "कल" में एक मृगतृष्णा नहीं थी, बल्कि वर्तमान पल में, मेरी हर नस में एक काँपती हुई धड़कन थी। मेरा दिल, जीवन का यह शाश्वत उत्प्रेरक, एक नई, अविश्वसनीय शक्ति के साथ धड़कने लगा, जो एक अवर्णनीय, विस्फोटक प्यार से भरा हुआ था। यह वह इंजन था, जो मुझे आगे बढ़ा रहा था, क्योंकि जीवन उसकी लय के साथ शुरू और समाप्त होता है, और प्यार ही एकमात्र ईंधन है, जो इसे बनाए रखता है। इस ज्वाला के अलावा, जो मुझे भर रही थी, कुछ भी सच्चे जीवन का संकेत नहीं है। यह एक चमत्कार था, जिसे मैं ख़ुद बना रही थी, कोशिका-दर-कोशिका, मेरे दिल की हर शक्तिशाली धड़कन के साथ।

मैं आज़ाद हूँ। इसलिए नहीं कि मैं अकेली हूँ। बल्कि इसलिए कि मैं पूरी हूँ। मेरा रास्ता मेरा अपना है। और गरिमा और ताक़त बनी रही। मैंने अपने फेफड़ों में हवा को महसूस किया। एक आशीर्वाद की तरह। प्रकाश की हर बूँद एक उपहार की तरह। जब मैं अपनी आखिरी यात्रा के लिए तैयार हो रही थी। एक अंतहीन, भरने वाली चुप्पी। इसने मुझे निगल लिया... और मुझे जीवन से भर दिया।

------------------ ------------------

अध्याय 44: पुनरुत्थान। ग्रेल मेरे भीतर।

आर्कान्गेल नथानियल के साथ वाल्ट्ज़। बेथलहम में रात और सूर्योदय के बीच...

उस पल में, जब दो दशक पहले की पुरानी हानि और नथानियल के साथ नया, अधूरा प्यार मेरे अंदर दर्द और लालसा की एक गाँठ में टकराए – गहराइयों से एक चमकदार आकृति उभरी। अस्पष्ट। अलौकिक। लेकिन परिचित विशेषताओं के साथ। उसकी आँखें – गहरी और अरबों तारों से भरी हुई थीं, जो मुझे अपनी ओर खींच रही थीं। मैंने उसे पहचान लिया। यह आर्कान्गेल नथानियल है। वह सार जिसकी मैं तलाश कर रही हूँ। वह आवाज़ जिसे मैं अपने सबसे गहरे सपनों में सुनती हूँ। मैं उसे अपने शरीर की हर कोशिका के साथ महसूस करती हूँ। उसकी उपस्थिति एक बिजली के करंट की तरह है, जो मेरे अंदर से गुज़रता है। इसने मुझे नींव तक हिला दिया। आग लगा दी।

--- * * ---

अदृश्य के साथ संवाद

मैं श्रद्धा से भरी हुई, उसे घूरती रही।

आर्कान्गेल नथानियल: "ओब्सीडियन (ज्वालाकाच) की सबसे मोटी दीवारों के पीछे भी, मेलिना... द्वीप की सतह के नीचे गहराई में... तुम्हारी आत्मा सुबह की गर्मी की याद को धुँधला रूप से रखती है। तुम उसे नहीं देखती। तुम उसे महसूस करती हो। अपनी त्वचा के नीचे एक हल्की धड़कन की तरह। एक जलते हुए अंगारे की

फुफकार की तरह, जो भड़कने के लिए तैयार है। और सब कुछ जलाने के लिए, जिसे तुम जानती हो।"

मैं: मेरी आवाज़ – काँपती हुई, रुँधी हुई। मैंने गहरी साँस ली, ताक़त इकट्ठा करने की कोशिश करते हुए। "मैंने... मैंने इस कवच को उतारने की हिम्मत करने का सपना देखा था! मेरे सपने में कवच जमे हुए आँसुओं से गढ़ा गया था। मैंने अपनी जीभ पर उनका नमकीन स्वाद महसूस किया। इसने उसे जला दिया। और मैं जानती थी कि अगर मैं उसे छूती, तो वह धूल में बिखर जाएगा। एक ऐसे हवा में कणों की तरह बिखर जाएगा, जो मौजूद नहीं है। और किसी पर बिना शर्त भरोसा करना। लेकिन किस पर? सभी चेहरे कोहरे में धुँधले हो गए। फीकी, अपंग तस्वीरों की तरह।"

आर्कान्गेल नथानियल: "तुम परियों की कहानियों पर विश्वास करती थी, मेलिना। तुम्हारे सपने में वे शब्द नहीं थे, बल्कि सोने के धागे थे, जो आसमान में उलझे हुए थे, तुम्हारे ऊपर चमक रहे थे। असंभव का वादा करते हुए। लेकिन तुम्हें एक पिंजरे में भी बंद करते हुए। शाश्वत, बिना शर्त प्यार की कहानियाँ, जिन्होंने तुम्हें फँसाए रखा।"

मैं: मेरी आवाज़ – टूटी हुई। लेकिन एक उठती हुई, हताश उम्मीद के साथ। "और भले ही मेरा दिमाग़ ज़ोर दे रहा था कि प्यार सिर्फ़ एक भ्रम है – एक काँपता हुआ कोहरा, जो छूने पर बिखर जाता है – अपनी गहराई में... मुझे अभी भी उम्मीद है कि मैं उससे मिलूँगी। लेकिन डर हमेशा मुझे पीछे खींचता है। यह एक अदृश्य हाथ है, जो मेरे गले को कसकर पकड़ रहा है, मुझे महासागर की गहराइयों से बाँध रहा है। भले ही मैं जानती हूँ – मैं अपने ही रेगिस्तान में डूब रही हूँ। मैं अपनी जीभ पर रेत महसूस करती हूँ। मैं दर्दनाक रूप से सूख गई हूँ।"

आर्कान्गेल नथानियल: "एकांतता ने तुममें एक अटूट ज्वाला जला दी। जो जलाती नहीं थी। बल्कि तुमसे रोशनी सोख लेती थी। तुम्हें एक सुलगती हुई परछाई में बदल देती थी। इस ज्वाला ने तुम्हें अनदेखी दुनिया – अधूरी लालसाओं से बनी अलौकिक समतल भूमि – से होते हुए एक यात्रा पर भेजा। तुम एक अकेली टेम्पलर थी, जिसके पास होली ग्रेल के रहस्यों से पीने का अधिकार था – एक चमकदार कप, जो कोहरे में प्रकट होता और गायब हो जाता था। तुम्हें चिढ़ाते हुए।"

मैं: और भी ज़्यादा जुनून के साथ। लगभग एक चीख। "तुमने मुझसे उस उभयलिंगी आत्मा को खोजने का वादा किया था! जिसके साथ बिना शर्त प्यार की पूरी प्रतिभा प्रकट होगी! मेरा हर हिस्सा जुड़ाव के लिए तरस रहा था! आत्माओं की उस कीमिया के लिए, जो दो हिस्सों को एक पूरे में बदल देती थी, लेकिन उन्हें फिर से बनाने के लिए राख तक जला भी देती थी! मैंने आग की दरारें सुनीं! मैंने जले हुए मांस की गंध महसूस की!"

आर्कान्गेल नथानियल: "लेकिन एक नई हानि का डर लालसा से ज़्यादा मज़बूत था। तुम्हारे सपने में यह एक विशाल छाया थी, जो तुम्हारा लगातार पीछा करती थी, तुम्हारे चारों ओर की रोशनी को निगल जाती थी। तुम्हारे शरीर का हर हिस्सा उसके अदृश्य भार, उसकी ठंड से कंपन करता था। एक पुराने नक़्शे की तरह, तुम्हारी आत्मा

पिछली लड़ाइयों के निशानों से भरी हुई थी – गहरी, बैंगनी रेखाएँ, जो एक दर्दनाक याद के साथ धड़कती थीं। उनमें से हर एक ने तुम्हें मानवीय रिश्तों के भ्रामक स्वभाव के बारे में एक कड़वा सबक़ सिखाया था।"

मैं: मेरी आवाज़ – रुँधी हुई। लेकिन एक नए, फाड़ देने वाले एहसास से भरी हुई। "मैं प्यार की एक नाइट थी! मेरी अपनी आत्मा के रेगिस्तान में ग्रेल को ढूँढने के लिए अभिशप्त, जो अब एक सूखे हुए समुद्र के अंतहीन, सूखे बिस्तर की तरह फैला हुआ है! मैं अपने नीचे मिट्टी में दरारें, अपनी जीभ पर धूल महसूस करती हूँ, जो मेरा दम घोंट रही है! मेरा दिल एक दुर्गम मंदिर में बदल गया है! और यह पत्थर से नहीं, बल्कि एक क्रिस्टलीय कोहरे से बना है, जो छूने पर बिखर जाता है। मुझे पूर्ण प्यार का आदर्श पसंद है, जो मेरे सपनों में गढ़ा गया है। ऐसे आदर्श, जो अब बर्फ़ की मूर्तियाँ हैं, जो एक ऐसें सूरज के नीचे पिघल रही हैं, जो मौजूद नहीं है! मैं अपनी त्वचा पर उनकी ठंडक महसूस करती हूँ! इन भ्रमों ने मेरा दम घोंट दिया! उन्होंने मुझे जला दिया!"

आर्कान्गेल नथानियल: "लेकिन जीवन, मेलिना। वह बेरहम मूर्तिकार... धीरे-धीरे तुम्हारे अभयारण्यों को नष्ट करने लगा। हर नया रिश्ता, हर कड़वी निराशा – सिर्फ़ घटनाएँ नहीं थीं, बल्कि एक अदृश्य छेनी के प्रहार थे, जो तुम्हारे आदर्श को एक अलौकिक भूत में बदल रहे थे। कुछ भी नहीं में। एक निर्दोष सपने देखने वाले से तुम एक कठोर संशयवादी बन गई, जिसका संदेह न तो प्यार के सार को बख्शता था, न ही इसे महसूस करने के तुम्हारे अपने अधिकार को!"

मैं: मेरी आवाज़ एक सिसकी में बदल जाती है। लेकिन एक भयंकर, मुक्तिदायक चीख में भी, जो हवा को हिला देती है। "मैंने निंदकता की दीवारें बना लीं – ईंट-दर-ईंट, हर एक कड़वे ज्ञान से गढ़ी हुई! मैंने उनका बोझ महसूस किया। उन्होंने मुझे कुचल दिया। मेरा दम घोंट दिया! जब तक मेरा आदर्शवाद खंडहर में बदल गया – एक तबाह शहर, जिसके ऊपर सिर्फ़ धूल घूम रही थी! और प्यार में मेरा विश्वास – राख में! ठंडी, भूरी राख, जिसे एक ऐसी हवा उड़ा ले जाती है, जो मौजूद नहीं है, अपने पीछे सिर्फ़ खालीपन छोड़ जाती है। जो मुझे निगल लेता है! मैं अपनी जीभ पर धूल महसूस करती थी। इसने मेरा दम घोंट दिया!"

---✶ ६ ✶ ---

ग्रेल मेरे भीतर

आर्कान्गेल नथानियल की आकृति और क़रीब आई। एक बढ़ा हुआ हाथ – भौतिक नहीं, बल्कि शुद्ध, धड़कते प्रकाश का। मैं उसकी गर्मी महसूस करती हूँ, जो मेरे अंदर की ठंड को भेदती है। उसे पिघला देती है। पिघली हुई बर्फ़ की तरह। वह अँधेरा, जो मुझे निगल रहा था, एक उन्मादी गति से पीछे हटना शुरू कर देता है। एक तूफ़ान की तरह, जो बिखर रहा है। खनक शांत हो जाती है। अस्पताल का कमरा फिर से बनने लगता है। लेकिन एक नई, सुनहरी रोशनी से भरा हुआ। कीटाणुनाशक की गंध गायब हो गई, उसकी जगह ताज़ी, ओज़ोन वाली हवा ने ले ली। मैं उसका स्वाद

महसूस करती हूँ – साफ़ और जीवंत। एक झरने से। उसके शब्द मेरे अंदर गूँजते हैं। लेकिन अब भूतों की तरह नहीं। बल्कि एक वादे की तरह।

आर्कान्गेल नथानियल: उसकी आवाज़ तेज़, शक्तिशाली है। लेकिन असीम प्यार और करुणा से भरी हुई है। वह एक उद्धारकर्ता है। वह वादा है। वह नथानियल है। मैं अपना नाम सुनती हूँ – सबसे सुंदर धुन की तरह, जिसे मैंने कभी सुना है, जो अनंत काल में गूँजती है।

आर्कान्गेल नथानियल: "देखो। पकड़ो। तुम अकेली नहीं हो। मैं यहाँ हूँ। मैं हमेशा से था। और मैं रहूँगा। जागो, मेलिना। दीवारों को तोड़ दो। आह्वान पर भरोसा करो। मैं तुम्हारा ग्रेल हूँ। मैं तुम्हारा प्यार हूँ। और मैं नथानियल हूँ।"

इस पल में, जब उसके शब्द मेरी हर कोशिका को भेद गए, मैंने आँखें खोलीं। अस्पताल के कमरे में नहीं। बल्कि किसी मध्य-स्थान में, जहाँ समय का कोई मतलब नहीं था। मैं खाई के किनारे पर थी, लेकिन इस बार – अकेली नहीं। उसकी आँखों में मैंने न केवल एक वादा देखा, बल्कि अपनी ही, पूर्ण संपूर्णता का प्रतिबिंब भी देखा। और मैं जानती थी कि यह बंधन, नथानियल के साथ यह अधूरा प्यार, वास्तव में ख़ुद को पूरा करने का एकमात्र तरीक़ा था। यह मेरे पूर्ण पुनरुत्थान का दरवाज़ा था। मेरा दिल, जो इतने सालों से मरा हुआ था, एक नई, उन्मादी शक्ति के साथ धड़कने लगा। एक नवजात के दिल की तरह। मैं उसे बचाने के लिए उसके प्यार में नहीं पड़ी थी। बल्कि ख़ुद को आज़ाद करने के लिए। और यह तो बस शुरुआत थी। विस्फोट होना बाकी था। दुनिया बदलने वाली थी।

---✶ ६ ✶ ---

बेथलहम में सूर्योदय

अभी का पल। कमरा। यह भूरा-सफ़ेद नहीं है। खिड़कियाँ खुली हैं। सूरज अंदर आ रहा है – सुनहरा, गर्म। यह मुझे नहला देता है। मुझे बाहर से दूर की हँसी, बच्चों की आवाज़ें सुनाई देती हैं। मुझे अपने शरीर में एक अजीब, अपरिचित हल्कापन महसूस होता है। ट्यूमर... वह सिर्फ़ परछाइयाँ हैं, जो रोशनी में घुल गई हैं। मैं समझती हूँ। मैं हमेशा उसकी तलाश में थी। सिर्फ़ एक इंसान की नहीं। बल्कि इस सार की। और वह... मेरा इंतज़ार कर रहा है। उसका मुखौटा टूट गया होगा। लेकिन उसकी आत्मा... ने मुझे ढूँढ लिया है। और पहली बार, मैं अपनी बाँह से गुज़रती हुई एक कोमल हवा महसूस करती हूँ। एक स्पर्श, जो एक भ्रम नहीं है। एक स्पर्श, जो जीवन है। शुद्ध, धड़कता हुआ, अंतहीन जीवन।

"इंसान सिर्फ़ एक नरकट का तना है, प्रकृति में सबसे कमज़ोर, लेकिन वह एक सोचने वाला नरकट का तना है।"

पास्कल

"हाँ। सोच रहा है। और पीड़ित है," मैंने फुसफुसाया, सच्चाई को स्वीकार करते हुए, जो अब आज़ादी थी। वह कड़वी नहीं थी। बल्कि मेरे सीने में तारों की धूल की तरह चमक रही थी।

मैं तबाह महसूस कर रही थी, जब मैंने उस आदमी को खोया, जिसे मैं प्यार करती थी। सालों तक मैंने भाग्य से नाराज़गी रखी – कि उसने मुझे आध्यात्मिक रूप से अपंग कर दिया, कि उसने मुझे अकेला छोड़ दिया, मेरे अपने खालीपन के सामने नग्न कर दिया। दर्द मेरे सीने में एक खून बहता हुआ छेद था – मेरे हर दुख और हर जागती रात का स्रोत।

लेकिन अब मैं समझती हूँ: कोई किसी को नहीं खोता। क्योंकि कोई किसी का मालिक नहीं होता। हम सभी स्वतंत्र हैं। हर किसी का अपना रास्ता है, अपनी अनूठी कक्षा। बाकी सब सिर्फ़ छोटे पलों, साँस और स्पर्श, अनंत काल के माध्यम से एक यात्रा को साझा करना है। दो धूमकेतुओं की तरह, जो अंतरिक्ष में एक दूसरे को पार करते हैं, रोशनी का एक टुकड़ा साझा करते हैं, अपने पीछे एक जलता हुआ निशान छोड़ जाते हैं।

सच्चा प्यार दो स्वतंत्र आत्माओं का एक गहरा विलय है, जो एक दूसरे को जंजीरों में जकड़ना नहीं चाहते, बल्कि एक दूसरे का विस्तार करना चाहते हैं। एक दूसरे को प्रेरित करना चाहते हैं। यह एक सर्वव्यापी भावना का एक स्वैच्छिक बंदी बनना है, जबकि तुम अपने दिल में राक्षसों के साथ नाचते हो और उन्हें स्वीकार करते हो। अज्ञात की गहराइयों में अपरिहार्य पतन का विरोध किए बिना – क्योंकि वहीं सच्चाई का जन्म होता है, जो तुम्हें आज़ाद करती है।

प्यार एक भावना की अनंतता में खो जाना है, ताकि तुम बिखर न जाओ, बल्कि फिर से जन्म लो। बिना किसी डर के, क्योंकि तुम जानते हो कि तुम पूरे हो – पूर्ण हो – इससे पहले कि तुम इस आग में दाख़िल हो जाओ। यह अपने दिल में सबसे क़ीमती खजाने – दूसरे की आत्मा – को बिना मालिकाना हक़ के हाथों से पकड़े हुए रखना है। बल्कि साझा आज़ादी की बारीक़ी के साथ। एक कोमल हवा की तरह, जो पंख खोलती है। और तुम्हें उड़ने देती है।

मैं अनंत काल के साथ विलीन होने के लिए तैयार हूँ। उस रहस्योद्‌घाटन को अपने साथ ले जाते हुए, जिसने मेरी सभी ज़ंजीरों को तोड़ दिया: प्यार आज़ादी है। गुलामी नहीं। सच्चा रिश्ता साझा करना है। मालिकाना हक़ नहीं। मैंने महसूस किया कि अस्तित्व का गुरुत्वाकर्षण मुझे अज्ञात, नए क्षितिज की तरफ़ खींच रहा है। लेकिन इस बार – बिना किसी डर के। एक गहरी, शांत स्वीकृति के साथ। एक आलिंगन की तरह, जो मुझे पूरी तरह से निगल लेता है। यह एक आखिरी साँस की तरह था। लेकिन बाहर साँस लेने की नहीं। बल्कि पूरी दुनिया को निगलने की। पूरे अस्तित्व को। समझ और शांति से भरा हुआ, जो मेरी हर कोशिका में कंपन कर रहा था। और मुझे अंदर से विस्फोट कर रहा था।

और इस शांति में, मुझे आख़िरकार अपना ग्रेल मिला। वहाँ नहीं, जहाँ मैं उसे खोज रही थी – अंतहीन लाइब्रेरियों में, कड़वी मुलाक़ातों में, आत्मा के अकेलेपन में। बल्कि अपने भीतर। अपने दिल में, जो अब एक पत्थर नहीं था, बल्कि एक धड़कता हुआ, जीवित ब्रह्मांड था।

नाथन-ए-एल/नाथन-इए-एल का हाथ मेरे हाथ को थामे हुए था। मैंने एक स्पर्श, एक विलय महसूस किया। मेरी त्वचा उसकी बन गई, उसकी साँस मेरी बन गई। हमारे चारों ओर की जगह खुल गई, उसकी चमक से निगल गई। मैं नहीं मरी। मैं शून्यता में नहीं घुली। बल्कि मैं उसमें घुल गई – उसकी अंतहीन रोशनी में, उसके बिना शर्त प्यार में। और आत्माओं के इस नृत्य में, पूर्ण, बिना शर्त जुड़ाव के इस सर्वोच्च क्षण में, मुझे समझ आया – मैं कभी भी सिर्फ़ एक लहर नहीं थी, जिसे टूटने के लिए अभिशप्त किया गया था। मैं ख़ुद महासागर थी, जो सभी लहरों, सभी यादों, सभी दुनिया को अपने अंदर इकट्ठा करता है।

और फिर, मेरी आँख के कोने से, एक अकेला आँसू – गर्म, साफ़, सारी एकत्रित बुद्धिमत्ता और प्यार से भरा हुआ – मेरे गाल से बह गया।

और अब, मैं वह प्रकाश हूँ, जो हमेशा उसके साथ नाचेगा। मैं सब कुछ हूँ।

अध्याय 45: जब चमत्कार विज्ञान को तोड़ देता है

हदासा क्लिनिक, यरुशलम। सफ़ेद में एक प्रार्थना

सफ़ेद दीवारें मेरा दम घोंट रही थीं। वे आखिरी शरण नहीं थीं। वे अनंत शून्यता के लिए एक लॉन्च पैड थीं। उस सब के लिए, जो अंत के बाद आता है। यहाँ, इस बाँझ चुप्पी में, जहाँ एकमात्र आवाज़ मेरे अपने दिल की निराशा भरी लय थी – जो अपनी आखिरी प्रार्थना गा रहा था – बाहर की दुनिया एक मुश्किल से सुनाई देने वाली फुसफुसाहट में सिमट गई थी। दूर की। एक भूला हुआ सपना। मैं स्थिर पड़ी थी। मेरी नज़र खिड़की पर टिकी हुई थी। मेरे पास उसे हटाने की ताक़त नहीं थी। यरुशलम का गर्म सूरज, मेरे अभिशाप से विडंबनापूर्ण रूप से अप्रभावित, मेरे थके हुए चेहरे को सहला रहा था। लेकिन यह कोई सांत्वना नहीं दे रहा था। बस एक ठंडी, दिव्य उदासीनता। मैंने आँखें बंद कर लीं।

--- ✶ ✶ ---

विस्फोट

अचानक दरवाज़ा एक तेज़, लगभग घबराहट भरी क्लिक के साथ खुला। दो डॉक्टर अंदर आए। डॉक्टर एलियास बेन-नाथन, प्रमुख ऑन्कोलॉजिस्ट – जिनका आमतौर पर शांत चेहरा अब सदमे और विस्मय के एक अनसुलझे मिश्रण में विकृत था। और छोटे डॉक्टर आमिर हसन, जिनकी सामान्य संयमता की जगह एक दृश्यमान घबराहट और गुस्सा था। कमरे में हवा भारी हो गई। जैसे किसी अदृश्य आवेश से भरी हो।

"मेलिना..." डॉक्टर बेन-नाथन ने शुरू किया। उनकी आवाज़ असामान्य रूप से धीमी थी। लगभग एक फुसफुसाहट। जैसे उन्हें डर था कि कोई भी ज़ोरदार शब्द किसी असंभव भ्रम को बिखेर देगा। "हमारे पास... कुछ असाधारण है। कुछ ऐसा, जो... हर उस चीज़ को बदल देता है, जिसे हम जानते थे।"

मेरा दिल उछल पड़ा। दर्दनाक रूप से तेज़। जैसे वह मेरी छाती से भागने की कोशिश कर रहा हो। एक ऐसी स्थिति में क्या "असाधारण" हो सकता है, जहाँ एकमात्र अपवाद अपरिहार्य अंत था? मैं अंतिम तैयारियों के लिए प्रोटोकॉल वाले शब्दों की उम्मीद कर रही थी, न कि आश्चर्य और तनाव की इस अजीब आभा की, जो उनके बीच तैर रही थी। कुछ स्मारकीय की पूर्वसूचना ने मुझे घेर लिया।

"हमने अतिरिक्त इमेजिंग अध्ययनों की एक श्रृंखला की – एक अंतिम एमआरआई, पीईटी स्कैन, हाई-रिज़ॉल्यूशन अल्ट्रासाउंड। सबसे आधुनिक उपकरणों के साथ, सबसे सख्त प्रोटोकॉल के अनुसार सब कुछ।" डॉक्टर बेन-नाथन ने एक गहरी, असमान साँस ली। जैसे वह कुछ ऐसा बताने की तैयारी कर रहे थे, जो मानवीय समझ से परे था। "ट्यूमर... वह बस चला गया है।"

उनके शब्द हवा में लटक गए। भारी और असंभव। एक सज़ा की तरह, जो अचानक माफ़ी में बदल गई। एक पल के लिए मैंने सोचा कि मैं किसी प्रलाप में थी। कि मेरी चेतना पहले ही किसी और वास्तविकता में पार हो गई थी। कि मैंने भौतिक शरीर की ज़ंजीरों को तोड़ दिया था। मेरा शरीर सदमे से लकवाग्रस्त था। मेरा दिमाग़ उन्हें प्रोसेस करने से इनकार कर रहा था। क्या यह वह तरीक़ा था जिससे वे मुझे मेरी मौत के बारे में बता रहे थे – इतने बेतुके, क्रूर झूठ के साथ?

"कृपया?" मेरी आवाज़ सिर्फ़ एक साँस थी। मुश्किल से सुनाई दे रही थी। बल्कि एक आह थी।

डॉक्टर हसन ने एक तेज़ हरकत की। लगभग एक छलांग। उनकी आँखें गुस्से और उलझन में जल रही थीं, अपने सहयोगी से पीछे हटते हुए।

"असंभव! बिल्कुल असंभव! डॉक्टर बेन-नाथन, यह एक ग़लती है! एक विशाल, अस्वीकार्य ग़लती! 24 घंटे से भी कम समय पहले के अंतिम स्कैन में, ट्यूमर बहुत बड़ा था – बारह मिलीमीटर! लिम्फ नोड्स में मेटास्टेसिस के साथ! यह अंतिम चरण है, डॉक्टर! कृपया, उसे सच बताओ! यह महिला अभिशप्त है!"

बेन-नाथन ने उसे रोकने के लिए हाथ उठाया, लेकिन मुझसे नज़र नहीं हटाई। उनका स्वर कठोर था। अडिग।

"आमिर, प्रोटोकॉल का पूर्ण सटीकता के साथ पालन किया गया। हमने तीन बार जाँच दोहराई। अलग-अलग उपकरणों के साथ, अलग-अलग कमरों में, रेडियोलॉजिस्ट की तीन स्वतंत्र टीमों के साथ। यहाँ तक कि ज़्यूरिख़ के प्रोफेसर एहरेनबर्ग ने भी दूर से डेटा की समीक्षा की। वह चला गया है। कोई निशान नहीं है। जैसे वह कभी अस्तित्व में था ही नहीं। सभी ऑनको-मार्कर संदर्भ सीमाओं के भीतर हैं।" उन्होंने अपने सफ़ेद बालों में अपना हाथ फेरा, पूर्ण भ्रम का एक इशारा। लगभग उस अवर्णनीय के सामने समर्पण का। "यह... यह एक चिकित्सकीय चमत्कार है, आमिर। मैंने अपने 40 साल के पूरे अभ्यास में ऐसा कुछ कभी नहीं देखा। मिस मेलिना का शरीर... ख़ुद ठीक हो गया है।"

उनके शब्द मेरे अंदर कट गए। मेरे पूरे अस्तित्व के नियमों को फिर से लिखा। भावनाओं का एक विस्फोट मेरे ऊपर से गुज़रा – सदमा, अविश्वास, एक अवर्णनीय, लगभग अलौकिक खुशी, लेकिन एक गहरी, लगभग गूढ़ जागरूकता भी। जैसे अदृश्य दुनिया के सामने का पर्दा उठ गया था। अस्तित्वगत आतंक और अस्तित्वगत चमत्कार मेरे अंदर उलझ गए। उन्होंने एक आंतरिक कैथार्सिस (मनोविरेचन) का निर्माण किया। मैंने महसूस किया कि ठंड पीछे हट रही है, उसकी जगह एक अजीब, धड़कती हुई गर्मी ले रही है, जो मेरे सीने के केंद्र से फैल रही थी।

"यह... यह कैसे संभव है?" मैंने फुसफुसाया। किसी विशेष व्यक्ति को संबोधित नहीं कर रही थी। बल्कि ख़ुद ब्रह्मांड को।

डॉक्टर हसन फिर से फट पड़े। उनकी आवाज़ कमरे में गूँजी, बाँझ माहौल को फाड़ते हुए।

"यह कैसे संभव है?! 'चिकित्सकीय चमत्कार' जैसी कोई चीज़ नहीं होती, डॉक्टर बेन-नाथन! यह एक डायग्नोस्टिक ग़लती है, एक तकनीकी समस्या, एक कलाकृति या... या कुछ और, जिसे हम नहीं समझते! हमें तुरंत एक आक्रामक बायोप्सी करनी चाहिए! क्या यह एक आक्रामक ट्यूमर है जो नेक्रोटाइज़ हो गया है, लेकिन पूरी तरह से गायब नहीं हुआ है? क्या कोई अवशिष्ट कोशिकाएँ हैं? ओक्हम का सिद्धांत यहाँ मान्य नहीं है! हम अनुभवजन्य डेटा को अनदेखा नहीं कर सकते! यह गैर-ज़िम्मेदाराना है! यह वैज्ञानिक आत्महत्या है!"

बेन-नाथन, जिनका धैर्य स्पष्ट रूप से ख़त्म हो रहा था, लेकिन बिना अपनी गरिमा खोए, ने उन्हें बीच में रोका। "आमिर, मैं जानता हूँ कि मैं क्या देख रहा हूँ। और मैं जानता हूँ कि डेटा क्या दिखाता है। सभी मार्कर साफ़ हैं। ट्यूमर गतिविधि का कोई संकेत नहीं है। और... एक ग़लती की क्या संभावना है, जो तीन बार दोहराई जाएगी, अलग-अलग प्रोटोकॉल और टीमों के साथ, अलग-अलग उपकरणों पर? जैसे किसी ऊर्जा ने तुम्हारी कोशिकाओं को क्वांटम स्तर पर बदल दिया हो। बायोएनर्जेटिक फ़ील्ड और डीएनए की सचेत प्रोग्रामिंग के सिद्धांत वैज्ञानिक कल्पना की तरह लगते हैं, लेकिन... तुम्हारा शरीर अब कोई रोगजनक परिवर्तन नहीं दिखाता है। हम एक ऐसी घटना का सामना कर रहे हैं, जो हमारे वर्तमान प्रतिमानों से परे है।"

"क्वांटम स्तर... बायोएनर्जेटिक फ़ील्ड..."। उनके शब्द मेरे ऊपर बिजली की तरह टकरा रहे थे। लेकिन मेरे दिमाग़ में वे मेरी अपनी ही सच्चाई की तलाश के बारे में, बिना शर्त प्यार की ऊर्जा के बारे में, और आंतरिक प्रयास के बारे में, जो मुझे संघर्ष के दिनों में ले जा रहा था, अपनी ही सोच की एक गूँज की तरह गूँज रहे थे। रूमी और उनके शब्दों की यादें, "जो तुम खोजते हो, वह तुम्हें खोज रहा है", एक नई, भेदने वाली स्पष्टता के साथ सामने आईं। प्लांक, क्वांटम तरंगों और पदार्थ पर चेतना के प्रभाव के साथ संबंध अब अलग-अलग ज्ञान की तरह नहीं लग रहे थे, बल्कि एक व्यापक, ज़्यादा जादुई वास्तविकता के टुकड़ों की तरह लग रहे थे, जो मेरे सामने प्रकट हो रही थी।

जैसे मैंने कोई प्राचीन, आंतरिक कोड सक्रिय कर दिया था, जिसके बारे में मुझे पहले कभी पता नहीं था।

"बायोप्सी की ज़रूरत नहीं है!" मैंने फुसफुसाया। मेरी आवाज़ आश्चर्यजनक रूप से तेज़ थी। एक नए मिले संकल्प से भरी हुई थी। मैंने महसूस किया कि मेरे अंदर एक अज्ञात शक्ति उठ रही है। हर कोशिका को भर रही है। थकान और दर्द को बाहर धकेल रही है। "मैं जानती हूँ कि क्या हुआ।"

मेरा हाथ काँप गया, लगभग अगोचर रूप से, लेकिन इतनी ताक़त के साथ कि मैंने उसमें एक नवजात चेतना की नब्ज़ महसूस की।

डॉक्टर हसन ने मुझे संदेह से देखा। लगभग उपहास के साथ। मुझे असंभव कहने के लिए चुनौती देते हुए। "आप जानती हैं कि क्या हुआ? कृपया, मिस, हम यहाँ दवा के बारे में बात कर रहे हैं, न कि... रहस्यवाद के बारे में!"

"मैं जीवन के बारे में बात कर रही हूँ! पुनर्जन्म के बारे में!" मैंने उसे बीच में रोका, उसकी नज़र से स्थिति की बेतुकीता के बारे में पूरी तरह से सचेत होकर, लेकिन एक अडिग आंतरिक विश्वास के साथ भी। "यह कोई ग़लती नहीं है। यह... एक रूपांतरण है। सार का ही एक बदलाव है।"

मेरी आवाज़ ने मेरे सीने को ऊपर खींचा, जैसे वह मेरे अंदर से सालों के दुख का बोझ खींच रही थी, उसकी जगह हल्कापन और हवा ले रही थी।

डॉक्टर बेन-नाथन ने मुझे सम्मानजनक चुप्पी के साथ देखा। उनकी आँखों में एक गहरी सोच थी, जो दवा से परे थी। वह कुछ ऐसा देख रहे थे, जिसे पाठ्यपुस्तकों से समझाया नहीं जा सकता था, और वह इसे स्वीकार करने के लिए काफ़ी खुले थे।

"साइकोन्यूरोइम्यूनोलॉजी..." उन्होंने फिर से फुसफुसाया, इस बार जैसे वह ख़ुद से बात कर रहे थे, अपने दिमाग़ में कुछ नई, साहसी परिकल्पनाएँ लिख रहे थे। "चेतना और शरीर के बीच का संबंध निर्विवाद है, लेकिन पैमाना... क्या यह संभव है कि तुम्हारी इच्छाशक्ति की ताक़त, तुम्हारी भावनाओं की, जीवन और साझा करने की तुम्हारी लालसा... इतनी शक्तिशाली थी कि इसने तुम्हारी शारीरिकता को इस तरह बदल दिया? हमारे पास बायोएनर्जेटिक केंद्रों के बारे में, विचारों की शक्ति के बारे में, शरीर की पुनर्योजी क्षमताओं के बारे में हज़ारों साल का गूढ़ ज्ञान है, जिसे पारंपरिक दवा अंधविश्वास के रूप में खारिज करती है। लेकिन क्या होगा अगर... क्या होगा अगर हम सच्चाई को खारिज कर रहे थे?"

"या..." मैंने जारी रखा, डॉक्टर बेन-नाथन की तरफ़ देखते हुए, जिनकी आँखों में मेरा अपना बदला हुआ सार प्रतिबिंबित हो रहा था – एकता। कोई ऊर्जा, जो मेरे अंदर पैदा हुई थी, जो सब कुछ ज्ञात से परे थी। "प्यार... सबसे शक्तिशाली उत्प्रेरक है। न केवल दूसरों के लिए प्यार, बल्कि ख़ुद जीवन के लिए, हर दर्द के लिए, हर सबक़ के लिए, अस्तित्व के हर सेकंड के लिए।"

इसके बाद जो चुप्पी थी, वह घनी थी। अनकहे सवालों से भरी हुई। लेकिन बदलती हुई समझ से भी। डॉक्टर हसन, स्पष्ट रूप से हिल गए, अब बहस नहीं कर

रहे थे। वह बस मुझे चौड़ी आँखों से देख रहे थे। उनमें सदमा, अविश्वास और एक डरपोक जिज्ञासा थी। उनकी दुनिया की सीमाएँ टूट गई थीं।

गायब हुआ ट्यूमर सिर्फ़ एक चिकित्सकीय चमत्कार नहीं था। यह एक हुक था। एक सबूत कि ज्ञात की सीमाएँ सिर्फ़ एक भ्रम हैं। कि ऐसी शक्तियाँ हैं, जिन्हें हम अभी तक नहीं समझे हैं। कि वास्तविकता की एक समानांतर परत मौजूद है, जो भौतिक नियमों को फिर से लिख सकती है। कि हमारी आंतरिक वास्तविकता बाहरी को फिर से लिख सकती है। और यह कि मेरी कहानी, मेरा रास्ता, अभी शुरू हो रहा था, रहस्यों और क्षमता से भरा हुआ, अस्पताल की बाँझ सफ़ेद दीवारों से बहुत दूर।

मैं और क्या हासिल कर सकती थी, अगर मेरी चेतना इतनी शक्तिशाली थी? इस नई, विशाल वास्तविकता में और कौन से "चमत्कार" उजागर होने का इंतज़ार कर रहे थे, जो अभी-अभी मेरे लिए खुली थी?

वह यहाँ था।

उपसंहार

क्या समय समाप्त हो गया—या हमसे बस उसकी कीमत चुकाने को कहा गया? जब "कोड ग्रेल: सक्रिय" दुनिया में एक आवेग की तरह कटा, तो मैं समझा: समय बहता नहीं है, यह मोलभाव करता है। हर सेकंड एक फिरौती मांगता है: स्पष्टता की एक बूँद के लिए दर्द की एक बूँद, अर्थ के एक ग्राम के लिए पीड़ा का एक ग्राम। अगर आप भुगतान नहीं करते हैं, तो आप विस्मृति में डूब जाएंगे। अगर आप भुगतान करते हैं—तो आप एक नए नाम के साथ पुनर्जन्म लेंगे। अथाह खाई के किनारे पर, मैंने कुछ और समझा: प्रेम युद्ध के बाद का दिलासा नहीं है। यह स्वयं युद्ध है। यह सहलाता नहीं, बल्कि कोड को फिर से लिखता है—प्रतीकात्मक रूप से नहीं, बल्कि मांस और रक्त में, सेलुलर स्मृति में जहां सपने एक प्राचीन सत्य की लिखावट हैं। उन लोगों के कदम जो बिना अक्षरों के पांडुलिपियों की रक्षा करते हैं—गुप्त आदेशों और उनकी मौन प्रतिज्ञाओं के—मेरे भीतर गूंज उठे। वे अमृता की भाषा बोलते हैं, डीएनए की भाषा, जहाँ हर मकसद एक दरवाजा है, और हर दरवाजा—एक परीक्षा। दर्द ने मुझे अधूरे की लय में साँस लेना सिखाया। शरीर समझा; हृदय ने अनुसरण किया: हर घाव रसायन विज्ञान है जो नष्ट नहीं करता, बल्कि पुनर्व्यवस्थित करता है। जिसे मैंने "पीड़ा" कहा, वह भ्रमों के लिए एक छुरी, जागृति के लिए एक घंटी निकली। हर गिरावट उड़ान के लिए निर्देश थी, जो भय के विपरीत दिशा में लिखी गई थी। तब मैंने उस अदृश्य मेट्रोनोम की धड़कन फिर से सुनी—00:00:07। एक खतरे के रूप में नहीं, बल्कि एक निमंत्रण के रूप में। एक अंत के रूप में नहीं, बल्कि एक सेतु के रूप में। समय मेरा पीछा नहीं कर रहा था; वह मुझे परख रहा था: "भूलने के लिए तुम क्या बलिदान करोगे? सहने के लिए तुम किससे प्रेम करोगे? पार उतरने के लिए तुम किसे क्षमा करोगे?" उन सपनों में जहाँ शहर प्रकाश में नमक की तरह घुल जाते हैं, ग्रेल एक वस्तु नहीं था, बल्कि एक

आवृत्ति था—चेतना के अंधेरे कमरों को खोलने वाली एक हृदय कुंजी। कभी-कभी यह एक आवाज थी, कभी—मौन। कभी-कभी—एक चाकू जो पुराने नाम की रस्सियों को काटता है। और जब दरवाजा खुला, तो उसके पीछे आराम मेरा इंतजार नहीं कर रहा था। सत्य मेरा इंतजार कर रहा था: कि प्रेम परीक्षाओं से बचाता नहीं है, बल्कि आपको उनके माध्यम से मार्गदर्शन करता है। कि पुनर्जन्म पलायन नहीं है, बल्कि एक जिम्मेदारी है—अपने चुनाव का पूरा भार उठाना और फिर भी "हाँ" कहना। आगे की राह आसान नहीं है। यह अधिक सच्ची है। उसके सामने उन बंधुत्वों की छायाएँ खड़ी हैं जो बिना स्पष्टीकरण के प्रतीकों की रक्षा करते हैं; मौन के अभिलेखागार, जहाँ अमृता एक मिथक नहीं, बल्कि एक प्रोटोकॉल है; गलियारे जहाँ डीएनए जीव विज्ञान नहीं, बल्कि खोई हुई सभ्यताओं का एक वर्णमाला है। वहाँ, पवित्र प्रेम भी है—एक रोमांटिक शरण नहीं, बल्कि शुद्धिकरण की एक भट्टी, जिसमें हृदय का सोना स्मृति की कालिख से अलग होता है। यदि समय ब्रह्मांड की मुद्रा है, तो प्रेम वह ब्याज है जो ऋण को नियति में बदल देता है। दर्द प्रामाणिकता की मुहर है। और अस्तित्व—वह पांडुलिपि है जिस पर हम हर दिन साँस और आँसुओं से हस्ताक्षर करते हैं।

---✶ ʕ ✶ ---

यहाँ मैं पहला चक्र बंद करता हूँ। अगली बार। हम ग्रेल को नहीं खोजते। हम ग्रेल बन जाते हैं। आदेशों की भूलभुलैया में। सपनों के संग्रह में। सत्य के डीएनए में। प्रेम। यह मोक्ष नहीं है। यह शुद्धिकरण की एक भट्टी है। अमृता की हर बूँद। एक नक्शा। हर सर्पिल। एक रास्ता। घड़ी अब समय नहीं मापती। यह गहराई को मापती है। और जब सुइयां फिर से 00:00:07 पर जम जाएंगी, तो मैं नहीं पूछूंगा "मैं ही क्यों?" मैं कहूँगा: मैं तैयार हूँ। पोर्टल खोलो। ग्रेल रास्ता जानता है।

------------------ ❧ --------------------

संदर्भ और प्रेरणा

यह कृति निम्नलिखित लेखकों और स्रोतों की अवधारणाओं और कार्यों से प्रेरित और समृद्ध है, जो पुस्तक में विचारों को गहराई और विस्तार प्रदान करते हैं।

- **कार्ल गुस्ताव जुंग (Carl Gustav Jung): आदिप्ररूपों (archetypes)** और सामूहिक अचेतन की खोज।
- **जॉर्डन पीटरसन (Jordan Peterson):** छाया का एकीकरण और जीवन के मौलिक नियम।
- **फ्रेडरिक नीत्शे (Friedrich Nietzsche): शक्ति की इच्छा** और मूल्यों का पुनर्मूल्यांकन।
- **अल्बर्ट कामू (Albert Camus): बेतुकेपन का दर्शन** और अर्थ की खोज।
- **जीन-पॉल सार्त्र (Jean-Paul Sartre):** स्वतंत्रता और अस्तित्व संबंधी जिम्मेदारी।
- **कार्लोस कास्टेनेडा (Carlos Castaneda):** विस्तारित चेतना में यात्राएँ।
- **पाउलो कोएल्हो (Paulo Coelho): द अल्केमिस्ट** में वर्णित आत्मा की रहस्यमय यात्रा।
- **डैन ब्राउन (Dan Brown):** गुप्त कोड और प्राचीन बंधुत्व।
- **विलियम वॉकर एटकिंसन (William Walker Atkinson): द किबालियन** में हेर्मेटिक सिद्धांत।

- **अन्स्र्ट मुल्दाशेव (Ernst Muldashev):** प्राचीन ज्ञान की अवधारणा और आधुनिक विज्ञान से उसका संबंध।
- **मैनली पामर हॉल (Manly Palmer Hall):** सभी युगों की गुप्त शिक्षाएँ।
- **एडम रदरफोर्ड (Adam Rutherford):** आनुवंशिकी और विकास से प्रेरणाएँ।
- **जॉन केहो (John Kehoe):** मन की शक्ति और उसकी संभावनाएँ।
- **फ्लोरियन फ्रीस्टेट्टर (Florian Freistetter):** आइजैक न्यूटन के जीवन के रहस्यमय पहलू।

पात्र, आदेश और प्रतीक

- **नथनेल (Nathanael):** मुख्य पात्र और **आंतरिक पथ** का आदिप्ररूप। उनकी यात्रा चेतना के क्षय और नवीकरण की प्रक्रिया में मानव चेतना का प्रतीक है, जो प्रामाणिक बोध तक पहुँचती है। वह **अंडरवर्ल्ड** में उतरने वाले प्राचीन नायक मिथक की आधुनिक प्रतिध्वनि हैं।
- **महादूत नथनेल (Archangel Nathanael):** आदिप्ररूपी-भविष्यवाणी करने वाली उपस्थिति, जो दिव्य न्याय और परीक्षा का प्रतीक है। उनके नाम का अर्थ है "परमेश्वर ने दिया है," जिसकी व्याख्या उपहारों या अंतिम नियति के वाहक के रूप में की जाती है।
- **सोफिया (बच्ची) (Sophia - The Child):** एक भविष्यसूचक छवि, जो मासूमियत और नई मानवता के भविष्य के नैतिकता का प्रतीक है।
- **बेबीलोन (Babylon):** एक शहर जो ध्वस्त सभ्यता और सर्वशक्तिमानता के भ्रम का प्रतीक है।
- **ग्रेल (The Grail):** सत्य और अमरता की खोज का मुख्य आदिप्ररूपी प्रतीक।
- **नाइट्स टेम्पलर का आदेश (The Order of the Knights Templar):** एक ऐतिहासिक आदेश जो गुप्त ज्ञान और अनुष्ठानों की किंवदंती बन गया।
- **सर्प और प्रकाश के प्रभुओं का आदेश (The Order of the Lords of the Serpent and Light - ODSL):** एक रहस्यमय संगठन जो विज्ञान, प्राचीन ज्ञान और तकनीकी प्रभुत्व के संश्लेषण के माध्यम से वैश्विक शासन के लिए प्रयास करता है।

प्रतीकात्मक वस्तुएं और अवधारणाएं

- **कैडियस (Caduceus):** एक कीमियाई कलाकृति, जो विरोधों के एकीकरण का प्रतीक है—पदार्थ और आत्मा।
- **करारों का संदूक (Ark of the Covenant):** एक बाइबिल संबंधी संदूक जो पवित्र ज्ञान को मूर्त रूप देता है।
- **पैंडोरा का बक्सा (Pandora's Box):** बुराई की मुक्ति का एक पौराणिक प्रतीक, लेकिन आखिरी उम्मीद का भी।

- **सोथिस का त्रिभुज (Triangle of Sothis):** सीरियस तारे के चक्र, नवीकरण और विषुवों के अग्रगमन से जुड़ा एक मिस्र का प्रतीक।

------------------ ❧ ---------------------

प्रमुख शब्दों और संदर्भों की शब्दावली

- **आदिप्ररूप (Archetype):** सामूहिक अचेतन में एक सार्वभौमिक मॉडल या छवि।
- **छाया (Shadow):** मानस का अचेतन हिस्सा।
- **रूपांतरण (Transformation):** मौलिक आंतरिक परिवर्तन, गहरे बदलाव की एक प्रक्रिया।
- **विलक्षणता (Singularity):** प्रणालियों का पतन और विलय, वास्तविकता का एक मोड़ बिंदु।
- **क्वांटम चेतना (Quantum Consciousness):** रैखिक समय और पदार्थ से परे की धारणा।
- **पीनियल ग्रंथि (Pineal Gland):** आध्यात्मिक दृष्टि का एक प्रतीक, जिसे "तीसरी आँख" भी कहा जाता है।
- **पीजोइलेक्ट्रिक क्रिस्टल (Piezoelectric Crystals):** स्मृति और आध्यात्मिक ऊर्जा का प्रतीक है।
- **मैट्रिक्स (The Matrix):** नियंत्रण की भ्रामक प्रणाली जिसमें हम रहते हैं।
- **क्रोनोड्रीमिंग (Chronodreaming):** स्वप्न देखना जो अतीत और भविष्य के एक साथ अनुभव की अनुमति देता है।
- **अमृता (Amrita):** पुस्तक के संदर्भ में, यह अमरता का अमृत नहीं है, बल्कि नश्वर के भीतर अनंत काल की अनुभूति है।
- **सुसंगति (Coherence):** व्यवस्थित और समकालिक ऊर्जा प्रणाली की स्थिति।
- **टॉर्सन क्षेत्र (Torsion Fields):** काल्पनिक ऊर्जा क्षेत्र जो घूर्णन के माध्यम से जानकारी प्रसारित करते हैं।
- **आकाशीय रिकॉर्ड (Akashic Records):** गूढ़ शिक्षाओं के अनुसार, यह ब्रह्मांडीय स्मृति है।
- **कबलाह (Kabbalah):** यहूदी धर्म में एक रहस्यमय परंपरा।
- **मृत सागर पांडुलिपियाँ (Dead Sea Scrolls):** प्राचीन पांडुलिपियाँ जिनमें एसेंस (Essene) शिक्षाएँ शामिल हैं।
- **बाइबिल और ऐतिहासिक हस्तियां (Biblical and Historical Figures):** एडम, ईव, लिलिथ, मूसा, सोलोमन, राजा आर्थर, जोन ऑफ आर्क, और अन्य, जिनका उपयोग कृति के रहस्यमय वातावरण के निर्माण के लिए किया जाता है।

------------------ ❧ ---------------------

www.ingramcontent.com/pod-product-compliance
Lightning Source LLC
La Vergne TN
LVHW040431051026
849517LV00002B/553
9798232788094